# 一路风景

于保月 著

作家出版社

# 目 录

# 序
# 那山，那水，那样情

岁月的小河缓缓地流淌，不知不觉间驶出长长的一段。时光把日子涂抹了不同的色彩，浓淡都是经历，冷暖自知。一个脚印蕴含一种感悟，一个笑容填满一种心路。只要心不沉沦，再苦也会过去；只要路在延伸，总能邂逅幸福。生命里总是忘不了那些在关键的人生转折处相助自己的人，每每想起，心底里就会升起一阵阵的暖意。

心静的时候，独酌诗篇为友，夜饮明月朦胧，走出纷纷扰扰的琐碎缠绕，离开熙熙攘攘的纷乱红尘，置身于乡野、山林、河川、草地，身心不受世俗与物欲的干扰，与自然融为一体，顿觉眼前和心灵一片清澈。也唯有在这无欲的意境中，畅饮人生的多味美酒，才能真正地陶醉其中。那香，那味，那色，那韵，那情，弥漫身旁，久久回荡。

儿时的美酒，像灌满蜜糖的高级饮料，饮一口甜在心底，它是睡梦里咯咯的笑声，它是小河里捉鱼虾的满足，它是桃花粉红的脸颊，它是顽童爬上树梢的尖叫，它是鸡鸭成群的农家小院，它是苹果鸭梨挂满枝头的果园。纵然清贫，却很充实，虽不惊艳，却很亲切，着实让人格外珍惜。

然而，春天短暂，以至于仓促得还未尽兴，夏日疯狂炽热的手掌，就毫不留情地推上了成年的轨道。随着年轮的扩展，端起青春的烈酒，环顾四周，放眼未来，又充满了好奇与憧憬。秋，本应是收获的季节，黄叶堆积的地毯淹没了曾经的欢声笑语，一片片落叶全黄，一丝丝清凉寒意，一次次地潮起潮落。冬，伴着满天飞舞的雪花如期登场。它没有了春的幼稚与天真，没有了夏的热烈与执着，而是继承了秋的冷静与成熟。置身于洁白无瑕的世界里，尘世中的湖面顿时变得沉稳淡泊，从容，宁静。

人生如同四季，有些事情，现在不去做，以后很有可能永远也做不了。不是没时间，就是因为有时间，你才会一拖再拖！把它们搁在那里，任凭风吹雨打，铺上厚厚的灰尘。喜欢的事是轻松的感觉，似一种淡淡的亲情，也似一种醇醇的友情，更似一份浓浓的爱意。它少了相思的煎熬，多了从容的洒脱；少了无奈的牵绊，多了信任的融洽；少了沉重的责任，多了浪漫的轻松；少了刻骨铭心的伤害，多了理智的沉静！

昨天再美好，终究浓缩成今天的回忆，即使再无奈，也阻挡不了时间匆忙的步履；今天再精彩，也会拼成明天的历史；即使再执着，也拒绝不了岁月侵蚀的痕迹。我们想念昨天，因为它融解了一切美好的向往。人这一辈子，机遇难同，因缘各异，一帆风顺也好，跌宕起伏也罢，还是平淡普通，都是自己的命运。那些走过的，偶遇的，相逢的，别离的，都是唯一。无论处于何种境地，都莫抱怨世态，放弃底线，不必嫉恨他人。不贪，欲念就少；不嗔，心就易平；不求，就常知足。知足知止，就是最快乐的人！

生活原不苦，苦的是欲望过多；心灵本无累，累的是攫取太甚。人生就是一条路，走一步有一步的景观。上帝不会有意地眷顾谁，你有勇气放弃，才有机会得到。华丽的跌倒，胜过无谓的徘徊；哪怕败得彻底，就当赶上了命运的另一场盛宴。

人生就像坐火车。车到中途，上上下下是常事，多少人擦肩而过之后便形同陌路，只有知心朋友和爱你的人一直陪你走向人生的最后一站。不要太多忧郁，不要太多在乎，真正值得你在乎的人事，总在你的左右。随缘，知足，人生旅途才会充满幸福。

心简单，世界就简单，幸福才会生长；心自由，生活就自由，到哪儿都有快乐。实际上，生活是平淡的，犹如蓝天下碧蓝的湖水。生活也可以是诗，虽说诗在远方，但始终在一路的奔腾中高歌。只要用心对待，每一个日子都是幸福。幸福的日子里有朋友更好、更充实。朋友是一种相契。朋友就是彼此心灵的一种感应，是一种心照不宣的感悟。有一种朋友，虽然不常联系，彼此珍惜，就算时光流逝，也会在心里深深想念。

人生的美好源自爱，爱若盛开，美景自来。红尘中，只要有爱经过的地方，相信一定会有一派美景，一缕醇香。

无论何时，都应学会感恩，消除怨恨，懂得博爱和奉献，许心一抹淡定和从容，不以物喜，不以已悲，心装纯爱，让湛蓝的天空一直有飘逸的云彩，让静谧的天空永远有闪烁的星星，让生命旅途永远有明丽清新的诗行，让生命之歌永远有精彩音符跳跃，让爱的精灵永远在生命里轻舞飞扬。

时光越老，人心越淡，独坐一隅，手捧书卷，禅茶一味，心留余香，静守一窗岁月，捡拾时光深处的花开雨落，将这一路的寂寞与欢愉，放逐于时光流年。让那些过往的念，在蓝天白云下舒展，流转，风干，随尘散落天涯。

岁月若水，走过才知深浅；时光如歌，唱过方品心音。人生，因缘而聚，因情而暖，因为经历，所以懂得；因为懂得，所以珍惜，爱情因为珍惜而美好；友情因为真诚而长久；亲情因为相依而温暖。盈一抹感悟回望流年，那些邂逅和心动的时刻，那些在生命中灿烂过的笑容，那些伸手就能握住的暖意，终是芬芳了过往的那一抹嫣红，唯美了整个曾经。若可，让爱溢出，淌成温暖，在流年里许一场春暖花开，带着阳光和雨露的清新，与花香相拥，与时光对饮，以风的洒脱笑看过往，以莲的恬淡随遇而安，在春花秋落间，期许岁月静好。走过流年的山高水长，愿尝尽尘世烟火的我们，仍能用一颗无尘的心，守望生命如初的美丽。

以风的洒脱笑看沧桑，以云的飘逸轻盈过往，以花的姿态坐拥满怀阳光；用淡泊写意人生，用安然葱茏时光，让日子在柴米油盐中升腾，让生活在粗茶淡饭中诗意；透过指间的光阴，淡看流年烟火，细品岁月静好，心中的山水，才是人生不改的风景。

常常静立林荫水榭，忧草花已荣枯，叹四季又更迭，感受熙熙攘攘的人流走过，留下相聚与别离的痕迹，倚一窗似水流年，任一季落红在风中嫣然，以最烟火的方式，淡泊地守在时光的彼岸，听箫音入魂，丝丝缕缕，辗红尘悲欢，收藏风干。心境，就在繁华与喧嚣中逐渐安然；生命，就在岁月的年轮中渐次厚重。人生辗转，流年沧桑，习惯一个人过着平淡安宁的生活，一念清净于夏花冬雪里慢行，安然若素面对花开花落，如云，自在飘逸；如水，静水深流；如花，浅笑嫣然。留下最美的微笑，暖过往薄凉，让生命的花朵，开成清凉寂静的光阴。流年，是一首无字的歌，在心中生生不息的，除了念，还有希望。

时光无言，光阴在窗外静静流淌，掬起一砚水墨，细细研磨，穿越时光的底片，将这一路的悲喜，浸染上墨香，然后风干，收藏，待他年翻阅。倚一窗似水流年的暖，把一缕幽静，安然于心底，在委婉的词阕中，将心靠岸，给心灵安个家，浅尝雨后的清宁，细品岁月的静好，让一颗心，如水般清澈，如云般飘逸。人生一世，草木一秋，走过的山水，都是风景；尝过的欢愉，都是幸福。人生，总要绕过那么长的路，走过那么多桥，方能悟得青山绿水的禅悦之境，尘世烟火中，无论怎样的浮华，也会淹没在这流年的急景中，走过人生的山高水长，最真最美的，仍是那颗纯净安然的心。

深深懂得，人生有很多美丽，只是我们不断地错过；岁月有很多沉香，只是我们不懂收藏。风起的时候，便会有暗香盈袖；雨落的时候，便会有真情溢出；寒冷的日子，总会有阳光温暖；有爱的地方，就会有花香萦绕。生活，无须复杂，只要简单就够；人生，无须繁华，只需平淡就够，人生，山一程，水一程，没有谁能挽留住暮春的落花。也没有谁会懂得，一抹斜阳，会为谁流连，珍惜缘分，懂得随遇而安。用微笑的韵律伴随每一个春夏秋冬；用淡然的情怀走过每一个月缺月圆，落红尽处，不求绚烂至极的繁华，但求一份恬淡清宁。

因为懂得，岁月的书笺上沉淀着馨香，生命的泉水荡涤着心灵，时光的花香弥漫着曾经。感谢相遇，让时光多了一份感动；感谢相知，让生活多了温暖和明媚；感谢经历，让流年多了一份生动；感谢生命，让我在红尘岁月中修篱种菊，种下我所有的悲喜。这一程山水，终是因为懂得而散发出清清浅浅动人的暖。

让这世界如梦，如海，了然于心，静然于心，淡然于心。

静思人生过往经历的一处处铭心的风景，在一缕缕感慨中，用心刻在文字里凭自己的感觉进行诠释，是一种最大的快乐。

把这些话写出来，放在前面，也是为自己的心境做个铺垫和坦露。

是为序。

作者

2017 年 12 月于北京

第一辑

# 海边拾趣

# 出海、上海、赶小海

## ——海边拾趣系列之一

"上海"在家乡人中的叫法就是赶小海。这称呼与现在的大城市名称没有一点关系，只是当地一种方言土语。赶小海，在过去的年代，是家乡人调剂伙食的好日子。

有道是"靠山吃山，靠海吃海"。对生活在海边的人家来说，渔家的生活有趣的事儿可不少。出海、上海、赶小海，就是渔家生活的真实写照。

出海，是渔民们的渔船出海打鱼的说法。月有阴晴圆缺，海有潮涨潮落，这虽是自然现象，可对于渔家人来说，大海的潮涨潮落，可不是一件小事儿。因为大潮来了船出不了海，岸边风大浪高，渔船要抓紧进港，并固定好。否则船被海浪拍坏了，对渔家人来说都是一件天大的事儿。小潮来了，渔船必须提前出海以免搁浅在岸边，否则一天的收入就会泡汤。有些爱睡懒觉的渔老大，有时候睡过了头船出不了海，是一件很丢人的事儿。老艄公从小就会教人学这些看家本领。

渔家人的孩子生下来，从小大人就会教他们了解海为什么会涨潮会退潮，让他们知道海潮的大小与月亮、太阳和地球有关。当海潮为大潮的时候，是月亮与太阳和地球成一条直线的时候，这时月亮和太阳对地球的引力加在一起，会引发不同寻常的海潮。阴历每月的初一、十五各发生一次。当月亮和地球与太阳这两条连线成直角时，潮差就小，潮水很低，这就是小潮。故农谚中有"初一十五涨大潮，初八二十三到处见海滩"之说。

潮涨潮落，对于小孩子和家庭妇女来说，就像什么时候天黑什么时候天亮一般熟悉。遇到潮落的时候，无论是白天还是晚上，大家不用打招呼，就会成群结队，拿起小篮子，端上小镢头和小铲子，有条件的家庭就会穿上胶皮长靴，没条件的家庭干脆赤脚上阵，大家不约而同地走向浅滩，去赶小海。

"上海"在家乡人中的叫法就是赶小海。这称呼与现在的大城市名称没有一点关系，只是当地一种方言土语。

赶小海，在过去的年代，是家乡人调剂伙食的好日子。因当时缺粮少肉，赶小海可以捕捉回来各种各样的海鲜，如螃蟹、海蛎子、蛤蜊、海贝、皮皮虾等。对于这些海味的称呼，家乡人都有着特别的叫法，如螃蟹叫"蟹子"，海蛎子叫"蛎子"，蛤蜊叫"嘎拉"，海贝叫"囊囊乌"，海螺叫"夹篓"，皮皮虾叫"皮巴虾"，章鱼叫"筲"……

那时候，赶小海特别热闹。如果是晚上退潮，你看吧，海滩上到处是星星点点的灯光。有的提着煤油罩子灯，有的打着手电，有的点着火把，还有的拿着自制的土灯笼，里面点着半截子蜡烛。海滩上大人叫小孩喊，一会儿这里发现了一只大贝壳，一会儿那里挖到了一条大章鱼，一会儿这边的小孩被皮皮虾扎得哭了起来，一会儿那边的小伙子被螃蟹夹得嗷嗷叫。大人孩子都心照不宣地这边耳朵听了那边耳朵出去，大不了咧嘴一笑，心思无不紧紧地盯在海滩地面上，寻找着各种海鲜的蛛丝马迹。

赶小海是个经验活，生手去了一般不会有多大收获。只有生活在海边的人，而且经常赶小海的才会有不少的经验。我的邻居当时很让我羡慕，他家有四个女儿，人家戏称"四仙姑"，个个长得浓眉大眼，眼珠乌亮乌亮的。不仅看人眼珠滴溜溜地转，找海鲜也是一看一个准，都是赶小海的高手。我那时候小，也常常跟着邻居的大姐姐赶小海，

可能是因年龄小啥也不懂的缘故，人家嫌一个小孩老跟在身边问这问那太麻烦，干脆将各种贝类海鲜在海滩里面的隐蔽标记一股脑地告诉了我。这下子窍门找到了，我干脆离开了她们，一个人乐呵呵地去海滩自寻海味去了。

时间长了，慢慢摸出了门道。赶小海要有收获，必须"敢为人先"，不能跟在人家屁股后面转。大海落潮是慢慢退下去的，你必须紧跟着退潮的潮头冲在人前面，去刚刚露出的滩面上追寻海鲜的踪迹。这时候，你一定要有一双"火眼金睛"，善于从各种海滩沙面上的伪装中发现海鲜的"藏身之地"。比如：前面突然发现平坦的沙面上鼓起一

个小包，那可能是"囊囊乌"的小家，只要在小包上用小铲子一挖，一个圆圆的外壳白亮的贝类海鲜就出来了。还有，如果你一下子见到沙面上有一个小洞，而且在不远处还有一个小洞口，这可能就是皮皮虾的藏处，你只要用脚在一个洞口往下一下下地猛踩，就会从另一个洞口跑出一只皮皮虾来。

最难识别的是"毛嘎拉"的伪装地了。这种贝类圆圆的外壳上长着一道道竖条的黑色毛绒，善于在刚退潮的海滩沙面下隐身。一般情况下不认真识别你很难发现，但要是掌握了它的隐身术，就不难找到它。退潮后的海滩由于海浪冲击的原因，会留下一道道的凸凹痕迹，"毛嘎拉"这时候会将身子钻进沙子下面，在沙面上留下一条似开不开的小口子，一张一合，发现了这种伪装就知道下面肯定是它了。

有时候，遇上退大潮，常常是半夜赶小海，一直赶到很晚很晚，收获也常常是一篮子一大包的。到第二天，家里吃不了，就会拿到集市上出售，还能换回不少家用零钱。

潮涨了，潮落了，渔家人的日子就在这潮涨潮落中迎送着日月变换，品味着生活的辛酸与甘甜。

# 摸蟹、钓蟹、露水蟹

## ——海边拾趣系列之二

> 有道是一方水土养一方人，一方人有一方习惯。
> 生活在海边是幸福的，与大海为邻，有着天然的
> 海鲜美食和海天美景，靠海、看海、读海、品海，
> 渔家人的日子在海边日渐红火，满足而安逸。

蟹是海味中的上品，也是渔家人最喜爱的佳肴。

在海边捉蟹，对从小在海边长大的渔家人来说，那些有趣的事儿，人人都能说出一大筐来。

海蟹与淡水蟹不同，它在海里生，海里长，纯天然，不像如今养殖的螃蟹，让人担心是否喂养了含有不健康成分的饲料。海边人吃海鲜，自古有"生吃螃蟹活吃虾"的说法，在我们胶东半岛，早年间更有"棒打野鸡瓢舀鱼"的描述，尤其是位于胶东半岛东南端的田横岛一带，三面环海，一面倚山，过去从海边的树上一直可以爬到山顶，可见，环境是多么的好。在这样的环境里，生活在浅水滩里的海鲜，有着淡咸两种混合水的滋养，那味道自然是没说的。

海蟹分好多种，有浅水蟹，也有深水蟹。在我们老家，对深海里捕捞上来的螃蟹，称梭子蟹。而在靠近海岸边的浅水里的螃蟹，则称"火里张"。这名字是怎么来的，无人说得清。但对于渔家人来说，赶小海去岸边的礁石底下摸这种叫"火里张"的大螃蟹，却是一件既练胆又刺激的事儿。

"火里张"爪粗壳厚肉美，力大无比。胆量小的孩子可不敢去礁石下用手捉它，一旦被它的两只大钳子夹住了，有可能把你的手

指肚扎个穿透的洞，鲜血突突直冒，让人心悸。渔家人的孩子中，几乎没有不被它夹过的。但夹的次数多了，你也就摸到了捉它不挨夹的诀窍。

赶小海摸"火里张"，一般选择退潮后到近海的礁石堆里去，一些礁石的下面四周围满了水，"火里张"就盘踞在礁石下面的水里。这时候，你用眼睛是看不到它的，但它在里面的水里却清楚地知道有什么东西进来了。一般情况下，你要捉到它，首先要选择大的礁石下面，四周还有浅浅的海水。走近礁石，高高地挽起衣袖，把两只胳膊大大地伸展开，弯腰在礁石四周，两只手从礁石的两边伸到礁石的底部去，轻轻地往一起靠拢。"火里张"在里面见到有东西进来了，会高高地举起两只大钳子。这时你只要从它钳子的两边靠拢，用手轻轻地把它的钳子压下，慢慢地拿住，把它从礁石底下捞出来就可以了。

这种"火里张"个头都很大，样子有点像如今商场或酒店里出售的深海里的"石头蟹"，大的有二斤多重呢。一次赶小海，熟练的老手往往可以捞到十多只这样的"火里张"。那时候，家里有几个赶小海的行家，邻里乡亲都会跟着沾光。一到饭点时，就会有人端着一大盆红红的"火里张"敲门进来："老嫂子，家里小孩抓了些蟹子，送几只你们尝尝。"接到蟹子的邻居马上从饭桌上抄上几个野菜团子放到人家的盆里："你看，你看，老跟着你们吃现成的，正好我这蒸了些野菜团，你也尝尝做的味对不？"一来二去，邻里街坊的感情就更亲了。

摸蟹有讲究，钓蟹更有讲究。记得小时候，乡下家里条件差，根本没有什么像样的钓具，不像现在城里人钓鱼"十八般武器样样俱备"。闲时无事，就会三五成群去海边钓"火里张"。海边长大的孩子都知道，"火里张"是肉食动物，喜欢吃贝类和动物内脏。机灵的孩子就会在去海边前，先跑到河里捉几只青蛙，在海岸边树丛里随手扒拉一堆草，点着后把青蛙腿烧熟了，跑到涨满潮的岸边礁石上面，盘腿坐好，用一根稍硬些的铁丝，弯成一把钩状，把烧熟的青蛙腿挂在上面，放到礁石下面去。过了一会儿，感觉手中的线在慢慢地往下拽，这时候，就是"火里张"咬钩了。如果此时你像城里人在鱼塘钓鱼似的一下子猛地往上拉钩，那就全泡汤了，"火里张"肯定会松开夹子，马上逃掉。你要慢慢地往上提线，让"火里张"始终夹住诱饵不放。特别重要的是，在"火里张"即将出水的那一刻，必须快速用网兜接住它，否则，它在离水的时候就会松开钳子蹿入水里。

随着潮水的上涨，"火里张"会跟着潮水一起往岸边翻涌。有时候你站在被海水淹没的礁石上钓蟹，因脚淹没在水里，"火里张"会爬到你的脚面上去，这时你只要弯腰到脚面上一摸，就会捞起一只大"火里张"。一边钓，一边用脚感觉，两头忙活得不亦乐乎，那种收获感别提有多美了。

海蟹好吃，可吃海蟹千万别忘了该有的禁忌。海边人家住的都是一处处小院落，夏秋季节家里人吃饭，一般都会在院里摆张小桌露天吃饭，因此吃"火里张"的时候，渔家人都特别注意不能有露水沾到上面，否则会让人拉肚子难受好长时间。有时候，外地人不知道这些讲究，往往会在夜里露天的地方吃蟹喝酒，不知不觉间第二天就全被放倒了。

有道是一方水土养一方人，一方人有一方习惯。生活在海边是幸福的，与大海为邻，有着天然的海鲜美食和海天美景，靠海、看海、读海、品海，渔家人的日子在海边日渐红火，满足而安逸。

# 海带、海蜇、海盘星

## ——海边拾趣系列之三

> 这些产品已经有了高级包装，产品经过精细加工，有的还远销到海外，海带、海蜇、海盘星，再也不是不值什么钱的东西了，它已经成了家乡人致富创业的宝贝疙瘩，成了家乡人挂在嘴边夸耀的东西。

记得听过这样一句话："过去注重吃饱，现在注重吃草。"说的是如今的城里人食素者多，食肉者少，追求生活质量和身心健康。可对海边人家来说，正好相反，尤其是过去那个年代，一年到头也吃不上几顿荤腥。想一想，现今的城里人对海里的海带、海蜇、海盘星都当成了宝贝似的，在过去的老家里是不敢想象的。

小时候，每逢赶小海之际，看到海带、海蜇、海盘星这类海产品，是连正眼都不会看一眼的。那时候，海边人家对这类东西，基本是作为废物处理的，任其在海里或岸边自生自灭，无人理睬。

遇到涨大潮的时候，或有台风过后，勤快的人往往一大早就会背上一个篓子去海岸边转悠。这时候你会发现，海岸边上有成堆的海带和海蜇，而且这些海带比现在养殖的都好上几十倍不止。印象里那时候的海带既宽又厚实，长长的叶面像一条条飘带一样，一团一团蜷在岸边的沙滩上，如果是现在，那肯定会招来成群结队的人收购的。

可在当时，大潮或台风过后，到海边赶海的人们根本没看在眼里，他们搜索的往往是被大潮或台风冲上来的梭子鱼、大海贝，还有墨鱼、章鱼等海产品。

尤其是对待海蜇的态度，如今说起来真是笑谈。那时候，海里的海蜇特别多，有时在靠近岸边的海面上，会看到一片一片泛着白光的海蜇飘来。大部分人是不会捡这类东西的，因为海边人不愿意吃它，处理起来还太费事。也会有些人捡一些脸盆口大的厚实的海蜇拿回家里，找来一个半人高的大瓷缸，把一大片一大片的海蜇放进去，每放一层，就撒上一层白矾。就这样一层一层地放满几大缸，然后在上面用大石头压严实，如同现在城里人冬天做的腌咸菜。待放上一月两月的，缸里的海蜇被白矾腌得脱了水，只剩下一张薄薄的皮，才会拿出来洗净剁成丝，拌上当地特有的一棵足有几十斤的大白菜心，加些醋或蒜汁调和后，当成下酒菜，也别有一种味道。

说到海盘星，其实就是一种像五角星、六角星似的海中软体动物，过去，海边人是不当海鲜对待的。大多是作为小孩子玩耍的玩具，有的拿回来晒干了当成饰物，挂在家里。而现在，不知从什么时候开始，它也上了餐桌，成了人们的一道美味。记得有一次回家探亲，在餐桌上第一次见到煮熟的海盘星，色彩斑斓，让人乍一看还真垂涎欲滴。"这也能吃吗？"看到我新鲜神奇的样儿，人家告诉我："这东西过去不值什么钱，也没人吃，可现在却成了好东西，你快尝尝，味鲜着哩！"我脑海里想象着小时候当玩具玩耍时的情景，却怎么也吃不下去。好不容易硬着头皮扒开外面的皮，吃了一口里面的肉，感觉还是可以接受的，有一些蟹肉的味道，不是很难吃。看来，有些东西是需要大胆尝试的，如果老是不当"第一个吃螃蟹的人"，如今人类也就不会把螃蟹当美味了。

离开老家几十年了，如今的变化包括在方方面面。有时候在北京单位的食堂吃一次凉拌海带丝，或红烧海带丝，吃起来也是蛮有味道的。可小时候在胶东老家，怎么就没有如此做这道菜呢？

在现今的老家，这些产品已经有了高级包装，产品经过精细加工，有的还远销到海外，海带、海蜇、海盘星，再也不是不值什么钱的东西了，它已经成了家乡人致富创业的宝贝疙瘩，成了家乡人挂在嘴边夸耀的东西。

如同"女大十八变"一般，当年的"丑小鸭"真的在今天变成了"金凤凰"。生活质量提高了，渔家生活真的美起来了……

# 晒鱼、烤鱼、生吃鱼

## ——海边拾趣系列之四

"鲎鱼头，鲅鱼尾，吃起来咂咂嘴"，这是挂在渔民嘴边的顺口溜，也是渔民们吃海鲜的切身体会。吃鱼不吃肉，专吃头和尾，这好像很难让人理解。其实，这如同"外行看热闹，内行看门道"似的，只有海边人最有发言权。

家在海边，是渔家人天然的优势和福气。

海，就是渔家人的聚宝盆，总有无穷无尽的海品海味，等着去发现去捕获。用渔家人的话说，就是"清水里面捞银子"。大海里面的财富，让渔家人受用了一代又一代，也让天下食客总有吃不完的海味，享不尽的口福。

说起渔家人吃海味，那种习惯，那种爽快，那种惬意，那种韵味，是内地人怎么也想象不出来的。

记得小时候，村里实行集体经济，渔船归生产队所有，渔民们大都早出晚归。清晨天不亮就出航了，在海上经过一天的辛劳，满载着各种各样的海产品会在傍晚靠岸。每当这时候，放学的孩子们就会蜂拥到海边的船上，去寻找渔家孩子们特有的乐趣。

这种乐趣就是吃现成的海味，这其实也是渔家人一种不成文的习俗。那时候，渔村生活缺肉少油，孩子们嘴馋，尝鲜的愿望特别强烈，家里面干鱼吃得没胃口了，总想着每天到靠岸的渔船上去吃点现成的新鲜美味，那就是渔民们中午吃饭时炖下的那一大锅各种各样的海味。

日子长了，渔民们和孩子也有了默契，他们会每天在中午做饭的时候，往大铁锅里多放一些孩子们喜欢吃的螃蟹、海贝、对虾等，煮熟了后放在锅里，靠岸后让嘴馋的孩子们过过馋瘾。每当看到孩子们一碗一碗、狼吞虎咽的样儿，劳累了一天的渔民们总是特别开心快乐。

乡下渔村的风俗就是这么纯朴和实在，实在得彼此从不陌生，也从不区分是不是自家人，那种天然的实诚热乎劲儿，让今天的城里人也会不由得竖起大拇指。

渔家人吃海鲜讲究原汁原味。如今城里下馆子吃一道海鲜贵得咬牙，可在海边的渔村里，那种捕捞上来的海鲜活蹦乱跳，水灵灵的透着稀罕劲儿。渔家人可不讲究什么作料，其实也是比较排斥作料的。尤其是在海上的渔民们，总是那么直接和原始，原始得让人想都想不到。他们会用葫芦做的瓢顺手在海里舀一瓢海水，倒在盛满海鲜的锅里，什么东西也不放，就用海水煮满锅的各种海鲜。因为海水是咸的，连盐也省了。每当海鲜煮熟的时候，锅盖一掀，鲜亮的色泽和诱人的气味扑鼻而来，让人心醉。

"鲞鱼头，鲅鱼尾，吃起来呲呲嘴"，这是挂在渔民嘴边的顺口溜，也是渔民们吃海鲜的切身体会。

吃鱼不吃肉，专吃头和尾，这好像很难让人理解。其实，这如同"外行看热闹，内行看门道"似的，只有海边人最有发言权。鲞鱼头和鲅鱼尾，这是海鲜鱼类中最美味的部分。小时候，还真没有体会到渔民们的这种习惯有什么讲究，大了才知道，真正品味海鲜，可不是一时地满足自己的食欲那么简单。

渔民们每天在海上吃午饭，这顿饭在渔民们的眼里是节省不得的。海上的活儿繁重费力，中午渔把头都会特别慷慨，允许把当天捕捞上来的最好的海鲜做成午饭，让大家一起享用。

负责做饭的人，会在船舱里精挑细拣各种如鲞鱼、鲅鱼、大虾、龙虾之类的海货，简单清洗一下就倒进锅里开始蒸煮。主食是从家里

带到船上的，下饭的海鲜中渔民们吃得最多的往往是鱼头鱼尾，剩下最多却是鱼肉。

印象最深的是，那个年代渔民收获最多的是一种称作墨鱼的软体鱼类，也称乌贼，好似现在的鱿鱼，但却没鱿鱼那么大。这是一种会在遇险时从肚子里喷出像墨汁似的液体来的鱼。现在城里饭店经常会有一道韭菜炒墨鱼丝的菜，就是用这种软体鱼做的。

每天渔船一靠岸，村里的大喇叭里就会呼唤家庭妇女们到海滩帮忙，把墨鱼制作成墨鱼干。那种人们沐浴着晚霞在海边忙碌的盛况，至今历历在目。

海边的沙滩细腻而柔软，大家坐在海滩上，人手一把剪刀，把从船上抬下来的一筐筐墨鱼，熟练地一个个剪开，将里面的墨鱼黄、墨鱼蛋等特别有营养的内脏清理出来，再把墨鱼肚里的墨汁清洗干净。这些活儿是渔家妇女非常乐意干的，大墨鱼的蛋黄这些内脏是谁清理

的就归谁所有，当活儿干完的时候，大家都能担上两大桶回去。值得一提的是，这种墨鱼蛋在现今的大饭店里可是一道名菜呢。

那时候，渔家人可没有这种讲究。大家将收获回来的墨鱼蛋黄带回后，会立刻将蛋黄分离，架起梯子爬到房顶，将它们一一整齐地摆放晾晒，待晒干后放到缸里，冬天农闲时拿出来炖粉条吃，那种味道至今也不曾在城里遇到过。

说起来也是一件遗憾事儿。那时候清洗墨鱼体内的墨汁，都是随便倒在海边扔掉。如今这玩意儿可是个稀罕物。在日本，有专门用这种墨鱼汁做成的墨汁米饭，据说营养价值极高。可在当年，海滩上每天都有连成片的墨鱼汁四处流淌。如果那时候知道这东西如此珍贵，该是渔家多么巨大的一笔财富呀！

清理后的墨鱼晒干后，就成了现如今商场里出售的墨鱼干。这种墨鱼干怎么个吃法，不在海边生活的人大都不太熟悉。按当地习惯，主要有凉拌、清炖、火烤、生吃几种吃法。说到凉拌，实际上需要先把墨鱼干放在锅里煮四五个小时，一直到肉软熟透之后，捞出来放凉，再顺着脉络切成细段，最好加些葱丝，再用老陈醋、味精、香油和少许食盐调和，就成了一道如今在大饭店里也见不到的美味凉菜。

再说清炖，其实就是把晒干的墨鱼干先放进锅里炖软炖熟，再加上肉或宽条子的粉条，或白菜之类的青菜，稍加胡椒粉等作料，一起再回锅翻炒几下，待墨鱼的鲜味充分浸透到粉条和青菜之中后，出锅就是一道顶好的主菜。

说到火烤，这实际上是渔家人自己发明的一种吃法。就是将墨鱼干在火上正反两面慢慢烤黄，放凉了一片片顺着撕开，放进嘴里细嚼慢品，每咬一口，那种鲜香的味道就会顺着牙齿满口流淌，让人回味无穷。

至于生吃，那就更有传奇色彩了。记得小时候的冬天，有的男同学会每天带一个墨鱼干到学校，在课间休息时，在教室的炉子上烤一烤再吃，有的干脆直接生吃，这种吃法很快就流行起来。每到冬天渔船出不了海，农活也没多少了，大人小孩都空闲的时候，有些馋嘴的孩子就会偷偷从家中的缸里，拿出一个晒干的墨鱼干，装进口袋里，不敢在大人面前吃，跑到外面，把墨鱼撕开，放进嘴里咬着吃，权当零食享用。虽说海边人有"吃腥不闻腥"的习惯，但晒干了的墨鱼干是没有一点腥味的，嚼起来味道反而特别纯正。这种吃法大人们是不屑一顾的，只是在小孩子们中间悄悄地流传着。至今，这种吃法也没上到大席面上去……

古人将山野和海洋里出产的各种珍贵食品统称为山珍海味。海味与山珍齐名，也不枉海的博大和造就万物生灵的贡献。与海相处，幸福的渔民们不仅品味着大海的美食，也从与大海的交往中学到了胸怀博大和宽阔，学到了为人处世的厚道与真诚……

# 捞鱼、兜鱼、分配鱼

*——海边拾趣系列之五*

> 拉小网的乐趣是男孩子们的最爱。一般是在蝉儿放开嗓门叫个不停的炎热夏季，找一个玩得投机的小伙伴，从家里拿上小网，再挎上一个小柳条筐，就蹦蹦跳跳地溜到海边的沙滩上。

住在海边，渔家人与鱼的故事绵长而悠久。

捕鱼、分鱼，是几乎每天都在进行的事儿。看似简单平常的活计，对于今天生活在城里的人来说，有时也是颇具乐趣和神秘的。

记得小时候，家里大人会从给生产队织渔网时剩下的线中，再织一种小网。这种小网高四十厘米左右，长度有三十多米，在这样一条长长的小网上，每隔三十多厘米便绑上一根细木杆，木杆的上下两头固定在小网的上下边缘。这样做，是为了在海里让网立起来。那时候几乎家家都有这样的小网，为的是有空的时候，家里大人或小孩两人一伙，就可去海边拉小网兜小鱼了。

拉小网的乐趣是男孩子们的最爱。一般是在蝉儿放开嗓门叫个不停的炎热夏季，找一个玩得投机的小伙伴，从家里拿上小网，再挎上一个小柳条筐，就蹦蹦跳跳地溜到海边的沙滩上。这时海边上的细沙被太阳烤得温度极高，赤脚在上面走烫得你抽气咧嘴。到了海边的浅水区，一人手拿小网的一头站在岸边，另一个人拉着小网的另一头下到海里去，并在海里走成一个半圆形，然后回到岸边。这样，正好让小网立着在海里兜了半圈，这半圈里的鱼虾就会被小网兜到岸上来。

别小看这小半圈，那时候海边的鱼是不少的，不像现在即使到了深海也打不了多少。只见兜上的鱼虽不大，但大多是清一色的青白鱼，手虎口长，满身白鳞，一片片地满沙滩打滚。两个人这时候忙活着赶紧捡鱼，捡完了再下海拉小网。一个中午下来，皮肤晒得黑红黑红的，篮子里的鱼也很快就装满了，足有二三十斤重。

这些小青白鱼拿回家后，或晒成鱼干放到冬天，在热锅上烘着吃，味道特别香；或用当地产的一种小青椒剁碎后，与这种小青白鱼一起在油锅里一煎炒，又香又下饭。

渔家的孩子，以黑为美。走进海边的人家，只见大小孩子，也不分男孩女孩，一色黑黝黝的，找不出一个白白净净、细皮嫩肉的。因为海水里盐分大，孩子们天天在海水里泡，身上的一层层盐分，被火辣辣的日头一晒，很快就把皮肤晒黑了。在海边如果突然看到一个皮肤白里透红的人出现，大家都会当成稀罕物儿一般指指点点。

秋天过去，冬天来临的时候，海岸线上有时会结厚厚的一圈冰，但闲不住的渔民们，即使这种情况下也会想着法子下海打鱼，准确地说，是下海兜鱼。

记得大哥结婚的时候，正是年根底农闲之际。结婚在老家村里是几乎全村的一件大事，渔村风气简朴，大家不分亲近远疏，都会放下手里的活计前来帮忙。结婚的人家是很讲究的，席桌上必须得有新鲜的大鱼，宴席讲究"一鸡二鱼三和菜，猪肉蹄子往上排"。可寒冬腊月上新鲜的海鱼是一件不容易的事儿。在当地，渔家人一般是不吃淡水鱼的，都嫌其有一股"土腥味儿"。因此，山根下的水库里，有的鱼长到三四十斤也没人去捞，就那样放任疯长，让今天的城里人也难以想象。冬天吃新鲜鱼，对渔家人来是难不倒的事儿。有人想了一个办法，用渔网的玻璃浮子自制土炸弹。这种玻璃浮子像现在的篮球那么大，用小铁钻在上面钻一个小圆口，里面放上火药和石子，在小口处把导火索压紧，一个个土炸弹就做好了。这时候，随便叫上几个大人一起去海边，把小木船从岸边的冰上推进下面的海水里，几个人摇着橹，到了深一些的水里，眼色尖的人站在船头上，不停地往前面的海面上观察，发现前方水下发出白光，就会悄悄把船驶近。

这种白光反射到海面上，有经验的渔民知道，下面一定有鱼堆。为什么？因为那时海里的鱼特别多，天气冷了，岸边浅水里的鱼都会扎堆取暖，一群群的鱼聚集在一起，就形成了一层一层的鱼垛，鱼本身白色的鱼鳞映到海面上，一看就知道下面是鱼群了。

待把小船悄悄驶近了鱼垛，船上的人抓紧点燃"土炸弹"扔下去，其他人一人手里拿一把抄网，"土炸弹"在鱼堆旁炸了，被炸昏的鱼就会立刻漂到海面上，船上的人就不停地捞，一会儿工夫，船舱就装满了。

每当有这种"炸鱼"的事儿发生，第二天一早，起得早的人们总会在海边捡到不少鱼。因为用"土炸弹"炸鱼，漂上来的只是昏过去的鱼，而当时就炸死的鱼是会沉到海底漂不上水面的，第二天便会被海潮冲到岸上。这种炸鱼的事儿，在老家是非常禁忌的，因炸鱼对其他鱼类和海里的动物损害很大，渔家人只要不是急事急办一般不会这样做的。只有遇到左邻右舍冬天里办大事开酒席的时候，人们才会不得已用此法以满足餐桌上的需要。

说起渔民与鱼的事儿，其实最难忘的是当年生产队里晚上分鱼的情景。那时候，生产队里的渔船很多，一般早出晚归，每当傍晚渔船靠岸的时候，渔村里的热闹劲儿就上来了。

这时候，渔民们便会或抬或推把当天捕捞的一筐筐新鲜鱼虾运到生产队的大院子里，点上打了气的汽灯，一家家的大人小孩便会成群结队地拧上篮子，兴高采烈地会集到生产队的大院里来。

这是渔家人平常生活最惬意的时候。在一大筐一大筐海鲜前面，会计在汽灯下把算盘拨得"啪啪"直响，各家各户根据劳动力所挣工分情况，换算成该分多少鱼的大体数字，用大铁磅一一称出，保管员便会把张家李家的字条一一写好，放在上面，放开嗓门吆喝着"张老栓鲅鱼十斤，大虾二十斤，螃蟹八斤"，"孙石头梭子鱼三十斤，墨鱼十八斤……"

月光下，大人小孩提着篮子、筐子，拎着兜子、袋子，把当天的海鲜领回家里。一会工夫，各家各户便传出了"嘭嘭叭叭"的收拾鱼虾的声音，全村沉浸在一片鱼虾特有的味道中，直到半夜三更一时半会也消散不了……

渔家的日子至今想起来还是那么清晰，那么亲切。随着渔家生活的不断改善，今天的渔民们已经不再使用过去那种小木船打鱼了，也不再像过去那样在生产队院里分鱼了，渔民的船只已经换成了大马力的远洋捕捞船，所捕捞的海鲜也已经成了远销全国各地的美味佳肴。

富裕了的渔家人，用汗水和智慧正在谱写着新时代大海与鱼的美丽故事……

# 鱼头、鱼尾、鱼骨头

## ——海边拾趣系列之六

在渔家吃鱼，还有一条重要的忌讳切不可忘，就是在吃任何鱼的时候，盘子里的鱼上面的肉吃完了，不能随便翻过来吃，要从底下慢慢地把下面的肉掏出来吃。据说，这是长年在大海风浪中捕捞的渔民们最重视的一种讲究。

海边人吃鱼特别有趣，也特别有讲头。

前面说了，渔民们在海上捕鱼的时候，船上吃饭一般是不吃鱼肉的，大家都会把当天打上来的最大鱼的鱼头和鱼尾剁下来，放到锅里后，顺手从船边上弯腰舀一瓢海水加到锅里，什么作料也不加，就这样把鱼头鱼尾炖熟便吃。外地人不知道，这种吃法从何而来？按时下讲究科学营养健康的角度，是吃鱼头补脑子。那么，吃鱼尾巴是补什么呢？

从小在海边长大的我，对这个问题始终没得到一个确切的说法。只知道，大人们都愿意这样吃，老人们也是这样的。

记得小时候过年，家里老人们都要用萝卜块炖一条咸鲞鱼，说是"想什么有什么"。这种鲞鱼的尾巴大人们都特别愿意吃。有一次，家里炖了一条这样的鲞鱼，我那时候小不懂事，就抢先把鲞鱼的尾巴夹到了自己的碗里，为此还被大哥狠狠地打了一筷子，意思是小孩子不能先夹鱼尾吃，要等长辈先吃。父亲慈祥地看着我："吃吧，吃吧，尝尝是个啥滋味？"我赶紧放进嘴里嚼了起来，感觉比鱼肉香，而且越嚼越香，香得像吃肉一般满嘴流油。

从此，就知道了鱼尾巴的好处，每天渔船靠岸后，小伙伴们都抢着钻进船舱里抢鱼肉吃的时候，自己就专拣鱼尾巴吃。

还有鱼头也是一样，尤其是吃那种新鲜的大鲅鱼的时候，虽然现在不少饭店都有一道美味鲅鱼馅饺子。可小时候在老家，炖鲅鱼吃鲅鱼头，的确是一种难以忘怀的味道。

鲅鱼头尖嘴齿锐骨硬，但硬骨头里含有一种特有的鱼香，这种鱼香只有刚出水的新鲜鱼头才有，如果是经过冰冻或长途运输后，这种特有的香味就不复存在了。在海边渔家，招待客人时还是会将整条鲅鱼做好上桌的，但只有家人用餐时，才会将鲅鱼头和尾巴进行小火慢炖，在不加任何作料的情况下，做好的鱼头鱼尾刚出了热气腾腾的铁锅，一股清香随风扩散，弥漫在鼻口间，让人垂涎欲滴。

刚做熟的鲅鱼头上桌后，需要用筷子将鱼头从嘴巴处拆开，把每一块骨头分离，然后，夹起其中的一块慢慢放进嘴里，连骨头和骨头里的肉一起反复地嚼，虽然肉没多少，但在嚼的过程中所品咂出的味道，如同一种新鲜的肉香与鱼肉的香味混合到了一起，绵绵不绝，回味无穷。

鲅鱼的尾巴是一种类似刷子状的 V 字形软骨组织，不知道其中味道的人，一般在做这种鱼时会将尾巴作为废料扔掉。但正因这种鱼尾的特有成分，才成就了这一美味的诱人之处。鲅鱼的尾巴在接近肉身处是特别细的，鲅鱼只有身体中间的一根硬刺，连着尾巴处。因此吃鲅鱼的尾巴本身是没有多少肉的，只有知道其中门道的海边人，才懂得这一奥妙。鲅鱼尾巴要先吃掉连在尾巴处的那一截细小的肉身，然后将尾巴从"V"字处分开，把其中的一片放进嘴里，顺着其中的软骨脉络慢慢细嚼，仔细地回味其中的鱼香，直到味道由浓变淡为止。

在渔家吃鱼，还有一条重要的忌讳切不可忘，就是在吃任何鱼的时候，盘子里的鱼上面的肉吃完了，不能随便翻过来吃，要从底下慢慢地把下面的肉掏出来吃。据说，这是长年在大海风浪中捕捞的渔民们最重视的一种讲究。船在海上漂，人在浪里走，最怕的就是翻船。吃鱼时翻身最能让人联想到翻船。也许正因为此，渔民们吃鱼时是无论如何也不会去翻那个鱼身的。

鱼吃完了，剩下的就是鱼骨头了。在过去，骨头是废料，随手就会扔掉。可如今，鱼骨头也成了好东西。一是可以做成鱼饲料，二是可以做成鱼骨头食品出售，而且卖得非常火，有的都出口到了国外。

说到鱼骨头，不能不说说一种"蛤蟆鱼"。这种鱼头大口宽，露着长长的尖齿，大肚子里的货也不少。有像围巾似的鱼，长长的，厚厚的，海边人家都会将它晾在绳子上，干了后用火烤一下吃，非常香。还有一种鱼肝，类似于鹅肝大小，粉红相间，味道鲜美。这种鱼浑身软骨，骨头里的骨髓硬实，吃起来咯吱咯吱响。晒干后，冬天里炖萝卜吃，味道特别诱人。

听家乡人说，现在这种鱼基本打不着了，有时候打上来一条，也特别小，肚子里的货也没有过去那么多了。据分析，现在科技发达了，渔民们使用的捕捞技术比过去更加先进，但往往越是先进的技术，对大海里的自然生物的破坏也就越加彻底。听他们讲，有时候大的捕捞船用一种大而密的拉网一拉，大大小小的鱼虾基本被拉光。

海味好吃，吃得多了，自然繁衍就跟不上了。有一个苦涩的笑话，说的是深海里的鱼类，只要经过我们这边的经济区边缘，就会互相提醒："那边不能去，去了就再也甭想回来了。"但愿这样的笑话早日成为历史，让人类与海洋鱼类成为真正的朋友。

相信这一天会到来的。

# 鱼篓、渔网、鱼漂浮

## ——海边拾趣系列之七

> 用今天人们的眼光来看，那时候的日子绝对是好得不能再好的了。吃的是最健康的食品，以及大海里最天然的海味，其实，这种红薯偶尔吃几次是可以，要是作为一种主食，天天吃就受不了了。

电影《海霞》里有一首歌唱道："大海边，海滩上，风吹榕树沙沙响，渔家姑娘织呀织渔网。"这是电影里的渔家生活镜头。实际上，真正的渔家人织渔网，是在家里利用每年农闲季节织的。

各渔船上的渔网都会在当年的使用中出现一些破损，破损严重的，需要及时缝补。不太严重的，待到冬季把船上所有的渔网拉到家里，一次性从头一一缝补。当然，对于破得用不了的，就不需要缝补了。要重新购买网线，让家庭妇女在冬季里织新网。记得小时候，家里冬天一般晚上干两件事。一件是用手剥花生，一件就是织渔网。大人们一手拿着用竹板做的织板，这种织板的宽窄就是渔网口子大小的标准，大口网用大织板，小口网用小织板，而来回穿线用的梭子，也是用竹板刻出来的。那时候，大人们织网，小孩子就把网线往梭子上穿，左手拿梭子，大拇指不断地把线往梭子中间的孔里按，右手拿着一大团线慢慢往里引，动作娴熟的渔家孩子，眼睛即使不看也能很快地把梭子穿满。

织渔网用的渔线是尼龙线，是从很远的城里买来的。要织一个渔网，需要用很多很多的线，一般经验丰富的渔把头会根据一个成形的网准确地计算出需要多少线，你用完了这些线，渔网也就织完了，不会剩多少。记得最让小孩子头疼的事，就是买回来的一捆捆线，需要缠成一个一个的线团。在这个过程中，小孩要协助大人，就是用两只胳膊把线团撑起来，大人们拉着线头把线缠成线团。这个过程既慢又重复，有时把小孩子急得怨声载道。

线缠完了，还要把一把把梭子用线缠满，这既是大人的活，有时也是小孩子的活。因这织网是需要梭子的，梭子上没线是织不成渔网的。渔家的孩子从小就要给家里干这干那，即使放了学回家也需要抓紧做作业，然后去打猪草、放牛，或帮大人去田里干活。晚上还要帮大人织渔网，一年年就是这样过来的，即使不想干，埋怨也是没用的，埋怨多了大人就会虚无地应付一下："等网织完卖了钱，给你做件新衣裳。"织网是一件技术活。怎么穿线，怎么锁扣，什么样的扣结实，什么样的不易开，都是有定数的。

有渔网就需要有鱼篓。家乡的鱼篓有大有小，无论大小都是用一种叫作棉槐的荆条编成的。这种棉槐喜欢生长在沙滩里，生长出来就是一条一条的，到了秋天把它割下来晒干，然后放进水塘里沤上一个多月再捞出来晾干，编篓时就不会折断。大的鱼篓有一人多高，一米多宽，装满鱼虾得有二百多斤，两个成年男人抬起来都费力。每当傍晚渔船靠岸，船上的渔民就需把当天的收获用这种大鱼篓抬到岸上，在他们经过的地方，地上都会洒下一路的鱼虾的黏液。

小的鱼篓一般是放在家里的，专门放鱼干用。记得小时候，每家每户的房梁上都挂着一个不大不小的鱼篓，鱼篓用树杈做成的挂钩吊在上面，挂鱼篓时用木杆子挑着挂上去，需要用鱼干时，再用杆子挑下来。这个鱼篓里放着各种各样的鱼干，一般在其他季节不用，只有在冬天不出海的情况下，家里才会用里面的鱼干做菜。

有印象的是，这种鱼干非常硬，在锅里烘干后虽然闻着挺香，但

咬起来不易。有时干蒸后也不易咬动，因此，小孩子们不乐意吃。但那时候，海边的海味不少，但细粮不多，再加上当地不产大米，只有被称作"全世界认可的最健康食品"——红薯，每年冬天全吃这种红薯干，吃多了胃里发酸，以至到现在，一看到红薯就皱眉头。

用今天人们的眼光来看，那时候的日子绝对是好得不能再好的了。吃的是最健康的食品，以及大海里最天然的海味，其实，这种红薯偶尔吃几次是可以，要是作为一种主食，天天吃就受不了了。时光变迁，怎能想到红薯会有今天这么高的地位？

有渔网还得有鱼浮。鱼浮一般有玻璃的、塑料的、木头的，等等。渔民们常用的基本就是前两种，全是从外地购进的。当时的年月，商品缺乏，渔民是离不了酒的，他们发挥想象力，就把一些圆圆的鱼浮钻一个小洞，把里面刷干净了，当成盛酒的器具，上面用一个小木塞一堵，就成了。有的家庭还用它当水壶用，有时候往地里送饭时就背上这样一个圆圆的水壶，在身前身后不停地滚来滚去，挺好笑的。

秋天，海边经常刮起大潮，每逢大潮过后，早起的人就会在海边捡到许多这样的鱼浮，那基本是渔民们在深海里下的渔网被海浪冲散了，漂到了岸上来。就如同海这边的人们捡到了海那边的漂流瓶，惊喜常常会不期而遇。

海边人的生活，只要海不枯就会有讲不完的琐碎故事。

# 海蛎、蛤蜊、皮皮虾
## ——海边拾趣系列之八

> 有时候人就是这样，越是从前的东西，人们越难忘。总感到现在的东西变漂亮了，变大了，变得价格不敢看了，但本质的味道和质量，却再也变不回去了。

如今在一些大饭店里有一道菜，就是生蚝生吃或烤着吃。初次见到这道菜，马上便想起老家海边的海蛎子，"这不就是比海蛎子大一点的蚝子吗？"这种疑问，一直伴随至今，感觉实质上它们并没什么大的差别。要说差别，恐怕也只有在价格上的天壤之别了。

说到海蛎子，这是家乡一道远近闻名的下酒菜。一般分为春秋两季最肥，平时一年四季也能采到。这种海蛎子有着硬硬的外壳，身体的一面紧紧地贴附在礁石上，一片片的，满礁石都有。只要一个日夜，就会生长出一片来，可见其繁衍能力之强。打海蛎子，什么工具都行，最好用的就是用小镢头刨，只要从礁石上刨下来，扒拉到篮子里就行。

海蛎子春天的最鲜，家乡人叫"春发芽"，这种蚝子都是当年的新生代，肉质饱满，白里泛蓝。只待海潮退下去露出礁石来，家庭妇女们就会蜂拥而上，手舞镢头、铲子、钻子，一阵猛敲，成堆的海蛎子纷纷落下，用手一堆，放进篮子就可以。回家后，把海蛎子放进锅里，加少许清水，用火煮开后，需要马上掀开锅盖，来回地扇上几个来回，这些海蛎子就一个个自动张开了口。

开口的蚝子捞出来放凉后，用一把小钻子，是用一段铁丝固定在一个木头把上，把铁丝的一头砸扁，磨成小刀状，用这样的小钻子，把已经张开口的蛎子的盖掀开，然后把里面的蛎子肉挖出来即可。蛎子肉挖出来了，用煮蛎子的鲜汤冲洗一下，就可以加上香菜段，或焯过水的韭菜拌在一起，多加些蒜汁和醋，即可装盘上桌。那种鲜美至今回味起来，仍留恋不已。

现在再到海边去，或在渔家乐里面，可能吃不到这一鲜味了。不过，人们现在开始时兴养殖，什么螃蟹、大虾、扇贝、生蚝、海参、鲍鱼等，都可以人工养。但养殖的海鲜毕竟不如自然生成的味道好。有一次在老家，邻居养生蚝，见我从北京回来，便热情地送来一大袋子生蚝，煮熟后吃起来，感觉味道的确不是以前那种海蛎子的味了。但从个头看，却比天然的海蛎子大了不少，价格也贵了不少。

有时候人就是这样，越是从前的东西，人们越难忘。总感到现在的东西变漂亮了，变大了，变得价格不敢看了，但本质的味道和质量，却再也变不回去了。

说到海蛎子味美，其实与蛎子味道相似的就是蛤蜊了。

海边人都知道，蛤蜊是会在沙里走的。有时候，一场海潮下来，沙滩里就会有成片的蛤蜊聚集在里面。这时候，你看吧，沙滩上人头攒动，铲子飞舞，刚退潮的沙滩上人们像犁地一样，从一头向另一头，把原本平整的沙滩翻个底朝天。翻一铲沙子，在里面扒拉一下，看看蛤蜊有多少，就如同秋天里在花生地里找剩下的花生一般。随着海潮下一次涨起，沙滩又会恢复原样，第二天，人们会再次在这里翻一遍，继续挖着似乎总也挖不尽的蛤蜊。

蛤蜊挖回来，人们除了现煮现吃外，一般会把吃不完的煮熟，把肉挖出来晒干，晒成蛤蜊干，以后用它炖豆腐、熬白菜，或者做汤，都是味道鲜美的特色菜。

海边渔家特色菜说起来真不少。就说现在时兴的皮皮虾吧，在过去海边人家是不屑一顾的。记得那时候，渔船靠岸后，人们买鱼买虾就是不愿意要皮皮虾。因为这东西吃起来扎嘴，浑身是皮，没多少肉。渔民们为了卖出去，总会在渔船靠岸前，先用竹竿把小虾里掺杂的皮皮虾捅到里面去，别让买小虾的人看到。

　　说起来人们可能不信，那时候过的是生产队的集体生活，渔民们捕捞上来的皮皮虾都会运到岸边的沙滩上，在那里用大石头砌了很多大池子，把皮皮虾全倒进去，然后经风吹日晒，腐烂后变成肥料，用来为庄稼施肥。而现在，皮皮虾成了城乡人们喜爱的海鲜，价格也不便宜。是不是物以稀为贵了？这可能与海产品的产量日趋减少有关系吧。

# 鱼干、虾酱、鲅鱼饺

## ——海边拾趣系列之九

> 海味就是讲究一个"鲜"字，也许只有近在海边，才能感受到它的真正含义。也正因为此，渔家人的日子是其他地方所感受和理解不到的。

海边渔村的特色风景之一就是晒鱼干。从海边到村里大街小巷，院里院外，路边地头，无不是一溜溜的支架，支架上挂满了大大小小的海货，有黄花鱼、梭子鱼、青白鱼，有蛤蟆鱼、鲅鱼、章鱼，还有鲶鱼、墨鱼、石头鱼，更有令外地人陌生的石磕鱼、挺帮鱼、相鳞鱼，等等。

晒鱼干，是渔家人不得已的办法。鱼打多了，要不就用盐腌起来，要不就挂到架子上晒干。晒干的鱼干能放较长的时间，不急着吃的时候就放到冬季里，慢慢地用各种办法烹烤煎炸，或送给远方的亲戚好友。

渔家人吃腥不闻腥。收拾鱼的时候，那种气味是挺让人难受的。一般情况下，需要在地上放几个大盆，盆里放满水，一个盆用来为鱼开膛破肚，把内脏清理出来，血水洗净，鱼鳞刮去，鱼鳃除掉，大一些的鱼需要用一根小木棍把鱼肚撑开，然后一条一条地用铁丝串起来挂到支架上。小鱼就干脆用铁丝直接串起来，挂到外面晒干。

晒鱼干是一年里各季节都要做的事儿。春天里，因气温低，鱼群活动少，海里捕捞不到大一些的鱼类，只能晒各种小一点的鱼干。夏季是晒各种大小鱼类的季节，从近海到远海，鱼儿都非常活跃，渔民们收获颇丰，渔家的鱼干花样也多，量也大。秋季里，基本上晒墨鱼干、鲅鱼干，这时候墨鱼的繁殖速度快，从近海到远海，都是成群结队的，一网下去渔船上的船舱就满了。那时候渔船靠岸后，海滩上都是一堆一堆的墨鱼，需要动员各家各户的妇女小孩来帮忙收拾墨鱼。有时候，鱼多了，经常加班加点地干，海滩上架起汽灯，或者煤油罩子灯，通宵达旦地收拾。

鲅鱼既可晒也可腌，晒干了的鲅鱼片，能看到上面浸出一层鱼油，上锅一蒸，香气四溢。也可割成片放到缸里用大颗粒的海盐腌，到冬天炖萝卜吃，如同今天江浙一带的腊肉，咸中带香，特别下饭。尤其是对正在长身体的小孩子来说，伴着咸鲅鱼吃红薯干或玉米饼子，会吃得尤其香，大人们看在眼里，眼睛里都会流露出欣慰的满足。

说到鱼干，对渔家人来说，还有一道下饭的菜就是虾酱了。渔家人做虾酱是特别讲究的，不像如今市场上出售的虾酱，什么蟹壳、鱼骨都能入料。渔民们最中意的做法是用一种叫"蠓子虾"的小虾做的，这种"蠓子虾"一般只有在春季才有，由于身子特别细小，需要特别的渔网才能捕捞到。这种细密的渔网叫"网袖"，如同今天人们夏天用的纱窗上的纱网，需要单独用很细小的梭子织出来。这种"网袖"不能单独下网，需要用大网套小网，即用大口子的网在前面张开大口，"网袖"在大网的后面，就像现在养鱼的人在河里捞鱼虫用的网兜似的，前面口大，后面尖尖的。这种带"网袖"的网下到海里后，随着深海里的海流张开嘴，随大流的"蠓子虾"一群群地游进去后，会进到最后面的"网袖"里，再也跑不了。这样，渔网捞起来后，渔民们把"网袖"里的"蠓子虾"专门倒进一个船舱里。上岸后人们买回去就会用来做虾酱。这种虾酱做起来也特别简单，只要把"蠓子虾"放进坛子里，加上大颗粒的海盐，然后把坛口封好，放上三四个月，虾酱就做成了。做饭时，捞上一碗，放进锅里，蒸上一个多小时，香喷喷的虾酱就出锅了。条件好的家庭，在蒸虾酱时，在上面打上一个鸡蛋，那蒸出来的虾酱更是诱人，味道更佳。

渔家好吃的东西太多了，印象里还有种不得不说，那就是鲅鱼馅的饺子。这种饺子必须是用刚捕捞的新鲜鲅鱼做，那种新鲜上岸的鲅鱼浑身银色发亮，肉实无刺，用刀把头尾一除，在中间顺着骨头一划，两片整齐的鱼肉片了下来，剁碎，加少许韭菜末，盐、醋各加少许即可。这种馅包出来的水饺，那味道既有鱼肉的鲜美，更有大肉的香味，那种鲅鱼肉里挥发出的特有肉香味，令人百吃不厌。

现在，城里海鲜风味的饭店里大多有这样一道菜，但严格来讲，所用的鲅鱼大多是空运或冰过的，用渔民的话说，"隔流的海鲜矮三分"，味道与新鲜鲅鱼难以同日而语。

海味就是讲究一个"鲜"字，也许只有近在海边，才能感受到它的真正含义。也正因为此，渔家人的日子是其他地方所感受和理解不到的。

靠海吃海，吃了多少辈多少代，延续下来的无论是风俗、习惯、技术，还是爱好、品味，都是一部了不起的史记，需要后人在继承中学习，在学习中领会和提高。

海的博大与深邃，在自然人眼里真的是毕恭毕敬的。

# 虾皮、虾米、大对虾

## ——海边拾趣系列之十

> 对个头很大的大对虾，渔民们都称作大虾。这种大虾一尺多长，只在深水区才有。特有的青身大壳，虽没有龙虾般的头颅，可身体却比龙虾大而长。渔民们出海起网时能见到大虾上来，是一件十分开心的事儿。

海虾在渔民的眼里是越大越值钱。最小的蜢子虾只能做虾酱，而中等的海虾一般就是晒干了做虾米，最大的大对虾则是海鲜中的上品，会被豪华包装成盒，卖出天价，而这种天价的大对虾一般捕获量不大，最多时一条船捕捞十多斤，最少时一二只而已。

最小的虾除了蜢子虾外，就是被用来当虾皮卖的小虾了。这种称作虾皮的小虾一般秋季捕捞最多。熟悉渔情的渔民都知道在哪片海域能捕捞到，因此，秋季里渔民出海是需要起大早赶海潮的。平静的海面下是汹涌的海流，小虾像成群的蜜蜂随着急流游荡，聪明的渔民们总会在海流的中间张网以待，早晨去了下网，下午起网，满载而归。这种小虾肉少而皮软，是人们补钙的最佳海产品。渔民们捕捞上来后，下锅煮熟晒干，就成了虾皮。这一名字怎么来的，也许与这种小虾的软软的皮有关吧。如今，上等的虾皮已经成了渔民们出口赚钱的东西，外贸部门定期收购，分成三六九等，不同等级不同价格，成了渔民们增加收入的拳头产品。

中等的海虾，如同今天人们看到的淡水养殖的虾，但淡水虾与海虾的区别就是味道不同、营养价值不同，另外海虾是纯天然的，价格也就不一样了。这种中等的海虾一般是夏秋二季收获最多，有时候渔民出海归来，船舱里都装满了，两边会用木板挡起来。每当看到渔船远远地、吃水很深地向岸边驶来，人们就会知道当天的捕捞情况如何了。这种中等海虾渔民是用来晒虾米的，每当到了晒虾米的时候，你看吧，大街小巷，院里屋顶，到处是晾晒的煮熟了的海虾。一周左右后，海虾晒干了，人们就会拿下来在一个圆圆的簸箕里面搓去皮，剩下的虾肉就是虾米了。虾米也是分等级的，大中小在价格上有着天壤之别。如今，海里的鱼虾少了，大一点的虾米价格很高，但在渔民眼里，虾米的大小与味道是没有关系的，他们更愿意吃小一些的虾米，把大一些的变卖。

虾米在渔民家里的吃法，主要有两种。一是用来凉拌黄瓜或芹菜，配上蒜汁，鲜美爽口。二是用来炒白菜，尤其是炒白菜帮子，味道更好。这种白菜帮子是胶东一带特有的大白菜，不像北方的那么小，一棵足有三四十斤重。把这种大白菜帮子切成细条，与用热水泡好的虾米一同炒，在炒的过程中把泡虾米的水加进去，这种虾米白菜炒完了，白菜帮子充分地吸收了海米的味道，又软和，又提鲜，是一道渔家招待客人的佳肴。

记得刚离开老家到外地工作的时候，每年都会收到从老家寄来的虾米。把虾米作为礼物分送给同事，大家都非常高兴。有一次，一位老哥悄悄地问我，你说虾米生吃咋不拉肚子呢？我听了顿时忍不住地笑了起来："老哥，你太外行了，虾米本身就是熟的干成品，干吃怎会拉肚子呢？"笑话归笑话，对不在海边生活的人来说，海产品有时吃不习惯也是正常的事儿。

对个头很大的大对虾，渔民们都称作大虾。这种大虾一尺多长，只在深水区才有。特有的青身大壳，虽没有龙虾般的头颅，可身体却比龙虾大而长。渔民们出海起网时能见到大虾上来，是一件十分开心

的事儿。有时候，因渔网网眼大小不一，有的大虾会卡在网眼里，渔民们都会格外小心地把它择出来。即使不小心把虾头摘断了，也会悄悄地用一根牙签状的小木杆把头尾重新串到一起，为的是在出售时卖个好价钱。

这种大虾渔民们是舍不得在海上做食物的。都知道它味美好吃，可吃一只就丢失了不少的银子，划不来。但这也不是绝对的。有时候，家里招待规格很高的客人，或有喜庆事儿，或过大年的时候，渔民们还是会做一盘大虾的。当然，这道菜一上桌，这桌菜的档次一下子也就提升了好多。

真正品味大虾的做法是炖汤。把一只刚捕捞上来的大虾放进锅里，加上二三碗清水，再加少许姜丝或葱花，用大火煮开后，再慢慢用小火炖一个多小时，直到把大虾壳里的黄都充分地炖到汤里，把虾肉里的虾油炖出来，在出锅时加少许老陈醋，喝上一口，那种鲜味直冲脑门，回味无穷。

现在，纯野生的大虾捕捞越来越不容易了，真正的海味正在远离普通百姓的餐桌。老贵老贵的海鲜让工薪阶层看都不敢看一眼，这不能怪渔民，只能说人们的生活水平提高了，购买力旺盛了，对高档次海鲜的需求越来越多了。不过，为了提高产量，渔民们每年都会统一地划出一个休渔期，让海中的鱼虾有一个繁衍生息的过程，这样，海里面的生物链也许会得到休整，再加上人工养殖也跟上来了，相信吃海鲜不再是多难的事儿。

# 挡网、推网、甩手网

## ——海边拾趣系列之十一

> 网，在渔民心里，如同好日子的金钥匙。离了网，渔民们便失去了收获的乐趣。有了网，海再大再深也如同肥沃的土地一般。

一网金，

二网银，

三网捞个聚宝盆，

四网打个铜罗群，

五网拉个蚶螺满，

六网虾蟹满仓囤，

唱着喜歌返家门……

海，是渔民的土地，也是渔民的希望和幸福所在。从渔民捕捞时喜欢唱的小调就可看出，渔民爱海爱得真切，而渔网正是渔民与海交流的工具，更是渔民们的财富象征。

网，在渔民心里，如同好日子的金钥匙。离了网，渔民们便失去了收获的乐趣。有了网，海再大再深也如同肥沃的土地一般。

在渔村，最常见的就属渔网了。大的、小的，宽的、窄的，密的、疏的，要多少有多少，要啥样有啥样。从渔网的名字中就可知端详，拉网、流网、粘网、拖网、旋网、地网、插网、推网、撩网等，还有各地不同的叫法，无不从不同功能中形象地加以概括。平日里，渔民只要不出海捕鱼，最喜欢干的活儿就是聚在一起整理渔网。用过的网大都会留下一些形状不一的窟窿，如不及时缝补，下次就影响捕捞。织网、补网，因此就成了渔民们平时里最常见的活计儿。

说到缝补渔网，那可是一件技巧活儿。在外行人看来，渔民们飞梭引线的功夫，不亚于魔术师眼花缭乱的动作，尤其是在渔网的洞口如何打结，如何穿线，如何连接，会让人看得如坠云里雾中。

从小在渔村长大的渔家孩子，都会跟着大人学习织网、补网，也很早练就了一手结网穿线的绝活。从把薄薄的竹片削成中间有孔有尖的梭子，到把渔线灵巧地缠满梭子，从把渔网的洞口用剪刀剪齐，到用梭子从打结处变换花样穿梭打结……这些活儿灵巧中透着悟性，悟性中显得老练。

比如说打结，一般地就有活结、死结、双盘活结、多盘死结等，这些线结打在什么网上，或者是网上的什么地方，渔民们都有自己的讲究，不能随便。现在城里的年轻人对这些花样的线结，大多不熟悉，平时也接触不上，更不用说女孩子们的针线手工了。但对于渔家男孩女孩来说，这是从小无师自通的活儿，如同张飞吃豆芽——小菜一碟。

渔家有三种网不得不说。一是挡网，二是推网，三是甩手网。这三种网大小不同，长短各异，口子疏密不一，用处也分不同海域。

先说挡网。挡网分大小两种，一种是小挡网，专门在退潮时的礁石间用几根木棍一撑，把它拉在中间，待海潮上来再退下去时，渔民们就会跟着潮头来到网边搜寻捕获物。这种小挡网一般线较细，如同捕鸟用的粘网，只要有鱼虾沾上就跑不了。但因在近岸的浅滩上张网，一般也捕不到什么大的鱼类。

还有一种是大挡网，一般有上百米，甚至几百米长，高约几十米，这种大挡网只能在远海的大捕捞船上用。使用时要在深水区，两条带马力的大船中间拖着这种大挡网，水平前行，两船中间的水域里就会形成一个大拖兜，而在这水域中的鱼虾便会一拖而上。由于是选择性捕捞，这种大挡网的网眼会很大，只捕捞大的鱼类，小的鱼虾会在水中顺着网眼跑掉，不会形成灭绝性捕捞。渔把头们长年在海上漂泊，无不练就一双火眼金睛，哪怕是在风口浪尖、上下摇晃的海上，一眼就能看准鱼群在什么地方，捕捞的方向怎么设置，网如何下，口子朝哪个方向开，这种功夫和眼力直接关系到收获的多少。也因此，有经验的渔把头在渔村很是吃得开，四乡八邻人人敬慕，年节时做客都会让在上位。

再说推网。这是一种小微型的三角网，是渔家人在退潮后的浅水里用手推的小网。制作这种小推网也是个经验活儿。首先需要找两根精细均匀的竹竿，在一头打一小孔，用铁丝固定在一起，保证伸合自如。在两根竹竿的另一头各用木头做一个像靴子似的推手，分别固定结实，在两根竹竿伸开成"V"形的中间，用网兜起来，形成一个网包状，然后固定在两边的竹竿上，网的前头用一根粗些的铁丝串起来，以作为犁地的切入线。这样，人在后，网在前，在浅海里推着往前走，前面海水里的鱼虾就会兜到中间的网包里去。推一会儿，把三叉网举出水面，用挂在身后的网兜把里面的收获装好，再继续往前推。

记得小时候，晚上经常跟着邻居大哥去退潮的浅海里推网。这本是件体力活儿，累得要命，手在前面使劲推网，两脚在后面使劲蹬地，海水从前面的渔网里过滤着，力气小的人是干不成的，可其中的乐趣却是无穷的。

推这种网时还有着特别的收获。在退潮后离岸较远的浅海里，因脚下无礁石和海蛎子皮扎脚，可放心大胆地推网前行。有时候，感觉脚下踩到一个硬物，弯腰用手一摸，就是一个大的海螺，里面包着肥美的螺肉，开心极了。用这种推网推上来的海货，一般是一种叫"周周"的小螃蟹，手掌大小，壳厚甲硬，吃时需用小铁钳夹开，味道尤为鲜美。当然，也有不少的皮皮虾、海螺、小章鱼、墨鱼等收获在内。半晚下来，能装一大网兜的海货回家。作为自娱自乐，渔家男孩子经常会在退潮的晚上三五成群下海推网，在静静的海滩上，伴着天上的星星，小伙伴们在海水里放开嗓门唱着一些不着调的歌儿，开心的笑声在海面上传得很远、很远……

最后说到甩手网，那更是一件技巧极高的活儿，一般的小孩和技术不熟练的人是干不成的。这种网在内地的河流湖泊中也常见，就是用一只手拿着网的一边，另一只手把下面长长的带铅坠的网甩出去，在海面上形成一个椭圆形后，网便慢慢随着铅坠沉入海里，鱼虾只要在这个椭圆形的海水里，就会被慢慢地拖到岸上来。

记得小时候，海边有一位花白胡子的老人经常用甩手网捕鱼，那熟练的甩网动作在小孩子们的眼里是那么迷人，经常会尾随老人在海岸边观看半天，有时候打上一条鲶头鱼或梭子鱼，老人和孩子们顿时会开心地欢呼起来。

甩手网，会的人不太多，但只要学会了，无论潮涨潮落，也无论白天黑夜，都可以在海边自由自在地捕鱼，那种潇洒和干练，如同玩杂技一般，把外乡人羡慕得五体投地。

渔民与网的事儿还有好多好多，但对渔家人来说，宛如平常一首歌。这首歌，就是渔民与海的欢乐之歌，幸福之歌。

# 靠海、敬海、祭海节

## ——海边拾趣系列之十二

> 3月18日，当地渔民出海打鱼之前，都要杀猪宰鸡蒸面塑，将新渔网抬上船，在龙王庙前摆供，张灯结彩放鞭炮，举行声势浩大的祭祀仪式。这一天，远近蜂拥而来的宾客如同过大年一般热闹。

老家青岛田横境内岛屿成群，山海相间，濒临鳌山湾、横门湾、女岛湾，分布着田横岛、三平岛等十六个岛屿，拥有两处共五千余亩的金沙滩。靠在海边，活在海上，老家的渔民们与海的感情特别值得一说。

这种感情从家乡的"祭海节"上可见一斑。

祭海是渔民在漫长的耕海牧渔生活中创造的一种独具地域特色的渔家文化。据专家考证，早在六千年前的新石器时代，先民们就在田横区域靠渔猎为生。因当时对自然认识程度低，对大海有着一种特别的敬畏心理，人们在出海捕鱼前都会向海神祈福求安。明永乐年间，祭海仪式初见规模，至民国初年，田横祭海形成以家族或船组为单位的集体祭海活动。每年祭海的时间基本安排在谷雨前后，渔民们在修船、添置渔具等生产准备工作就绪后，选个黄道吉日把渔网抬上船，便开始祭海。

在老家田横镇周戈庄村，有一个延续了五百多年历史的祭海节相当有影响，每年都会吸引几十万中外游客慕名前来观光。3月18日，当地渔民出海打鱼之前，都要杀猪宰鸡蒸面塑，将新渔网抬上船，在龙王庙前摆供，张灯结彩放鞭炮，举行声势浩大的祭祀仪式。这一天，远近蜂拥而来的宾客如同过大年一般热闹。

每年祭海前的十几天，田横镇的渔家媳妇便开始忙着蒸面馍，这种面馍特别大，一个有三四斤左右。有寿桃、圣虫、斗等多种造型。寿桃面塑上装饰有双狮戏绣球、龙凤呈祥、喜鹊报春等图案。圣虫面塑形如龙状，绕多圈盘绕在莲花底座上，寓意财源广进。斗的形状如旧时盛粮的斗，在斗口处做上一条小圣虫，寓意有钱有粮，年年有余。这些面塑经食用色彩装饰后，成为颇具民俗特色的面塑艺术品。

临近祭海的日子，男人们便忙着选三牲，猪以大个黑毛公猪为佳，宰杀后刮毛，只留猪脖子上的一撮黑毛，然后用红绸布打成红色花绸结，装饰在猪头和猪脖子上。鸡要选个头大的红毛公鸡，鱼要用大个的鲈鱼。船长们都要请村里德高望重的老人用黄表纸书写"太平文疏"。写这种文疏时要点上一炉香，给所祭祀的龙王、海神娘娘、财神、仙姑、观音菩萨五位神灵各写一份，寓意向诸神祈求平安丰收，对联要请村里书法最好的老先生来书写，那龙飞凤舞的字体，在老先生花白胡子的映衬下，更显得飘逸洒脱，魄力无穷。

祭海的前一天，渔民们会将海边的龙王庙打扫一新，这些龙王庙大部分是近些年重修的，老的在"文革"时期早就被拆了。人们在庙里悬挂大红灯笼，摆上香炉、祭案，张贴大红对联，披红挂彩。同时在龙王庙前的海滩上架起一座牌坊式的松柏龙门，在其上悬挂匾额，挂满彩灯。各船渔把头们忙着将彩旗猎猎的渔船开到村前海湾，船头面向大海，一字排开，将渔具和网具摆放整齐，然后下锚定位，等待第二天正式举行祭海仪式。

祭海节当天，渔民们以船为单位在龙王庙前的海滩上开始摆供。一束束用竹竿绑扎成的几米高的"站缨"迎风而立，一张张供桌上摆满了面塑圣虫、寿桃、鱼、各类糖果、点心等，桌前的红漆矮桌上，一头头黑毛公猪昂首向前，一只只大红公鸡精神抖擞。渔民们穿着崭新的衣裳，将要焚烧的黄表纸整理好，摆好香炉，将上千挂红彤彤的鞭炮升上高空……

一切准备就绪。良辰吉时一到，当主祭人宣布祭海仪式正式开始，一时间，鞭炮齐鸣，人们开始焚烧香纸，并把写好的"太平文疏"点燃，鞭炮声中，船把头们开始往空中大把地抛撒糖果，有"谁捡的糖果多，当年即交大运"的说法。一个个身穿古装的渔家汉子郑重地请出金光闪闪的龙王，磕头朝拜。一时间，悬挂在空中的鞭炮再一次炸响，渔民们信奉谁家的鞭炮响，这一年肯定财运大发。因此，每年祭海，渔民们在购买鞭炮方面是从不吝啬的，较着劲地显摆。有的千万响的鞭炮，会一连响老半天，震得人耳朵嗡嗡的，场面格外壮观热闹。

祭海节期间，渔民们还会请来戏剧团助兴。据说，自清代以来，当地人便把京戏作为正戏，祭海时都会请来戏班子，连唱三天三夜，让大人小孩过足了戏瘾。

祭海仪式结束后，以往渔民们都在船上聚餐，并欢迎客人来船上一同吃鱼、吃肉、喝酒，来得人越多渔民们越高兴，标志着人气越兴旺，预示着祝福多多，好运连连。其实，这从一个方面也反映了齐鲁儿女豪爽、热情、厚道、诚实的品性。现在，这种聚餐方式改在家里进行了，一是卫生，二是饭菜热乎，方便招待。而用来招待客人的主要食品，就是祭海仪式上使用过的三牲和鱼虾等。

仪式结束后的第二天，渔民们便正式出海了，满载着一年的期盼和向往，满载着家人的祝福和安慰，满载着地方经济振兴发展的大计与远景，向深海驶去，驶去……

瓜田篱下

# 野草

> 家里的草垛围着院墙摆在那里，用不着你自己去说，就会无声地形成一种展示，不仅会让院落里的主人感到脸面上有光，更会让村里村外的人羡慕不已。因为，那说明这户人家勤快能干，持家过日子是把好手，是这家人日子舒坦的象征。

烧火的草，家中的宝。

说草是宝，多数人都会摇头。草在城里人眼里虽不受待见，可在乡下人心目中，过去那可是家家户户每天离不了的必需物。

乡下人一进门就能见到铁锅炉灶，炉灶里的炉膛一天到晚火烧火燎，冒出的黑烟能把家里的墙壁熏上一层黑灰。因为一日三餐、烤火烧炕等均离不了火，要烧火就不能没有烧火的草。从农家人进门七件事的排序上可以看出，柴米油盐酱醋茶，柴总是第一位的。柴与草连在一起，就是乡下人烧火的柴草。只要能在灶内发出热量，无论什么形状、大小、粗细、长短、软硬啥的，都可称其为烧火的草。离开了它，农家的日子就没了热乎劲儿，由此可见，烧火的草，在乡下人心目中占据着多么重要的地位。

乡下人家的院落，有着乡村特有的风景。有院落的地方必有一个个野草堆成的草垛，虽说形状大小各异，但那可是各家自有财产的特殊符号。不了解内情的，不会知道这草垛里面那些特有的讲究。家里的草垛围着院墙摆在那里，用不着你自己去说，就会无声地形成一种展示，不仅会让院落里的主人感到脸面上有光，更会让村里村外的人羡慕不已。因为，那说明这户人家勤快能干，持家过日子是把好手，是这家人日子舒坦的象征。

在农村生产队那会儿，每家的自留地不多，那时候粮食全靠集体分配，菜可就得凭自留地出了。没地种粮家里就没啥庄稼秸秆，没了庄稼秸秆，烧火做饭就没有柴草。也因此，烧火的草对农家来说，全凭两只手去野外扒拉。

生产队里集体耕种的庄稼，上面的秸秆是喂养牛、马、驴、骡等牲口的饲料，也称牲口草料。粮食收割后，秸秆会统一运到生产队大院里，垒成一个个长长高高的大垛，供饲养员每天饲养牲口用。因生产队的庄稼秸秆不分到各家，各家自留地里又不产秸秆，这就让家家炉灶里可燃烧的草，成了每天过日子必须解决的一件大事儿。

记得上世纪八十年代初期，离开老家刚到北京那会儿，有一件事至今说来好笑。当时，村里一位老汉来北京游玩，回到乡下后，街坊邻居们问他对北京印象最深的是什么，老人想了好大一会儿，才羡慕地咂吧着嘴说："北京颐和园树下的落叶太厚了，要是离得近，每天得往家里挑好几担呢。"老人的话，如今听来可能好笑，可在当时乡下人的眼里，这绝非笑话，草在外面无人拾，那真的是让人心疼的。

拾草，是乡下人过日子的基本功。干这活儿可不分年纪大小男女老幼，只要走得动，能背得起筐篓，年纪再大或再小，都不是稀罕事儿。一年四季，只要天气好能出得了门，就有人背起筐篓，拿着镰刀，扛着锄头和耙子走出家门，走向田野，不论青草、枯草，也不论山草、树叶，更别说离家远近，只要有草就会能割的割，能锄的锄，能挖的挖，能耙搂的就耙搂，直到把筐篓装得冒出小山尖，才弓身撅腰回家去。就这样，院外才能堆成一个个大草垛，烧火做饭过日子才有了保障。那时候，乡下人家的孩子找对象，女方家里有心的长辈，都会悄悄地来村里暗访一下，看看这家人门口有多少草垛，就知道孩子嫁到这家人会不会吃苦。

能拾草肯吃苦的孩子，是大人们眼里的好后生。记得小时候，特别是艳阳当空的时节，小小的年纪，背着一个装满野草的大筐篓，摇摇晃晃地从野外走进村里胡同的时候，虽然小脸累得通红，汗珠子吧嗒吧嗒地直往地上掉，但听到正在胡同里纳凉的老人们夸奖这孩子能干活时，虽面子上有些不好意思，但心底那份舒坦劲儿，仿佛喝了蜜汁似的。

"灶王爷肚子大，天天把人累趴下。"说的就是拾草的艰辛。过去乡下的房子，土灶往往有好几个，每个的烧火口虽然不大，但火烧起来后，一大筐篓的草，一会儿就能化成灶里一堆草木灰。说它肚量大，是因为再多的草垛也能塞到它肚里。因此，乡下人称灶为"灶王爷"，并在每年腊月二十三小年这天，家家户户都会"祭灶官"，在灶壁上贴上"上天言好事，回宫降吉祥"的对联，灶台上还会上香上供，祈求家里的日子诸事不愁。

拾草是个讲究活儿，仅凭力气还不成。庄稼人都明白，四季里的草，春天的不耐烧，因为太嫩没架子骨。可再嫩的草也是草，总比灶里没烧的要好。春天里野外的草刚冒出芽儿，一掐一股水，用来喂猪喂鸡还行，可晒干了用来烧火就不顶事儿。往往是割了一大筐，晒干就剩一小堆。夏天的草长得旺，虽比春天的草高大，但因还在生长期，耐烧程度也不行。好在气温高草易干，边割边晒，回家烧起来也方便。

秋天是拾草的高峰期。树叶黄，拾草忙。庄稼秋收了，田野里的草也长到了时候。庄稼地边的斜坡上，往往是野草疯长的地方，用手抓住野草的梢头，把镰刀贴近地面用力一拉，一大把野草就会顺着地面割下来。一块地头斜坡，往往能割好几担。树上的各种叶子，这时候也随着秋风飘落到地面，形成一层厚厚的叶毯，用耙子一扒拉，就是一大堆。

秋天到树林里扫落叶，好就好在不用带筐篓，只要两块大包袱布就行，用绳子把四个角一拴，就形成一个大兜子，扫起来的树叶往兜里一装，用扁担在两头一挂，挑起来就走，特别轻快。扫树叶也有头疼的时候，最可怕的是扫棉槐叶，那上面的"巴蜇子"特别多。这是一种浑身长满毛刺的软体虫子，只要它身上的毛刺沾到身上，马上就会鼓起一片片肿包，又疼又痒，难受得很。为了不让"巴蜇子"蜇到，人们各种招法都会用上，只要能把全身露在外面的地方包起来，只露出两只眼睛就行。即使这样，也逃不过"巴蜇子"的骚扰，最后身上总是会留下一些痛苦的"纪念"。

冬天里拾草可是个遭罪的活儿。满山的雪盖着，满山的风跑着，身上的大棉袄、脚上的大棉靴再厚实，也会觉得浑身透凉。那时候，人人出门，家家拾草，勤快人是不可能闲着"猫冬"的。由于人多草少，有草的地方早被人拾了个干净，有的地方还被人拾了多遍，草茬儿都不见了踪影。记得小时候跟着大人上山拾草，手拿着镰刀总找不到下手的地方，有时候只能钻到峭壁的岩石缝里去割几棵孤零零的山草。山下山上跑遍了，大半天工夫也装不满筐篓。

当然，偶尔也能碰到高兴的事儿，那就是接到生产队分草通知的时候。实际上，生产队分草分的就是草渣子。那是饲养员在铡草时筛选出的粗料，是把庄稼秸秆铡完后，余下的粗茎和秆根，是牲畜不宜喂的草段。这些草段攒得多了，在生产队院里占地方，饲养员就会根据户数多少，在地上扒拉成相应的堆数，然后通知各家各户去收拾。因为都是庄稼秸秆，这可是在野外无法拾到的好草料，回家烧火做饭好用得很。你看吧，这时候大人孩子过街串巷，大筐小篓满满当当，甭管是白天还是晚上，家家忙活得都特别欢实。其实，这样的好事儿，也不是月月有，那全得看饲养员的心情。也因此，小时候总觉得在生产队里当个饲养员可了不得，说哪天分草就能哪天分，那权力在每天拾草的孩子们眼里，特别地牛气。

乡下人烧草，与自家炉灶也有直接关系。所以，盘一铺好灶好炕，是庄稼人特别看重的事儿。灶和炕盘好了，不仅炕热得快，烟排得顺畅，草也烧得节省，用庄稼人的说法，就是"好烧"。盘出好烧的灶和炕，必须请村里有口碑的手艺人，一般都是大家公认的行家里手。比如，炉灶与风箱间的高低设置、灶内四周的宽窄度、炉灶与墙壁内土炕的连接、土炕底部平台的高低、土炕内土坯间的风向通道的汇合等，都是凭经验才能完成的技术活儿。手生的年轻人绝对揽不了这"瓷器活"。如果一个环节出了问题，不仅炉灶里的火抽不进烟道，还会发生倒烟现象，这可是家庭主妇们万万不能忍受的。否则，坐在灶前熏得直掉泪，满屋子烟也待不下个人。

如今，乡下的日子迎来了脱胎换骨的变化。随着农村城镇化建设的推进，乡下人的住房越来越亮堂了。过去满街的大草垛，现如今已被姹紫嫣红的花坛代替。背着筐篓野外拾草的光景，也变成了健身跳舞的欢乐景象。每家每户庭堂里的炉灶，大多已被充满现代炊具的洁净厨房代替。那些过去舍不得烧火的庄稼秸秆，也成了加工企业的原料，为乡下人换来一笔笔可观的收入。

时光荏苒，好日子更让人难忘过去岁月的艰辛。虽然现如今农家很少见到大草垛了，但庄稼人对草的感情依然如故。看各种野草每年春来茂盛秋来枯黄，任凭四季转换照样不尽不灭，春风一吹依旧蓬勃向上。仔细想想，这质朴而顽强的生命力，不正是对乡下人吃苦耐劳勤俭持家的最好诠释吗？

烧火的草，拾草的人，自然界的和合共生，人世间的相依相伴。

# 山麻楂

山麻楂，朴实得再平常不过，没有丝毫花里胡哨，没有点滴装腔作势，生命里没见过与五颜六色争妖艳，与滋润舒适比高低，一生中总是用尽心力把枝叶吐出一次又一次的绿色，让喜爱的人们采去品尝，如同食草的黄牛一般。

山麻楂是一种春天发芽生长的山中野菜。

离开老家好多年了，大城市里很少见到它的影子。有时候，会偶尔在菜市场里碰到，便会毫不犹豫地买上几斤回家尝个鲜。

山麻楂是家乡人对它的称呼，其实，它真名叫银柴胡，家乡人也称它是山妈妈菜。这种山野菜根硬茎长，椭圆形的叶片嫩绿厚实，耐寒耐旱，生命力旺盛，还具有清热解毒和利水的功效，一般生长在岩石缝隙或沙岩之上，早春吐绿，其茎呈节状成长，每节吐出几片长长的细条叶子，其叶含黏汁，味淡清新。从春到秋，三季均可采食，摘去新枝，会另发新芽，一茬一茬，繁衍极快。尤其是在无水无土的情况下，身处沙岩之中，根须深扎岩石里面，骨干如同沙漠中的胡杨，扭曲干裂，但细枝上吐出的绿茎却充满了生命的绿色。

山麻楂在过去的年月里可是家乡人饭桌上的一道特色菜。那时候，只要家里人有空闲，便会与左邻右舍结伴上山采摘。这种野菜无论是在石头上，还是在地面的沙岩上，都能让人一眼发现其存在。那一丛丛、一簇簇的叶片，生机盎然，特别招人喜欢。在荒草间如同出于污泥而不染的荷花，总能让人一眼就望见它。

山麻楂的叶片与茎均鲜嫩无比，从山下到山上，从石头上到沙土中，处处都能找到它生长的身影。它天性坚强，从不选择水土丰沃的田野，也从不依恋山花烂漫的绿荫，从不抱怨贫瘠，也从不感叹艰苦，似乎总是与世无争地默默在山冈上生根发芽，吐翠满枝。即使到了冬天，寒风和雨雪到来的时候，浑身只剩下一根干干的枝条，即使枝条下面赖以生存的根须裸露在岩石表面，也不委屈畏缩，仍然将生命的养分向难以下脚的岩石深处钻去，直到生命的最后一息，还在等待着春天的到来，再让新枝新芽焕发出生命的光彩。

山麻楂，朴实得再平常不过，没有丝毫花里胡哨，没有点滴装腔作势，生命里没见过与五颜六色争妖艳，与滋润舒适比高低，一生中总是用尽心力把枝叶吐出一次又一次的绿色，让喜爱的人们采去品尝，如同食草的黄牛一般。甘愿奉献的品质，朴实本分的脾性，在山里人的心中是那么高大和质朴。

山麻楂采回来之后，家里人一般会将其已老的茎部摘去，然后在锅里用热水焯一下，捞出后控干水分，剁碎，加少许盐或其他调料，最好是加适量肉末，用和好的玉米面将其包在其中，贴在热锅上烙，或用蒸笼蒸一下，熟后既有玉米面的香气，还有野菜的清香。小时候隔三岔五家里就会来一顿山麻楂菜团子，如今想起来，那可是家里吃的最诱人的饭菜了。至今有时候在梦中还会见到，那香气清新的味儿，记忆犹新。

秋天过后，山麻楂会长出一簇簇细小发白的花束，这是到了结籽的季节了。随着天气变冷，这种小白花上的种子就会随风飘落，四处飘荡，但往往是越艰苦、越贫瘠的地方，它越会停下脚步，生根发芽。即使是冬天人们将其干枯的枝干砍断当柴烧火，其岩石中的根须也会在来年的春天里重新发出新枝，再次成为人们视野里喜爱的山中野菜。

就这样生生不息，就这样冬去春回，以不屈的姿态展示着生命的顽强，以昂扬的斗志绽放着高贵的品质。

　　啊，山麻楂，家乡的山野菜，你纯朴的品德如同一面镜子，让人明白什么是坚强，什么是朴素，什么是幸福，什么是快乐……

# 野荠菜

> 一道野菜，如同一面镜子，显示着时下大众生活的美好和富足。在品尝大自然馈赠的菜肴时，更应该感受到这种平平淡淡日子的快乐，平平淡淡日子里健康与幸福的满足与意义。

农历三月三，荠菜赛灵丹。

严冬刚过，清明前后，耐寒力和生命力极强的野荠菜，就已经在大江南北的田埂、草地和溪头边露出了头。闲不住的乡下人这时候便会禁不住地挎上一个小篮子，下地采摘野荠菜了。

乡下的孩子采摘野菜的能力是如今城里的孩子无法比拟的。也可能是出于天性，也可能是从小环境熏陶的缘故，哪些可以食用，哪些不能食用，他们从小就能分得清清楚楚。

野荠菜，又名地菜，俗称百岁羹、清明菜（草）、护生草、净肠草。作为食用野菜，最早在《诗经》里就有"甘之如荠"之句，可见起码在春秋战国时期，古人就知道荠菜味道之美了。我国北方和南方普遍有食用野生荠菜的习惯。荠菜性味甘平，可炒食、凉拌，做菜馅、菜羹，食用方法多样，风味特殊，是初春最早可食的野菜，也是乡下人的初春季节饭桌上的时令菜肴之一。

初春的野荠，叶绿鲜嫩、味道鲜美、营养丰富。它是野生一年或二年生草本植物，多长在田边地角或湿润的河边溪头。作为野生荠菜，它有着极强的生命力。一棵荠菜，从根部分蘖，可以分出三四个头或者六七个头来，每一个头都有一根花茎从各自的菜心里挺出来，可以长到尺把高。每一根花茎又可以分出许许多多叉来，每一根叉都能开花。花茎是一边开花一边往上长，下面的结籽了，上面的正开着花。花细小，白色，无味，也许有微弱的气味，只是人闻不到罢了，否则不会有小虫子在花间飞舞。花籽极细小，色金黄，像煮熟了的鲫鱼籽。

开春的田野上，野荠菜随处可见。它那清新绿嫩的样儿，在那还是干枯的野草丛中和荒芜的田间地头一眼就能发现它的身影。一丛丛、一簇簇，绿得像素雅的碧玉。尤其是清晨的时候，你走到它的跟前，那叶片上的水珠仿佛是会闪动的眼睛，向你发出了热情的问候。特别令人感慨的是，在过去生活困难的年代，乡下的人们，从心眼里感谢大自然的这种馈赠，正是有了野荠菜这样的时令野菜，才让人们度过了生活艰辛的日子。

如今的野荠菜，还是那么招人喜爱。从乡下到城里，人们喜爱的程度与日俱增。荠菜的味道特别鲜美清香，这是因为它含有十一种氨基酸，营养非常丰富。据现代医学研究，荠菜含有胆碱、乙酰胆碱、芸香糖甙、芸香甙、木犀草素，能治疗多种疾病。民间常用荠菜羹治疗高血压、肠胃炎、肾炎、痢疾等症。荠菜根白色，茎直立，单一或基部分枝。基生叶丛生，挨地，莲座状、叶羽状分裂，不整齐，顶片特大，叶片有毛，叶耙有翼。茎生叶狭披针形或披针形，基部箭形，抱茎，边缘有缺刻或锯齿。开花时茎高二十到五十厘米，总状花序顶生和腋生。花小，白色，两性。萼片四个，长圆形，十字花冠。短角果扁平。呈倒三角形，含多数种子。荠菜的药用价值很高，全株入药，具有明目、清凉、解热、利尿、治痢等药效。说它赛灵丹，可能就与这些本身的特性有直接的关系吧。

永远也忘不了小时候在家乡采野荠菜的情景。因为是小孩子，只能跟在大人的身后，一蹦一跳地去采野荠菜。胡同里的刘奶奶当年还是一双金莲小脚，但身子骨既硬朗又健康。每当春天天气好的时候，就会领着胡同里的一群小孩子去野外采荠菜。

刘奶奶是个责任心强的老人，领着一大群孩子在野外，总是不停地招呼着这个别在坡陡的地方，那个别在河水里湿了衣裳。一会儿，这个跌倒了，又忙着去安抚。一会儿，那个被荆棘划破了手，又会忙着去包扎。尽管这样，刘奶奶从不会发脾气，脸上总是溢满了慈祥的笑容。

在采野荠菜的过程中，刘奶奶会耐心地教孩子认识各种各样的野菜。一种种摆在地面上，如何采摘，如何辨别，讲得头头是道。

野荠菜采回家后，刘奶奶会盘坐在胡同口，认真细致地往小笸筐里分摘这些野菜。每当这时候，街坊邻居的大人小孩就会围坐一圈，听奶奶讲那些不知是什么时候发生的有趣的故事。一阵接一阵的笑声，总是在胡同里响个不停。

邻近吃饭的时候，胡同里就会飘浮出那野荠菜诱人的香气。街坊邻居们总会在这时候，收到刘奶奶送来的一盘一碗的菜团子或凉拌菜。小时候，这种乡下人特有的邻里和睦和亲情，总是幸福地充盈在自己的心田深处……

那时候的乡下，家家日子都不富裕。不仅小孩子放学需要下地挖野菜，就连大人也会在农忙的间隙去采摘野菜。记得父亲下地干活回来的时候，总是会在背后的筐子里拿出一把把的时令野菜。那是父亲在田间地头随手采摘的野菜。里面包含着野荠菜和其他的野菜，鲜嫩鲜嫩的。母亲会在简单清洗过后，马上下锅炒一下，这时候的饭桌上就会多出一盘清香可口的青菜。

记得那时候家里做荠菜最多的是用玉米面包的菜饼子。在那口用柴草烧热的大铁锅上，锅底的水冒着热气，母亲会把一个个菜饼子很利索地贴在锅沿上。一会儿，就能从锅里铲出一个个香气四溢的菜饼子。

用野荠菜做的菜饼子好吃，用野荠菜做的海鲜汤味道更佳。小时候海边的海味较多，而且特别新鲜，母亲就会用采摘来的野荠菜，用刚刚从海里捞上来的大对虾或牡蛎肉，放在一起做成青菜海鲜汤，有时候也会在里面放上一把挂面，做成满满一大盆，放学回家吃饭的时候，一次能吃上几大碗，那鲜美的味道，至今还特别留恋。

如今在城里的菜市场上，偶尔也会见到这些乡下特有的野菜，只不过是人工栽培的了。过去年代生活艰苦的时候，人们吃野菜是为了充饥。现在城乡的人们吃野菜，更多的是调节一下生活的味道，为了自己的健康和绿色环保。

一道野菜，如同一面镜子，显示着时下大众生活的美好和富足。在品尝大自然馈赠的菜肴时，更应该感受到这种平平淡淡日子的快乐，平平淡淡日子里健康与幸福的满足与意义。

# 野酸枣

一棵不起眼的酸枣树，别看它平朴得如泥土般广泛，其实万物相生相伴，自有它的存在价值，只不过慧眼识真的人太少了。正所谓：万物生长无愧天地，百家褒贬自有春秋。

进入秋季，瓜果上市了，水果摊上的花样，有时候都叫不出名来。看着这些来自天南海北的水果，有时候，特别惦念家乡野生的酸枣儿。

北方的老家，山多坡密，高大的树种不多，而密密麻麻长满山坡的野酸枣，却成了乡下人随手可摘的生津解渴的野果子。你看吧，那些山前山后的田埂上，或陡或秃的山坡中，曲里拐弯的山路旁，纵横交错的沟渠边，到处是野酸枣的身影。这些纯野生的酸枣树，有着很强的自我保护力，它浑身生长着尖尖的刺，这种刺不同于其他植物，质地坚硬且尖长，在茂密的枝条间如铁丝网一般，让人或者动物难靠其身。也正因有这样的特点，乡下人图省事，有时干脆把酸枣枝刨下来，放在自家的菜园边、院墙外，成了天然的篱笆墙。

酸枣树生命力极强，新生枝一两年时间就能长成一大片，老树枝弯弯曲曲却老也长不高，长不粗，因此在实用的乡下人眼里，这种树一直也成不了材。偶尔在有些村民的院里，会生长着一棵老辈人栽种的酸枣树，论树龄足有几十年或上百年了，可树身却依然只有大人的胳膊般粗细。

野酸枣不同于其他水果，它在春天里发芽吐蕊，夏天里长出一串串幼小如绿豆般的小果实，一直到秋天，才会长到如花生豆般的小果子。这种小果还在皮色发青的时候，是不能吃的，不仅酸涩苦口，而且皮薄肉少，除了小孩子们拿它打打牙祭，大人们是不屑一顾的。直到秋天有霜的时候，这种小酸枣才会慢慢地由青变红，变红的皮下里的果肉才会有酸甜的味道，这时候吃一颗酸甜解渴，在大人和孩子眼里，才会真正成为可食用的野果。

野酸枣不仅耐贫瘠，耐干旱，根系发达，从不与地里的庄稼争夺养分和水分，而且它的家族庞大，生命力旺盛，无论是否有人烟之地，也无论平地陡坡，或是悬崖峭壁，只要能立身，就会见到酸枣树那顽强的身姿。有时候，人们因为它的浑身有刺，如在走路时怕挂破衣裳，妨碍行走，就会用锄头或镢头连根刨起，扔在路旁。即使这样，它仍然无怨无悔，枝繁叶茂，无所畏惧地生长着。也许是生命中注定一生要与贫瘠相伴，与苦涩相拼，与宝贵相隔，因此它始终与世无争，无论身处何地，一味地默默地生悄悄地长，没有过人的芳香，也没有招人的张扬，只会用尽全力让生命发出自身的光彩，并传承着开花结果的生命乐章。

经过一个夏天的茂盛生长，酸枣树上小小的球形果在深秋季节成熟了，伴随着秋天干燥凉爽的气候，即使叶子全部被秋风扫落，小果子也始终不离枝头，如一颗颗发光的小灯泡，在人们的视野里迎风摇曳。这时正是采摘的好时机，摘一个放进嘴里，酸酸的，甜甜的，味道好极了。有时候，庄稼人在地里干农活，累了渴了，就会随手在地边的坡上采下一把，放进嘴里，慢慢地把表层的皮肉咀嚼一番，立刻就会满嘴生津，酸得直流口水。

小孩子们在这个季节，总会结伴来到山坡上，伸出稚嫩的小手，小心地在长满长刺的酸枣枝上采摘着各种酸枣。一边摘，一边不停地往嘴里塞，并哇哇地招呼着同伴把好吃的酸枣一一提醒大伙儿。有经

　　验的会专摘那些一半发白发黄，一半发红发紫的酸枣，因这样的酸枣最酸甜，最可口。有时候，采摘多了，小孩子们就会把小筐里的酸枣带回家，让大人们也一饱口福。在那个时候，乡下人家除了自家种的水果外，平时是很少去市场上买水果吃的。这时候，吃一把野酸枣，也是家里人种田归来或饭后消遣的一种乐趣。

　　据说，野酸枣的功效有不少，可以益肝气、坚筋骨，令人体健，轻身延年。酸枣核内的枣仁，是一味传统中药材，含有较多的脂肪和蛋白质，具有镇静安神等功能。不过，在乡下人眼里，这种野酸枣还真不是稀罕东西，也从没想过有什么营养价值。只不过，是一种乡野间极其普通的野果子罢了。

　　其实，人类自认为是最高明的智能动物，殊不知认识大自然的能力真的有限。一棵不起眼的酸枣树，别看它平朴得如泥土般广泛，其实万物相生相伴，自有它的存在价值，只不过慧眼识真的人太少了。正所谓：万物生长无愧天地，百家褒贬自有春秋。

哦，野酸枣，小不点儿般的精灵。

# 苞米棒子

> 小小的一粒种子落入泥土，经过风吹日晒生长出一
> 片葱茏，这是大自然的奇妙；一株柔弱的小小植物，
> 以自身的力量节节拔高，最终生成人们可口的食品，
> 这是物种造化的神奇。

　　小麦收镰，玉米下田。收获的麦子入了仓，玉米也到了播种的时节。

　　玉米是我国的一大主粮，也是农民眼里的"铁杆庄稼"。在山东老家，玉米均称苞米棒子，这名字是怎么来的，一时也说不清楚。传说古时候，有人到村里向贫寒中的人们出租玉米种子，无论旱涝丰歉，赊多少秋后还多少。乡民们用赊来的种子种植玉米，秋后获得了大丰收，家家都吃上了饱饭。因此，玉米被人们亲切地称为饱米，后来演变为苞米棒子。

　　单从字面上讲，玉米并非玉一般的粮食。实际上，玉代表剔透华润，米就是吃的粮食。它的别名在不同区域有不同的说法，有的地方叫玉麦、棒子、苞谷粑，还有的称玉高粱、包芦、珍珠米、六谷米等。由于玉米曾为宋徽宗皇上亲尝过，又博得过"御麦"的美称。

　　苞米棒子的祖籍并不在我国，原产地远在南美洲。人们熟知的秘鲁，在印第安语中就有"玉米之仓"的说法。考古学家曾在墨西哥南部的地峡遗迹中，发现有最古老的野生玉米果穗。秘鲁的海岸附近至今还保存有古城遗址，在出土的陶器和建筑物上，嵌有大量的玉米子粒和果穗图案。分析这些遗迹，考古学家们推测，南美洲最早的原居民印第安人远在四五千年前就开始广泛种植玉米了。

民以食为天。苞米棒子在其故乡墨西哥被认为是上帝赋予的食粮，经过数千年不断改良，最终成为世界各国餐桌上不可或缺的食品。如今，玉米、小麦和水稻，是世界三大谷物。这些主要粮食作物，在全球不同地区对人类社会的生存发展起到了关键作用。其中，玉米在种植总面积和总产量上虽然次于小麦、水稻，但其单位面积产量却居世界谷类作物之首。用玉米为主料制成的美食佳肴，也常常成为国宴上的主食。

小小的一粒种子落入泥土，经过风吹日晒生长出一片葱茏，这是大自然的奇妙；一株柔弱的小小植物，以自身的力量节节拔高，最终生成人们可口的食品，这是物种造化的神奇。

玉米在我国的栽培历史大约有四百七十多年。由于产量高，品质好，适应性强，抗旱耐寒，但得薄土即可长成，在我国栽培面积已达三亿亩左右，仅次于水稻、小麦，在各种粮食作物中堪称重臣。

苞米棒子从不娇气，是极易栽种的平民粮食作物。从田间管理上，就让人省心不少。麦子收割后，把地表上满是麦茬的土地耕耘起来，加入底肥，就可挖坑播种。这时，地里的麦茬，在土里腐烂后反而成了苞米棒子生长的又一种肥料。选择播种日期，各个地区季节不同播种时间也不一样。在山东地区，一般在麦收后土地湿润的时候，整理好田地，挖一个浅坑，撒几粒种子，盖上土，就能完成播种。

苞米棒子出芽后，间苗可是个技术活儿。记得小时候，跟随大人到地里间苗，一墩苗三四棵，却往往不知拔哪棵。有时候，把最大的拔掉了，留下的却是弱小的那棵。有时候一墩苗都长得很旺盛，却都舍不得拔，留下三四棵长在一起。后来才知道，这如同果树间果一样，舍不得间苗，就长不成壮苗。正所谓："舍不得苗，抱不到瓢。"

六七月份雨水多，一场雨水长一节。借着雨水的滋润劲儿，苞米棒子幼苗噌噌地往上蹿，夜晚你走到地头，甚至能听得到"咔咔"的拔节声。苞米棒子有强大的根系，能充分利用土壤中的水分，在温度高、空气湿润或干燥时，叶片纷纷舒展扬起，以使水分吸收与蒸腾适当平衡。它对土壤要求也并不苛刻，土质疏松或肥厚，有机质丰富的黑钙土、栗钙土和砂质壤土都可种植。出苗后的苞米棒子随着雨水的滋润，像挥舞着绿色飘带的少女，在广阔的田间舞台上蓬勃向上，招展喜人。

随着苞米棒子植株的拔高，所需的养分也越来越高。"庄稼一枝花，全靠肥当家"，人吃粮食长劲，庄稼也靠肥料长高。尤其是对株高叶长的苞米棒子，更是如此。

记得过去在生产队劳动的时候，为节省化肥，也图个就地取材，渔民们在海边的沙滩上用石头砌了一个个大池子，把每天渔船捕捞上来的小鱼小虾，投进池子里沤烂做肥料，再用桶挑到地里，在一株株苞谷棒子的根部，挖坑施肥。如今看来，这着实有些浪费。可在当时，不允许做买卖，剩余的鱼虾家家户户吃不了，只能如此。看到现在皮皮虾在市场上已几十元一斤，想想当年在池子里沤肥的情景，真的是时光一去不复返了。

立秋后，天气凉，苞谷棒子一片一片的青纱帐，渐渐褪去了纯正的绿色，斑驳了许多，棒子头上的皮儿也变成了白色，甚至可以看到露出的金黄颗粒，那模样如同是一张正在龇牙咧嘴欢笑的脸庞。这时候，预示着苞谷棒子到了收割的季节。过去地里采苞谷棒子全靠人工手掰，那可是遭罪的活儿。一人多高的苞谷棒子茎秆，叶子的边上全是细小的毛刺，即使艳阳高温的天儿，也不能穿短袖短裤，否则浑身上下会被划出一道道血印，汗水流进去，让人疼得直哆嗦。

掰苞谷棒子的时候，家里有孩子的，总忘不了会给孩子捎带一些甜茎。这种甜茎如同南方的甘蔗，一节一节啃起来满是蜜汁儿。选这种甜茎可不是随意就能找准的，茎太粗不一定甜，茎太细又太嫩。有经验的一般会凭自己的眼力，看到茎秆表面绿里透红，饱满发亮，去头切根，保证可口。

对乡下人来说，抢收抢种是不惜力的。收获的苞谷棒子运到村里，需要及时去皮晾晒，否则遇上下雨阴天，苞谷粒就会在皮里面发霉长芽。那些日子里，为赶收粮进度，村里会发动妇女和老人一齐上阵，昼夜加班剥苞谷棒子皮。村子周边宽畅的场院上，高高的木架子上挂着汽灯，大人小孩人欢马叫，一片忙碌景象。

剥皮晒干的苞谷棒子分到各家各户后，贮存的时候各家无不因地制宜，各想高招。有的在屋檐下一排排地挂起来，有的会在院里用各种木杆围成一个围栏，装满后在上面用苦子围成一个尖塔。有的干脆在木板做成的底座上，一棒棒地层层并排摆放，再在上面用山草遮盖起来。颗粒归仓，是乡下人对粮食最真诚的爱惜和珍重。小半年忙乎乎地流汗，一场院金灿灿的苞谷，一大仓沉甸甸的收成，几昼夜全家人的辛劳，这时候对庄稼人来说，值了！

吃当季最新鲜的粮食，是乡下人最欣慰的事儿。苞谷棒子收获后，如何把苞谷粒从上面剥下来，乡下人在劳动中的发明创造让人叹服。把一块一把粗的木棒从中间锯开，在平面上挖出一条苞谷棒子宽的凹槽，在木棒中间靠下的位置再挖一个长方形的小口，在小口的上方嵌入一条向上的铁齿。铁齿的宽度与苞谷棒子每一排的苞谷粒相当，这样，拿起一个苞谷棒，沿着凹槽从上往下用力推，棒上的苞谷粒就会从铁齿下的口中流到下面的筐里。一个苞谷棒子上面并列着许多排苞谷粒，只要每隔二三排剥掉其中的一排，剩下的用手一掰就会很轻易就剥掉了。

乡下人都说苞谷棒子养人，实际上的确如此。2012 年世界卫生组织对人们常吃的蔬菜进行了排名，排在榜首的就是玉米，因此玉米就有了"长寿食品"的美称。科学证明，它含有丰富的蛋白质、脂肪、维生素、微量元素、纤维素等。过去人们都会说，农村人耐实，现在想想，除了劳动能够锻炼身体外，吃苞谷棒子这些自给自足的五谷杂粮，实际上也是养人健身的一个重要方面。

苞谷棒子味道香甜，趁鲜煮着吃和烤着吃，只能一阵子，而磨成面却可做各式菜肴和食品，如玉米虾仁、玉米烙、玉米粥、苞谷搭子、苞谷饼子等。随着食品加工业的发展，苞谷棒子的食用品质不断被开发出来，如玉米片、特制玉米粉、速食玉米，还有苞谷面条、苞谷面包、苞谷饼干等，以及深加工而成的玉米蛋白、玉米油、味精、酱油、白酒等，琳琅满目，无不深受欢迎。

说到苞谷棒子做成的食品，虽然已经离开老家多年，但印象最深刻、最留恋的，仍然是那带一层煳茬的苞谷饼子和鲜香爽口的苞谷菜团子。

记得小时候家里一日三餐都吃地瓜和地瓜干，因地处海边山区，小麦种得较少，想吃白面是不容易的。因当地不适宜栽种水稻，大米也是吃不上的，直到来到首都北京，才第一次见到真正的水稻。小时候有一次遇到野营拉练到乡下的部队官兵，问愿不愿意去当兵，自己当场问人家当兵吃什么，人家说吃大米，自己随口就是一句："大米有多大？"结果，让人家笑了半天。当时那个年代，乡下的食物主要是粗粮，有时候苞谷棒子面也不能常吃。印象最深的是，小时候放学从街上走过，有的人家刚出锅的苞谷饼子，香味从门口飘出来，感觉格外馋人。

乡下的孩子从小就会学着做家务。小时候母亲身体不好，经常手把手地教自己做饭，尤其是做苞谷饼子，经常是从铁锅边上滑到锅底的水里面。老话说得好："凉锅贴不住饼子。"锅不热，粘不住。另外，苞谷面和得有没有筋道，也颇有讲究。水不能加多了，面不能和稀了，要在盆里揉实成团，才能牢牢地粘在铁锅的四周。还有，灶里的火候也不能太大太猛，否则，饼子粘锅的一面就会烧煳了。

苞谷面菜团子，是过去那个年代乡下人想着法子改善生活的无奈之举。没肉少油，家家户户的日子都过得紧巴。说是巧妇难为无米之炊，可一家老小的伙食总得变点花样，调一下口味。会持家的女人总有自己的招法，她们从野外采来各种野菜，用热水焯过后切成馅，加进去海产的虾皮，外面用苞谷面包起来，上锅一蒸，味道比苞谷饼子强多了。

粮食的味道永远是香甜的，因为每一颗粮食里面都饱含着农民的心血和汗水。平淡的日子里只要用力用心专注耕耘，生活一样会散发出苞谷棒子一般诗意的清香。

田野上的主题歌每天都是翠绿的。这主题歌，来自一望无际生机盎然的一片片希望，来自一个个朴实无华心地纯朴的农民的心灵，昂扬向上的旋律，时时吟唱在奋斗者的征程中！

# 长生果

乡下的后生结婚时，同辈已经生儿育女的嫂子们会将一些大枣和花生放在婚床上，因枣与"早"同音，这个"早"字与长生果中的"生"字连在一起，就是"早生贵子"的意思，寓意婚后儿女成群，家族有后，传承有人。

"根根胡须入泥沙，自造房屋自安家。地上开花不结果，地下结果不开花。"小时候喜欢猜谜，天天晚上缠着大人们出谜面，绞尽脑汁乐在其中。上面的这则谜语就是当年印象最深的一个，谜底大家可能知道，就是花生。

花生在老家称长生果，这名字估计是考虑花生的营养价值，同时看重其种植方便和结果量大而来的。这种经济作物在我国的种植范围很广，其中山东产的大花生名气最大。至今，山东的花生总产量占全国的三分之一，山东平度还有"花生之都"的美誉，山东花生榨的"鲁花牌"花生油还进了人民大会堂。花生适宜沙土地和丘陵地区种植，老家胶东半岛依山傍海，沙地较多，产的花生仁大油多口感好。远来的客人进了门，热情的老乡都会端出一盘炒好的花生招待客人。如今离开老家已多年，每年还会收到从老家寄来的花生米，这种个大红润的大花生在大城市里还真不多见呢。

花生好吃种不易。过去在生产队劳动的时候，每年种花生都是件让队长发怵的事儿。那时各家生活清汤寡水缺油水，种花生时填补一下肚子，是大家心照不宣的事。生产队长为此想了不少办法，毕竟花生种子有限，种子吃光了那还种个啥呢。为此，每天出工前，队长都要吩咐专人将花生种用农药浸泡一番，即使这样，有的也甘愿冒着风险去皮清洗后照吃不误。不过，还真没有出现什么中毒现象。

说起花生种的珍贵，这里面的乡下故事就多了。有一句老话说得好："宁愿饿得心发慌，也要留够种子粮。"因生产队集体的花生种每年都要分到各家保管，包括晾晒、剥壳、筛选等。这期间，从当年秋天到第二年夏天，在家里储存的时间较长，为防孩子嘴馋偷吃，家长们往往会用网兜把花生种高挂在屋梁上，孩子们既够不着也吃不到。但让家长们想不到的是，有些调皮孩子会用竹竿在网兜上捅一个眼，里面的花生就会哗哗流到地上。孩子偷吃了队里的花生种，那是要挨罚的，年底家里挣的工分会扣不少。带壳的花生要剥出里面的仁，家长们也会避开孩子们进行，因有孩子在跟前，那些大花生仁就会时不时地塞进孩子们的口中。看着孩子们眼红的样儿，再心硬的家长有时也会偶尔拣一两个花生仁递给孩子，让孩子心满意足地撒欢玩去了。

过去在生产队的时候，队长、会计和保管员可是得罪不得的。因为"得罪队长干重活，得罪会计挨笔戳，得罪保管员换秤砣"，这是大家心知肚明的。队里选一个保管员，队长一般会千挑万选才放心，因为那可是关系到全队几百个家庭集体物品安全的关键人物。其中就有花生种的妥善保管问题。仓库里那一囤一囤的花生种子，是全队新一年花生收成的希望所在，保管不好或让人偷吃了，责任重大。记得那时候，队长总会在每年高中或初中毕业回到乡下的学生娃中挑保管员，谁家的孩子人品好，没有歪歪心眼，干事实诚，才可当选。而一旦当上了保管员，虽不说光宗耀祖，也是庄稼人眼里的实权人物。你看那手里一大串仓库钥匙，挂在腰间走一步哗哗响，那权力让人眼红得不得了。如果是小伙子找对象，那时候绝对是一大优势。

花生种到地里后，田间管理相对简单一些，只要雨水充足，锄草施肥及时，沙地里的花生就像铆足了劲似的疯长，好收成不成问题。转眼到了收花生时，庄稼人称为刨花生，这时节大人小孩乐得天天合不拢嘴，边收边解馋司空见惯，队长虽说不情愿，但看在眼里嘴上也说不出个啥。你看吧，男人们在地里刨花生，家庭妇女们在场院里摘花生，孩子们人前人后围着转圈，个个都是嘴里鼓鼓的。新鲜的花生摘下来后，需在场院里晒干才能入仓，晚上看场院就成了一桩实在的美事儿。场院边上专门搭建了一座草棚，看场的人晚上住在里面，队长经常会三更半夜来查看，但即使这样也防不住看场人解馋。听一些老人讲，有时候，一些看场的会在下半夜专门回家煮一些花生吃。生花生毕竟不如煮花生好吃，这也是看场人的特权，防也防不住。

花生从地里收获后，田间遗落的花生就成了学校秋收的目标。乡下的孩子比城里假期多，除了暑假寒假，还有麦假秋假。这时候，学校都会组织学生到田间拾花生，每天每个学生的收获都有记录，以作为表彰的依据。记得班上几个男同学心眼活泛，因嫌用小镢头在地里刨挖费力，为增加自己收获的分量，他们每天把篓子的底部用水浸透，再在泥巴中用力转圈，结果泥巴塞满了篓子底部，秋收的分量就增加了许多。后来，这"歪点子"终被老师发现了，结果可想而知。拾花生的过程中，孩子们还有一大乐趣就是掏田鼠洞。花生地里的田鼠洞一般在地边上，从洞口挖下去半身多高，就可挖到田鼠的粮仓，有的会有多个，里面储藏着田鼠盗来的花生，有时候掏出来足有半筐多，这相比一个一个在田间捡花生来说，实惠得可不是一星半点。

进入冬季农闲时，村里的油坊就开张了。说是油坊，实际上是村里为方便大家将自家的花生榨油而临时开设的。街坊邻居或生产队里几家人一商量，找一处空闲的房子，架起两口大铁锅，安置好旋转压榨机，就可开张营业。一公斤花生出多少花生油，那是事先经过反复测试才定下的。每家每户送来的花生有多少斤，都被统一换算成油量，登记入账，待榨完油后，连同花生饼一起交付两清。进油坊干活表面上看油水挺大，但这可是个苦差事儿，起早连晚，粉碎花生，铁锅上炒花生坯，人工转动压榨机榨油等，无不是体力活。就连炒花生坯时烧火的营生，也是一件要求精细的技术活，什么时候火大火小，什么时候停火出锅，都有讲究，否则就会影响出油率。一个冬天下来，油坊里的人都成了"油葫芦"，浑身上下油光闪闪，衣服上的油垢足有几分厚。那时乡下还没洗澡场所，过年前要洗净身上的油垢可是费劲不少。不过，令大家开心的是，一个冬天下来，油坊收入可观，家家都乐开了花。油坊关门前，一顿丰盛的会餐是必不可少的。猪肉炖粉条子，油水足足的，大家都是"可劲地造"。

花生在老家称为长生果，可能与当地风俗有关。乡下的后生结婚时，同辈已经生儿育女的嫂子们会将一些大枣和花生放在婚床上，因枣与"早"同音，这个"早"字与长生果中的"生"字连在一起，就是"早生贵子"的意思，寓意婚后儿女成群，家族有后，传承有人。而放在婚床上的长生果，一般会选那些里面有三个或四个仁的，寓意多子多福的美好祝愿。

长生果，大花生，一片沙土，孕育其中，花不争艳，果不争鲜，养人润肺，泽及万千。长生，长生，声誉全在人的心中。

# 深秋老家红薯香

> 地瓜的吃法也较多，洗净了生吃，脆甜可口；
> 剁成块，切成片，擦成丝，晒成干，磨成粉，
> 都是各种美食；煮、蒸、煎、炸、烧、烤，
> 也无不是一种吃法。

树叶黄，地头忙。霜降一过，老家胶东半岛迎来了收获红薯的时节。

红薯在我们那儿叫地瓜，是过去民间百姓的主食。就像"橘生淮南则为橘，生于淮北则为枳"一样，不同的地方地瓜的称呼也大不相同。河南人福建人叫红薯，上海人天津人叫山芋，山西人陕西人叫红芋，四川人贵州人叫红苕，北京人称白薯，江西人称番薯，徐州一带称白芋，河北人称山药或红山药。名字变来变去，其实就是一个普通的地瓜。

老家的地瓜分窝瓜、蔓瓜和芽瓜三种。窝瓜是把地瓜直接埋在垄里作为母瓜栽培的，蔓瓜是用地瓜长出的蔓，剪下一段作为母本栽培的，而芽瓜是用地瓜育出的细芽，插入垄里栽培的。地瓜的品种很多，形状有圆筒、椭圆、球形、纺锤形之分，皮色有红、黄、紫红、淡黄、白色之别，肉色有黄、杏黄、紫红诸种。地瓜的吃法也较多，洗净了生吃，脆甜可口；剁成块，切成片，擦成丝，晒成干，磨成粉，都是各种美食；煮、蒸、煎、炸、烧、烤，也无不是一种吃法。

俗话说："春插一棵苗，秋收一担挑。"当贵如油的春雨簌簌地下过之后，人们便会从家里、窖里把地瓜和芽苗拿出来，扛上镢头铁锨，担上水桶，推着独轮小车，下地栽地瓜了。

那时候，岭上岭下，河边沟旁，地里面全是打垄、施肥、插芽、

栽瓜的忙碌身影。经历了阳春盛夏，地里面的地瓜便会长出墨绿油亮的心形叶子，密集如盖，苫蔽了一片片庄稼地。伸长的藤蔓舒展地爬满田埂，一根根缠绕在一起。满眼的绿色，乐了心情，也忙坏了乡亲。即使再闷热的天，也得下田弯腰在埂间穿行，将纠缠的藤蔓根根拽离、撩翻，以防藤蔓四处扎根而减产。如此数遍，地瓜便可借着时令，孕育土里的果实，一直长大。

霜降过，树叶落。地瓜是要饱经风霜才能出土的。听老人说没下霜就刨出来的地瓜是不经收的，也不甜脆爽口，吃起来如嚼青果。一场大霜下后，绿油油的地瓜藤就变成黑色的了。这时候，收红薯的大忙季节到了，村庄里男女老少几乎都要出动，乡里的学校有时还会放几天假呢！

收获地瓜，须先把薯藤割下来，喂猪喂牛，余者晒干打碎，就是冬天的猪食了。割蔓藤和刨地瓜都是个重体力活，遇上长得茂盛的地瓜地，藤蔓很厚实，割起来格外费劲，有时候要像卷地毯一样在地里卷成长长的一卷，一直到地头。割后的地瓜地里光秃秃的，一垄垄胀鼓鼓的地瓜，挤开一条条长长的裂缝，有的甚至露出大半个红红的胖身子，用镢头翻出来，一嘟噜一大串，大大小小，累累垂垂，就像亲热的一大家子。

刨出来的新鲜地瓜，有的要运回来，有的就地晒成干。切地瓜的设备叫擦板，中间挖一长方形口，镶上一块刀片，一头着地，一头顶在胸间，坐在地上，手拿地瓜，一擦一片，连续操作，下面就是一筐一筐的红薯片了。那时候，山坡上、海滩上，田间地头，到处是一片一片的地瓜。站在山上往下看，满眼白花花的。一般地瓜干需晒上三天以上。遇上好天气，三天一过就干了。各家老小推着车，挑着筐，一齐上阵把地瓜干收到家里。那时节，每家每户都要收获几麻袋。

　　运回家的地瓜，要拣一批光鲜硕大的放入地窖。我们家乡叫地瓜窖子。这种窖子一般在建房初期就砌好，房屋盖起来后在上面建上火炕，里面深度在三至五米，冬暖夏凉。地瓜放进去，从冬天一直放到来年春，随吃随拿，十分便利。入窖的地瓜都是经过精心挑选的，有伤口破皮的不能贮藏，只能留下当时食用，否则存放不久就会烂成一团。一家人够吃一冬的几千斤地瓜，就这样存放在里面，俨然成了庄稼人恒温的"粮库"。

　　在那物质匮乏的年代，秋冬季节，人们上顿地瓜下顿地瓜地吃，早就腻了。于是，就把地瓜干磨成面。这种面熟了后颜色黑黑的，现在城里很难见到。和面时缺乏黏性，老家人一般会加上一种叫筋骨草的植物，掺在一起，才能擀成面条和饺子皮。印象很深的是，小时候过年家里一般会包两种饺子，一种黑一种白，黑的是地瓜面，白的是小麦面。因海边山地小麦产量低，家里一年也吃不上几次白面，白面水饺一般是给长辈和老人准备的。

　　当时实行计划经济，物流不畅，老家海边不缺现时市面上老贵的海鲜，但因不能与外地的商品买卖交换，东西再好也变不成粮食，天天吃海货总有吃腻的时候，因而地瓜就成了高产的日常主食。随着人们生活水平的提高，如今地瓜逐步淡出人们的餐桌，摇身一变、身价倍增更是近些年的新鲜事儿。

　　老家的地瓜一辈子也忘不了，虽说它的地位和名声日渐提高，但它的品质始终没变。山珍海味的豪宴上有它一席之地，它从不因此而骄傲；普通人用来果腹充饥，也从不因此而自卑。不嫌土壤厚薄肥瘦，也无额外水肥要求，貌不惊人，朴实得一如乡里人。

# 乡下大白菜

一棵貌不惊人的大白菜，在乡下人的心里有着特别的位置，特别的味道。它朴实得如同不善言辞的父老乡亲，在乡村日常生活里成了家家户户须臾离不了的家常菜，并伴随着乡亲们的辛劳和付出，在平平淡淡的日子里挥发着特殊的芬芳。

离开乡下老家，人虽然进了城，但心里留恋和惦念的许多事儿却还在乡下。乡下那份辛苦，那份纯朴，那份自然和清新，一直在心头久久挥之不去。

吃惯了乡下那种粗壮鲜嫩的大白菜，就一直对城里这些细小松散的小白菜产生不了亲近感。每每走进菜市场，心里头总会油然想起小时候家里自产的大白菜。

不知道其他地方的白菜是怎么长起来的，在我们胶东一带，这种粗大结实、一棵足有几十斤的大白菜，既清脆鲜嫩，又可口美味，实在是家常便饭中不可缺少的当家菜。

这种大白菜一般是自家里每年留下种子，把一棵最好的留到最后，一直等到开花结籽，等到来年再种下去。

大白菜对土壤的要求较高，必须要有足够的底肥才行。为了种好自家的大白菜，每家每户一般会在春夏时节耕地保墒。

记得那时候还在上中学，老父亲在星期天的时候，会带着我去挖白菜地。那时候，每家每户都有几分自留地，需要什么就种什么，自给自足。我家的自留地处在一个山脚下的小河边上，离水虽近，但周边树木较多，一些老槐树和柞树的根子会在自留地的下面扎得密密麻麻，刨地的时候特别费劲。

越是这样，越要把地里的树根挖出来，否则就会影响到白菜的生长。挽起裤脚，脱掉鞋子，抡起重重的镢头，开始挖地。按照要求，刨白菜地需要深挖四五尺才行，把地里表面的熟土翻到下面，把四五尺下面的生土翻到上面来，包括把地底下的树根一一挖出来，还得在地下面把自家的农家肥深埋土里。这样耕耘一遍后，最终把地面拉平，才算完成了基础工作，为大白菜的生长提供了肥沃的土壤。

地整平之后，需要用镢头打一条条笔直的垄。打这种垄也是个学问活。首先要在平整的地面上挖一条浅沟，在沟里再下一次肥料。然后，沿着这条有肥料的沟的两边起土，打理成一条长长的垄。这样，一条条笔直的垄打好后，就可以在上面播种了。

大白菜的种子如同油菜的种子，一颗颗细小饱满，一般在垄上每隔一尺宽挖一个小坑，下四五颗种子，然后浇水，待水充分渗透到土里去后，就可把有种子的小坑用周边的土埋起来。三四天后，一棵棵小白菜芽破土而出了，还得根据天气干湿情况，不断地在上面浇水。一直待小白菜芽长到巴掌大的时候，才能进行间苗。

间苗一般会选择在一个清凉的早晨进行，就是把一个坑里长出的四五棵苗，选一棵最壮实、最健康的留下，把其他的拔掉，以保证留下的这一棵苗壮成长。

大白菜一靠肥催，二靠水养。说到水养，这的确是一件让乡下人特别头疼的事儿。

倘若你家的自留地靠近水边，那倒是省事了。倘若是离水边较远，特别是中间还有上坡的地方，那就麻烦大了。

记得原来自家的白菜地曾在一个山坡上，离下面山涧里的水源特别远。大白菜在生长的过程中，一刻也离不了水的滋润。每过三四天，就要浇一次水。一片不到一亩的白菜地，里面的白菜垄有几十条，每一垄的沟里都需要灌满水，那得需要多少水啊。

那时候，根本没有现代化农业浇灌设施，再说偏僻的乡村里，七沟八壑的，山路崎岖蜿蜒，根本没有饮水浇灌的条件，只能靠一根扁担两只水桶，肩挑浇灌。小时候，肩膀嫩，挑一担装满水的水桶，还得爬坡，吃力程度可想而知。浇一遍白菜地，至少需要挑二三十担水。大半天下来，肩膀红肿了，腰杆子压弯了，出一身大汗，浑身酸疼，筋疲力尽。从夏初到秋末，一直是如此地浇灌。无论是大人还是小孩，都知道这大白菜的种植不是一个省力的活儿。

就这样，大白菜在人们费尽心力的浇灌下，终于长起来了，里面的白菜心越长越大，如同木头墩子一般。每当浇灌一遍后，擦着满头的汗水，走进菜地里，用手在白菜心上往下一按，那种硬硬的成就感就会充溢于心头，仿佛所有流过的汗，都化成了沉甸甸的喜悦，心里就会飞出欢乐的歌儿。

待到秋霜来临，大白菜就要进行捆绑了。这时候，人们就会从山上找来一种如同丝瓜蔓一样的藤条，从中间一劈为二，形成一条条蔓条，再用这些蔓条把大白菜的叶子收拢起来，在腰间进行捆绑。这样做的好处是，大白菜越长越结实，到最后收割以及冬季储藏时都会利利索索的，不散也不掉。长到最后，这种大白菜一般会长到每棵三四十斤，甚至五六十斤，小孩子们一棵也搬不动。三四口人的家庭，一棵大白菜要吃上好几天。

秋季收大白菜，乡下人一般会在自家的自留地里顺便挖一条储藏坑，这种长方形的深坑，深浅正好比大白菜略高一些。在留足了近些日子家里需要的外，其余的就地埋起来，这样可以一直吃到来年春天，保证大白菜水分不缩，鲜嫩如初。

　　大白菜的吃法有好多，乡下人一般就是生吃凉拌和热炒热炖几种简单花样。因为是家里秋季和冬季的大锅菜，所以每天不是切成丝加进一些海米，用醋和蒜汁拌着吃，就是加点花生油炒着吃或加点红薯粉条炖着吃。当时年月，肉是不经常吃的。一些家庭主妇为了能把大白菜心外面的老白菜帮子炖熟，一般会在过年，家里买肉的时候，才会把攒了一个冬天的老白菜帮子切碎，放进大铁锅里，和肉一起炖，只有这样，这些平时炖不烂的白菜帮子才会炖得稀烂，也成了一家人正月里天天热着吃的好菜。

　　哦，一棵貌不惊人的大白菜，在乡下人的心里有着特别的位置，特别的味道。它朴实得如同不善言辞的父老乡亲，在乡村日常生活里成了家家户户须臾离不了的家常菜，并伴随着乡亲们的辛劳和付出，在平平淡淡的日子里挥发着特殊的芬芳。

# 槐树花

槐树花，比不过牡丹的雍容富贵，也比不过桃花的艳丽，百花榜上也从不讲究什么名分和地位，质朴得如同乡间田野里的一粒沙子，始终默默无闻地与乡亲们相依相伴，见证着时代变迁中人们生活的变化和幸福安逸的日子。

眼下，正是槐树花含苞待放的季节。

在胶东半岛老家，老槐树新槐树特别多。它不同于笔直的梧桐，也不同于高昂的杨树，天生质朴，从不强求出生的地方，不论山坡、河沿，也不论石林、泥滩，或是房前屋后，只要有土有沙，栽到哪里都能生根发芽，生命力出奇地硬朗。正因为这样，在各地都能见到它的身影。

记得老屋前河边的土坡上，生长着一片茂密的老槐树。小时候的夏天里，小伙伴们放学后经常去那里的树下捉知了。从那些长得其貌不扬、横七竖八的老槐树下爬上爬下，瘦小的身体锻炼得结结实实的。当然，谁也说不清这些老槐树到底在这里生长了多少年，但树下的荫凉地里，始终是村里老人和孩子们休闲聊天的天然场所。

每到初夏来临的时候，这些槐树就会长出一簇簇白色娇嫩的花骨朵，那沁人心脾的香气，随风弥漫在坡前坡后的农家园里，劳累了一天的乡亲们顿时会精神起来，也会招来村妇们前来采摘回家食用。

槐树花，可不是一般意义上的鲜花。在山清水秀的乡村，人们祖祖辈辈都传承着采摘土产野菜的习惯。说到村妇采摘槐树花，有一点你可能想不到，就是她们发明的采摘工具。那是在一根长长的木杆顶端，捆绑着一个类似秤钩子一般的铁家伙。这种铁钩子有两个作用，一是可以把高高在上的槐树花钩着，二是用木杆转动几下，就可以把已经钩着的槐树花轻轻地拧下来。

这种发明都不知道是谁先想出来的，也不知道是从什么时候起开始使用的。可乡下人几乎家家都有这种简单的工具，大人小孩几乎人人都会用。

采摘下来的槐树花，在过去的年代是人和畜均可同用的普通食材。那时候，粮食稀少而珍贵，人都不够吃，更不可能用来喂养家里的牲畜。因此，聪明的村妇就会想着法子用各种野菜或植物喂养牲畜，即把类似这种槐花的植物采来，或用鱼虾的汤水泡一泡，或拌一点麦麸及红薯面玉米楂来填饱家畜的胃。后来，人们发现槐树花虽然苦涩，但用开水焯一下，去掉苦味后，拌上一些米面蒸一下，吃起来味道清爽，如同榆树的嫩芽一般，这道槐树花特色菜就慢慢地上了人们的餐桌。

现今，想起小时候在家里吃的槐树花，仍觉得口有余香。记得母亲把我们采摘来的槐树花用开水焯过后，把水控干，用面粉拌一下，在锅里加少许花生油，把锅四周润一下，再把拌过面粉的槐花慢慢摊在锅沿上，用小火煎熟。还没出锅，那香气就已钻进了胃里，馋得小孩子们口水直流。

这道经过油煎的槐花菜，虽是一道应季菜，但做起来也不是容易的事儿。那时候，家里不仅粮食不多，用来炒菜的花生油也不多，记得家里在油坊里用自家花生榨的油一年也只有区区几斤而已，这可是全家人一年吃饭的油水，平时里根本舍不得炒菜放油。

夏天里，大人小子食欲不好，用老家的说法就是"苦夏"，这时候，家庭主妇们会想尽办法调剂伙食。虽说根本没有现如今这般丰盛的鱼肉食材，但既是粗茶淡饭，也要做出几道花样，以调剂家里人的胃口。

　　乡村里邻里关系纯朴亲热，一家做了油煎槐花，是不可以全家自个吃完的，在出锅的时候，要特别分出几小碗，母亲或亲自或打发我们端着这道菜，送到左邻右舍家里去，让大家都尝尝。因此，自个家里剩下的不多的槐花菜，一家人也不可能放开胃口吃个够，大都是大人让着小孩吃，懂事的孩子让着大人吃，一家人吃得亲情洋溢，温暖充盈在心头。

　　槐树花开了，尤其是花骨朵绽放之后，再入口就老了，这时候人们会把它打扫起来，晒干后作为猪饲料使用。记得那时候经常跟着姐姐去槐树林里扫槐花。背起一个大大的篓子，拿上一把小扫帚，在林子里的槐树下，把落满地面的槐花扫成一堆，放进篓里。山坡上、河滩里的槐花特别多，一会工夫就能扫一大篓子。背回家后，拣出里面的枯枝和杂叶，放进一个用石头砌的池子里，沤上几天，就可以喂猪了。用今天的眼光来看，当年由于经济条件限制，用槐花喂养的生猪也是今天的绿色环保动物了。当时，谁能想到这一点呢。

老槐树、新槐树的花儿开了，又落了，农家的日子也就在这花开花落间重复着。伴随着槐花的芬芳，老人们依旧在槐树下讲着开心的事儿，念叨着生活的酸甜苦辣。小孩子们依旧依偎在大人的怀里，听着那些似懂非懂的老故事和新故事，并在槐树下吸吮着槐香一天天长大成人。

老槐树越来越老了，新槐树又一片片地长了起来，如今的乡下田野变得更加美丽了。夏天来临的时候，乡村里的槐花依然叶茂花香，不仅成了人们餐桌上百吃不厌的佳肴，也吸引得不少城里人来到乡间踏青旅游。

槐树花，比不过牡丹的雍容富贵，也比不过桃花的艳丽，百花榜上也从不讲究什么名分和地位，质朴得如同乡间田野里的一粒沙子，始终默默无闻地与乡亲们相依相伴，见证着时代变迁中人们生活的变化和幸福安逸的日子。

槐树花，日见日亲在乡亲们的心里。

# 棉槐

棉槐喜沙，在海边的沙滩上长得异常茂盛。平时里根本无人管理，无论干旱还是洪涝，似乎对它都不会有什么影响，只要等到秋末庄稼地的活儿收拾完了，村里就会组织人力去沙滩上用镰刀收割，用来编制一些农用工具。

在老家海边的沙滩上，长着一片片棉槐林子。到底是当年为了固沙的需要而种植的，还是自然生发起来的，谁也说不清。但每当回老家看到海边茂盛生长，一眼望不到边的棉槐林子，当年在家里与棉槐条子打交道的情景，就会浮现在眼前，心里顿感说不出的亲切。

棉槐喜沙，在海边的沙滩上长得异常茂盛。平时里根本无人管理，无论干旱还是洪涝，似乎对它都不会有什么影响，只要等到秋末庄稼地的活儿收拾完了，村里就会组织人力去沙滩上用镰刀收割，用来编制一些农用工具，如小推车两旁的偏筐，抬农家肥用的抬筐，挎在肩膀上的扁篓，盛粮食用的囤子，还有日常下田干农活时用的小篓子，等等。别小看了这种不起眼的植物，在农村里，人们对它的需求大得很，每年冬天用棉槐条子编农用工具，以添补那些当年损坏的，这可是一件十分重要的事儿。

沙滩上的棉槐，每年冬天割完后，来年春天就会自然在根部生发出新的枝条，就这样年年生，年年割，在柔软的沙滩上留下一丛丛老的根茬。这些根茬由于逐年衰老，就会腐烂成枯根，用手轻轻一拔，就会掉下来。小时候，放学后，大部分小孩子是会出去拾柴草的。因为当年乡下做饭主要靠烧柴，根本买不起煤。由于玉米、花生、地瓜等农作物的秸秆和枝蔓是用来喂养生产队骡马的，因此各家各户用来烧饭的柴草基本不够用，尤其是冬天的时候，乡下没有暖气，就更需要备足防寒的柴草，让家里暖暖和和地过冬。小孩子放学后拾草，是帮家里力所能及的几件活儿之一。

印象最深的是，棉槐林里的"巴蜇子"比较多。因为棉槐条子的叶子秋后会很快脱落，干净柔软的沙滩上会铺满厚厚一层，这就成了人们进棉槐林子拾草捡柴的好去处。为了不让"巴蜇子"蜇到你，人们会把全身露在外面的地方用衣服包起来，包括手掌和脸上，只露出两只眼睛。即使这样，最后走出棉槐林，身上还是免不了要留下不少"纪念"。

秋后落叶的棉槐条子，成了一簇簇光滑直溜的细条儿，每根都有指头粗细，一簇多的有上百根，少的也有几十根。这时候，生产队里组织青年壮劳力，拿上镰刀，套上马车，来到沙滩上，收割棉槐。锋利的镰刀一次只能从根部割下一条，割一捆条子需要好一会儿工夫。海边的沙滩很长很宽，要割完需要几十天。这种活儿，在庄稼人眼里不算个事，轻松平常，只要把镰刀磨得锋利无比即可。

收割棉槐，不能从林子里面往外收，必须从一头开始，组织大家齐头并进才行。这样，收割的时候，才不会被"巴蜇子"蜇到手臂。已经割过的棉槐，在沙滩上留下一片片锋利的茬子，如果不小心一屁股坐在上面，那可就惨了，有时候年轻人嬉笑打闹，一不留心坐到上面，结果扎得几天也不敢轻易坐着。

收割后的棉槐，拉到生产队的场院里，一般需晾晒好几天，待到真正干透了，还得专门拉到水库里浸泡一二个月。据老人们讲，棉槐条子刚割下来也可以编筐编篓，但由于里面韧劲不足，用起来不会太结实。只有在水里浸泡后晒干，这样编织的筐篓才会坚实。

那时候，生产队里在滴水成冰的冬天里也是要下地干活的，当地人称为"整地"。就是把庄稼地里表面的冻土用镐头刨起来，把下面的软土翻到上面，再把原来表面的冻土埋进去，这样等到来年春天化冻后，庄稼地就会肥沃。干这样的重体力活，大家都头痛。因此，坐在家里用棉槐条子编筐编篓，就成了一件轻松惬意的美差。

有道是"编筐编篓，难在收口"。用棉槐条子编农具，这可是一件技术活儿，没有金刚钻，是揽不了这瓷器活的。为了练就编筐的手艺，每年村里都会举办培训班，选择一些头脑灵活、有文化底子、踏实稳重的年轻人进行培训。为此，一些懒惰的人就会想方设法去游说村里的领导，有的甚至提着烟酒上门做工作，但这都不顶事，最后还是会选择那些中意的后生培训。

经过几个月浸泡的棉槐条子，虽然味道不咋的，但编织起来却非常柔软，用各种工具削、劈、扭、压之后，编成的各种形状的筐、篓、囤，就会像小山一样摞在场院里，然后分到各家各户。

新的棉槐筐篓，用起来既轻巧又耐用，很受村民们喜爱。有时候，根据大人和小孩的不同需求，还会专门制作各种适用大人和孩子的筐篓，大的能坐进二三个小孩子，小得就像顽童们放零食的小筐，样式或圆或扁，或长或短，或高或低，颜色也或深或浅，或黑或白，大人小孩均爱不释手。

一茬茬的棉槐长起来了，变成了实用的村民工具，年复一年，乡村里的日子在这看似不断重复的过程里进行着，其实也通过棉槐这种普通得不能再普通的植物，演绎着日渐变化的美景。

小小棉槐，带给乡村多少实惠，多少便捷，多少快乐，多少希望……

# 海蛎子

海蛎子鲜美，如今人们的吃法也越来越讲究。无论烤、煎、拌、炸，还是生吃、蒸煮、清炖，或者调馅等，花样名目繁多，配以不同的食料，满足着各地人们不同的胃口。

冬至到清明，蚝肉肥晶晶。这是老家对海蛎子的俗谚。

到过海边的人都能看到，礁石上生长着一片片不起眼的贝类，这种学名称牡蛎的东西，老家都称海蛎子。外地人可能对此其貌不扬的海鲜不感兴趣，其实这不仅是渔家人的一道经济菜，也是一种在国内外很有名气的美味海鲜。

海蛎子在我国南方北方称呼各异，南粤一带称蚝或蚵，江浙一带则称蛎黄，而我们山东老家习惯称蛎子或海蛎子。海蛎子虽说是海鲜里的"下里巴人"，但肉肥味鲜营养极佳。唐代大诗人李白曾有"天上地下，牡蛎独尊"的题句，西方人也称其为"海底牛奶"，其妙处可见一斑。

遍布海边礁石表面的海蛎子是一种生命力极强的海洋贝类，一年到头，人见人挖，生命不息，奉献不止。小时候经常跟随哥哥姐姐挖海蛎子。用一根稍粗些的钢条或铁丝，一头用锤子敲平成刀状，再安上木头把手，就成了自制的"蛎子刀"。采挖海蛎子也是个费力气的活儿：躬身弯腰立在或大或小的礁石旁，手握蛎子刀，对准礁石上丛生的海蛎子，贴近礁石表面用力地从根处往下剜，海蛎子就会纷纷落到海滩上。

收获回来的海蛎子尽量当天煮熟食用，尤其是春夏季节，过夜后再煮其肉质会变瘦，味道也会打折。把煮熟后的海蛎子肉挑出来，需要一种小工具，渔家人常用的就是一把小型海蛎刀。先对准海蛎子上壳一角的连接处，用蛎子刀插进去，随即将刀子旋转一下，海蛎子的上壳就能打开。打开后的海蛎子有肉粘连在壳上，这时需用海蛎子刀沿壳底轻轻一捅，肉便会掉下来。

渔家人吃海蛎子讲究直来直去。刚采回的海蛎子用水淘洗净，加上两瓢井水，直接下锅，盖上锅盖加火煮熟即可。这期间有一个诀窍不可忽视，就是见到锅盖四周齐冒蒸气时，需马上掀开锅盖，用扇子往锅里扇风，这样就可把海蛎子原来封闭的上下壳，扇得大部分张了口，出锅轻轻一掰就可剥出里面的蛎肉。

海蛎子鲜美，如今人们的吃法也越来越讲究。无论烤、煎、拌、炸，还是生吃、蒸煮、清炖，或者调馅等，花样名目繁多，配以不同的食料，满足着各地人们不同的胃口。

记得小时候家里做得最多的就是海蛎子炖豆腐。先把豆腐切块，鲜猪肉切丝，配以香菇、冬笋厚片，加点芹菜和青蒜苗梗段，待锅内蒜片爆香之后，加入肉丝、香菇、冬笋炒几下，随即将煮海蛎子的鲜汤下锅，加上豆腐块，烧沸几分钟，调味后下海蛎、芹菜、青蒜，用湿淀粉勾芡，淋上香油即可出锅上桌。

还有一种适合懒人的海蛎子做法，其味道天然纯正。就是取适量火锅底料，按比例加水，煮开，下海蛎子，顺便再下点其他的蔬菜，然后加点面条什么的，如此简单做法照样提味开胃。

其实对我这个少小离家的人来讲，最喜欢的吃法还是凉拌海蛎子肉。刚刚从海边采回来的海蛎子，洗净后直接下锅水煮。出锅后，用大盘或铁盆盛上来，吃时用工具撬开口，蛎肉饱满且满含汁水，连肉带汁吃进嘴里，满口留鲜。将剥出的海蛎子肉，用大葱丝段或香菜段拌在一起，加蒜汁和醋，配以少许香油，最后再加些煮海蛎子的清汤即可。这道凉菜被海边人誉为最佳下酒菜，长久不衰。当然，对于外地人来说，吃海蛎子需要懂些窍门，购买或食用应挑那些"肚子"凸起的上品，因这种海蛎子肥度最大，肉嫩饱满。

老家的邻居是养蛎子高手。有一次，他主动邀请我去海边养殖场采海蛎。天刚蒙蒙亮，码头上渔民们已早早忙碌起来，号子声、机械装卸的轰隆声不绝于耳。岸边，成堆的海蛎子已用网兜装好，通过吊车装卸，被转移到早已等候在岸边的车辆上。邻居和三名渔民一起承包了一百多亩海蛎子养殖场。他介绍说，与野生海蛎子不同，养殖蛎需在有足够微生物的海泥环境中生长。捕捞时，与挖蛤蜊的网具不同，海蛎子网规格要大得多。将金属杆围成一个圈，四周套上网具，杆上留有耙齿。捕捞时下沉到海底，耙齿扎进泥中，发动渔船前行，巨大的拖拽力下，海蛎子顺势进到网里。上船前，装载海蛎子的网具要挂在带有滑轮的机器上，淘洗一般升起再浸入海水，反复几次，以便冲掉海蛎子上的淤泥。收成好的时候，一船能捕捞一两万斤。邻居告诉我，他这些年靠养殖海蛎已走上了致富路，当地的海蛎子还成了远近闻名的品牌海鲜，除了一部分运往市场趁鲜销售外，还有一大部分被送到工厂进行深加工，做成蛎粉、蛎膏、蛎油、蛎干等出口国外，帮家乡人赚了不少外汇。

如今的海蛎子，身价已不同于往昔，但依旧是灰蒙蒙不起眼、与世无争的形象，默默地生长在异常艰苦的环境里，虽时时经受风浪的冲击磨砺，始终依附于石壁或泥沙，嶙峋沧桑的外壳里永远蕴含着一颗温柔鲜亮的心。

# 春天的琵琶虾

> 虾蛄也称琵琶虾或皮皮虾。春天的琵琶虾是四季里最肥的，只要一看虾脖子处的几道白色横杠，内行人就知道琵琶虾最美味的时节已经到了。

开春天暖，虾蛄饱满。

海洋，是动物在地球上的另一个大舞台。陆地上的动物，人们眼见容易，感觉直观，而海洋里的动物往往隔着一层神秘的面纱，许多人只闻其名难见其身。虾蛄可能就属于这类情况。

虾蛄也称琵琶虾或皮皮虾。春天的琵琶虾是四季里最肥的，只要一看虾脖子处的几道白色横杠，内行人就知道琵琶虾最美味的时节已经到了。

在渔家人形形色色的海产品中，这种被称为平民海鲜的琵琶虾，这些年来正被越来越多天南海北的食客认可。虽说其浑身长满皮壳不易剥离，但那鲜美的味道却让人食之留恋，回味难忘。

有道是"人不可貌相，海不可斗量"。琵琶虾名字虽然好听，可貌相真比不上其他海洋动物。它实际上是一种性情狂暴的软甲足类海洋动物，不是真正的虾类。这种称虾却不是虾的海鲜，在我国沿海地区处处可见。不同地域的人们对琵琶虾的叫法也各有不同，如：皮皮虾、虾爬子、虾虎、皮带虾、虾婆等，在山东蓬莱人们还叫它"官帽虾"，因其尾部倒过来宛如古代官员的乌纱帽，因而赢得此名。

琵琶虾其貌不扬，主要因为外形上的明显特征。如同刀螂一般的这种海洋动物，头部有两把镰刀状的大角节，且活动自如，那实际上是它自身护卫的利器之一。别小看这两把镰刀，它能辅助琵琶虾撕碎食物，甚至能敲碎螃蟹的硬壳，还能把人的手指割出很深的口子。琵琶虾长条的背部，布满了一节一节的硬壳，腹部有多节软片状附肢，尾部有如官帽一般的硬甲，这个硬甲又是它防身护卫和筑巢的利器。

琵琶虾多穴居，常在浅海泥沙中掘穴，穴多为"U"字形。别看它貌似笨拙，实际上个性生猛。虽平时深居海底，但视力十分锐利，其猎物大部分为底栖性不擅游泳的生物，包括各种贝类、螃蟹、海胆等，它能够轻易破坏猎物的外层硬壳，享用内部的鲜肉。披着钙化装甲的琵琶虾也是打仗的高手，平时非常善于打埋伏，即使立着脚尖悄然路过的螃蟹，有时也常成为其攻击的对象。它会用位于头部的两个锤节对猎物进行猛烈打击，并用它头下带倒刺的臂飞快地刺向食物，可以毁坏蟹的神经系统并使其当场毙命。更令人惊叹的是，琵琶虾还能抓住比它身体大十倍、重十倍的头足类动物，如章鱼等。有时候，即使它被猎物吞到嘴里，也会在嘴中挣扎不已，让猎物很难下咽，最终会被原封不动地吐出来。

记得小时候赶小海，经常在海滩上挖琵琶虾，手指和脚趾遭受的夹疼至今刻骨铭心。大海退潮后，在露出的海滩上仔细搜寻，往往会发现一个个小小的洞口，发现了一个，还会在附近再找到一个，不用说，这就是琵琶虾日常进出的穴居地。这时候，只要用脚在一个洞口上不断地下压，就能把它从另一个洞口赶出来。可要把琵琶虾抓到篮子里就费劲了，稍不小心就会被它翻卷起来的尾部硬甲刺破手指。正确的捕捉方法是，从它脊梁背部的中间用手捏住，才能顺溜地提到篮子里。

琵琶虾的能量格外惊人。这种聪明的海洋生物长着一双奇特的大眼睛，能够伸出体外。据介绍，它的眼睛中存有十二个感光器，而人类只有三个。每只眼睛均由上万只六边形组成，能够识别出许多人类看不见的颜色以及不同波长的光线，并对太阳光进行过滤。还能通过消除光谱的无用光波来减轻眼睛感光的压力。这是一个跟人类完全不一样的视觉系统。由此可见，地球生命的诸多生物本能，神奇得令人刮目相看。

琵琶虾的生命力极强，繁殖期平均产卵量三万到五万粒，多者二十万粒。据渔民介绍，由于市场需求大，近年来许多地方的渔民开始尝试人工繁殖，但因其育苗技术尚处试验阶段，还存在许多技术问题，至今未能广泛推开。从另一方面说，这也是一个契机，预示着琵琶虾未来的市场将会随着育苗技术的突破，为渔民们创造出更大的经济价值。

琵琶虾的吃法很简单。一般加水蒸煮五分钟左右，皮色变红即可。也可把皮皮虾油炸至金黄，再加入尖椒和蒜末拌着吃。喜欢辣味的，也可在锅内放入适量的香辣油，再加入辣椒、花椒粒、豆瓣酱、葱、姜煸炒，等到虾身变色后，稍微加点清水，用小火稍微炖一会儿，就可出锅。这种做法特点是麻辣鲜香，隔着好远就能闻到诱人的味道。

食用琵琶虾的最佳月份，为每年的四至五月开春时。此时，琵琶虾肉质饱满，鲜嫩可口。由于它大多数时间在海水里浮游，渔民们会用一种细细的粘网，在涨满潮的时候下到海里，善于游泳的琵琶虾此时大都成群游动，遇到粘网就很难脱身，而且越挣扎粘得越结实。待到起网时，粘网内外会挂满了正在挣扎的琵琶虾。不过，粘上容易，摘下来可就费劲了，有时候会把粘网撕得到处都是口子。

一般来讲，区分琵琶虾雌雄一目了然。母的琵琶虾的个头细小，公的身躯硕大。另一个区分的方法是，母的琵琶虾的脖子部位都会有一个白色的"王"字。这对于不了解海鲜的人来说，特别易于挑选。

有的摊位还专门将母琵琶虾挑出来出售，让食客尤为称心。

也许，生活工作的压力会让人的一日三餐简单应付，可或许有一天你眼前突然一亮，平淡的日子里会因一种特殊的食材而让心情得到改变。这时候，不妨带上家人，沿着漫长的海岸线，来一次开心的远游。累了，就地燃起炭火，煮一二份海鲜，包括这鲜美便宜的琵琶虾。沐浴着阳光与海风，淡定中放逐所有的疲惫和烦恼，让心情在烟波海浪中得到放松。

小小琵琶虾，大自然的馈赠，看似貌不惊人，却能以特有的品质，让人把眼光和餐桌引向大海。

# 弹弓

乡下孩子们的弹弓，一般分为两种材料，一种是用块小木板刻出来的，或者用一个树杈修理出来的；另一种就是用一种粗粗的铁丝圈出来的。

弹弓是乡下孩子们向往的玩具。拥有一个自制的弹弓，是多少男孩子小时候最期盼的事情。

在上世纪六七十年代，乡下农村的男孩子们玩的东西，基本是自制的木枪、弹弓之类的，当然由于家里条件都不富裕，谁家也不会拿出有限的钱，单独给孩子买一件城里孩子在商场里买的玩具。但童心是一样的，玩兴上来，总有一些孩子会想方设法进行创造和试验，直到把一件像模像样的土玩具打造出来，便会从此成了众人眼里稀罕的东西，也会在众孩子们中间成了有威望的主儿。

乡下孩子们的弹弓，一般分为两种材料，一种是用块小木板刻出来的，或者用一个树杈修理出来的；另一种就是用一种粗粗的铁丝圈出来的。

记得小时候，由于技术水平有限，根本不会在木板上刻弹弓，便只好去找一些树杈来制作。找这种形状如同"丫"字一般的树杈，既不能太粗，也不能太细。太粗了，用手握不住。太细了，上面固定不住拴胶皮的铁环。最好是找一个比大拇指稍粗些的树杈，把上面的部分去掉，在下面留出手握的尺度，然后去皮削光，打磨光滑。

这些步骤完成后，还要打两个窗户上的铁挂钩，拧在上面的两个分枝上。这种铁挂钩家家户户基本都有，把窗户上的窗框打开，就需要用这种挂钩撑着打开的窗框。小时候淘气，小孩子们会悄悄跑到别人家里的窗户前，拧下人家的窗户挂钩，来制作小弹弓。为此，常常被大人们发现挨一顿"皮肉之苦"。

如果用铁丝圈一个弹弓，那可不是小孩子所能及的了。一般是家里的大人，用各种花样做出来的，既轻巧又美观，用起来也结实，但大部分孩子是享受不到这般品质的弹弓的。

弹弓的木杈上装了铁挂钩后，就需要在上面捆绑上胶皮了。这种胶皮，孩子们会想着法儿去生产队里修补车胎的师傅那里寻找，或者是从旧自行车内胎上面割下一小条来用。这种车内胎弹性好，在上面切割下细长的两条，各绑在弹弓上面的两个木杈上的挂钩上，然后在后面用一块稍厚一点的牛皮连起来，一副弹弓就算做成了。

弹弓做成了，还得有子弹。小孩子们就会在山上或河滩上，找来一些花生粒大小的石子，装在口袋里，随时用随时掏出一个，装在弹弓的牛皮里，用力把胶皮拉长，然后轻轻一松手中包着石头子的牛皮，子弹就会飞出去。

用弹弓打树上的鸟，打水里的鱼，打山坡草丛里的兔子和野鸡，打树上的果子等，如同用枪瞄准一样，把所要打的东西，远远瞄在弹弓两个杈的中间位置，深拉胶皮，就会远远地射到所要收拾的东西那里。别看弹弓不大，里面的小石子也不大，但射出的威力却不小。有的小孩子在互相比赛时，不小心打到别人的头上，会立刻冒出一个大大的包来。

上山打猪草或采药的时候，孩子们会悄悄地把弹弓装在兜里，到了山上后，树上到处都是鸟儿，悄悄用弹弓瞄准，一下子会打到好几个。有时候，在场院上粮食堆旁的麻雀很多，用这种弹弓瞄准，半天工夫就能收拾不少。过去山上或田野间的各种鸟儿有好多，也不知道保护这些小生灵，往往会成为乡下孩子们弹弓下的牺牲品。现在，乡下的孩子也跟城里的孩子一样了，衣食无忧，条件优厚，早已不再玩这些过去自制的玩具了。再说起弹弓来，孩子们脑海里已没有了确切的印象。

　　小小弹弓，也印证着一个时代孩子们的乐趣。

　　乐趣是难忘的，它也随着时代的变化不断进化着。

　　弹弓，弹弓……

# 石磨，石磨

推不完的磨，转不完的圈，石磨的形象，就是
乡亲们勤劳生活的缩影，踏踏实实，平平淡淡，
一年一年，春种秋收，日子在汗水中不断迎接
着一个又一个丰年的到来。

有一些物件，虽然正逐渐远离人们的视野，但它留下的记忆却像一首歌，每每吟唱总是那么让人梦绕魂牵。

乡下的石磨就是如此。如今，石磨已经成了稀罕物。

作为我国劳动人民用智慧创造的生活用具，石磨最早产生于什么时代，据说可追溯到战国时期，是木匠的鼻祖鲁班发明的。我猜想，鲁班当初的创造灵感一定是带着爱民心态，来源于人们当年石臼捣面的艰辛场景。

石磨看似简单，实则融入了许多机械原理。从外貌上看，它是两块上下对接的圆柱形石头，上面的那块中间镂刻着两个上下连通的孔道，用来往下流通粮食或其他物品。下面的那块固定在底座上，承载着上面那块石头。在中间结合部两个对接面上，密集地雕刻着一行行凹凸有序的纹理线条，当人们推动上面的那层石头时，从中间孔道里流通下来的粮食，就会随着上层石磨的转动，被磨成细面，并顺着凹凸沟旋转出来。两层石块旋转摩擦产生的力量，就会很容易地把类似小麦、玉米、大豆、大米等粮食磨成细面。当这些初步磨成的细面堆积在底座台面上后，还不能用来食用，必须再进行一次细加工才行。这就需要用一种称为箩的工具，再筛一遍，去粗取精，过滤出粮食硬皮，

才能成为食用的面粉。

石磨，是过去乡村不通电时人们家庭中一件重要的家什。说是家什，是因为它也不是任何农家想置办就能置办的。

石磨是由人工雕刻而成。要把一块从山上采下来的大石头雕成石磨，需要很高的技巧。过去有手艺的乡下人很是吃香，会雕石磨的人，村里村外特有身份。一般这手艺来自祖传，且只传内不传外，只传男不传女，一代代只在自个家族内部传承，外人想学不易。正所谓"一招鲜，吃遍天"，手艺在身，在过去生活贫乏的年代里就有了吃饭的本事。谁家需要石磨了，尤其是年轻后生刚结婚与家里分开立户单过，急需置办这些家什时，就必须要请村里或邻村的石头匠人上门，先上山采来大青石或花岗岩，在庭院里连着做上七八天时间，才能刻好一盘像样的石磨。

请匠人上门做工，接待是不可懈怠的。除了要向匠人支付工钱外，还需天天好酒好菜伺候着才行。那时候，乡下生活比较拮据，家里能端上桌的最好酒菜不过是自养的小鸡，那可是乡下人的"小银行"，为什么这么说？因那个时候家里养鸡也不是件容易事儿，本身粮食不多，人都不够吃，何况牲畜呢。好不容易把小鸡养大，一家子日常生活开销，全凭卖鸡蛋贴补家用。这时候把小鸡杀了，用地瓜做的粉条炖上，再从房前屋后的菜园里割两把韭菜，炒几个鸡蛋，同时配上海边的鱼虾，就成了当时乡间最高标准的饭菜。这样的招待一天也省不得，直到匠人做成石磨离开为止。

石磨雕刻完毕，家里就有了一件像模像样的东西，放置在哪里不能随意。这时候，家里的主人一般会在院里专门盖一个棚子，或在偏房宽敞的房间地面上安置。沉重的石磨不能平放在地面，下面还需垒一个台面，台面上还得专门制作一块比石磨大出一些的圆形木制平台，

用以接住从石磨中间磨出的面粉。

　　推磨是件体力活儿，乡下一般是家庭妇女干得最多，农闲或天气不好的时候，男人们才成为推磨的主力。

　　记得小时候，对石磨特别敬畏，一见到它，脑子里第一印象就会有头晕的感觉。学校放寒暑假的时候，乡下的孩子们都会帮着家里干家务活，推磨就是其中一件重要的事情。家里大人们平时庄稼地里活儿多，顾不上磨面，这时候孩子们帮着家里多磨一些平时食用的粮食，就成了假期里必不可少的事儿。

　　记得那时候用石磨磨得最多的就是小麦和玉米。母亲把从缸里挖出来的小麦用水淘洗几遍并晒干后，就会一桶一桶地放在磨坊里，家里人只要有空闲，就会拿起推杆开始推磨。那时候自己年龄小，大人们下地干活前，往往要吩咐把已备好的粮食磨成面，如果贪玩，大人们回家发现没有磨面，自然是逃脱不了一顿"修理"的。没办法，从小学到中学，假期里除了学习，就只能乖乖地待在磨坊里了。

　　推磨就是不停地转圈，而且是用力地转圈。在石磨的上层外侧有一个眼，放上一根木桩，然后用绳子拴住，再用一根长一些的木桩作为推杆，横在腰间，用手扶着向前推，一圈一圈，反反复复，直到磨完粮食为止。费力气是不怕的，关键是头晕得相当难受。一开始还能忍受，可转上一两个小时，眼前就会直冒金星，头晕眼花，恶心反胃，停下来时真的找不着北。虽然这样，家里活儿没人干不行，还得咬牙坚持下去。乡下孩子耐实，自家的活儿得自家干，时间长了，也就熬出来了。

那时候，家里的玉米、大豆、小米、红薯干等，都会用石磨来磨成面粉，基本上隔个三五天，就会磨一次。有时候农闲了，家里大人们就会连着磨上好几天，把家里要磨的粮食多磨一些存起来，方便日常食用。记得家里用石磨磨出的玉米面特别好吃，用箩筛出的细面做成饼子，箩出的糁子熬粥，味道里那股粮食的醇香闻着开心，吃着开胃。前些日子，在北京怀柔水库后面的一个村庄里，吃了一次当地人用石磨磨的玉米粥，那种久违了的家乡味道特别地道，临走还专门向农家老板买了几斤，回来偶尔熬上一小锅，觉得比啥都好吃。

制磨，推磨，如今都难以见到了，对今天的孩子们讲起来，其中的艰辛和甘苦，也如同故事一般新鲜。现在，无论城里还是乡下，条件越来越好了，大小超市里现成的面粉多得能让人挑花了眼，那种人工磨出的粗细不均的面粉难觅踪影，想吃也只能凭印象或记忆了。作为古代发明的实用劳动工具，被新时代所淘汰虽是件正常不过的事儿，但心里总觉得作为一种文化传承还是应好好保护，毕竟那上面镌刻着劳动人民的聪明才智，值得珍惜才是。

推不完的磨，转不完的圈，石磨的形象，就是乡亲们勤劳生活的缩影，踏踏实实，平平淡淡，一年一年，春种秋收，日子在汗水中不断迎接着一个又一个丰年的到来。

啊，石磨，一种特别的农家物件，一种特殊的感情回味……

# 草苫子

> 草苫，来自山野，朴实无华，虽无耀眼声名，却事应急之功，从不张扬喧闹，但求保粮安民，你给乡村生活带来了多少祥和，庄稼人的心眼儿里都为你记着一功！

下雨没苫，场上乱天。

苫子，是农家人防雨必备的用具，也称草苫，是用麦秸和山草捆绑而成的类似北方温室大棚外面的稻草垫子。这种草苫大多是用人工或专用的草苫机器加工而成，可在我们胶东乡下，草苫子却是一种用小麦秸秆或山上的高草人工编织而成的长草帘，主要用于场院上的粮食、干燥的土坯防雨使用，平时不用可卷成一捆，放于室内，阴天下雨时才派上用场。

这种草苫子展开的时候，中间有一道或几道绳连着，把数小捆长草一一捆绑连接起来，形成一层长长的帘子，因草秆上尖下粗的缘故，卷起来的时候，好似陀螺上尖下粗，用于遮雨时从上到下一层压着一层，密密实实，雨水淋在上面就会顺着草苫的杆流淌到地面，不会淋湿里面遮盖的粮食或其他东西，这是农家一年到头都离不了的实用生活用具。

有道是"饱带饥粮，晴带雨伞"。草苫子几乎家家户户都备有好多个，遇到天气不好之时，用木杈挑起来就走，既顺手又方便。这东西虽说不值几个钱，但居家过日子可是必备的物件。乡下人讲究实诚，借钱借粮不借苫，下雨阴天都用苫，如果在雨天你上左邻右舍去问人家借苫，就如同"和尚庙里借梳子"一般，找的不是个时候，谁家也没有雨天不用的苫子啊。

胶东一带，海洋性气候，阴雨天多，说下雨就下雨。庄稼人一年四季种粮收粮不易，对收获的庄稼倍加珍惜，防雨防霉，都是格外上心的事儿。胶东半岛大多盛产小麦、花生和红薯一类粮食，沙丘山岭不宜种植水稻。也因此，做苫用的原料大多就地取材，主要靠小麦秸秆，或是山上一人多高的山草。听老人们讲，水稻秸秆质地柔软，缺乏硬度，不宜做苫子用，因此在当地没有市场。

草苫子的主要功能就是遮雨，并不像有些地方当作床垫或温室大棚草垫那么厚实，因此选择麦秸和山草来做苫，主要是因为有硬度和防雨性强。实际上，用小麦秸秆也不是任何一种都可以的，必须选择那些在肥沃土壤里长得高大的长秆麦秸，收麦的时候，你得用镰刀在秸秆靠地面的根部，贴着地面齐整地割断，待到把上面的麦穗剪去，剩下的秸秆除净上面的叶子，白白亮亮的秸秆就成了做苫的上等材料。

说到山草，也并非是人们想象中的荒山秃岭上的那些野草，而是在胶东石头山上长的那种一人多高，类似芦苇那样的蒿草。这种山草只长在山坡上，平地里是见不到的。有着空心的草秆，分量很轻，掐头去尾晒干后，就可做苫子了。每年待到秋后，村里会组织人们集体上山割草，如同割麦子一般，一捆一捆割倒捆好，堆放在山坡上，收工的时候，村里会按总数多少，一一分配给村里每家每户。

这种高草是舍不得用来烧火做饭的，唯一特殊的是，在大年三十的晚上，家里准备年夜饭的时候，才会用上一捆二捆的。平日里，家里的男人会专门把这些高大结实的山草仔细地存放起来，待到农闲时节，摘除上面的叶子和草花，剩下那一人多高的草秆就是做苫子用的。

用山草做苫虽好，但山上的蒿草也是有限的，每年只能采割到很少部分，即使这样，有的家庭也会把一年年积攒下的高山草积攒下来，到足够做苫子的时候再拿出来用。山草不够用，人们就会用小麦秸秆代替，但这种麦秆做的苫由于质地缺少硬度，一般用不了几年的时间，虽是这样，也总比雨天没有强。

做苫是乡下男人们娴熟的基本功。秋冬季节，只要有了闲工夫，乡下村庄的街道上就会不时地看到，一个个农家小院的门口，男人们把一条绳子一头拴在自己腰上，一头拴在大门框上，中间的绳子绷得直直的，随手拿起一小把身边堆放着梳理好的麦子秸秆或山草，在绷直的绳子上打一个弯，就会把麦秆或山草结实地捆绑在绳上。有的为了长久使用，会在麦秆或山草上打两道绳，用起来既结实耐用又伸放自如。苫子的厚薄，全靠用手抓的麦秆或山草的多少来定。用手只抓细细一撮，苫子就会比较薄，反之就会厚实些。

收获季节，粮食从田野里收到场院或家里，一番剥、摘、脱、扬、晾晒，中间的环节耗时费力不说，还要特别注意观天，一见阴云密布滚滚而来，就得早做准备。收到家的粮食可不能淋雨，要不就得发霉，这期间乡亲们全靠与老天抢时光，人人盼着赶在雨季来临前把收获的粮食颗粒归仓，才会省心。但天有不测风云，有时候本来艳阳高照，但一眨眼就阴云密布，雨点子哗哗不请自来。你看吧，早有准备的人们就会用一把铁钗或木杈，把一个个卷着的草苫子挑起来，从粮食堆的顶部开始，往下一圈圈地围着遮盖，直到卷到粮堆底部。这时候，用苫子头尾的小绳把粮垛顶上和下面捆好，粮垛就算遮好了。小的粮堆需要两三个苫子，大的粮堆，需要几个或十几个苫子才能遮盖完。

用苫子遮盖后的粮堆，把雨水全部挡在了粮食的外面，雨水浇在上面，水流就会顺着苫子的麦秆或山草秆往下流淌，一层接一层一直流到了地面上。地面上的水也不能让它乱流，人们会在地面上粮堆的四周，挖一条较浅的排水沟，一直延伸到场院的外面，这样就会把雨水轻易地排出去。而在苫下面的粮食，自然就会干干爽爽地保护完好。

乡下人说得好，最怕"屋漏偏遇连阴雨"。苫着的粮食，大多需要晾晒多日才行。有时候，一连遇上几天下雨，苫里面的粮堆就会发热发霉，一季到手的粮食眼睁睁地在手里坏掉，这是庄稼人最不忍心看到的事儿。终于等到天晴后，一边是要把粮食尽快摊开晾干，还要把草苫子尽快摊开晒干，以便下一次雨季来临再次使用。

自己小时候印象深刻的是，非常羡慕大人们用木杈挑着苫子盖粮堆的场景，只见一人用木杈挑着草苫，沿着粮垛飞快地转动，从上到下一会儿工夫就盖好了。但一到自己试着去做，却是怎么也不顺溜了。不是苫子每一圈放的比例不对，就是上下连接处盖得不严实。事到如今，总算明白了，一年到头辛勤耕耘的庄稼人，其实身上的技能远不止人们眼前看到的那些，他们虽不善言辞，但人人观天、种地都有着丰富的经验，有些看似简单的事情，不懂的外行人照样干不成个样儿。

一捆麦秆，一把山草，再平淡不过的乡下物品，却成了庄稼人手里非常实用的物件。在乡下，在农家人身上，不是没有美，重要的是要有发现美的眼睛。如今，生活条件好了，日子富裕了，但草苫在乡亲们的眼里却仍然像个宝似的，是须臾离不了的一件家当儿。

啊，草苫，来自山野，朴实无华，虽无耀眼声名，却事应急之功，从不张扬喧闹，但求保粮安民，你给乡村生活带来了多少祥和，庄稼人的心眼儿里都为你记着一功！

# 老井

老井的甜水，养育了乡里乡亲，也养育了家乡人美好的品德。老井，就像是一首朴实的歌曲，把最美好的乐章传唱在偏僻的乡下，传唱在人们的心间。

　　老家的渔村，三面环海，一面依山，四五百人的村子像一颗珠子般镶嵌在山与海的中间。山上是一片一片的岩石，缝隙处平坦的地方几乎没有，人在里面穿行，有时候还得侧着身子才能过去。在山与海的连接处，是海边沙滩和山坡黄沙的组合地，也是村庄的所在地，地势地貌虽说有山有水，但山是石头山，水是咸海水。村里人对淡水的向往是可想而知的。

　　乡下老家没有自来水，水井便成了村里日常生活用水的唯一来源。

　　听老人讲，前辈人找淡水井的经历，可谓九曲十八弯。靠海的地方自然是咸水不能喝，但其他三面全是山坡，挖出淡水的努力一直不停。最后，人们终于在村南面的山沟里找到了一处稍微平坦的坡地，往下深挖十多米，才冒出了淡水。就是这口水井，全村几辈人沿用至今。

　　这口老井，村里人对它的珍爱程度是发自内心的。人们从山上采来一块块长条方石，从井底一层层沿着井壁砌上来，石头与石头之间没有一点水泥，缝隙错落有致，一直到今天，人们还可以赤脚沿着井壁上下自如。为了防止山上的洪水把水井冲垮，人们在井口四周用方条石砌成了平坦的台面，井口用凿好的石板紧紧地圈扣在一起。靠河边的一面用石头砌成了坚固的防水墙，井边的台阶修理得平整而舒坦。

这口老井里的淡水，四季不涸，清冽甜润，直接入口，清嗓舒肺。村里人无论春夏还是秋冬，直接打上来就喝，从不生病。

养护好这口唯一的生活水井，是村里有威望的老人最看重的一件大事。

记得小时候，那些辈分很高的老人，总会定时不定时地来到井台上，喜滋滋地看着人们在井里上下提水的样儿，还不忘教导着嬉闹的孩子们别往井里扔东西。每当看到井水有些混浊的时候，老人们就会自发地号召村里的后生们来淘井。

淘井是个力气活儿。十多个后生人手一根担水的担杖，一头用铁钩挂着一个铁皮水桶，站在井口边，一桶一桶地往上提水。水提上来后，马上倒在旁边的水沟里，再接着往上提水。一拨人累了，再换另一拨。轮流进行，直到把井里面的水全部淘干为止。

这时候，老人们就会指挥后生下到井里去，站在井台上的人，就会用担杖放下一个筐子，井下的后生用铁铲把井底的淤泥铲到筐里，再让井上的后生提上来倒掉。井底里的淤泥全被清理了后，淘井才算结束。

每当淘井时，就是村里小孩子淘宝的美好时光。

因为平时人们来井里提水时，总会弯腰低头往井里放桶拔水，这时候，装在衣服兜里的东西往往会不小心掉到井里。包括打火机、钱包、钥匙、钢笔等，平时水井里的水很多，东西掉下去了，是没有法子自己捞上来的。久而久之，人们也就忽略放弃了。只有到了淘井的时候，这些东西便会随着淤泥一起，被挖到地面上来。这时候，孩子们就会从这些淤泥里不时地找出一件件"宝物"来，虽然有的生锈了，但其捡到时的开心样儿，宛如一下子中了大奖一般。

老井的井台上，也是村里人交流情感的最佳场所。

担水是村里人日常生活每天必做的一件事儿，勤快的人起早担水，一般的家庭是每天上午和下午从庄稼地收工回来，顺便来到井边担上两桶水回家。家里人多的，需要每天担多次水回家才行。每当这时候，村里人就会在井边歇一歇脚，随心所欲地驻足聊上一会儿，什么国内外发生的大事啦，什么张家小子生娃赵家女儿出嫁，什么地瓜旱了花生涝了，什么李家媳妇孝敬老人王家儿子考上大学什么的……既像城里说书的地方，更像新闻发布会的样式。要是遇到一两位能说会道的后生或小媳妇，那就更热闹了，笑声会从井台上一直传到村子里。

乡下农村的人家里，都有一口一抱粗的大陶缸，是专门用来盛井水的。要挑满一缸水，一般需要四五担，也就是八到十桶水才行。挑水在乡下人眼里不是个力气活儿，农家孩子从小就会练习挑水。由于孩子个小劲头不足，大人们就会去集市上专门购买两个小一点的铁皮水桶，让孩子们担水用。一开始担水孩子们的肩膀会压得通红，一口气也挑不到家，往往需要在半路上休息一会儿。这样的孩子，在大人眼里是懂事的孩子，家里的水缸也总是满满的。

记得小时候，每当过年的时候，学校都会组织学生们抬水，送到村里的孤寡老人和军烈属家里。学校里的学雷锋小组，也会不定期地组织这样的活动。这是孩子们最开心的事儿。

一般情况下，这些活动都会得到村里团支部的大力支持。他们会向学校提供村里孤寡老人和军烈属的名单，再由学校分配给各个学雷锋小组。放学后，各小组人员回家拿来水桶和担杖，在井台边集合，两人一组，分别把水抬到各家各户里。

孩子们参加公益活动的劲头都是足足的。从井边到村里的慰问对象家里，要走很长的路。虽然孩子们一个个小脸热得像红苹果一般，但一路上时时会受到村里人的夸奖。这种敬老助人的良好风尚，就像种子一样，在孩子们幼小的心田里早早地扎下了根，滋润着孩子们一茬一茬地茁壮成长。

老井的甜水，养育了乡里乡亲，也养育了家乡人美好的品德。老井，就像是一首朴实的歌曲，把最美好的乐章传唱在偏僻的乡下，传唱在人们的心间。

# 渔村水库

> 水库如同渔家人的开心吧，为偏僻的渔村平淡的生活增添了五彩的色调。一边是海水，有容乃大；一边是淡水，清纯洁净。渔村最美的乐章，就这样迎着时光在山水间交响。

海边的渔村，水是最美的风景。

当天际线换成了海际线，小小的渔村仿佛海滩上的一粒沙子，显得特别渺小。碧海蓝天，天水一色。水，似无穷尽，但在渔村里，海水再多，渔民们总觉得解不了渴；淡水再少，渔民们却一日离不了。淡水对于依山傍海的渔村，对于漂泊在海面的渔民，那一份珍惜，那一份牵挂，是见惯了江河湖泊的内地人难以想象的。

记得有位诗人说过，历经海的涤净，收获山的妙悟，山和水相连，这方水土就会注入特有的灵气和诗意。

走进宛如珍珠一般散落在海岸线上的渔村，你一定会发现一个奇特的景观，那就是村村都有一个大小不一的水库。无论你处在村里哪个位置，都会引人瞩目。因为村里那条平坦宽敞的大路，无不是与水库的大坝连接而成。那一湾碧水，似镜如画，清纯得让人刮目相看。

水库对于渔村，是否是必备的设施？海边人的心里都有一个实实在在的答案。

平地是渔村一代又一代人向往的境地。因为山和海的连接，那种特殊的斜度决定着平地身份的稀罕。山脚下，大海边，是渔家人世代生息的境地。山坡上、沙滩里，种植的庄稼既缺肥又缺水，靠天吃饭的滋味是渔村难以抹去的心结。

特殊的环境，激发着人们特殊的改造热情。山再高，也有沟壑；水再少，也有雨临。渔家人于是就在两山的沟壑处，筑起大坝，在山凹处围成一座座水库。有了这一处淡水的存在，渔村从此改写了靠天吃饭的窘境。

出于对那湾清澈淡水的向往，实际上也是人们对舒坦日子的向往，渔家人修建水库的劲头空前高涨。实际上，在两山之间修建水库，那绝对是村里一项浩大工程。

这种浩大的程度，当年的情景我历历在目，那可是人不分男女，户不论老幼，全村人轮流上阵，白天晚上连轴转，其轰轰烈烈的壮观场面，回想起来的确让人热血沸腾。

过去的乡下，在两山之间建大坝，可是没有一点儿机械设备，全凭人推马驮堆土而成。记得开工的时候一般选在农闲的冬季。此时虽然农闲了，但北风呼啸，地面冻成了冰疙瘩，镐头砸在地上只显出一个小白点。即使这样，手心磨出了鲜血，磨出了硬茧，耳朵冻得生疮流水，大家照样干得热火朝天。青壮男劳力，人手一个小独轮车，车上满载着两大筐泥土，男人手推着两个车把，女人们肩膀上拽着一条拉绳，拉着小车快速向前，恰似三大战役期间支前民工上前线一般。

人海战术成果是惊人的。沟壑两边的山坡上，硬是被深深地削去了一大截。小推车一次装土虽不多，可架不住遍地车海，再深的沟壑硬是被人们填成了平川。大坝就这样在人们的视野里渐渐成形，两边的山脊合拢成了平地。

与大坝连成了一体，一条宽敞笔直的大路与村里对接。从此，乡下渔村也就有了引以为荣的主路。从此，笑声也就溢满了路面，并从坝上延伸到村里，延伸到海边，也延伸到了山外的远方。

你听，女子的笑声是最爽朗的。自从有了水库，姑娘和小媳妇们洗衣服就有了称心如意的去处。在水边的石头上，拿着自家制作的木头棒槌，把衣服敲得啪啪直响。洗净的衣服就势在岸边的石头坡上摊开晒干，清凉凉的库水映着红扑扑的笑脸，开心连接了每一个日子的甘甜。

小孩子们的笑声是肆无忌惮的。扎进水库里扑腾扑腾，比在海水里洗澡舒服多了。且不说偶尔喝上几口海水的难受，单是出水后那满身的盐渍，就无法比得上水库里的爽滑舒适。你看吧，一个个光巴溜秋的小家伙，站着队从坝上轮流跃入绿水之中，嘎嘎的笑声在山涧里回荡，在夏天的热浪里，那份轻快和惬意，荡漾起每个渔家人内心的快乐。

就连花白胡子的老爷爷也不时地梳理着胡子，在岸边那一片片小菜园里，面对嫩绿的菜果，总是笑得合不拢嘴。自从有了水库，而有了纯净的山泉水，村里房前屋后的菜园子更多了，渔民们有了四季最时令的新鲜蔬菜，再也不用起个大早赶集去了。

其实，最舒心的当属生产队的干部们，他们心里有底的是，山前山后梯田里的庄稼收成有了指望。储备起来的淡水，那可是村里的宝贝。没有水库前，等天下雨是他们心中最大的痛。现如今，水渠修到了地边边，渔家人出海归来每天扛着铁铲在水渠边轻轻一挖，水就哗哗地流进了田里。无论天旱地涝，绿色的庄稼总是那么茁壮喜人，丰收在眼里不再是奢望。

说到抗旱，那可是渔家人想起来都头皮发麻的活儿。没有水库的时候，只能眼巴巴地看着庄稼发蔫儿。现如今，抽水机在水库边日夜不停地轰鸣着，虽说有时候把人累得在轰鸣的机器边都能睡过去，但心里头那股舒适劲儿就甭提了。有时遇上连日大旱，全村的庄稼地都急需灌水，水库的边上排满了抽水机，一条条水渠清流潺潺，直抵庄稼根部。站在地边的船老大，嘴含着那锅旱烟袋，仿佛都能含出笑声来。

咸水带来了鱼虾，淡水带来了粮食，渔民的日子也在这咸淡之间得到了充实。在渔村里，人们是不吃水库里的淡水鱼的。听老人们说，那种鱼有土腥味，吃不得。实际上，并不是吃不得，只不过渔家人吃惯了海鱼，就对淡水鱼入不了口了。

记得有一次，抗旱浇水把水库抽干了，里面的大鱼直往岸上跳，每一条都足有十几斤重。大人们忙得连看一眼的兴趣都没有，一些调皮的孩子抓了一筐又一筐，可拿到家里大人们面前，仍是入不了锅。渔家人对淡水鱼的态度，似乎让人无法理解，实际上海里的海味在渔家人的餐桌上，是很难轻易变换主次位置的。

现如今，休闲钓鱼成了人们业余生活的重要项目。对渔家人来说，村边水库里纵使鱼再多、再大，也没人光顾。有时候，在城里工作的后生回到乡下，偶尔也会拿上钓竿，来到水库边下钓，但在渔家人的眼里，这似乎是闲着没事自娱自乐，稀奇得如同笑话一般。

冬雪纷飞的时候，水库就又一次成了孩子们欢乐的舞台。北方的冬季较长，水库的冰面冻得特别厚。村边的水库白天连着晚上，热闹得如同今天城市里的广场。小时候，男娃娃们都喜欢在上面玩陀螺。选一截树桩，把一头削成尖，在尖头上砸进去一个车轴的钢珠，一个陀螺就做成了。再找一块细绳，拴在一段木棍上，用绳把陀螺捆几圈，在冰面上潇洒地一扬手，陀螺就会飞舞起来，手里的小鞭子不停地抽打，陀螺就会不停地旋转。女娃子们坐在平板滑轮车上，手里的撑竿轻轻一戳冰面，开心的笑声便伴着滑轮飞了起来。小伙子们这时候，绝对是张扬勇气和胆量的最佳契机，起跑几步，两脚沿着冰面飞速冲刺出去，那份洒脱，如明星般，成了姑娘们青睐的目标。

在渔家人的眼里，四季的水库，无不是欢乐的中心。就连村里的民兵训练，首选的打靶场，也是在水库的大坝这里。坝下那宽敞的河床已经冰封，把靶子在大坝的后面一立，河床就成了射击训练场地。随着枪响靶落，子弹头纷纷射进了大坝深处。待到射击结束，两边山坡上看热闹的孩子们，就会蜂拥而上捡拾遗落的子弹壳。

水库如同渔家人的开心吧，为偏僻的渔村平淡的生活增添了五彩的色调。一边是海水，有容乃大；一边是淡水，清纯洁净。渔村最美的乐章，就这样迎着时光在山水间交响。

# 采石人

> 山峰上，天地间，采石人浑身隆起的肌肉在阳光下黑红发亮，高高抡起的铁锤，伴着从胸腔深处发出的呐喊，在群山间声声回响，那场景透示出的血性和刚毅，在视野里升腾放大，久久地定格在天际……

"家有采石人，媳妇好进门。"

采石这一行当，过去在胶东海边是出了名的力气活儿。但因来钱快，家里的日子比街坊富裕些，格外受青睐。而谁家日子宽裕，儿女婚嫁便会让父母省心不少。

虽说是凭力气挣钱，但当年这一行当在乡下后生们的眼里，那可是人人青睐的营生。采石的后生们个个都有着结实的身板。黝黑发亮的脸庞，肌肉隆起的臂膀，遍布双手的茧子，宛如开山炮一般震得山谷发颤的大嗓门子，构成了他们特有的形象。但内里，他们却有着坚强的毅力、执着的追求、踏实的品格和灵巧的脑力。

清晨的乡村，勤快人起得格外早。而采石人家的院落里，往往升起村里的第一缕煤烟。记得小时候，经常清晨早早从被窝里爬起来，给大人们拉风箱"煎钻子"。"煎钻子"是采石人每天对使用过的工具进行淬火修理的一种叫法。炉火烧着了后，得把用过的已经磨秃了的钢钎，插进红红的煤火里烧红。有时候，小小的炉灶里因插的钢钎太多，上面的煤盖不住，就会烧不红钢钎，而烧不红的钢钎是无法变软锻造的。这就需要不断地在炉火上加煤，让炉火烧旺，尽快把钢钎烧红。一个小孩子，一边要一手不停地抽拉风箱的拉杆，一边要一手不停地转动着炉火里的钢钎，那个忙碌劲儿是难以想象的。

采石人劳动的工具，早些年就全凭自己锻造。大小铁锤、长短铁钻，均在自家火炉烧制。铁钻是用钢钎做成的，先截成一段段的，再把一头放进煤火中烧红，用铁锤把烧红的一头锻成尖，再在冷水中淬火，这样铁钻才不会弯折，采石时就好用多了。

带着工具走进山中，采石人就走进了自己的世界。布满眼帘的嶙峋山石，巨石横空的山野，硕大无比的石板，如同一张展开的宣纸，是浓墨重彩，还是素描水晕，只要拿眼一瞧，他们准能看个八九不离十。

采石人的脑瓜好使，这在乡下是出了名的。尽管满山石头比比皆是，但怎么采、在哪里采，采出来的石头能成啥料，既凭力气，更靠眼力和匠心。采石人也不是每次都能从表面看透石头内里的。大多时候，需要沿着石头四周进行具体测量和分析，有时还要把边缘深挖下去，才能得出准确的结论。倘若看走了眼，那白白赔上的工夫，可让人心疼。

采石人看石算石的功夫，可不是轻易练出来的。从生手到师傅，得要几年的时间才行。山上的石头块头大得很，采石人上手前需准确判断哪里能出架桥的料，哪里能出门楣的料，这可都是价格很高的石料。保证这些大料的生产，是采石人最为关键的能力。

在采石人的眼里，采出的石料是没有什么废料的。即使再小的料，也会用铁钻整理成一个个四方的建房块石，最后论个把它们一一卖出去，变成兜里的钞票。这种精准设计，从小就让我着迷。乡下的孩子经常会上山帮忙干活，有时候你会见到采石人在那里沉思不语，沉思得让你心里都发慌。比如在什么位置打什么孔，打多大多深的孔，均需事先仔细掂酌，最大限度地保证大料生产。否则，大料出不成，小料不值钱。

采石人的日子，靠汗水赢得财富。比如说在巨石上打孔，那个力气活儿真让人发怵。冰凉的钢钎紧紧握在手里，另外一人抡起几十斤重的大铁锤，一锤一锤砸着钢钎的顶部，每砸一下，扶钢钎的手就会震得生疼。时间长了，手心里震得全是冒血的口子。一块巨石要采下来，往往要在上下左右打十几个深孔。那可不是一天两天的工夫。一个孔浅的得有一两米，深的需要十几米，一锤一锤砸着钢钎，一圈一圈转着钢钎，反反复复向石头深里钻去……

经过了漫长的开采，石头被正式切开后，平整匀称的石面，齐刷刷呈现在眼前，一切的艰难，瞬间化为了采石人的力量。拿起尺子，拉开墨斗，沿着飘着墨香的黑线，确定好打孔的位置，再打孔、切割，直到把大料化成一块块修桥建房的长条石为止。

采石人心细而胆大。说到胆大，是因为天天与炸药密切接触，有时候外人见了都胆战。采石开料需要打一些深深的细孔，然后把里面的石末一点点掏干净，再把一管管炸药放进去，有时候还要用一根长长的木棍，从上往下捣严实。这种动作，看起来危险万分，可采石人却轻巧淡然，动作连贯。

一排排的石孔打好后，需要根据石孔的深浅计算出往里面放多少炸药。炸药放的多少，决定着爆炸后石头裂开的走向，也决定着石料的成材率。只有经验丰富的采石人，长年累月积聚了娴熟的技巧，才能根据石孔的深浅，决定放几管炸药，对一排孔中哪个孔放多放少，胸有成竹。

炸药在石头孔里安放完毕，就到了点炮的时刻。打了多少孔，就能听到多少响声，缺了一个没响，就意味着存在哑炮。处置哑炮往往需要大半天工夫，对采石人而言，都是需要熟练应对的情况。

开山炮，是山乡特有的景观，也是采石人回荡在天地间的语言。

"放——炮——喽——"寂静的山野传来了声声连串的呼喊，那是让山下人远离危险的提醒。每每此时，山上山下的人便会快速就地找个安全的地方隐藏起来，直到"轰隆"一声响后，随着从天而降的碎石纷纷落地，才可放心走到外面。

但山石不可再生，即使再多也有用尽的时候。近些年回老家，看到山上易开采的石头早已采完，剩下的都是山顶高处的了。随着绿色环保理念的普及，乡亲们越来越认识到靠山吃山总有吃尽的时候，对自然资源的保护意识日渐增强。而随着渔村生活的改善，乡亲们开始用砖盖房，虽然花费相比较而言大些，但还是比石头来得便捷。再说依山傍海的美丽景观，也引来不少城里人下乡观光，绿色收入不比采石少多少。

观念一变天地宽。过去山上采石留下的一个个大坑，现如今已被乡亲们自觉地用土填好，并在上面栽种了各种果树。过去荒秃秃的石头坡，如今变成了满山飘香的花果山。

采石人的形象在年轻人的眼里渐渐模糊，可他们那辛劳和智慧的身影却在人们的脑海里常想常新。我总想为他们这一群体画个像，而想得愈深，脑子里那种影像就愈加清晰——

山峰上，天地间，采石人浑身隆起的肌肉在阳光下黑红发亮，高高抡起的铁锤，伴着从胸腔深处发出的呐喊，在群山间声声回响，那场景透示出的血性和刚毅，在视野里升腾放大，久久地定格在天际……

# 脱墼

这种用墼盖成的房子，冬暖夏凉。
海边的空气常年都是潮湿的，而在
这种房子里，感觉不到什么潮湿或
不舒服的滋味。

　　脱墼，就是打土坯的意思。在我们胶东老家那儿，盖房子都少不了脱墼这件活儿。

　　上世纪七八十年代以前，老家纯粹是用土坯盖成的土房还有好多。九十年代以后，随着家乡生活的改善，人们都一色地用砖砌房，一栋栋的红砖红瓦带小院的房子，在碧海蓝天的海边，显得格外醒目和气派，吸引得不少城里人下乡来，有的拍婚纱照、有的拍风景，天天热闹得跟城镇一般。

　　用土坯盖房，需要提前做准备。有时需要提前一二年，做成许多许多土坯，存放起来。家里人手少的，需要专门请人农闲时帮忙，还要好酒好菜招待才行。

　　脱墼用的木框，一般长四十厘米左右，宽二十五厘米左右，高十厘米左右，方方正正的一个长方形框子。村里许多人家都有，用的时候，上门借一下。如果请人多了，就需要多借几个，以便出工出量。

　　脱墼用的泥土，可不是在田间地头随便挖一点就行的。因为需要坚固耐用，必须是用一种黏稠度很高的黄土。这种黄土在海边是找不到的，得到山坡上黄土岗中去挖才行。

　　黄土岗离家较远，有时候就要请有拖拉机的人家帮助，提前去挖好，拖拉机开来了，要一连拉好多车。运回家后，在宽敞的场院里，如梯形般一方一方堆好，上面挖出一个深坑，灌上水浸透，再拌上如麦秸秆之类的草料，用以提高结实程度。

脱墼的时候，一个人蹲在地上，双手在地面上扶着木框，另外一个人用大铁锨把和好的泥，一锨一锨地端来，往木框中间一倒，正好一锨一个土坯。蹲在地上的人，双手在身边的水盆里一沾手，"叭叭"两下，飞快地沿着木框四边把其中的黄泥抹平，然后，轻轻地用双手把木框两边提起来，一个墼就算做完了。在平整的场院上，人们各把住一头，一行行地脱墼，从前往后，一排排非常整齐。

墼脱得是否结实，直接关系到房子的结实程度。因此，脱墼是需要有力气的年轻人来干的。只有那些一身好力气的人，才能把木框中的墼拍打得结实，而且厚薄均匀，四周平整光亮，这些标准对于盖房的匠人来说，是要求很高的。如果墼厚薄不均，匠人们在垒墙时，就会格外费劲。

脱完的墼，需要在阳光普照的日子里晾晒好多天，直到干透为止。这期间，若遇上个下雨或连阴天，那就算白忙活了。所以说，乡下人脱墼时，一般要请人专门算计一下近些天的天气，确认了没有雨下时，才会正式进行。

在脱墼后的二三天，人们会拿上一个小铁片，或竹签之类的锐器，去场院上把前些天脱的已经有些硬实的墼，一个个扶起来，把墼的四周刮整齐，这样利于早日干透。勤快的人，会连续去翻腾几天。

晒干的墼，要尽快趁着好天气垒成垛。垒垛也得有讲究，不是随便一摞就行的。需要先在场院高处按垒的多少把底座挖好，底座有圆有方，先在四周挖好排水沟，然后在中间撒上一层厚厚的海蛎子壳，这是海边人用于防水的最好东西了。

　　垒墼时，是绝对不能平摆的，尤其是底层，如果平摆让水一浸，就会如同宣纸沾水一般，一层层地往上洇，把整垛墼就报废了。要横着立，一个贴一个，摆成一匝。摆完一层，再横着摆一层，交叉进行，一层一层摆上去，直到在最上面摆成一个尖，然后用草苫盖好。

　　盖土坯房需要很多墼，人们一般会在选好宅基地旁边脱墼，以便于盖房时运输方便。

　　乡下人盖房图个结实，毕竟是家里的大事，马虎不得。盖房子时，打地基需要用大个的石头一块块垒好。地基做完了，上面开始垒墙，墙体的外层是用一个个方正的石头整齐地往上垒，里面是用墼一块块平放着垫在内层。熟练的匠人会一手拿着瓦刀，一手拿着墼，按照外层石头的厚薄，及内层剩下的位置大小，用瓦刀在墼上一砍，或去一角，或去一边，放在里面正合适。在墼和石头的结合处，需要再用黏稠的黄泥黏合好，这样一层层地往上垒，墙体就会越来越结实了。

　　用墼垒好的房子里，还需要再在内墙上抹一层找平的黄泥才行。这种黄泥又与垒墙时用的黄泥不一样，需要加上一部分细沙，防止在日后墙体干了后，表面干裂。

　　这种用墼盖成的房子，冬暖夏凉。海边的空气常年都是潮湿的，而在这种房子里，感觉不到什么潮湿或不舒服的滋味。尤其是，当地人在厨房里做饭都用柴草，铁锅下面的灶连着墙那边的土炕，土炕里的烟道又通过墙体通到屋顶上的烟筒，这样的干燥循环，使房子尤其是刚盖的房子，很快就里外干透了，并且随着时间延伸越来越坚固。

　　墼在乡下农家的用处，其实远不止是盖房用。平时在房间里垒一个盛粮食的粮仓，或在土炕上做个让红薯发芽的温床，或在厨房里垒灶台及放物品用的架子等，都能用得上墼。记得小时候，家里火炕边的小桌子，就是父亲用墼做成的。小时候上学，晚上在上面点着煤油灯做作业，上面还糊了一层报纸，平平坦坦的，做作业很舒服。平时在上面放着暖壶、茶壶和茶杯等日常用品，这在那个年代是乡下人家里常见的。

墼，如今已经不多见了。作为见证那个时代的物品，年龄大些的乡下人是不曾淡忘的，但作为新时代里的年轻人恐怕已经没有什么印记了。如今再讲起来，也仅仅是一种往日的回忆。

是啊，日子好了，更不应忘记过去的岁月。

# 割麦子

> 收割的季节到了，乡村里充满了忙碌的身影。从看不清人的早晨，一直到架起汽灯在场院上忙活到深夜，人们累得眼睛都睁不开了。虽然累得要命，但收获的喜悦时时洋溢在人们的脸庞，朗朗的笑声随处可闻。

乡下的六七月份，正是收割小麦的黄金季节。

每每看到现在城乡麦收季节那种现代化收割的情景，就会想起当年在乡下生产队手工割麦子的艰辛。说实话，乡下割麦子绝对是一年中最最繁重的农活儿。

那时候，我们那儿的乡下农田虽没有像现在平原上的那么平整和宽阔，但山前山后、河套内外的麦田还是比较大的。金黄黄的麦穗在烈日的炙烤下，夹着饱满的颗粒在阳光下迎风招展，麦浪如波涛一般在地面上荡来荡去，散发出诱人的芳香。

收割的季节到了，乡村里充满了忙碌的身影。从看不清人的早晨，一直到架起汽灯在场院上忙活到深夜，人们累得眼睛都睁不开了。虽然累得要命，但收获的喜悦时时洋溢在人们的脸庞，朗朗的笑声随处可闻。

新购置的镰刀在磨刀石上磨得锋利无比，小推车收拾得焕然一新，大场院平整得光洁如镜，就连家庭妇女们也把平日家里舍不得吃的最好食物拿出来，以备男人们有足够的精力去干那份最重的体力活儿。

浩荡的收割队伍下田了。生产队长把男子汉们带到麦田地头，按照每人四行的标准，把人一字排开，一声令下：开割！只见人们立刻弯下腰来，挥舞开镰刀，左手往麦秆上一挥，立刻一大把麦子就被扒拉到刀下，右手伸出镰刀从麦秆底部往后一拉，一把麦子就割了下来。割下的麦子往腿部与肚子的弯处一放，再继续往前割。割到够一捆的时候，自己就会从中抽出一小撮，分成两小把，把麦穗头部一连，形成一条小带子，再用这条小带子把腿上的麦子捆成一捆，放在身后，继续往前割去。就这样，一边割，一边捆，直到地头才能歇一会儿。

那时候年轻，不甘人下，也不惜力气。开始几天，握镰刀的右手掌里很快就会磨出一片片血泡，用一块布条包一下继续割。腰部也很快受不了了，酸疼得如同骨头脱了筋，站立时都直不起来。再加上天气炎热，干燥的麦田尘土飞扬，嗓子眼里如同塞进了棉花，干咳起来像冒了烟似的。一人四行麦子割到地头后，再继续从那一头的边上往回割，又是一个四行，还是一个人边割边捆。一天下来，如此往返，不知道割了多少来回，也不知道捆了多少麦子，如同机器一般机械地重复着。有时候，割到地头了，人就会往地头边上的沟里一躺，昏睡过去。也不管是不是干净，也不管是干地或湿地，就那么一躺，感觉真是舒服极了。

割麦子的镰刀是自己用自己磨。如果镰刀钝了，割麦子的速度是会大打折扣的。因此，一般每个人会提前备一块小磨刀石在身上，随时刀钝随时磨镰，为的是不落人之后，能赶上大伙儿的进度。

要说割麦子累的程度，有一个故事至今难忘。那时候，乡下大部分都吃粗粮，即使有点细粮平时也舍不得吃，都会留到割麦子时吃。有一个邻居大哥，正是三十多岁力气大的时候，因为割麦子活太重，一天下来，肚子里饿得嗷嗷叫。在农村割麦子时一般是不回家吃饭的，尤其是在离家较远的地方，家里人会将做好的饭菜直接送到地里。这个邻居大哥，在一顿午饭里，一口气吃了十六个大馒头。有细心的人

用馒头一个个在扁担上摆，整整摆了一扁担。当然，这也许与那时肚里缺少油水和长年吃不到细粮有关系。同时，也许是人们口传演绎虚加了不少水分。不管怎么说，那种劳累程度真是一般人顶不下来的。

俗话说："蚕老一食，麦熟一晌。"麦收时节，天气不等人，麦子一旦成熟，就得"白加黑"连轴转地抢收。因为麦收时的天气，就像小孩的脸，说变就变，刚开始时天还烈日炎炎，转眼间就会乌云翻滚，电闪雷鸣，大雨倾盆。遇到这样的天气，倘若马上晴了天，还不算坏事，而若是遇到连雨天，地里的麦子就会发霉生芽，那么，一年的收成就会付诸东流。因为变霉的麦子是有毒的，不能吃，即使晒干了出售作为牲畜饲料，也是不值钱的。这对农家人来说，是最不愿看到的事情。

眼看到手的粮食，谁也不想因天气原因毁了。因此，趁着天气好，赶快将麦子收割完毕拉回家中的场院晾晒，成了那时候家家户户的头等大事。

你看吧，大路小道上，无不是人推车、毛驴车和马车的队伍，有的干脆用扁担自个往家里挑。场院里，堆满了小山般的麦垛。人们连夜在场院里用铡刀把麦穗铡下来，摊开在场院的平地上。一般晒上二三天，就可以用牲口拉着碌碡进行脱粒。

这种碌碡是用大青石刻出来的。二尺多长，圆圆的，两头中间有一个眼，用铁棍弯过来放在上面，前面用绳子拴在牲口拖着的架子上，牲口在前面蒙着眼睛走，碌碡在后面压着麦穗转，一遍遍地转着圈，碌碡底下的麦穗就会脱壳而出，变成了一粒粒金黄黄的麦子。

刚用碌碡脱壳的麦子，是与麦糠混合在一起的，还需要借着风力人工把麦粒与麦糠分离开。用家乡的话说，这叫"扬场"。一般要先试试风向，然后在场院里选一个干净的地方，用木锨把混在麦糠里的麦子铲起来，顺着风向往空中一扬，风就会把麦糠吹向远一些的地方，麦粒就会在近一些的地方落下来。这样，干净的麦粒才能称得上是真正的粮食。

扬场后的麦粒，要经过一番真正的晾晒，才能入仓储存。一般农家里都会买一些能盛三四百斤的大缸，这种大缸是专门在当地窑洞里烧制的，是一件乡下人家里的真正家当。用这种大缸储存麦子，不生虫、不变质，在口上用木板做一个盖，放在家里稳稳当当的。那时候，乡下人找媳妇，女方的人上门认亲时总要先看看家里有几个大缸，如果缸多就说明这家人日子厚实，孩子日后上门遭不了罪，肯定会有好日子过。

现如今，过去那种靠人手收割的时代已经远去了，乡村里的年轻人驾驶着现代农业机械，轻轻松松地就会把每年的麦子收割完毕，再也不会遭受过去那份繁重的劳累了。富裕了的乡亲们，细粮已经全部代替了过去的粗粮，生活过得富裕而殷实。有时候，细粮吃够了，还会将过去的粗粮拿出来专门调剂一下日常生活。

割麦子的故事，如今在老家已经不再是头疼的事儿了。

# 秋收时节

> 秋收，在大人的眼里是忙碌的，在小孩子的眼里却是无比快乐的。它不仅把一颗颗粮食重新捡拾到了粮仓里，也把农民的艰辛和耕耘的汗水，深深地留在了幼小的心灵之中，并成为终生难忘的记忆和向上的动力。

秋天是庄稼人最值得自豪的季节。

一年的辛劳和耕耘，这时候都化成了金黄金黄的收获。颗粒归仓，寸草归垛，也就是眼前最要紧的事儿。

秋收在自己的印象里，最难以忘怀的是捣地瓜、捣花生和拾地瓜干。"捣"是老家当地人对秋后在庄稼地里捡拾遗落的粮食的一种称呼。这种事儿，一般是家庭妇女、老年人或小孩子去做的。记得在小学的时候，经常有组织地参加秋收活动，那些有趣的事儿，至今想起来还记忆犹新。

捣地瓜是学校里组织的重点秋收活动。那时候，一般是上午上课，下午去田野里秋收。每个班分成几个小组，大家挎上篮子，拿上一把小镢头，就三三两两地走出校门，到山前山后、岭上岭下已经收完地瓜的地里面，抡起镢头挖掘那些遗落的地瓜。

这是一件体力活儿。镢头在硬实的土里刨着，费很大劲才能找到一个，半天下来小篮子里也没有装多少刨出来的地瓜。不过。也有特殊的情况，就是在一些被水淹过的地里面，有时候生产队的人们在收地瓜时，因看不出地瓜垄在那里，遗落了一些在地里面，这时候要是发现后一个劲挖下去，就会有意想不到的收获。还有一种情况，就是在一些新开辟的地里面，尤其是我们当地的沙滩地里，有时候会挖到一些很大的地瓜。记得那时候，生产队经常在沙滩上新开辟一些农田，这些新田当年开辟出来后，一般会种上一种窝瓜，就是用地瓜当母本，栽在田垄上，用沙土包好，待出芽后把窝瓜周边的沙土清理开，只保留窝瓜的根部在垄上，这种地瓜就是窝瓜。窝瓜的根须很发达，尤其是在新开辟的田里，其根须有时会一直从地里扎到地边的坡里去。这种根须有一个特点，其无论扎到哪里，都会在哪里新生一个地瓜。生产队在收获时，一般只会在地里的垄上刨取，不会到地边的坡上去挖的。有一次，我们在一块新开的沙地里捣地瓜时，因沙土地刨起来不费力，但却找不到遗落的地瓜。在无意的时候，我们就在这块新田的坡上用镢头从上往下深挖，一会儿就从里面挖出一个很大的地瓜，这种惊喜一开始以为是运气，但后来发现窝瓜的根子扎到了坡上，并且会在坡上的沙土里结下一个地瓜。找到门道后，我们就在坡的顶部先找根须，找到了根须就会"顺须摸瓜"，一直找到坡下面的沙土里，像探宝一般从里面把地瓜找出来。有时候，在这样新开辟的田里，会找到很多非常大的地瓜，那种收获的喜悦甭提有多美了。

捣花生是与捣地瓜相同的活儿。只不过花生比地瓜小，而且可以生吃，小孩子嘴馋，往往会一边在收过花生的地里捣，一边往自己的嘴里填，最后篮子里也剩不下几个。那时候，学校里每天对每个人的秋收成绩是要记录的，为此，小伙伴们可伤透了脑筋。为了不影响自己的秋收成绩，我们会想出许多歪主意。因学校每天在过量时，只会以第一次每个人用的篮子的分量为基础，以后再过量时，就会称一下总重，然后减去原来记录的篮子的分量，就是你当天秋收的成绩。为此，几个人就在每天到校前，先把篮子的底部在泥水里浸一下，然后在黄土里转几圈，直到篮子的底部粘上了厚厚一层泥巴，才会去学校里称分量。结果往往是收获不多，但每次的成绩都非常好。这样的小把戏成功了几次，但很快就被老师发现了，并取消了原来的秋收成绩。这都是因嘴馋惹下的事儿，从此，再也没人敢玩这些小心眼了。

与捣地瓜和捣花生并列的活儿还有一件，那就是收地瓜干。那时候，生产队里的地瓜收获后，一边把它及时分到各家各户，一边现场在地里切成片，晒干后再把瓜干分到各户。晒瓜干一般会选择在山上的石板上或海边的沙滩上。石板上晒的一般不会有遗落，但在沙滩上晒的瓜干就不同了。

由于沙滩非常柔软，人踩在上面，不小心就会将瓜干踩到沙子里。有时候收瓜干时，人多较乱，忙碌起来会将不少的瓜干埋在沙子里，发现不了。但只要等到下雨后，就会发现，晒干的瓜干在沙子里被雨水一湿，就会慢慢蜷曲起来，在沙子的表面上支起一个"小帐篷"，这时候，你再去捡拾就会直奔目标而去，而且收获颇丰，满载而归。但如果是不及时回收这些被雨水打湿的瓜干，就会很快长毛腐烂，那样，不但人不能吃，连猪饲料也不能用了。

秋收，在大人的眼里是忙碌的，在小孩子的眼里却是无比快乐的。它不仅把一颗颗粮食重新捡拾到了粮仓里，也把农民的艰辛和耕耘的汗水，深深地留在了幼小的心灵之中，并成为终生难忘的记忆和向上的动力。

# 当年乡下看电影

虽然在今天看来是一件多么不易的事儿，但在当时的年月，能当上乡里的电影放映员，那可是一件让人羡慕的事情。尤其是年轻轻的小伙子，要是当上电影放映员，肯定会在三乡五疃让小姑娘们稀罕着呢。

记得小时候，家里条件简陋，别说家用电器了，就连个像样的手电筒也是没有的。当时乡下农村孩子最大的欢喜事儿，就是电影队来村里放电影。那时候，乡里的电影队一般一二个人，推着小推车，把铁皮箱子里的电影片子捆在车上，用手推着走村串镇，很是辛苦。虽然在今天看来是一件多么不易的事儿，但在当时的年月，能当上乡里的电影放映员，那可是一件让人羡慕的事情。尤其是年轻轻的小伙子，要是当上电影放映员，肯定会在三乡五疃让小姑娘们稀罕着呢。

在乡下看电影，全在露天的场院里，不像今天城里的电影院，有着舒适的座椅，还夏有空调冬有暖气的。那时候，用三根长木杆，两边在土里一竖，横着的一根绑在上面就行了，然后把用厚布做的映幕挂在上面，在正对着的几十米远的地方架起小放映机，就可以看电影了。

电影队一般会在下午来到村里，首先看到电影队小推车进村的那个人，就会像小喇叭一样，飞快地把这喜人的消息传遍村里村外。于是，闲着无事的小孩子们就会在下午很早地拿上一个小板凳，抢先跑到放电影的大场院里占座位。小孩子们都愿意往前坐，有的用石头、砖头摆个小圈，有的用竹棍在地上画个四方形标志，有的干脆坐在那里占着，五花八门，一直等到天黑。

当时农村里还没有通电，吃过晚饭，大人小孩脸上无不洋溢着喜庆的色彩，三五成群地向场院聚集。趁着放映前的空闲，人们便开始唠着收成，聊着趣闻，东家长西家短，三百年的谷子五百年的糠，只要开心，啥都会说，没有一丝顾忌。姑娘们便会扎成一堆，说着不让别人知道的悄悄话，并不时地迸发出一阵阵银铃般的笑声，引得周边的小伙子把心都飘向了那里。

男孩子们最爱看战争故事片，那时候红得火热的《地道战》《地雷战》《平原作战》《渡江侦察记》《奇袭》等片子，里面的正面人物和反面人物的台词，大人孩子都熟悉得张口就来。在小孩子们的心中，对电影里那些大汉奸、大特务，或者叛徒，都会恨得牙根生疼。而对那些智勇双全、宁死不屈的英雄们，会从心底里生发出一种敬仰之情。那时候，村里的男孩子无不向往着长大后能参军。可是，因为名额限制，一般每年村里只有二三个名额，而且必须是高中毕业才行。所以，在村里想当兵不是谁都能行的。

乡里的电影队一般是每个村子轮流放映，只要天气好，今天这个村，明天就会去附近的村。有时候，一个片子会把全乡放个遍。于是，孩子们就会在放学后，三口两口吃完饭，抓紧约上小伙伴去邻村看电影。在我们胶东半岛那一带，乡下农村间的公路都是黄沙路，为了赶时间，孩子们都会抄近路。那些近路无不是爬山越岭，过河穿林，难走极了。由于家境都差不多，手电筒几乎谁也没有。只好摸着黑一脚深一脚浅地赶路，有时免不了摔几个跟头，膝盖上青一片紫一片的，虽然咧着嘴喊疼，但心里却是美滋滋的。

为了能用上个手电，小孩子们会想尽各种办法。那时候，村里的孩子放学会后要替家里打猪草，有些心细的，就会在打猪草时顺便挖一些草药，回家晒干后卖到乡里的药店，一次挣几角钱，慢慢地攒着，直到够买个手电筒了，才会悄悄地买上一个，这也不敢让家里大人知道。要知道，在当时家里基本靠"鸡屁股"银行维持日常生活的年代，一分钱对于家里来说，也是不容易的。

有了手电筒，可还得有电池才行。买电池也是很费钱的，好不容易买一副电池，生怕耗电太快或受潮，不用时会将电池拿出来，放到干燥的土炕上。有时候，里面的电快用完了，会用锤子在电池的后面铁片上砸上几个坑，或在后面垫上一二个硬币，这些发明都是当时乡下孩子们想出的节省电池的法子，对今天的孩子们来说，都如同是奇闻轶事一般。

当年乡下由于物品匮乏，有时候电池是很难买到的。记得小时候，在年根的日子里，还在上中学的自己就曾让在外面工作的二哥买电池，这事儿还成了今天的笑料。那时在给二哥的信上说，头等大事是春节前给买一副电池回来。结果，二哥在回信中还把自己批了一顿。说买一副电池怎么就成了头等大事？殊不知，对当时的乡下小孩子来说，过年时能有一个手电筒，去村里村外看电影看戏，是多么心动的事情。

时过境迁，那个物质匮乏的时代终于成了回忆。生活好了，日子富了，人们的追求更广更新了。有时候，把当年乡下看电影的情景再回过头来回味一番，也不失是一件好事，会让人更加珍惜改革开放带来的富裕和满足。

# 家乡的吕剧

吕剧唱出了山东人的柔情，唱出了山东人的豪爽，唱出了山东人朴实的心声，也唱出了山东人真诚善良厚道的品性。

山东人爱听吕剧，爱看吕剧，更爱唱吕剧。从小孩生下来开始，几乎天天在吕剧的腔调里浸染着。

记得小时候，村里的大喇叭一大早就开始播放吕剧唱片，那朴实无华的方言，那欢快流畅的唱腔，那委婉动情的剧情，无不在脑海里刻下深深的烙印。作为一种地方戏，吕剧之所以在山东广受欢迎，关键是始终在传唱着百姓身边的日常生活，教育引领着民风善美，倡导传播着社会文明。

据说，吕剧是在山东琴书的基础上发展演变成的一个剧种。大约在 1900 年的冬天，山东广饶琴书艺人时殿元借鉴京剧艺术形式，第一次将琴书段子《王小赶脚》改为化装演出，引起轰动，这便是吕剧最初的表演形式。从此可以看出，山东吕剧距今已有一百多年的历史了。

关于吕剧的剧名，有很多种说法。一是吕剧的开山剧目《王小赶脚》中的主要道具是纸扎的毛驴，所以刚开始吕剧也称"驴剧"。二是吕剧擅长表现男女爱情、家庭伦理，多与两口子有关，也称"侣剧"。还有一种说法是，古代二十五户为一闾，而这种戏尤以表现邻里生活见长，所以也称"闾剧"。经过长时间的继承发展，一直到新中国成立前夕，吕剧艺术虽然已经比较成熟，但仍然没有一个统一的剧名。五十年代初，在考虑为吕剧定名时，有人提议叫"鲁剧"，时任山东省文化厅副厅长的我国著名作家王统照先生认为"鲁剧"的叫法欠妥，建议取我国古音乐十二律中"六吕"的"吕"字，同时，又谐"驴""侣""闾"之音，称之为"吕剧"，这个提议得到了一致认可。从此，家乡戏终于有了自己正式的名称。

吕剧是平民戏，题材多选自民间生活，加之唱腔多以下行腔为主，委婉缠绵，长于抒情，特别擅长表现女性的内心世界，所以无论专业剧团还是业余剧组，无论传统剧目还是现代题材，女性永远是吕剧的忠实观众。因此，在山东农村里，吕剧又有一个不雅的绰号："拴老婆的橛子"。小时候，县城里的吕剧来村里巡演，那可是四乡八邻天大的喜事。人们无论农事忙闲，全家老少抓紧吃晚饭，小孩子更是下午一早就去村中心的小广场摆放凳子，提前占好最佳位置。无论刮风下雨，戏不完人不散。一些朗朗上口的剧词，大人小孩都会哼哼，乐在其中。尤其是农闲的冬季和春节期间，村村上演吕剧，是必备的精神大餐。那火热沸腾的情景，人人都喜到了骨里去了。有一句话说得特别形象："听见坠琴（吕剧里的一种乐器）响，饼子烀到门框上"，可见一斑。

"文革"时期，曾有人提议将样板戏移植为吕剧，结果搞得不伦不类，京腔京韵的样板戏，与委婉悠长的吕剧，根本就不是一个味儿，观众从起初就没领情。结果，不了了之也就在所难免了。吕剧虽是山东地方戏，但她以自身的优美特色，也赢得了其他省市群众的喜爱。与山东毗邻的江苏、安徽，山东人较多的东三省，甚至远在边陲的新疆，都有吕剧的旋律在传唱。

五十年代是吕剧发展的辉煌时期，名角荟萃，新戏迭出，曾有过与安徽的黄梅戏同台进京演出的情景。随着新《婚姻法》的颁布实施，吕剧《李二嫂改嫁》唱红了大江南北，也唱红了郎咸芬。一时间，李二嫂成了人们心中的偶像。吕剧《王汉喜借年》中的台词："大雪飘飘，年除夕，奉母命，到俺岳父家里借年去……"大人小孩人人会唱，耳熟能详。你只要夏冬季节走进农家院里，都能听到家里绣花的妇女一边干活，一边吟唱着"借灯光，我赶忙，飞针走线，做一双，新鞋儿，好给他穿……"那种流行的程度不亚于今天的流行歌曲。

吕剧唱出了山东人的柔情，唱出了山东人的豪爽，唱出了山东人朴实的心声，也唱出了山东人真诚善良厚道的品性。

# 旧旧的针线筐

旧旧的针线筐，浸透着母亲对家人的涓涓爱心，传承着母亲朴素持家的传统美德。它见证了一家人那个年代过日子的艰辛，也启迪着我们倍加珍惜今天的美好生活。

家里有一个旧旧的针线筐，虽然很多时候都用不上，但总也舍不得扔掉它。在城里搬了几次家，扔掉了许多旧的家具，但这个当年母亲用过的针线筐，却像宝贝似的一直被我珍藏至今。

母亲离开我们已经好多年了，原来乡下居住的老屋也已经翻新了几次，小时候家里的许多旧物件如今都已不知哪里去了，但当年母亲用过的那个用柳条编成的针线筐，却一直默默地陈放在家里。每每见到它，如同母亲就在身边一样，慈祥的神态，忙碌的身影，穿针走线的样儿，心里顿时就会溢满温馨的母爱和安详的滋味。

母亲生活的那个年代物资贫乏，家里哥姐多，一件衣服往往是老大穿过，再缝补一下给小一点的弟妹穿。乡下的孩子活泼耐实，小时候上房爬树，衣服破得也快，这就给母亲增添了许多针线活儿。记忆里，无论春夏秋冬，晚上一觉醒来，总会见到母亲在油灯下缝补衣服的情景。有时候，天都亮了，光线从窗棂里透进来，映照在母亲那因辛勤操劳而皱纹遍布的脸庞上，花白的头发显得非常醒目。那时候，自己老是不明白，母亲为什么总是有缝不完的衣裳呢？

母亲的针线筐，仿佛是个百宝箱。有各种颜色的细线和布头，有大大小小的缝衣针。印象最深的是一副一条腿断了还用线绑着的老花镜。老花镜是母亲缝衣服时挂在眼前的老古董了。家里只要是没有什么忙碌的家务活儿，母亲总会小心地把那副已经少了一条腿的老花镜从针线筐里拿出来，仔细地把它从头顶上慢慢放至眼前，然后从炕下的衣柜里拿出一件件已经洗得变了颜色的旧衣服，盘腿坐在炕上或者坐在院里的柿子树下，从针线筐里找出与衣服颜色相近的各种细线，然后把线头放在口里抿一下，再拿出来放在老花镜下，耐心地把线的一头穿进小小的针眼里，用手把线拉出来，非常灵活地用手一转，穿在针眼里的线就会在另一头打上一个小小的结。

尤其是母亲针线筐里那个银白色的顶针，上面密密麻麻的小坑，磨得凸凹不一，每每拿在手里抚摸起来，都会情不自禁地想到母亲当年戴在手指上缝补衣服的情景。这上面凝聚着母亲多少心血，多少汗水啊！

记得小时候，乡下冬天特别冷，母亲晚饭时就会把家里的土炕烧得特别热，一家人饭后就会围坐在暖和的土炕上，身上用被子围住，这时候，母亲就会一边和家里人聊着庄稼收成或村里的新鲜事儿，一边不停地缝着一件件衣服。那时候，自己总是依偎在母亲的身边，看着母亲穿针引线的样儿，心里头总觉得母亲缝补衣服的样儿是那么好看。

母亲是村里出了名的巧手，街坊邻居有孩子结婚办喜事时，不论是男孩子还是女孩子，总会找到母亲帮忙缝制结婚的新衣被。每到这时候，母亲总是来者不拒，笑呵呵地应承下来，并连夜赶制。虽然有时候忙得忘了做饭或睡觉，但总会在人家要求的日子里，把缝制的新衣被送到人家手里。记得自己从小学到高中，一直都是用着母亲亲手缝制的书包，虽然不是什么值钱的布料，样式也不新颖，但总是那么结实和耐用。长长的布带斜挂在胸前，上学路上翻山越岭，小小的布

书包在胸前晃来晃去，仿佛是母亲的双手在不停地抚摸着自己，一路上总是暖乎乎的。

小时候不太懂事，看到别人家的孩子穿新衣服，老是不停地跟母亲要新衣服穿。每当这时候，母亲就会把缝补好的旧衣服拿出来，放到我手里，笑嘻嘻地说："新衣服总会穿旧的，只要能挡风遮雨，穿在身上暖和，就行了。"在我的眼里，那些补得不能再补的衣服，早就应该扔掉了，但母亲总也舍不得。常挂在母亲嘴上的一句话就是："能补的衣服随便扔了，街面上会笑话的。"母亲的话儿，小时候自己理解不了，如今细想起来，也许正是受了母亲勤俭持家的影响，我今天也如此教育自己的孩子。

有一次，儿子穿的裤子裂开了一条线缝，我顺手从母亲的针线筐里找出一卷颜色相近的线来，很快地穿针引线缝补好了，儿子看了后很惊讶："爸爸什么时候学会了针线活儿了？"其实，早在上小学的时候，我就跟着母亲学习缝补衣服，衣服扣子掉了就找来扣子自己钉上。有时候，还跟着母亲学习缝制被子。至今，这一小小的技能还能不时派上用场。妻子对缝缝衣服这样的事儿不太熟练，自己就会拿来母亲的针线筐，找出针线很快地做起来。

想一想，当年家里那么多人一年四季的衣服，里里外外的穿戴，都要靠母亲一针一线地缝制。要知道，那可是在不耽误庄稼活儿的情况下，母亲没日没夜赶制出来的。

旧旧的针线筐，浸透着母亲对家人的涓涓爱心，传承着母亲朴素持家的传统美德。它见证了一家人那个年代过日子的艰辛，也启迪着我们倍加珍惜今天的美好生活。

# 土味珍珠

> 大智若愚，大悟无语。农谚是农民汗水的结晶，是田园美好的风韵，是地里盛产的黄金，是村庄朴素的韵脚，是农民创造的诗篇。

春雨惊春清谷天，夏满芒夏暑相连。

秋处露秋寒霜降，冬雪雪冬小大寒。

每月两节日期定，最多相差一两天。

上半年在六廿一，下半年是八廿三。

一年有二十四个节气，每月有两个，每个节气都有着传承百年千年的谚语。这些凝聚着农民智慧的乡间俗语，语言形象、精炼，通俗易懂，朗朗上口，如同一颗颗土里的珍珠，闪烁着中国农民深厚的文化底蕴和智慧。每每欣赏，无不令人叹为观止。

谁说农民不识字、文化浅，没远见？谁说农民只种地、干粗活，目光短？透过农谚，足以证明其用词之形象、概括之精准、观察之深沉。可以说，农谚，是挂在农家四季墙上的钟表，准确有序地指导着农事。布谷鸟开春的第一声啼鸣，便是一句农谚；老牛拉犁时眼角掠过的一道道鞭影，便是一串串农谚。春来了，大地最先涌动着生机，蛰伏了一冬的生物此时将要伸伸懒腰，呼吸清新的空气。"节气不等人，春日胜黄金"，泥土中也泛着清新的气味，仿佛一瓶醇香的酒刚被启封，你可以在田野间用力地呼吸，尽情地享受一下泥土芳香带给你的惬意。

春的来临预示着一年辛劳的开始，猫了一冬的人们也蕴蓄了一冬的希冀。庄户人浑身的力量要在此时释放，土地是他们一生的舞台。"过了惊蛰节，耕地不能歇。"田野是一块崭新的黑板，他们要在上面一笔一画书写收获二字，地里还有哪畦地没有翻整，还有哪条渠没有修理，他们要像给孩子洗脸一样慢慢地打理。"清明有雨麦子壮，小满有雨麦头齐。"那泛着青的嫩草，那消融流动的河水，那林间传来的欢快的鸟啼，那爬出洞张望的小虫，这一切的一切，这未知的未知，都预示着这一个充满着希望的春天。泛青的麦苗努力地向上生长，冬天的雪为它们盖了厚厚的棉被，它们像睡着的小宝宝，是那样的恬静与安适。春天的到来，将它们唤醒。它们需要伸伸懒腰，踢踢腿，使劲往上长自己的个头。农人们及时为它们浇水施肥，从他们笑眯眯的脸上又看到了收获的喜悦。"清明前后，种瓜点豆。"播种的人是撒播希望的人，他们会用心把种子埋入田里，一行行，一垄垄，仿佛在织一匹布，不紧不慢，不急不躁，你看他们就像是看一位名角在演出，他们的眼里似乎有着一条线，一抬手、一挪步都中规中矩，那样流畅与舒展。"谷雨寸不休，桑叶好饲牛。"春雨总是解人意般及时到来，那样的羞涩，那样的含蓄，起先是淅淅沥沥的雨点，在湿润的空气中人们感知到春的生机。春雨像一首舒缓的钢琴曲，人们沏杯茶静静地欣赏着这名曲。春雨像一幅素描画，不那么缤纷，不那么艳丽，你只需要稍加留意，就能感知它的深刻内涵。大地得到了春雨的滋润，天地间显得那样空灵，万物在蓬勃生长，田畦间的庄稼也在茁壮成长，它们浓缩着农人一年的希望，放大着一年的收成。这个季节仿佛一切都是希望的命题，仿佛一切都是成功的开始。

立夏时节，乡村的夏日来临了。"立夏到小满，种啥也不晚。"乡村的夏日是一幅画，色彩缤纷而艳丽。造物主把一年中的绿色都泼在了这个季节，绿得那样浓，那样甜。清澈的泉水从山涧流出，那朵朵白色的浪花从山谷间涌来，青山、绿水、白色浪花构成了一幅流动的画面，让人们流连。此时，百花也竞相绽放，粉红色的紫薇、玫瑰色的扶桑花、白色的荷、红色的杜鹃，乡村突然间被各种各样的色彩所占据。"芒种不种，过后落空。"在夏日的乡村，万物都在酝酿着一个美丽的梦，这个梦在春日播种，到秋天收获，而要在夏日来描画。"夏至无雨，囤里无米。"在这时节，农人们渴盼着一场雨的来临，瞧，夏日间的一场雨后，那七彩的彩虹也挂在了天边，孩子们会数着彩虹有几条颜色，老人们会根据颜色的不同猜测今年的收成。"端午夏至连，高山好咱田。"此时，大地的琴键也会奏响生命蓬勃的乐音，田野上的虫声、蛙声、作物生长的声音交织在一起，可以说，有多少处草丛就有多少虫子，它们爬行在草根和草茎上，发出"沙沙"的声音，弄得每一根草不停地摇晃，像一艘艘船只在风雨中飘摇。在风雨中，每个水塘和河边都会有青蛙巨大的鸣声。"小暑热，果豆结。"从夏日的清晨开始，当田间的晨雾还在迷漫，农人便开始了一天的劳作，一年的收获要靠此时的辛劳。当晨曦逐渐铺满大地时，暑热会逐渐弥漫，昆虫又会蛰伏于地下，动物也会找一块阴凉的地方。避暑最热的时候当属午间，那知了一声一声的鸣叫似乎使炎热有了节奏。孩子们是夏日乡间最快乐的精灵，当大人们都在树荫下避暑的时候，孩子们却在日头下嬉戏。"小暑起燥风，日夜好天空。"当夜幕降临时，乡村顿时显现出了活力，吃过晚饭后，一家人便会围坐在桌边纳凉，孩子们总会撒娇地躺在奶奶的怀中要求讲故事，讲那弯天上的弦月，讲那棵古老的梧桐。男人们会聚在一盘石碾边谈天说地，女人们会围成一圈说家长里短，连蟋蟀也会不停地鸣唱，那池塘处此起彼伏的蛙鸣似在合唱。就这样，奶奶的故事会从月缺讲到月圆，夏日的故事也会从晨曦讲到落日。

秋来了，家乡的那条河瘦了，大地此时丰满了。太阳褪去了它那热烈的光芒，抬头望它时，眼睛也不再被刺得眯成一条缝，仿佛一瓶陈酿，已不再那样烈性，变得醇厚了。"立秋雨淋淋，来年好收成。"秋雨此时也变得淅淅沥沥，不再那样急匆匆的。有时想，这秋雨真像一首长诗。恼人的时候也有，那刚红了半边的红枣就要被淋破了，也会耽搁了那心急的旅人的行程。此时，你如果在这秋雨中行走，会感到天地间雾蒙蒙的，河面上连起了无数的雨线，像在织一匹锦。"白露天气晴，谷子如白银。"此时的庄稼也都仿佛醉了，向日葵害羞得低下了头，仿佛直不起身子。玉米须逐渐由淡红转成了淡黑，那叶子也变黄了，孩子们等不得它们成熟，便偷偷地用手掰了用火烤着吃，那略带焦煳的香味把附近的孩子们也吸引了过来抢着吃。果树上挂满了粉嫩的果实，还略带着青涩，那性急的孩子便用石头掷打了下来，当果子红透的时候，你只需轻轻地摇那枝干，它便会掉落到地上，那松软的泥土是不会使它磕了皮的。"秋分不割，霜打风磨。"村里的女人们是闲不住的，她们从菜地里摘回了发了红的辣椒，一串串地串缀起来，挂在房门边，任秋阳烘晒，农家的院落便增添了红的色彩。在农家的房顶上和场院里会晾晒着刚收割的玉米、小麦、高粱，院落成了一块彩布，乡村的季节便有了鲜艳的色彩。男人们忙着收获这秋的喜悦，他们揪心地听着天气预报，如果是个好天气，他们会眉开眼笑，假如遇上连阴雨，往往会一迭声地来骂。"粮食冒尖堆成山，寒露不忘把地翻。"收了庄稼也松不得半口气，腾了地，手上的血泡顾不得挑，庄稼秸秆要放倒，同时也要陆续地往地里送粪，虽然现在积粪少了，但还得想办法往地里送。趁着没上冻，地是赶紧要翻的，当地平展展了，他们又会合计明年的安排，诉说着肥料价格涨了，明年地里又该种些什么。农家的秋天，庄稼结了沉甸甸的果实，连野草也结满了籽粒，它们都在展示着永恒而真实的收获。

当冬天降临村庄，农家的日子就厚实起来了。一场凌厉的寒风吹过之后，村庄立即变得清瘦了。小河像一条哈达静静地铺在了村边，枝杈此时也露出了峥嵘。"立冬晴，柴米堆得满地剩。"男人们在冬日里辛勤打理着一年的生计，收获了庄稼的耕地显出了疲惫，男人们要在鸡还未打鸣便套上车出去捡粪，明年农家那甜甜的梦便要从现在开始积攒，地里攒足了底粪，男人们便有了底气，来年的庄稼地又会给农家一个沉甸甸的惊喜。"小雪雪满天，来岁必丰年。"雪花在田野上撒落时，村里的人们正忙着自己手头的活计。他们同样渴望着这场雪的到来，大地需要这场雪的滋养，越冬的小麦需要这厚厚的"棉被"。雪花落到了屋脊上、场院里、田野中，整个村庄像本童话书被轻轻地翻开了封皮，炊烟在飞舞的雪花中升上天空，鸟儿们早早地回到巢里，一棵棵树膨胀了起来，厚厚的积雪压得树枝发出了响声。冬至来临了，这时冬日的暖阳洒播在大地上，"冬至天晴明，来年歌太平。"男人们此时会热上一壶酒，围坐在炕头上，谈论着一年的收成和明年的打算，他们喝到高兴处便开始划拳行令，到最后倒在炕上呼呼地睡去。这时，孩子们便会调皮地爬到炕上，偷偷地品尝那没喝完的酒，总是被辣得吐出了舌头。冬日越来越严寒起来，"大寒不寒，人马不安。"冬天就好像把时光溶掉一样，整个村庄都弥漫在幻想之中，这清瘦的村庄需要在每户那熬热的羊肉白菜汤中滋补才能健壮，需要在温热的酒壶中加以滋养。村庄的冬日就是在全家人吸溜吸溜地吸着热汤饭中一天天过去的，村庄的日头就是在男人们手里的活计中转过去的，农家的冬夜就是在这全家人焐热的炕头上悄悄溜走的。

大智若愚，大悟无语。农谚是农民汗水的结晶，是田园美好的风韵，是地里盛产的黄金，是村庄朴素的韵脚，是农民创造的诗篇。

# 迎年·忙年·乐年

> 年，是一个传统节日，也是一种传统文化。对于年，人们追求的是一种欢乐的心情，一种大人孩子对美好生活的感受，一种希望日子平安富足的愿望。年里面所蕴含的那种韵味和亲情，始终深深地萦绕在每个华夏儿女的心中……

年，是我国一年中最为隆重的传统节日，也是乡下人一年里最盼望最休闲最快乐的日子。进了腊月门，天天有年味。从腊月初一到大年三十，人们迎年、忙年、乐年的氛围越来越浓。

## 迎年

天寒地冻的腊月，农家的庄稼地里活儿没了，忙活了一年的乡下人，过起了滋润快活的"猫冬"生活。

勤快的人不慌不急地规整着院落。劈好的柴堆满了墙根，院子清扫得干净，猪圈添了层新土，锄镰锨镢也收拾入库。忙完了外面院子，就得忙着整理房内了。一年的炊烟早已熏黑了家里的四面墙壁。在长长的木杆上扎上一把山草，就成了应手的扫把。戴上一顶草帽，穿件肥大的旧衣裳，趁着饭后阳光明媚，男人们把女人和孩子从屋里喊出来，自个儿里里外外地清扫起来。直到扫得墙壁清亮，再把灰土倒了出去，灰头土脸的男人才有工夫露出欣慰的笑容。看着婆娘孩子欢快的神情，男人们仿佛中了彩票般高兴，蹲在院子里，美美地抽起旱烟锅子……

乡下的女人结婚后，也都是过日子的好手。进了腊月门，女人们就开始张罗着为大人和孩子添置过年的新衣裳。逛商场货比三家，实惠又鲜亮的上衣下裤挑来拣去最终上了眼，才乐呵呵地掏出钞票付账走人。从头上的帽子到脚上的鞋子，大包小包提满了双手，只等大年初一一家人打扮好，走在街面上被人夸了。当然，这时候，女人们也忘不了给自己置办几件亮丽的新衣，自己穿得鲜亮些，也代表着自家的日子过得殷实。

平日里省吃俭用，过年了可得大方一点儿。让大人孩子添份喜气，露出笑脸，是当家的女人最大的满足。

# 忙年

忙年，是过了小年后乡下人日夜筹划的事儿。

过年了，改善生活是头等大事。猪是自家养的，那可是足足养了一年的大肥猪，绝对绿色饲养，肉质上等。你看，街坊四邻杀猪宰羊无不忙得不亦乐乎。杀猪是乡下人齐心帮忙的事，只要一声招呼，热心的街坊们纷纷来家里帮忙。到了分肉的时候，东家三斤西家五斤，不大一会儿就被大家一一买走。最后，猪头、内脏、排骨、猪蹄是留给自家享用的。当然，上好的里脊肉也得多留些，除夕夜包饺子少不了。

猪头、猪蹄是得年前炖好的。农家的大铁锅一次炖个猪头没有问题。男人们早早就准备了柴火，生起灶火。铁锅里的热气伴着馋人的香气，很快就从屋里弥漫到了街上。路过的人们一闻到这香气，就知道这家人在忙活啥了。

养了一年的大公鸡，这时也到了宰杀的时候。公鸡是过年的供品。从大年三十开始，家家户户都得在厅堂条桌上摆上供品，祭奠列祖列宗。其中，就有那只昂头挺立的大公鸡。除了公鸡之外，还有其他的鱼肉鲜果以及花馍。

　　说到花馍，胶东乡下女人做的大花馍，绝对称得上是珍品。普普通通的白面，愣是做出了各种栩栩如生的动物，如盘龙、猪头、面鱼、燕子等，再配上红黑的豆粒做成眼睛，点上五颜六色的颜色，摆在桌上，插在树枝上，活灵活现，琳琅满目，给节日格外增添了喜气。

　　你看，腊月里家家户户房顶上的烟道，一天到晚不停地冒着热气腾腾的烟雾，那是家庭巧妇正在蒸煮各种主食的信号。

　　忙年肯定少不了赶大集。乡下的集市，在腊月里最为丰富，各种物品摆满了宽敞的街道和长长的河滩。老家的年集，是逢五和十的日子。天还没亮，四乡八村的人们就已经蜂拥而来，忙活年货的采购。这时候，无论家里条件如何，赶年集是家家都不会忘记的事儿。有钱的，会在年集上大包小包地采购，车拉人扛，满载而归。日子拮据些的，也总是量力而行，异常慷慨，以期过年时家里的伙食得到改善。人山人海的集市上，大人和孩子不停地走走瞧瞧、讨价还价，清脆的鞭炮声、爽朗的叫喊声此起彼伏。

　　从小年开始，街头巷口就陆续见到放鞭炮的孩子们。按照乡下习俗，小年、大年三十和正月初五、十五，家家户户都是要放鞭炮的。只不过，小年是中午放，大年三十和正月初五、十五是晚上放，这是正式的放炮时辰。可孩子们见到了鞭炮，却不管哪些时间该放或不该放，只要开心，玩乐的劲头可以从清早一直延续到深夜。鞭炮是乡下孩子过年的宠物。鞭炮在空中爆响的一声声轰鸣，冬季里原本寂静的乡村一下子变得热火了起来。

# 乐年

从大年三十开始，一直到正月十五，乐年的感受最浓最深。大年三十中午贴春联，是胶东普遍的风俗。为防孩子们把上下联贴倒了，大人们是必须在现场指导的。一些墨水少的家长，这时候总会掏出带过滤嘴的香烟，向有些学问的人讨教。红色的对联反反复复念来念去，感觉对了才在大门的左右两边进行张贴。门上大红的灯笼映照着鲜艳的春联，乡村里一下子进入了欢乐的高潮。

除夕夜的那一顿年夜饭，过去在乡下的孩子们眼里，是一年中最为香甜可口的一餐，大口吃肉，满嘴流香。随着生活水平的提高，现在的年夜饭已不像过去那么"诱人"。常见的情形是，全家人一边围坐在桌边开心地吃着年夜饭，一边观看着电视节目。爽朗的笑声从家家户户张灯结彩的窗口里飘溢而出，村里村外，喜气洋洋。

一夜连双岁，五更分两年。午夜时分，是放鞭炮的时刻。这时候，火光四射，响声连天，山村成了欢庆的海洋，此刻也是年味最为沸腾的时刻。年夜的饺子热气腾腾地上桌了。包饺子的时候，为图吉祥如意，大人们会在饺子里包进一部分硬币、大枣，谁如果吃到了，便预示着一年财源茂盛、早早发财。大人们还会在院子里生上一盆火，带着孩子们供天地和列祖列宗，按照风俗接财神迎喜神，烧香磕头，祝愿平安幸福。接着，大人们拿出了早已准备好的压岁钱，一一发到孩子们的手里，孩子们拿到盼望已久的红包，过年的满足劲儿也到了最高峰。

正月初一一大早，男女老幼都会穿上新衣服，给族中、屯上长者拜年。年长且辈分高者，往往是家里来了一拨又一拨，磕头拜年的人络绎不绝。长者的家里会摆上香烟水果和茶水，招待着晚辈，感谢着祝福。从初五到十五，喜庆的氛围连绵不断，走亲戚、摆宴席、扭秧歌、看大戏、吃元宵、猜灯谜……热闹的花样不断翻新，年味纯朴而浓郁。

　　年，是一个传统节日，也是一种传统文化。对于年，人们追求的是一种欢乐的心情，一种大人孩子对美好生活的感受，一种希望日子平安富足的愿望。年里面所蕴含的那种韵味和亲情，始终深深地萦绕在每个华夏儿女的心中……

# 时光剪影

# 仰慕翠竹

古人常以"日出有清荫，月照有清影，风吹有清声，雨来有清韵"来赞美竹子的声、影、意、形"四趣"。古今庭园几乎无园不竹。居而有竹，则幽簧拂窗，观色之美、形之趣，闻韵之胜，悟意之妙，给人以清雅之感。

对竹的仰慕，与生俱来。

无论是在北京的紫竹院、红螺寺，还是在全国大江南北任何有竹的地方，都会醉心地浏览其间，久久不忍离去。

是"未出土时便有节，及凌云处尚虚心"的高风亮节的魄力吗？是"宁可食无肉，不可居无竹"的文人雅士的癖好吗？是"劲节生来瘦，高材老去刚"的品性的趋同吗？或是"气节乃从根底出，虚心总自幼时生"的身世的钦佩？

爱竹，其实爱的是它的那份凝碧。绿是生命的灵魂，群山旷野中的草木禾苗，腾飞的想象与年轻的心，何处少得了绿色！爱竹，更爱它的那份空灵。桃李不言，神韵犹存。那柔和的力，阳刚的美，耐寒的品质和不溺惆怅的天性，常给人以激励。爱竹，更爱它那份朴真。与它同在，便会多一份自然，少一些修饰；多一份清静恬适，少一些世俗带来的骚扰。你看吧，那份摇韧的芊华，那份悠扬的神韵，怎能不让人宁静飘逸，心生向往。想魏晋时的名士阮籍、嵇康、山涛、王戎、阮咸、刘伶、向秀"竹林七贤"，身世不同，地位有异，然而他们有一共性就是高蹈遁世，不贪权，不求利，寄情竹林，抚琴作画，枕石漱流，与周公梦语，与竹声和唱，便在世上留下了"天上有祥云，竹林有七贤"的佳句。江南有些地方还把"竹林七贤"奉为神灵敬仰。这就是文人竹样的气节、竹样的性格。面对他们，今天的人们是否能够感到俯仰有愧?

仰望翠竹，不禁对其清纯与高雅肃然起敬。想那时，泥土里无数个昼夜的沉睡，层层束缚下一颗颗灵魂百折不回，无声的凝聚，一种内力绵绵无尽。那是把天生的信念变成了坚硬的一股，深深地扎在地层深处，待一场春雨酣畅淋漓，便会聆听到那生命的每一次律动。一夜之间破土而出，拔地而起，茫茫旷野瞬间成为一片苍翠欲滴。冬天的童话远去了，在黎明的地平线上，耿直的手臂点燃了梦中的太阳。露珠打湿的叶的翅膀上挂满幻想，将青春的奔放在春日的阳光下徐徐展放。南来的风，醉软了季节的脚步，止不住内心的一次次涨潮。渴望蓝天的热泪化作凝重的雨，任炽热的烈火将胸膛映得透明，瞳仁里依然飘起了不屈气节的风帆。

醉观竹影，一望无际的翠绿尽情于眼底浸润。竹叶间，剔透的露珠闪烁着、滚动着，由高至低、层层下滴。风轻起，竹摇曳，恰似应乐舒袖凌波仙子。风过处，绿意荡漾，阵阵风声窃窃私语。声与色的灵动融合——画中之画、景中之景。我自不开花，免撩蜂与蝶。有节身方贵，无花品自高。虚心未减凌云志，俯首仍持傲雪姿。"天生抱节志向高，若谷虚怀凌云笑；寒暑往来难改色，纵有狂飙不屈挠。"仙人般的风骨，长成了原野上一杆杆翠绿的旗帜。虽虚心，却坚劲，柔中有刚，刚柔相济，骨气旺盛；虽节短，却志高，刚直挺拔，立刺苍穹，高风亮节；虽娇嫩，却胜寒，寒不改色，绿叶猗猗，蓬勃洒脱；无论环境如何，始终如一，不畏风雨，不惧大雪压顶，一年四季经受着风霜雪雨的磨砺，咬定青山，万击不倒，以坚韧不拔的毅力顽强向上。正所谓"竹有节，有千节，虽清瘦，却挺拔，风过不折，雨过不浊，

千磨万击仍坚韧"。

我爱竹，爱其正直，爱其虚心，爱其无华。竹不争春斗妍，不招蜂引蝶，没有诱人的芳香，却以它不图华丽、不求虚名的自然天性为世人所倾倒。它虽无牡丹的富丽，月季的浓香，桃李的娇艳，松柏的伟岸，但它青翠欲滴，四季常青，挺拔秀丽、枝干交错，叶潇洒多姿、交叠参差，形千奇百态、变化万千，姿态清逸，格高韵胜。山有竹则山清，水傍竹则水秀，宅有竹则脱俗。古人常以"日出有清荫，月照有清影，风吹有清声，雨来有清韵"来赞美竹子的声、影、意、形"四趣"。古今庭园几乎无园不竹。居而有竹，则幽簧拂窗，观色之美、形之趣，闻韵之胜，悟意之妙，给人以清雅之感。

我爱竹，竹是一首永远写不完的诗，竹是一曲永远唱不尽的歌。竹给予我们美感，竹给予我们启迪，竹诠释我们顽强，竹赋予我们抗争，竹昭示我们奉献，竹激发我们深思——一把青筋，几根瘦骨，谁担当得起这么多的贪婪和欲念！霜欺雪压，雷轰电击，人间又有几根铮铮铁骨不折杀于权势淫威，几许高风亮节不淹没于平庸流俗？屈屈伸伸，雪压千屋犹奋直；潇潇洒洒，风来四面又何妨。

仰慕竹子，敬慕竹子，而且仰慕和敬慕得如此心服口服。且看下联：

作笙箫笳笛，箜篌箴策，籍笈符筹，简策笔笺，跻身文苑声名远；

制篓簧箩筛，箔笠筍筌，箱篮筐笼，簧箪筲箸，造福人类贡献多。

# 品鉴兰花

从兰花的芳香、坚贞、秀质，从中华民族对兰花欣赏的独特理念来看，兰花似乎成为中国传统文化特征的象征符号，它身上积淀了一个民族的历史。

"芷兰生幽谷，不以无人而不芳，君子修道立德，不为穷困而改节。"这是两千四百年前，中国文化先师孔子对兰花的评说。

兰称之为"王者之香"。在宋代，以兰花为题材进入国画的有赵孟坚所绘之《春兰图》，被认为是现存最早的兰花名画。由于兰品质高雅，有入俗又脱俗之高洁，与梅、竹、菊并称之"四君子"。古人周天侯在《兰花咏》一诗中描述："绿叶淡花自芬芳，深山庭院抱幽香。惠质不堪逐流水，露华何妨润愁肠。何人轻步踏小径，几杯残酒倾三江。怜花还需解花语，花魂诗魄传潇湘。"唐代大诗人李白写有"幽兰香风远，蕙草流芳根，欲寻千嶂壑，直下水流深"的名句，而"丹青弄尽王者花，不媚俗红自淡雅。素瓣青缟幽香久，喜处寻常百姓家"之诗句，让人读出兰的素雅与平淡。郑板桥曾写道："兰草已成行，山中意味长。坚贞还自抱，何事斗群芳"，道出兰的坚贞精神。"我爱幽兰异众，不将颜色媚春阳。西风寒露深林下，任是无人也自香"之诗，道出了兰独特的品质。陈毅元帅也对兰赞美："幽兰在山谷，本自无人识，只因馨香重，求者遍山隅。"更是一种人文的情趣。

"群花逞媚韵光里，一花秀影偏无比。"兰花，别名山兰、幽兰、芝兰，属兰科、兰属。据统计，全世界的兰科植物约有七百属，共计两万种以上。其中可供栽培的约有两千种，兰属占四五十种，分布在我国的约有二十种。兰花大致可分为地生兰、附生兰和腐生兰三类，我国所栽培的兰花多属地生兰，又称"中国兰"。兰花原产我国，主要分布在东南、西南地区。古语云：树中银杏，花中牡丹，草中兰花。因此兰花有"中国园林三宝"之说，兰花也有"花中君子"之称，位于中国十大名花之列，可见兰花以其自身的独异风格，吸引了无数爱花人的青睐。

兰花文化在我国历史悠久。据记载，在春秋战国时期，就有了孔子以兰为喻的文章。兰花的历史的源远流长，从古至今，兰文化对中国文化的影响不可磨灭了。正如有人说：兰花，已不仅仅是一种植物，它更是一种气质、一种个性、一种风格、一种文化、一种美学。厚重、丰盈、流长的兰文化，现今已成了一种民族精神。"手培兰花两三栽，日暖风和次第开。坐久不知香在室，推窗时有蝶飞来。"这是古人写的一首咏兰诗。兰花因其香气，自古被称为"香祖""国香""王者之香""天下第一香"。

在中国古代文化中，咏兰香、称兰香、赞兰香的人数不胜数，有些文人雅士更以兰香的脱俗而自勉。孔子曾对着隐谷中的香兰喟然叹道："兰当为王者香，今乃独茂，与众草为伍。"隐谷中香兰独茂，却以众草为伍，虽香而孤，草丛而芜没。在孔子看来，兰花的香是别样的、独特的，当之王者而无愧，又以此香暗喻了芬芳袭人，然曲高和寡、独茂壑谷的风格，以此来喻人又喻己。同时孔子还对兰香有这样的诗句："与善人居，如入芝兰之室，久而不闻其香，即与之化矣。"在这段话中，兰花被赋予了孔子称道的理想人格。孔子以兰之香喻贤才、喻君子美德，用兰的幽香清远而称赞君子贤才德行的高贵雅洁，不媚流俗。可以说，孔子对兰的称赞结合了儒家思想的特点，把兰花的自然属性"芳香"与儒家推崇的人格特征相融合，同时还借助兰花的文化意象，从而使儒家所推崇的品质得到了更好体现。

屈原是中国古代的一个爱兰诗人，他爱兰之深、爱兰之切，达到了"余既滋兰之九畹矣，又树蕙之百亩"的程度。在屈原所著的《离骚》中就可以时时刻刻感受到诗人对兰的情感，"绿叶兮素枝，芳菲菲兮袭余"。可以看出，屈原以兰明志，以兰花比拟自己品格的高洁。"兰芷变而不芳兮，荃蕙化而为茅"，意思是说幽兰、白芷都变得没有馨香，香荪、芳蕙也都化为茅莸。屈原正是以兰的变质、失香而暗喻失节小人的种种丑恶，反衬自己的高贵品质。此外，唐朝也有诗对兰花的香进行了称赞。唐太宗李世民有《芳兰》一诗："日丽参差影，风传轻重香。会须君子折，佩里作芬芸。"正是对兰花的香气进行的赞美。李白也有咏兰诗："孤兰生幽园，众草共芜没。虽照阳春晖，复悲高秋月。飞霜早淅沥，绿艳恐休歇。若无清风吹，香气为谁发？"诗人以孤兰自比，抒发其身处逆境，怀才不遇的感慨。文章最后以"香"结束，喻自身虽有抱负，而知音却难觅的悲苦心情，反映了李白被贬时怀才不遇的心态。

宋朝时苏辙也有赞兰香的文章："珍重幽兰开一枝，清香耿耿听犹疑。定应欲较香高下，故取群芳竞发时。"此诗对兰花清香的赞扬，赋予兰花以生命，写出兰花与群芳的争香，更反映了兰花不甘人后的进取精神。

"不色自能倾众艳，一香足以压群芳。"兰花体态优雅，气宇轩昂，叶色常青，叶质柔中有刚，临风摇曳，婀娜多姿，花开幽香清远、沁人肺腑，堪称雅中之雅。这些都可以从那些美丽的图片和洒脱的文字中表现出来。是啊，人们喜欢兰花，并不仅仅是因为兰花有那些自然的生物属性，而是兰花的绰约多姿和品质高洁之可贵。

　　"无牡丹之雍华，却得其香，花中唯尔称君子；有翠竹之清韵，更约其简，草类因它自无主。"从兰花的芳香、坚贞、秀质，从中华民族对兰花欣赏的独特理念来看，兰花似乎成为中国传统文化特征的象征符号，它身上积淀了一个民族的历史。中国人民用兰花来喻德人、喻君子、喻操守、喻祥和，把兰花看成是不以无人而不芳、不为穷困而改节的人格精神的代表；看成是高尚的德行、高贵的品质、高雅的风范的使者；看成是文雅高尚、和谐美好的形象，是脱俗超凡、赏心悦目、国色天香而又质朴无华的典范。由此看来，兰文化已经深深地融入了中国的传统文化当中，融入了我们的日常生活当中，并深深地感化着人们。

　　记得看过一副描绘兰花的最长楹联，至今仍感慨万千：

　　上万盆国香尽收眼底，心旷神怡，乐融融天地恩赐。看：碧叶多姿，奇花斗艳，水晶龙凤，叶艺多彩；赏兰雅士何妨选胜纵览。趁馨香四溢，鼻观这王者之香；更飞天奇蝶，月宫玉兔添异彩。莫辜负：春兰芬芳，寒兰秋馥，墨兰献艺，空谷清幽！

　　数千年兰史注到心头，美名佳话，情深深源远流长。想：圣人赞颂，君子纫佩，文人诗赋，墨客画卷；历代风流成就兰文大观。忆诗楚墨幽，足窥源头之久远；传金漳兰谱，越王种兰辟先河。更惊叹：以兰舒怀，借兰明志，喻兰立德，青史流芳！

# 静悟秋菊

品读历代文人雅士咏菊之诗词歌赋，不能不感慨秋日寒风下的小小一株菊竟蕴藏着如此丰富的神韵！不为名累开秋野，但得心闲远俗尘。

"满园花菊郁金黄，中有孤丛色似霜。"深秋有月的夜，朦胧的月如水，静静地泻下，妙妙曼曼，情情柔柔，天地间挂着一帘轻盈的纱裙；而菊伫立在空旷的暮纱月光里：黄的、紫的、蓝的、粉的；是典雅，是富贵，是浪漫，是迷幻。在月光下，显得艳丽而楚楚动人。月光在朵朵菊之间，穿过来，走过去，菊与月便成了一幅精工细雕的画。远处湖水辉映着月色，波光亲吻着月亮，菊的倩影便画在水里了。

菊花素有"花中隐士"之誉，更兼谦谦君子之风。既远香益寿，又清心明目，沁人心脾。"采菊东篱下，悠然见南山。"风裹着菊香，夹着秋果的甜味，跳跃在纷纷飘落的树叶之中。菊，清清雅雅的味道，柔柔地侵入心脾。天地之间舒展开无与伦比的臂膀，迎接着菊给予秋景里最美丽的吻。菊在舞动，菊在展颜，菊的多姿多彩，是这温柔秋画里最和谐的色彩，菊的美丽便映在眼眸之中了。

"欲讯秋情众莫知，喃喃负手叩东篱。"霜趁着夜色，为菊盖上了一层透明的曼纱。菊就那么含蓄地默默地立在原野里，给人别样的感受。感受菊的亭亭玉立，风姿绰约；感受菊在寒冷里静静地绽放，为大地注入温暖的血液。片片黄叶坠落，已经找寻不到往日的模样，而菊为这分别的季节带来了活力与希望。尽管严霜是那么无情，菊依然傲立，用自己的容颜就这样揉碎一秋的寒冷。菊的灿烂便画在阳光里了。

菊之色，似雪之琼莹，金之皇黄，霞之绯婉，墨之浓艳……姿容百变，异卉千番，诗词之莫形，笔墨之难言。千姿万态，百花缭乱，十色五光，取舍为难。愚至爱黄菊，甚喜其清绝孤高，凄婉洁淡；飞霜寒露，坚贞之难撼；傲骨嶙峋，秋气为衫；痴绝婉绝，独临寒潭。莫怪乎古今骚人多羡菊，唯菊之风骨俱傲，白眼朝天；俗世红尘，岂能移志？身动而意止，虽有妙色之遗世，却是此心寂然。

菊之味，无梅之刚烈，无兰之柔雅，无蔷薇之野艳，无丁香之愁婉……而愚以为，菊味之美在乎其傲，其清，其淡，其凉，虽傲则不烈，虽清却胜柔，虽淡仍比艳，虽凉而思无愁……是时百花争艳，唯菊意静神闲，而梅之刚，兰之雅，蔷薇之野，丁香之婉，皆入其魂。呜呼，菊味之于文人雅士，实乃傲世之绝品，于是乎把酒邀月，菊盏秋霜，思古人之高绝，赏万古之流芳，而菊漫拂寒夜，虽无袭人撩鼻之气，却足以萦室绕梁。

菊之神，或若寒舟夜殇，或若傲笑歌狂，或若佳人痴愁，或若玲珑禅怅……感世情凄苦，身世寒凉，虽有寒舟载我，奈何飘摇夜长，心为之殇，神为之殇；醉江湖岁月，长歌剑决，英雄豪杰争锋，傲笑沧海茫茫，心为之狂，神为之狂；思郎赴他乡，道远情长，独依小楼肠断，佳人痴泪满裳，心为之愁，神为之愁；悟妙禅佛法，七窍玲珑，身似明镜菩提，拈花笑渡慈航，心为之怅，神为之怅……万般比拟，难诉菊神之一二。当是时，众生皆为菊神所迷，何哉？独为菊之神，傲绝天下，妙绝天下。迁客骚人，名将红颜，凡夫走卒，帝王将相……不为之心折者几人？然菊难入红尘俗世，故清高孤绝，飘然临风，竟已羽化飞升，仙姿飒然，笑凡人痴妄岂能悟其神矣？

菊之韵，无穷矣！君不闻，江南丝竹，秦钟燕筑，金陵郦歌，塞外羌鼓……纵为千般异响，已然飘入菊韵！丝竹清灵，若快雪小晴，琼楼风灵；又或婉述衷曲，幽思难暝。然菊，清静幽暝，飞扬洒脱皆有之，但问此番情怀何似？诗曰：剑花烟雨江南岸，诗酒琴茶赋菊花……秦钟恨离，燕筑伤别，自古黯然销魂事，除长歌不能述情。然菊处孤独，往来无伴，古有陶公爱之，惜非长生，是以悲君远逝，离别之苦盛矣，叹世所知己者几人？诗曰：别君阳关衣襟湿，离时长安满菊花……金陵繁华，秦淮烟花，骊歌声段，红袖粉颊；罗纬香帐，温柔漫塌，吟诗赋词，管弦琵琶……纵有春风词笔难书红楼佳话。虽是香帐风暖，奈何玉人愁长，有道是自古红颜如名将，半是身陨正华发。菊似红颜遭天妒，但有问天，问天何必妒我？诗曰：玉人啼尽幽兰露，剪残烟花似菊花……羌笛声断，大漠黄沙，残阳似血，将军白发；战鼓声动，金戈铁马，旌旗林立，士卒披甲！君不见，刀光已现，剑影交杂，万箭穿空，缨枪怒发！战事休，尸横遍野，血流成河，枯骨如山，残阳乱鸦！冲天豪气已逝，满腔热血尽化，阴阳只一线，生死难自驾，险恶至此，仍是雄姿英发！菊仍似之，坚贞难撼，热血丹心长肃杀，只为一江春水东流醉，江山如画！诗曰：无定河边挽歌扬，怒放神州是菊花……

菊此一脉，傲秋霜，临寒风，坚韧贞洁，清绝孤高，可谓无人不知，无人不晓，然其色味神韵，知其内蕴者几人？古往今来，赞菊咏菊者亦数不胜数，唯似菊者稀矣！何哉？愚素驽钝，不解其中奥妙。

菊是一本书，穿越三千年厚重的书，穿越古人今韵的书。独立疏离，不与桃李争春，更不与百花斗艳。自甘寂寞，从不招蜂引蝶，更在百花凋零之际，豁然秋高天地肃，百卉凋零菊正香。有风的日子，菊轻轻摇落一身的清香；有雨的日子，菊和滴答的节拍一起歌唱；有月的无月的夜空，菊伴着寒露入眠；菊的千姿百态，菊的五光十色，都是抱着一个淡定的心，装点一秋的色彩。徜徉于菊花丛中，仿佛让自己远离了外面的世界，已置身于菊的清淡高雅之中。花丛中的金黄、纯白、艳红、浅蓝、淡紫色的菊花，都在晚秋里绽放出她们的典雅、富贵、浪漫。她们以超凡的气度、清隐的神韵、淡泊而悠姿、苍郁而锦华，金丝银缕拥枝头，楚楚动人，美不胜收。

"只争秋色，气爽天高藏傲气；不慕百花，霜寒雨冷见精神。"菊的超凡脱俗的品质，菊的高尚独立的品格，菊的空灵，菊的绝俗，菊的清姿，已经融入了灵魂之中。"雪清玉瘦"是写菊的高洁，"暗香盈袖"是写菊的情怀。菊，清静无为，与那山野之中须媚世好，依然铿锵有声。在文人墨客、才子佳人的笔下，菊花竟然是那么美丽，写尽三千年的风华绝代。菊花寓豪气，"待到秋来九月八，我花开来百花杀。"菊花寓恬静，"采菊东篱下，悠然见南山。"菊花寓思念，"莫道不消魂，帘卷西风，人比黄花瘦。"菊花寓品格，"堕地良不忍，抱枝宁自枯。"菊花寓洒脱，"抛书人对一枝秋。"读不尽的古人古韵，赏不尽的菊姿、菊容、菊态、菊色，翻阅了三千年，依然不可诠释。

"冷吟秋色诗千首，醉酹寒香酒一杯。"从古到今，人们以诗、作词、绘景赋予菊，给菊画满了丰实的内涵，给菊赠予了宽阔的外延，给菊赐予了美不胜收绝句佳言。看到菊，就想起豪杰；就想起画家；就想起佳人；就想起才子。 菊，是诗，是画，是书，更是一颗淡然的心。人淡如菊，日淡如菊。菊，开在这秋风秋雨秋霜直逼的季节，只想简单而快乐吧！她并不想把高雅富贵美丽清韵融于一身，默默而执着地做着自己。有人说，"菊花的淡，淡在荣辱之外，淡在名利之外，淡在诱惑之外，却淡在骨气之内。这样的淡，能够让我们在物欲横流的滚滚红尘中，击破纷扰，洞察世事，谢绝繁华，回归简朴，达到'落花无言，人淡如菊，心素如简'的境界。"这就是对菊的最高奖赏吧！也是人淡如菊的最高境界。

品读历代文人雅士咏菊之诗词歌赋，不能不感慨秋日寒风下的小小一株菊竟蕴藏着如此丰富的神韵！不为名累开秋野，但得心闲远俗尘。哦，菊花，正悲风肃杀之时，倩谁敢抱寒心一点朝天怒；当感露凝霜所际，独尔能教素彩千般遍地香。

这就是菊花的性情。落堪入药，枯不改香！

# 感叹腊梅

> 每见梅花,不由人不惊叹神奇。你看她枝干遒劲,形如苍龙奋飞;你看她花开如火,使人炫目惊心。正是:不枉多年耐苦寒,冲开冰雪露峥嵘。

梅花培植起于商代,距今已有近四千年历史。

梅是花中寿星,中国不少地区尚有千年古梅,湖北黄梅县有株一千六百多岁的晋梅,至今还在岁岁作花。观赏梅花的兴起,大致始自汉初。《西京杂记》载:"汉初修上林苑,远方各献名果异树,有朱梅,胭脂梅。"可见约在两千年前,梅已是园林树木。现如今,我国观梅、赏梅主要集中在南京梅花山梅园、武汉东湖磨山梅园、上海淀山湖梅园、江苏无锡梅园这"四大梅园"。每至寒冬,成片的梅花疏枝缀玉,缤纷怒放,有的艳如朝霞,有的白似瑞雪,有的绿如碧玉,形成梅海凝云的壮观景象,煞是灿烂。

梅花色彩众多,而人们偏爱白、红、黄三色。尤其白色,冰清玉洁与冰雪相和谐。"冰花""寒玉"和"白雪"等比喻应运而生:"冰花个个团如玉""姑射仙人冰雪肤""一枝寒玉澹春晖"。梅花的香,有"清""幽"之特点,"天与清香似有私",而国人以其细腻、微妙和丰富的审美感受,浮想联翩,将嗅觉的感受转向视觉、味觉和触觉。"孤""暗""酸"乃至"冷"的感觉纷至沓来:"孤香粘袖李须饶""暗香浮动月黄昏""一点酸香冷到梅"。梅花的形态可用疏、瘦、古三字概括。"疏"不仅指出梅花的疏密程度,而且与国人"触

目横斜千万朵，赏心只有两三枝"的审美习惯相一致，"疏影横斜水清浅""疏枝横玉瘦"。"瘦"也是国人崇尚的一种美，"书贵瘦硬方通神""尚余孤瘦雪霜姿""蕊寒枝瘦凛冰霜"。"古"指梅花历数百年风欺雪侮而产生的"柯如青铜根如石"的刚强、沉雄和坚毅之美。"气结殷周雪，天成铁石身""铁干铜皮碧玉枝""他年长就铁龙干"。

　　雪是纯洁的化身、严寒的使者，雪为梅花铺开了宣纸般的银白世界。"冰雪林中着此身""梅花欢喜漫天雪"，因雪与白梅在色彩和形状上非常相像，诗人常以此来大做文章。"庭空月无影，梦暖雪生香"。梅与"凌风知劲节，负雪见贞心"的松、与"凌霜雪、节独完"的竹合称"岁寒三友"，它们相互聚首，当是情理中的事了。"松篁晚节应同操""自是岁寒松竹伴""予交三君子，气韵各有适，及其风雪中，同凛岁寒色""不经一番寒彻骨，哪得梅花扑鼻香"。梅花是草木中的杰出代表，她蕴含着自然的运动规律："清香传得天心在，未许寻常草木知""古梅如高士，坚贞骨不媚"。

每见梅花，不由人不惊叹神奇。你看她枝干遒劲，形如苍龙奋飞；你看她花开如火，使人炫目惊心。正是：不枉多年耐苦寒，冲开冰雪露峥嵘。只因胸中藏烈火，才得梅花若许红。梅花是中华民族的精神象征，她坚韧不拔，百折不挠，奋勇当先，自强不息。墙角数枝梅，凌寒独自开。遥知不是雪 ，为有暗香来。这二十四番花信之首的梅花，冰枝嫩绿，疏影清雅，花色美秀，幽香宜人花期独早，"万花敢向雪中出，一树独先天下春"，被誉为花魁。梅花在人们心目中斗雪吐艳，凌寒留香，铁骨冰心，高风亮节的形象，鼓励着人们自强不息，坚韧不拔地去迎接春的到来。

世间草木，何止万千？走进梅花，融入梅花，感悟梅花的品格，升华人生的境界。梅花虽没有牡丹的雍容华贵，没有菊花的尊贵典雅，没有水仙的婀娜多姿，却有着超凡脱俗的傲骨！走进梅花，冰雪林中着此身，不同桃李混芳尘。梅花，是什么使你不与百花争艳？是什么让你在春寒之中独自开放！梅花自古便与君子相合，苏老堤边玉一林，六桥风月是知音。任他桃李争观赏，不与繁华易素心。隐逸离世，不与世俗同流合污，君子的品格不也正是梅花的品格吗？我赞美坚贞的松柏，我欣赏莲花的出淤泥而不染！可我更爱梅花的傲雪怒放，任你数九隆冬，地冻天寒，梅花依然绽放得如此艳丽。梅花的花语是坚强，高雅，高尚的心灵，高风亮节——古人云梅俱四德，出生蕊为元，开花为亨，结子为利，成熟为贞，梅花是君子的象征。因为热爱洁白，你不去与春的众芳争艳，带着一颗冰洁的心，选择了最冷寂的季节，把一生的爱，以花的形式，献给不畏严寒的生灵，献给最解风情的人。你年年相约在冬季，生命虽然短暂，却也要唱一曲迎春的颂歌。寒梅傲雪，洁白的是品格，盛开的是真诚。因为你的微笑，这个单调的季节才显得如此生动；因为你的芬芳，寒冷的日子人们也有一丝丝暖意。

你，把绿叶留给了春天，独自含苞绽放，给冰雪世界添一种生命的热烈，给失意的恋人添一点血色的激情，给忙碌的人们留一些冬的美好回忆。你蕴含了多少深刻。只有白雪知音，唯有高士能懂。

啊，梅花，你是中国的国粹，载五千年悠悠文化，激励多少仁人志士前赴后继；你是中华民族的一种精神，点燃了多少国人的民族气节。因为有你，中华大地留下了多少荡气回肠的诗篇；因为有你，多少华夏儿女抛头颅，洒热血，面对苦难，笑对人生。

最难忘、最感叹的是清朝龚自珍那篇《病梅馆记》中，对文人画士欣赏的"梅以曲为美，直则无姿；以欹为美，正则无景；梅以疏为美，密则无态"的嗜好隐衷进行的那番讽刺与揭露。因为一种畸形的欲望，因为一种强化的意识，你被置立于盆景之中，成为室内的点缀与装饰，成为人们眼里另一种风景，从此，你不再属于山野，也不再迎着风雪傲然绽放，你所处的位置，你站立的空间，你呼吸的空气，甚至连你生长的姿势，都不再属于自己。从此，不得不屈从于设计者的意志，在这不需要栋梁的地方以"病态"的样式，默默地向往着理想中的参天大树。

但是，无论怎么摧残，梅花的天性永远不会改变。正所谓：

虚心竹有低头叶，傲骨梅无仰头花！

# 平视春光之烂漫

> 绽放吧,这是春天生命的真善。绽放吧,这
> 是春天不屈的呼唤。绽放吧,这是春天以生
> 命的主题在向大自然宣战!绽放吧,这是强
> 者在历经磨难后发出的铮铮誓言!

春为四季之首,一年之计在于春。

春天,仿佛亭亭玉立的少女,鲜艳而光耀,总是那么迷人、温馨,弥漫着芬芳,散发着活力。

自古至今,大师大家们赋予了春光无数名言佳句,至今脍炙人口,传诵不断。

如"满园春色关不住,一枝红杏出墙来""日丽风和熏协气,莺吟燕舞皆欢意";如"侵陵雪色还萱草,漏泄春光有柳条""春色恼人眠不得,月移花影上栏干";如"鹅黄嫩绿千枝秀,小蕾深藏数点红""有时三点两点雨,到处十枝五枝花";如"日出江花红胜火,春来江水绿如蓝""草树知春不久归,百般红紫斗芳菲"……

当微风把春意播撒在春季的每个角落,世间的一切美好仿佛都粉墨登场了:看门前玉兰,一树含苞待香;踏山野地头,满目稻绿菜花黄;赏湖水波纹,条条皱褶如发出韵律的琴弦;望远山枝头,桃泛红,柳抽绿,浪漫樱花舞。地上草如茵,两岸柳如眉,春的色彩与景象,春的生机和妩媚,春的诗意与浪漫,春的娇嫩与安谧,让人不得不在心旷神怡中迷醉。

春天的美好,如同生命的新生。其实,在这美好的背后,你是否

读懂了些什么？

有人说，春色的光临，是生命的圣诞；春天的烂漫，是生命的裂变。有人说，春光的姿色，是生命的变幻；春天的气息，是黑暗的底线。还有人说，春日的到来，是生命轮回的序篇；春天的征途，是强者事业的起点……

春天的来临，经过了九九八十一难。秋霜、冰雪、冷风、严寒，对生命无不是种种考验。考验之后绽放的灿烂，这是生命不息、顽强不止的宣言。挫折、困难，无不是生命中的一种经历，忍耐、冷对、等待，春天到了，终有一种正义的温暖呼唤着生命的新生。

春于冬而言，不要以为春暂时的受挫，就是生命从此失去了彼岸；不要以为冬一时的勇猛，就会摧折绿色的枝蔓；不要以为寒冷的打击，就会销毁春那五色的烂漫；不要以为冬天的逞强怒吼，就会让春日的美永远无言；在冰封的土壤下，生命的强度从没有任何改变。不信，冬去春来，你伫立于平原千山，远眺那花红天蓝，真正的强者无不是默默地涌现。不争一时之强悍，不看瞬间之威严，幼嫩的花草可谓真正铮铮铁汉。

并不是一年中只有冬季再也没有了春天。再冷的日子也会消失得无影无边；并不是寒季到来就会让冬喧嚣连天，其实冬来了春就不会隔得太远；并不是叶黄了花谢了枝枯了就不再有回首，暂时的休养不代表冬寒能够一手遮天。并不是稚嫩的身手和花蕾就不能表达对生的延伸与向往，当漫山红遍层林尽染、蜂鸣莺啼春雨绵绵，你还会对此生命的景象无视与错看？听冰消雪融水流哗哗，小草青青嫩芽生发，寒雪梅中尽，春风柳上归，冬雪，寒风，秋霜，冷雨，在生命的心脏里只不过是匆匆过客，不能带走丝毫春的芳华。

绽放吧，这是春天生命的真善。

绽放吧，这是春天不屈的呼唤。

绽放吧，这是春天以生命的主题在向大自然宣战!

绽放吧，这是强者在历经磨难后发出的铮铮誓言!

哦，春天，我以平视的眼光对你解读。

透过你华丽的春装，揣测你的胸襟与情怀，抚摸你细嫩的枝芽，品味你深藏内心的脾性与气概，在我的眼里，所谓的强者，再也无法与你比拟。所谓的雄风，再也无法与你相称。纵然冬天严寒风霜徒有一身锐利的披甲，纵然冬天北风吼叫万物萧条，可与你的坚强、忍耐、抗击、不屈相比，那又在生命中算得了几斤几两?

我赞美春天，是因为春天对生命赋予了新的内涵。

春天，春天，春意盎然。

春天，春天，生命的圣殿。

敬礼，以春天的名义，

向生命致意!

# 乐享夏日之热情

活力四射，血气方刚，热情似火，情烈如酒。夏天的特征是青春的气息，夏天的性格是直爽的面庞。这时刻，再也容不下什么阴霾和肮脏，那些见不得人的伎俩，总是难以呈对热气腾腾的阳光，因为那是一种代表正义的强度和力量。

夏日的心情永远是火热的，夏日的主题永远充满激情。

一年四季，夏排第二。主色为绿，味道炽热。

天，湛蓝湛蓝的。水，碧绿碧绿的。晴空万里，白云飘飘，风景清爽直入心扉，热浪滚滚汗如雨下。蝉声喧闹，蛙鸣蜓歇，菱花吐艳，羽蝶翻舞，阳光让人与自然和谐地共生共长，健康而奔放。

虽然，潮湿与酷热，烈日续艳阳，但夏日里的大气与直爽，浪漫与豪情，却是永远不改的思想。

有了这浓烈而火辣的阳光，就有了生命对世界的向往。

有了这炽热而浓重的关照，就有了绿色对丰收的保障。

有了这潮湿与雷雨的滋润，就有了大地对天空的成长。

有了这汗碱对身心的洗涤，就有了人生对自己的健康。

夏日，火热的心肠，豪放的性格，干烈的品德，容不下一丝阴风与灰尘，放不下一丝冷却与寒霜，总是那么急匆匆地来，急匆匆地去，即使中间夹带着一阵刺眼的闪电与轰轰的惊雷，也让人向往风雨过后那本色依然的艳阳。

好一个艳阳天，让世界如此灿烂。

如此灿烂，无论是植物还是人类，都赋予了生命不可缺失的重点。

有了阳光，人的心灵就不再晦暗。

有了阳光，人的心胸就不再狭隘。

有了阳光，世界从此不再黑暗。

有了阳光，大自然的色彩绽放得更加璀璨。

经过阳光的洗礼，人是那么纯洁。经过阳光的照耀，人是那么好看。经过阳光的温暖，身心是那么舒坦。经过阳光的普照，世界从此不再阴涩。

夏日阳光，催生出绿色世界最旺盛的生命力。

夏日阳光，赋予了万物最贵重的生存价值。

夏日阳光，把阴谋与奸诈烘烤得再也上不了正席。

做人当借夏日阳光的直爽与热烈，做人当借夏日天空的碧蓝与洁白，做人当借夏日温度的炽热与火辣，做人当借夏日雷电的勇猛与刚强。

活力四射，血气方刚，热情似火，情烈如酒。夏天的特征是青春的气息，夏天的性格是直爽的面庞。这时刻，再也容不下什么阴霾和肮脏，那些见不得人的伎俩，总是难以呈对热气腾腾的阳光，因为那是一种代表正义的强度和力量。阳光普照大地，大地万物茁壮成长。一切的一切，无不呈现出正的能量和向上的方向。

夏天，让自然界得到了补充的给养；夏天，让人类的心灵得到了开放和敞亮。夏天，是不需要伪装的季节，是堂堂伟男儿用激情放歌的时节，是事业的舞台魄力奔放的时节，也是人生旅途上慷慨舞蹈的时节。

夏天，在四季中的温度最高，春天需要它的阳光，秋天需要它的干净，冬天需要它的热量。它是四季的宠儿，也是四季中最美的成员。

夏天的汗珠与蒸气，演绎着夏天的爽朗与炽热；夏天的烈日与浓度，挥洒着夏天的张扬与快乐。

夏日是一种气质，是一种秉性，是一种品德，更是一种心情。

夏日是一本书，内容充满了生命与力量。

夏日是一首诗，蕴涵着浓浓的爱意与浪漫的甜香。

夏日是一幅画，点滴饱蘸诱人的妖娆与明朗。

夏日是一道菜，弥漫着火热而甜蜜的琼浆。

夏日的味道，夏日的色调，夏日的主题，夏日的心境，是那么令人陶醉，那么催人向上！

夏日，夏日，火一样的夏日，火一样的日子！

# 品味秋色之大气

活力四射，血气方刚，热情似火，情烈如酒。夏天的特征是青春的气息，夏天的性格是直爽的面庞。这时刻，再也容不下什么阴霾和肮脏，那些见不得人的伎俩，总是难以呈对热气腾腾的阳光，因为那是一种代表正义的强度和力量。

"空山新雨后，天气晚来秋。"不经意中，岁月又成熟了一层秋色。

当漫山枯黄缀出季节更替的轨迹，深秋已经把大地的青丝熬黄，让生命铸成了金色。此时此刻，你可以穿过那布满红云的树林，在清风中甩开大步，走向幽深，走向遥远……

你是否感受到了一种壮阔，一种安详，一种凝重，一种明静？长天一色的秋浓深深处，正悸动着别样的风景。

所有的日子都熬出了收成，在这时结成了一簇簇喜人的果实。遍地黄花铺展开成熟的大气，盈盈秋水涟漪着一泓浓情，晚风吹拂着凉意的清澈，秋林装饰了迷人的落日，丰收枕着不尽的喜悦，梦乡中绽开了甜甜的酒窝。

深秋，就是这般高远而辽阔，悠扬而温怡，淡定而安详，稳重而深沉。

"自古逢秋悲寂寥，我言秋日胜春朝。晴空一鹤排云上，便引诗情到碧霄。"诗人的感叹，深化了秋的韵味，可那秋的馈赠是否也让人得到了回味？

悠悠秋云袅天，片片秋叶落地，阵阵秋风飘香，寸寸秋光送爽。红是那么热烈，黄是那么从容，绿是那么灵秀，白是那么素雅。没有哪一个季节能像秋色这般流光溢彩，没有哪一个季节能像秋色这般绚丽如画，没有哪一个季节能像秋色这般果实醇香，没有哪一个季节能像秋色这般丰美富庶。

大面积的丰收，引起了大面积的回顾。关于耕耘，关于播种，关于辛劳，关于收获。勤劳的人在秋光中漫步，如同在清洌的泉水里过滤又一个四季的憧憬。仰望和沉思，都有了结果。

一切都是沉甸甸的，成熟已经深深地扎进了根里。

就让秋雨潇洒地落满脸庞吧，心灵深处那一个又一个久远的思念，随着滋润悄悄藏起，等待着山花烂漫的季节再一次到来。

正如古人所云：清溪流过碧山头，空水澄新一色秋。隔断红尘三千里，白云红叶两悠悠。

其实，秋就是一团火，火得原本是生命的本色。倘若人生经历无数个难忘的秋，骨子里就会浸染得金黄金黄。

品味深秋，就是品味人生。

# 体验冬景之高洁

冰雪的本质透明无瑕，那份纯真承续了无色无味天生的灿烂。把流动变成凝固，世界其实又多了一种光环，人世间的乐趣从此又有了一种称呼——冬天！

进入冬季，大自然的主题已经与绿色无缘。

表面上充满了风寒，仿佛一切化繁为简。灰白而枯萎，沉寂而冷淡。

一下子换了人间，再也看不到五颜六色的鲜艳，再也听不到蝉与虫鸣欢，看不到花艳，也没了激情的雷电，唯有那场令人发颤的西北风，从早到晚，日夜乱窜，只顾独自呼喊。

冰封了，路滑了，气温都在冰点。燕子没影了，花儿早谢了，所有的植物星星之火就可助燃。流行色的冬天，为什么会变得如此可叹？即使被称作花的雪，虽然能贴到窗户上，却总是飘飘洒洒地落下与泥水混成一片。白茫茫的，冷飕飕的，人世间的节奏简了又慢，一切的生机都进入冬眠，生灵的气息无不变得气喘。是心在冷却了吗？是情被冰封了吗？却总也找不到合适的答案。

冬，你的内心世界真的如此简单？

其实，冷有冷的道理，一年四季少了你难成方圆。只不过，你原本就是这个样子展现于人的面前。

其实，冬不是冷漠，只不过以这种低温的模样化鲜为寒。

穿上厚厚的棉衣，戴上厚厚的棉脖，走出去，走出去，用一种钢的意气，铁的血性，去细细品味冰雪世界那份纯洁的心肠，你或许就

有别样的感想顿感心间。

冰雪的本质透明无瑕，那份纯真承续了无色无味天生的灿烂。把流动变成凝固，世界其实又多了一种光环，人世间的乐趣从此又有了一种称呼——冬天！

冬无言，外似冷寒，虽然风在吼，雪在飘，虽然色调灰暗，难与绿色相牵，但冰封的世界里生机依旧盎然。因为，生命没有终止，此时的凝固预示着春天的烂漫已经不远。

冬无言，人无语，天地一片简练。经历了春与夏，夏与秋，冬天严寒的洗礼与磨炼，身心才会更加强健，内心深处才会倍加珍惜生命的美好时光。

有冬才是四季，有冷才知温暖。如同人生，热情过后需要静观，这样生命的春天才不会离得太远、太远……

# 桃红柳绿春雨时

打开春天的扉页，写下自己的承诺吧，在这新的一个季节里，让自己无怨无悔，激情澎湃。桃红柳绿春雨时，把自己的心情准备好，或远行，或播种，或把力量与神韵展示出来，挥就最美的画卷，融进暖暖的春意里。

那日醒来，晨光已到窗口，向外望去，蒙蒙细雨中，粉红相间的桃花婷婷绽放，心情豁然开朗。久驻窗前，触景生情，"桃花四面发，桃叶一枝开""争开不得叶，密缀欲无条"。又是一年春来到，桃红柳绿春雨时。

一切，仿佛还只是刚刚开始。

土地被雪亮的犁铧掀开了全新的一页。期待了很久的种子，渴望着在阳光和暖风的抚慰下兑现丰收的梦想。从春风第一次拂面的时候，所有的希冀、追求和朦朦胧胧的幻想，便在水墨画一般飘拂的春雨里，开始起飞了。

听，总有一个声音在召唤，召唤着我们前行的步履，前行的步履走在春天里，春天里所有绿色的地方，都成了我们行程的标志。

清明芽，谷雨茶。一星星幼嫩的芽头，一阵阵如烟的丝雨，挥散着一缕缕启封的思绪，在重新给世间注入暖色情调的同时，眼前流行的时尚无不呈现给了青春和朝气。这就是春的田野，春的田野因春而景色旖旎；这就是春的山川，春的山川因春而雄姿勃发。这就是春的柔情，春的柔情如万千情丝，在蔚蓝色天空下飘荡飞扬，布点江山。

看，萌生绿色的地方，无不是舒展生命的地方，而有了生命的地方才会花枝招展，鸟语花香。清新的空气里载负着所有苏醒的灵魂，在漫布环宇的绿色中呼吸。神奇的春雨，过滤了人们的私心和杂念，带走了尘世的喧嚣和浮躁，赐予了万物蓬蓬勃勃的生命形态。于是，景观的变迁也让人大彻大悟，人与万物的生命莫不如此以最简单最自然的方式繁衍、传承和轮回。

走进春天里，你的笑靥荡漾着妩媚的魔力，飘逸着和煦的神采。于是，春天的感染力穿山越岭，过陌度阡，感染了千家万户，感染着父老幼雏。穿行在春天里，人——永远不知疲倦。

由此，我想：春，不该是伸出墙外的一枝红杏，春是暖透人间的霞晖云锦；春，不该是开江的一声冰裂，春是合力撞响的晴空雷阵；春，不该是梁上乳燕的一曲呢喃，春是白云间骄傲飞翔的鸽群；春，不该是柳丝上的一抹绿点，春是莽莽苍苍无涯无际的浩瀚森林。

打开春天的扉页，写下自己的承诺吧，在这新的一个季节里，让自己无怨无悔，激情澎湃。

桃红柳绿春雨时，把自己的心情准备好，或远行，或播种，或把力量与神韵展示出来，挥就最美的画卷，融进暖暖的春意里。

# 秋雨爽心

秋雨沙沙地下着，这是她的舞台演奏。她奏熟了一片片沃土，一片片稻田，一串串水果，一张张笑脸，奏出了江河湖泊遍地金黄。

那日清晨，细雨像是琵琶弹奏的委婉乐曲，噼啪声声，时不时地轻轻撞击着窗户玻璃。一觉醒来，秋雨纷纷，踏至而来，凉风阵阵，预示着秋天来了。

起来隔着窗玻璃向外张望，阴暗的天空，蒙蒙的细雨，连成一片，飘落在窗外的玉兰叶上，小草上的水珠晶莹剔透，楼顶上的水滴有节奏地敲打着窗户遮阳板，发出阵阵清脆的响声。凉风从窗户的缝隙中钻了进来，令人不禁打了一个久违的冷战。哦，秋天真的来了。

经历了空前的炽热高温，似乎已经淡忘了秋天的心爽，在这个不经意的早晨，秋来得让人有些始料不及。想一想高温中的滋味，那浑身内外的汗水，仿佛一个夏天已经把人烤得水分尽失，夏天的热情让人感觉到异常酣畅淋漓，异常空前绝后，异常热气腾腾，忽觉一丝丝凉意侵袭而来，才知道四季中的轮换已经开始。

洗漱完毕，天色早已大亮，室外雨声也渐渐大了起来。上班路上，人们不约而同添加了外衣，不同颜色的雨伞，在城市的道路上盛开了春天般的花朵，高楼林立的建筑群里，一下子绽放出五颜六色的图案秋风和秋雨，给凉爽的清晨增添了一道迷人的秋色。

漫步秋雨中，听着雨水落在伞上的滴答声、人们的耳语声、汽车驶过的轰鸣声、孩子偶尔从身旁溜过的嬉戏声……内心涌动的，无是一种对夏天绵绵不息的眷恋。虽然这种眷恋，还带着尚未退去的难忘的温度，内心深处的燥热还是那般汹涌，可是，毕竟秋来了，以一种清新得如田园风光般的美，醉了心头……

沙沙，沙沙沙……柔和的旋律，温情的语调，引入遐想的意境，犹如潺潺的清泉，融入大地，融入了秋色，融进了在四季里追寻的每个人的心灵。

看，那迷蒙的烟雨抚摸着山顶，又像是一条条白龙盘绕着层峰叠峦。在那白茫茫的烟雾中，偶尔可以看见金黄的稻谷，黄白交相辉映，构成一幅幅看似淡薄但异常绚丽的图画。图画中，走来一群群爱秋的人们，他们慢慢地在雨中散步，仔细地品味着秋天特有的大气与干练。

白发苍苍的老人，活泼乱跳的孩子，靓丽时尚的小伙姑娘，还有那些表面看似对秋漠然的农民，一起拥进了满载着喜悦和丰收的金黄色稻田！是这些孩子和老人耐不住性子，在这秋高气爽的季节里出来舒活舒活筋骨，抖擞抖擞精神？还是禁不住秋雨姑娘那清新的风格的表演？不知道如何解读，才能真正地融进这大气的主题曲中。

无论是否知秋，人们的脚步无不是那样的轻缓，无不那样的匆忙，脸上的每一处都充满着兴奋和喜悦。看！那秋雨姑娘调皮地游戏在枯黄的树叶上，和树叶一起打着旋儿飘落下来；秋雨姑娘落在苍绿的叶子上，使绿叶更显勃勃生机；秋雨姑娘滑落在快要成熟的果子上，欢快地荡着秋千，使那一个个果实更加光彩照人。那秋雨姑娘悄悄地来到了田野，落在了金黄的稻谷上，稻谷背着沉甸甸的谷子，重得被压弯了腰，就像驼背的老人，累得汗流浃背，微风一吹，"汗水"慢慢地拂过脸颊。又一阵微风吹来，这位老人在风中摇头晃脑，掀起一阵阵波浪，而那谷子就像快要从老人的背上落下来似的。

秋雨落在玉米田里，饱满的玉米棒就像手持红缨枪的哨兵，个个弹药充足，排着整齐的队伍，而秋雨姑娘却悄悄地把"士兵"的"红缨枪"擦得干干净净的，都闪耀着金黄色的亮光。玉米棒有的害羞地躲在直挺挺的绿叶下面，两片绿叶却像故意要避开玉米棒似的，直指蓝天；还有的玉米棒露出了金黄色的牙齿，贪婪地吮吸着甘甜的雨露，两片绿叶只好弯着腰躲在一旁。秋雨飞洒进小溪，小溪带着新的血液顺着山脚流进小河，秋雨落在清澈的小河上，荡起一圈圈郯郯的涟漪。

秋雨沙沙地下着，这是她的舞台演奏。她奏熟了一片片沃土，一片片稻田，一串串水果，一张张笑脸，奏出了江河湖泊遍地金黄。

窗外的鸟声，像这新来的雨，在微澜的水面上滴溅起密集的涟漪，层出不穷又转瞬即逝。听不到雨声，像一痕清泪滑落脸颊的温柔，心疼而无力去拭。我不愿把有些噪乱的鸟啼想象成秋嘤嘤般的啼哭，尽管它清脆悦耳甚或让人有些凄凉，但我更愿意把秋想象得端庄并且坚强。秋，一向是心高气傲的。人们常用秋高气爽来形容她的心气儿，但看多了她的晴朗，她的纯净，像看一个一成不变的表情，便不由要怀疑这样的她是否太过样本化了。秋，需要一场雨，来证明她的情绪，她的性格。听不到悲戚的呜咽或是失态的号啕，看不到一丝矫揉造作的小儿女态，连落泪也似含着笑般，用一场清冷的雨，洗去多日的干燥积下的浮尘。秋，如洗尽铅华，形象一下子鲜活饱满起来。

秋，就应是这般，喜时风度翩翩，悲亦合乎分寸，带着矜持又不失大方，像一个知书达理的名门闺秀，捕获了一颗爱慕的心。你如果爱秋的话，不会只爱她的阳光，不会只爱阳光里暖暖的熏人的香，你会爱上她的一切，包括爱这轻轻柔柔的雨，像她静静地流泪。秋，也需要宣泄，也需要一个伤心时可以借赖可以依靠的肩头。我没有可以拥抱秋的臂膀，可是我有一颗知秋感秋的心。虽不广阔深邃，却也真诚坦率。秋雨淅淅沥沥，像一团洇开的泪痕，连心也洇湿了。秋心为愁，心愁为秋，我的心是和她连着的吗？她在流泪，心在滴血，溅成一片枫叶的红，像火辣辣的笑。

天色黯淡，像明艳中糅入阴沉的脸，爱她，不仅要陪着她哭，还要哄着她笑。若是平常，自是该一边说着体贴的话，一边搜肠刮肚地找着赞扬溢美之词，不管是或不是，只管对她挖空心思，直到她破涕为笑为止。谁不喜欢由悲转喜的那瞬惊艳呢？像守看一朵自己催开的花。对秋也应这般，虽然对她的赞美不免失真，却不是因为形容太过，而是不够。秋的美，是无时无刻的，每时每刻都让你惦着，若要比较她的喜怒哀乐，也只能用各有千秋，平分秋色了吧。看，连有她装饰的词也是这般美不可言。秋雨在夜色里安寂了下来，像哭累了沉沉入睡，她浓密的睫毛挂着残泪，在梦里轻扬着嘴角，这又是一种别样的美。明日的秋又该会恢复她往日的常态吧，我也许会怀念这个时刻，这时的秋离我是如此之近。

夜风吹熄了烛，看不清秋酣睡的模样，却也送来了秋的气息。呼吸着泥土的味道，新鲜潮湿，像咀嚼着刚挖出剥开浸染着乡土气的花生，鲜美湿甜。当吃惯了经过晾晒的干脆和香醇，这般不经雕饰的细嫩和素然更显得弥足珍贵。

迎来第一场秋雨，秋雨里散逸着如浴后的清醇，眷恋般地深吸一口，不由轻赞，好一个秋雨的温柔！

秋雨，真的好爽。

# 阅读大漠

别说贫瘠里没有财富，别说沙子里没有黄金，别说瀚海没有彼岸，别说通天的路十分遥远。勇于探索，积极追求，就会赢得沙漠对你的低头。

茫茫大漠，沙的世界。

有人说，这里是一部天书，每一粒沙，都是一个字符。

心中其实久久向往着走进大漠，是因为那一行从漠峰上走过的驼队，驼颈上传出的铃声，引领着人们走向未来，走向未知的天边。

如果说大漠是一部天书，那么第一篇章肯定是"生命"的主题。你看，大河逝去的地方，绿色还在零散地生长。这绿色被粗裂的树杆支撑着，迎着漠风，迎着烈日，倔强地把生命延续。它们把根深深地扎进沙里，哪怕一点点水的滋润，也要让叶子泛出绿色。就是没有一点生命的乳汁了，就是让漠风剥得只剩下躯干，它们也要傲然挺立。就是被烈日利剑般的光束砍断身躯，它们也会躺下不朽以至千年不腐。在它们的身上，生命永远不会泯灭。从来也不会为脚下有一片沃土而恳求上苍的恩赐，从来也不会为干瘪的四肢上一丁点新绿而祈求上苍的降雨，也从来不会为漠风的肆虐而弯下不屈的脊梁，更不会为终究要耗尽生命而倒下去企盼时间倒流。即使是生命最终化成了尘土，也会始终不离大漠，并在大漠之上起舞，与狂风周旋，让新的生命继续成长。大漠的生命如此，这一生命让彼一生命更加让人肃然起敬！

如果说大漠是一部天书，我感到其第二篇章一定是"勇敢"的主题。你看，这看似不起眼的一条柏油马路，勇敢地伸进了沙漠，穿漠谷，越漠峰，一直伸向大漠深处，伸向天边，这是怎样一种力量的驱使，才能有这般无畏的勇气?

路在昭示，沙漠时刻想把它吞没，而路的两边却筑起了芦苇编织的围墙。烈日时刻想把路融化，而路的两旁却生出了绿色的灌木，拉起了一道绿色的长廊。狂风时刻想把路埋没，而路的身边却耸起一座座土房，房屋里飘出了诱人的饭香，过往的路人有了向前向上的力量。路是人修的，路是脚量的，再远的路，有了人，也会向着前方绵绵地延伸，一直到人的眼界再也无法眺望的地方。

其实，任何沙漠都阻挡不住亲人的拥抱。再狂的漠风，也刮不散亲情的团圆。沙漠再长再广，终有尽头。沙漠再凶再残，也扼杀不了生命对绿色的呼唤。这种呼唤，使勇敢者更加坚强，使坚强者更加勇敢。

如果说大漠是一部天书，我感到第三章一定是"追求"的主题。沙漠是荒凉的，从来都没有人敢对沙漠有所企图。沙漠是死寂的，任何生命的火花也只能在它上空一闪而过。然而，沙漠又是富有的，只有敢于探索和勇于追求的人，才能闻到它的气息，见到它的真容，体会到它的真谛。

我尤为敬佩那些敢于在浩瀚大漠中勇于追求的人，他们是这大漠的骄子，他们是生命的榜样。眼前的石油人，他们是勇敢的大漠财富探险者，也是大漠心灵忠实的读者。天当镜子风梳头，我为祖国钻石油，是何等的气概，何等的风流。在大漠面前，风沙只当玩偶待，他们用钢铁的支架树立了自己人生的坐标，用隆隆的钻头吼出了自己的誓言，用滚滚的石油书写了自己最美的人生追求。

别说贫瘠里没有财富，别说沙子里没有黄金，别说瀚海没有彼岸，别说通天的路十分遥远。勇于探索，积极追求，就会赢得沙漠对你的

低头。

　　大漠是一部天书，大漠也是一面镜子，在它面前，勇者自勇，懦者更懦。只有从深处读懂它，才能欣赏到它的魄力。

　　走进大漠，阅读大漠，人生真的十分需要。

# 走进大漠看胡杨

不倒的胡杨在不死的沙漠里塑造不朽的神话。不屈的灵魂在不老的世界里诉说不悔的生存。大漠胡杨，你以生命的另一个高贵的姿态，展现并透示着不死的传奇、不朽的奇迹。

沙中活化石，大漠英雄树，世间之奇物。

有着数千万年阳光照耀的，被唐诗、宋词、元曲熏陶的胡杨树，历经人世间的风风雨雨，阅尽岁月里的苦涩味道，满载历史沧桑的成长痕迹，在这残酷无情的茫茫沙漠里，早已没有了站着或是躺下的权力。但无论站立或是倒下，生命的雕像永远在人们的视野里充满了敬仰。

你看，浩瀚的沙漠里，一眼望去，胡杨的形姿竟能如此撼人心扉：有的如舞女般施展着优美的舞姿，有的如大象般伸长鼻子向着蓝天和一望无际的大漠诉说心中的苦痛，有的如狼身卧坐于沙丘之山凝神思考等待战机，有的如雄鹰逗留于山丘之上等待展翅翱翔……每一棵胡杨都有自己的独自特色，每一棵胡杨都像是一尊历史的哲人，都像是一个等待战机的勇士，都像是大漠万年形成的灵魂。从它们身上，我看到了岁月的痕迹，从它们伟岸、嶙峋峭立的身躯上，我看到了从千年以前它们就扎根于大漠瀚海之中，忍受着无数个骄阳烈日的烤炙，抗阻着狂风沙暴的侵凌，任凭干旱和盐碱的侵蚀，零下四十多度的严寒和四五十度的酷暑的打击而顽强地生存下来，铸就了今天不朽的灵魂，铸就了沙漠不平凡的魂魄。

　　敬仰大漠之胡杨，是心里久久的夙愿。真正了解胡杨树是来到新疆后，知道胡杨几千年的轮回史，曲曲折折的人生大戏。初次踏上大漠是在那一年的秋末，红黄棕绿的荒漠植被，携着油画里浓重而激烈的色彩向天际延伸而去，那般景致，仿佛就是美国西部大片独一无二的翻版，心里不由得生出几分惊异。是不是这个星球上的西部景致都是相似的？是不是西部的风里，都漂流着来自久远岁月里悲怆苍凉的味道？走在荒漠的旅途中，大家常常是沉默无语的。窗外的景色，虽是戈壁，却并不乏味。在这一望无际茫茫戈壁荒原上，哪怕是远处的一棵树，也绝对是别样的景致。于是，我看到了胡杨，突兀而又神秘的胡杨。

　　在塔里木河畔看胡杨，片片胡杨让人的眼睛都感觉清清爽爽，胡杨树用自己的一身黄绿色，让塔里木河，让大漠都生动起来。这绿色，从春一直持续到秋，并在秋天的半个多月里，激情地挥洒出了自己的满身金色。那是精美绝伦的金色，那是世间无与伦比的金色，胡杨树几乎是将储备了一年的激情，在秋天突然迸发出来，每一片叶脉都盛开暖意，每一个枝丫都挂满太阳，无论是塔里木河畔高大的胡杨，还是北疆沙漠深处有些矮小的胡杨，都在这个季节极力张扬着自己的生命色彩。那是一种让人震撼的、充满着野性的美！

　　每年的这个时候，都是大漠戈壁最动人的季节。胡杨如同一面旗帜，把大漠上最美的风景亮了出来，在荒漠广袤的舞台上，前世一千年的等待，今生一千年的伫立，倒下后一千年的寂寞来生，它将自己用三千年的时间站立成一道独特的风景线，成为地球上生命的高贵经典。

　　生生死死三千年，它应该是有灵性的。在每一个漫长的冬季里，在生命漫长的历程里，该有多少风风雨雨写满了你的故事？

　　一棵树竟用三千年的时间来思考生命的问题，它一定明白在生命低洼的季节里，耐心等待，默默积蓄着力量，等待春天的绿色，盼望秋天的灿烂。灿烂的季节里，它也一定知道生命的短暂。凝重的金色里透露着苍凉，古朴的庄重里弥漫着悲壮。难道，这就是生命的本来面貌？更多的是寂寞，在风风雨雨三千年后留下的是化石一般坚硬的身躯，寂寞的身躯却没有了选择的权利，站着或是躺下。在用生命点缀了这片土地之后，还有谁去珍惜它？大片大片的胡杨林，甚至没有来得及完成三千年苦行僧般的生命轮回就枯死了，它们就那么赤裸裸地立在荒漠中，干枯的树枝挣扎着伸向天空，绝望地祈求着什么。祈求着什么呢，是乞求人类的保护，还是乞求上天想要放弃三千年漫长的轮回？

　　寂寞胡杨，这是人类走过岁月留下的痕迹，这是人类生存的态度。胡杨以自己的绿色和生命，孕育记载了西域文明。两千年前，胡杨覆盖着西域，塔里木河、罗布泊得以长流不息，楼兰、龟兹等三十六国的文明得以滋养。人类拓荒、无休止的征战，水和文明一同消失在干

枯的河床上，曾经灿烂辉煌的西域古国，被滚滚黄沙埋葬，也逐渐掩埋了忠贞不渝的胡杨。

寂寞胡杨，三千年前的胡杨在沙尘暴里讲述着自己的苦涩往事。这是生命与水的博弈，既然无怨无悔地选择了沙漠，也就把自己的命运赋予了坚强。

坚强地生存，坚强地成长，直到生命的最后一息，也要把全身心的最后一滴水，奉献给脚下干涸的沙漠。最后，就那样静静地立于大漠之上，任风吹日晒，残风秋霜，纹丝不动，把不屈的雕像，展示于大漠，展示于世人。

胡杨，一个古老的美丽传说。

曾经是山地河谷的主要树种。在新疆伊犁地区，巩乃斯河沿岸至今还有胡杨树的身影，但是已经没有成片成林的样子。随着时间的推移，不知是沙漠选择了胡杨，还是胡杨爱上了沙漠，胡杨逐渐演变成沙漠河流沿岸最主要的树种。目前，全世界百分之九十的胡杨在中国，中国百分之九十的胡杨在新疆，新疆百分之九十的胡杨在塔里木河沿

岸。你曾经为干旱积累了能量，胡杨流泪正是你品格的再现；你曾经用一点新枝拯救了无情的荒漠，使大漠和沙海走向绿原；你曾经和古人一起唱和了秦时明月汉时关，使月下新辞更新，令今月文采依然；你曾经陪伴了丝绸之路上孤独的旅人，使民族的风韵跨过边关；你静候一个又一个的黎明，把黎明前的黑暗趋散。

胡杨，一道亮丽的沙中景观。

每年十月，秋天的胡杨就穿上了金黄色的礼服，迎接四面八方的来客。远观胡杨，层林尽染，一片金色的海洋。近观胡杨，每一片叶子无不通透，叶脉清晰可见，特别是在太阳初升，或在夕阳西下的时候，逆光或者侧光端详，透明的叶片互相映衬，散射出黄色的光晕。当然，最壮观的是三角翼飞机逆着光从胡杨林头顶飞过。视野开阔，胡杨、沙漠、河流，尽收眼底，黄色的沙丘、黄色的胡杨，还有泛着粼波的银色河水，总是那么壮丽神奇。

胡杨，一个神奇的自然骄子。

小的时候形状如柳树，枝条柔软，叶子细长。长大了。树干挺直，叶子就成为杨树叶子的形状，只不过尺寸小一些。所以，胡杨也称为"异叶杨""变叶杨"。有人说，胡杨的奇特在于有三种叶。一棵粗壮的胡杨，离地一米以下长有枝条的话，叶子一定是柳叶的样子，高一些就是杨树的叶子，再高一些会有枫树的叶子。胡杨开花结果，靠种子繁殖。四月份的时候，就长出一串串菱形的果实，就像一小段一小段绿色的鞭炮挂满枝头。说是果实，其实是花的包囊，慢慢地从绿色变为淡红色。六七月份的时候，包囊就炸开了，淡紫色羽状的花就露出来，风一吹，成熟了的种子带着小伞随风飘浮，找到一个湿润的地方，就扎根、发芽，长成一棵顶天立地的胡杨树。胡杨的根很奇特，可以扎到地下几十米深，吸取水分，顽强地撑起一片生命的绿色。走

进胡杨林，你可以看到，有些粗大的胡杨，裸露的根部很粗壮，很发达。但胡杨小的时候，根系很不发达，有一个主根很粗，主要是和胡杨生长的环境有关，它必须把根迅速地插到地下，获取宝贵的水资源。所以，胡杨很难移栽，因为不小心就挖断了主根。

胡杨，一个顽强的历史奇观。

生长在西北沙漠地带，必须耐干旱、耐盐碱，不怕酷热严寒，不畏风沙侵袭。或成片成林，或孑然一身，顽强地耸立在沙漠戈壁，履行着自己与生俱来的使命——抗风沙、保绿洲。沿着沙漠公路走一走，你会看到在沙漠的边缘，沿着古河道，生长着或高或低、错落有致的胡杨，尤其是沿着塔里木河两岸，生长着茂密的胡杨林。有人说，正

是有了胡杨林，天山南麓的大片绿洲才免遭沙漠的吞噬。

第一次走进沙漠，胡杨顽强的生命力真的令人折服。

粗壮的树干、开裂的树皮、奇异的形状，在塔克拉玛干大沙漠的烈日炙烤下，顽强地挺立着，有的树干已经枯死，却从半身腰伸出一枝绿枝；有的下半部分的小虬枝沿着树干枯萎着，树顶部分却绿意盎然；有的半边身子似乎已经焦黑，却在一侧长者茂密的枝叶；甚至有的上半部分已经没了树皮，露出白森森的树干，下半部分却快意地生长着；还有的树身子已经匍匐在地，靠一些枝杈支撑着，树冠部分依然歪歪扭扭地向上展开——此时此刻，我似乎体味到坚忍不拔的含义。所以，当地人称胡杨为"英雄树"，也有人赞美它是"沙漠的脊梁"。

胡杨，坚守着一片贫瘠的沙漠，固守着千年不变的信念。纵然是枝叶干枯，胡杨啊，你的根依然遒劲，你盘踞在大漠沙海，你站立在戈壁沙滩，枝干坚硬，叶脉凸显。你如鹰击鹤舞，虎豹跳起，骏马惊立，龙蛇盘缠！又如男子汉的铁肩，擎起岁月，扛起长天。不管酷暑严寒，你坚强，你果敢，你执着，你蔑视自然；不管历史，不管风云，没有什么力量可以动摇你坚硬的枝干！

一棵嶙峋的老胡杨，也许曾经为西天取经的唐僧撑起过一片荫凉；一根枯萎了的老树干，也许曾经为行走在丝绸路上的商旅拴过疲惫的骆驼；一段躺在沙丘上的老树皮，也许见证了西域历代王朝刀光剑影的兴衰。不屈的胡杨、不老的胡杨、不朽的胡杨，只有你能说出尼雅的奥秘，只有你真正了解沧海桑田的变换。如今，塔里木河不再奔流不息，罗布人与楼兰古国，消失在茫茫的大沙漠沙尘之中，而古老的胡杨树依然顽强地挺立在沙漠的边缘，守望着现代文明在荒野之中的繁衍生息。

不倒的胡杨在不死的沙漠里塑造不朽的神话。

不屈的灵魂在不老的世界里诉说不悔的生存。

大漠胡杨，你以生命的另一个高贵的姿态，展现并透示着不死的传奇、不朽的奇迹。

敬仰你，大漠胡杨英雄树！

# 山寨的节奏

这一份山寨人家的生活，就这样年复一年、天复一天地延续着，更迭着。那份悠闲，那份缓慢，那份清静，那份坦然，表面看是那么遥远，其实细细品味，又是那么令人向往，令人心醉……

山连着山，水绕着水。

一层一层的雾，从早到晚，总也散不了。山在雾中，雾在山中。如同一幅水墨画，缥缈，朦胧，时隐时现。

躲在大山褶皱旮旯里的寨子，一大早就被阁楼里公鸡尖厉的鸣啼唤醒了。紧接着，山脚溪水边的小黄狗，也扯着嗓子把寨子里所有的同伴发动起来，在看见人影晃动的时候，吼个不停。

山寨的一天在清晨很早很早的时候，就这样拉开了序幕。

一家子中起得最早的，往往是家中的主妇。趁着男人和娃崽还在酣睡，农妇们便用豆荚秆或葵花秆，引燃灶膛里的火，煨半锅热水准备让家人洗脸，同时在小灶上的罐子里蒸上一家人一天吃的主食，还不忘在大铁锅里用猛火煮着阁楼下猪圈里牲畜们享用的伙食。饿得不耐烦的大肥猪，把圈槽前的木板拱得哗啦啦地响，主妇们一听这声音就知道是该喂食了。

这时候，一家子人也随着灶房里飘散出的饭香先后醒来。于是，家家户户都有了一些大同小异的响动，圈门打开了，喂养的鸡鸭呼扇着翅膀跳跃着飞出了畜舍，高昂着紫红冠子四散而去。寨子里的乡邻们走出阁楼大门，随身不忘带着一件可用可不用的农具，相互打着招呼，走向屋前屋后的田间，或蹲下爱惜地抚摸一下长高了的水稻，或用铁铲清一清还在哗哗流淌的渠水，把昨夜雨水冲开的渠口再补上两锹泥巴，或者就静静地在地头点上一锅自家地里产的大叶子土烟，吭吭几声，吐出一大口浓浓的烟雾，在弥漫着稻香气息的清晨，挥发着一股呛人的味道。

吃过早饭，时间总是在上午的十点来钟，一家的活动才会正式开始。农妇们刷洗完碗筷，便会走进房前的菜园子里施施畜舍里的农家肥，或蹲在菜地里一趟趟地除草清苗，然后将清下来的嫩苗放进竹筐，带回去作为午饭用的菜肴。一家之主的男人们，则是拿着镰刀、扁担上坡去，割草回来垫圈，精耕细作着那些长势良好的作物。至于细娃嫩崽们，则会背上背篼，悠闲地骑在牛背上，用尖脆的嗓门吆喝着伙伴们，上山放牛去了。

大约在午后的二三点钟，放牧掏猪草的娃儿们把牛马拴在地桩上，回家来了，上坡去的男人们挑着满满两筐草，或背着一大捆柴火也回来了。娃崽性子急的，催着要吃饭，而男子汉则往往端条板凳，坐在堂屋前的过道里咂一杆叶子烟。随着那蓝色的炊烟在寨子里悠悠地飘起，男人们眯缝起眼睛，满足地眺望着远山近岭沉吟，又仿佛在出神地思忖，其实他啥都没想，只是坐在那里歇歇疲劳的手脚和筋骨，等待着媳妇将热菜热饭上桌。这会儿，是男人们劳作回来最享受的时刻。

时近黄昏，太阳落山了，汉子们在寨旁的河沟里洗净手脚，担起水桶走到井旁，顺便把家里的水缸灌满，以防主妇们在做饭时因无水而着急上火。水井边是寨子里一个热闹的地方，男女老少会在这时候在井边把一些陈芝麻烂谷子的事儿，反复传播和渲染，不时引得人们敞怀大笑。笑过之后，带着特有的舒畅才向家里走去。

晚饭后，有两件事儿是必须做的。一是铡马草，一是剁猪草。铡马草，是男人们的体力活，一人手握铡刀的木把，用力压下，把另外一个人放在铡刀下的玉米秸、地瓜蔓、嫩青草等一寸寸地切完，再拌上麦子皮，或玉米渣，放进马槽里，让牛马吃个肚圆，膘肥体壮，成为明天庄稼地里的好劳力。剁猪草，则是女人或娃儿们的手头活儿，就是在木墩上，用一把刀把一些青菜或猪草，剁细剁碎，放进猪槽里，这是山里人家用以节省粮食和饲料的替代品，也是勤快人家过日子的秘诀。一家人干这些活儿的时候，就会与从门前院外经过的人打着招呼，一边干活一边聊聊一天寨子里发生的新鲜事儿，或青年男女打情骂俏戏谑一番，让清纯的笑声给夜晚的山寨增加些生动活泼的气息。

一家子人中，睡得最早的往往是嬉耍了一天的娃娃，其次便是妇女，睡得最晚的要属是一家之主了，男人们即便是困得打瞌睡，也不会马上脱衣就寝，直到把叶子烟抽得足足的，在家里人都睡下的情况下，才会不急不忙地倒头睡去。只要头一挨上枕头，那些一声高过一声的呼噜声，便会从不同的阁楼里传出来，形成了一波又一波奇异的合奏。于是乎，整个寨子才进入了寂静，进入了梦乡。

雾，早就弥漫了寨子内外，黑黝黝的山脚下，时而发出一二声凄厉的夜猫子叫声。密麻麻的山林里，风儿吹得竹叶和芭蕉沙沙作响，猿猴跳来荡去，时不时尖厉的一声长吼，把睡不着的人烦得在炕头上翻来覆去。偶尔从哪家阁楼上透出一缕油灯的光线，那一定是谁家待嫁的姑娘在为情哥哥连夜用心织就肚兜上的鸳鸯，或者是哪家主妇闲不住勤俭的手脚在纺织着粗布衣裳。突然一声高喊，谁也听不清在说什么，那一定是哪家的汉子又在哪里喝高了，摇头晃脑，东倒西歪地走来，嘴里不时地还在与人争论着刚刚不服气的话题……

日子就这样一天一天地打发着，春来秋去，寒来暑往，忙忙碌碌，大人老了，娃娃大了，老的走了，崽又新生。寨子里的时节轮番交替，如出一辙，不同的是农事的更迭重复，稻谷的收成多少，旱涝的早晚影响，但只要老天爷照顾，寨子里就会人畜兴旺，五谷丰登。

　　这一份山寨人家的生活，就这样年复一年、天复一天地延续着，更迭着。那份悠闲，那份缓慢，那份清静，那份坦然，表面看是那么遥远，其实细细品味，又是那么令人向往，令人心醉……

# 日子如台阶

日子平凡，日子艰辛，日子充实，日子幸福。日子的滋味千千万，却时时记载着你的追求、你的奋斗、你的精神、你的价值。如果说日子是一条不断延伸的长线，是曲是直，不用别人去说，实际上它就自然地摆在那里。

主持人倪萍写过一本书，叫《日子》，这名字怎么来的不得而知，但知道的是，她曾写过一本《姥姥语录》，那里面九十九岁的姥姥虽不识字，但却说了不少哲理性的大实话。

其中说到日子时，姥姥说："日子得靠自己的双脚往前走，你看谁能帮你搬着你的腿走路？你爹你妈也不能。大道走，小道也得走，走不通的路你就得拐弯，拐个弯也不是什么坏事，弯道儿走多了，再上直道儿就走快了。走累了就歇会儿，只要你知道上哪儿去，去干吗，道儿就不白走。人活一辈子就是往前走，你不走就死在半道儿上，你为什么不好好走、好好过呢？"

姥姥的话，看似土得掉渣儿，但把日子的过法说得实实在在。

小时候，常听老人说："生容易，活容易，生活不容易。"但日子怎个难过法，一直懵懵懂懂，不知不觉。年岁渐长，待生活的担子慢慢落到肩头，也就自然知道了"日子"的味道，知道了人们为啥把生活叫作"过日子""奔日子"或"混日子"。年月稀疏，日子稠密，日复一日地算计着、安排着循环往复的"日子"的更迭。总觉得这一日和那一日除了日历上的数字不同，一切都熟悉得像磨道里的脚步，这一圈重复着那一圈，如此往返，出不了轨道。而在熟悉中插入陌生，在平淡中增添波澜，也不过是暂时想想罢了。

有人说，人生如登梯。把每个日子当作一级阶梯，总在向新的台阶迈步，不停地追寻着自己的最高点。这是人生的高境界。

也有人说，人生如爬山。生活的艰辛有时压得人喘不过气来，但山上风轻云淡，气象万千，总给人一个向上攀登的奔头。

把日子比作台阶，感觉比较恰当。有的人一个目标往上攀，虽然累得汗珠子啪啪响，但沧桑的脸庞上总会露出欢乐的笑容。有的人觉得往下走省力轻松，却不知自己离高处的风景越来越远，人生的视野从此失去多少辽阔。

其实，生命本来就是一个向前向上的过程。每一个日子，都是一层坚实的台阶。泰山挑夫令人敬佩，那种"身比泰山矮，志比泰山高。肩挑泰山重，一笑泰山小"的精神，感动了每一个登山人。是的，过日子如台阶，你必须得不停地走。有的台阶上开满了鲜花，有的台阶上丛生着绿树，有的台阶上缀满着果实，有的台阶上荆棘难行，或冰雪覆盖。有的台阶虽然很窄，一眨眼走了过去；有的台阶感觉很宽，却需全力跋涉；有的台阶风景万里，心情充满惊喜和阳光；有的台阶陡险崎岖，与万丈悬崖近在咫尺；有的台阶留在心底终生难忘；有的台阶丢在身后痕迹全无……

日子过好了不易。苦也一天，乐也一天，怯懦也一天，坚强也一天。有时候，换个角度，就换了一种心情。换个心情，就换了一种看法。而换了一种看法，对待人生的态度就会发生明显变化。

譬如，现实生活里，有的人之所以对他人的成功望洋兴叹，不是因为这种成功高不可攀，而是因为你没有看到人家积无数你也可以达到的小胜，才有了今天的辉煌。我们的事业之所以会半途而废，往往不是因为难度太大，而是觉得成功离我们太远，从而失去了向上向前的动力。确切地说，他们不是因为失败而放弃，而是因为畏惧而失败。

日子平凡，日子艰辛，日子充实，日子幸福。日子的滋味千千万，却时时记载着你的追求、你的奋斗、你的精神、你的价值。如果说日子是一条不断延伸的长线，是曲是直，不用别人去说，实际上它就自然地摆在那里。

有道是"雁过留名，人过留声"。人活一辈子，图的就是个人品的名声和价值，虽说日子一天一天地过去了，但留在后面的东西，无时无刻不在人们的评说当中。做个好人，做个有价值的人，做个让人能在背后说出几点好处的人，虽说不易，但应当为之努力一辈子，沿着生命中的一级级台阶攀登不止，永远向上。

啊，日子，日子……

# 精神的礼赞

> 人是有尊严的，尊严的价值高于生命。放弃了这一点，人的生命便会黯然无光。保持精神的永恒，才能最终维护尊严。

精神是什么？

有人说是人的生命中一种看得见、感受得到的实实在在的物质。我认为，它是一种比钢铁还硬千百倍的特殊物质。

人贵有精神。君不见，在人的生命里，除了血肉、骨骼之外，便由这种精神构成。它像糖汁沉浸在甘蔗里，像美酒贮藏在粮食中，更像金子隐匿在矿石间……它无时不在地充盈着我们的肢体，支撑着我们的脊梁，激荡着我们的血液，召唤着我们的斗志。

正是有了它的存在，人的膝盖才不随便弯曲，艰难坎坷脚步急；人的脊梁方会坚挺笔直，堂堂正正立天地；人的头颅也绝不会俯首屈低，考验面前扬正气！

因为有了它的存在，真正的人格才会坦坦荡荡、从从容容、利利落落、踏踏实实，人的形象才能够正正派派、大大气气、高高大大、干干净净。

也是因为有了它的存在，无数的人才展现出了爱岗敬业，忘我奉献，鞠躬尽瘁，开拓拼搏，创新创优的品格，成为一个又一个的人学习和尊崇的典范。

诚然，有时人们的生命可能在某种意外的情况下，或失去殷红的鲜血，或造成某些肢残，但人们决不能失去——精神！

即使再苦、再累、再难、再残，人也需要坚守住它的存在。再苦，不能苦志气；再累，不能苦努力；再难，不能苦追求；再残，不能苦骨气！人只要有了精神的存在，别人就不会以一种所谓轻视的眼光向你注视；即使你能力受限，即使你人生维艰，即使你家徒四壁，即使你身陷绝境，你也一定能够赢得别人的尊重和另眼相看。

要知道，人们永远敬重的，是那些自强不息，迎难而上，知道别人的脸色和自己的血色，知道别人的语调和自己的骨气的人！而能够感动别人的，最终是那些用毅力和精神抵御挫折，虽然一次次倒下但又一次次不屈地站起来的强者！

人是有尊严的，尊严的价值高于生命。放弃了这一点，人的生命便会黯然无光。保持精神的永恒，才能最终维护尊严。"人必自侮，然后人侮之；家必自毁，然后人毁之。"自己放弃了自己，自己对自己失望，任何外来的关心，任何外来的扶助，都只能是别人的一种态度，一种姿势，一种表现，这对于改善自己、改变境遇都无济于事。别人可能给你物质，可能给你金钱，但却没法给你精神和尊严。脊梁骨软弱的人，即使让人扶起，也终究难以昂首挺胸！

精神的力量，可以化腐朽为神奇，可以置之死地而后生，更可以让没有流出的泪水铺就通向明天辉煌的路基！

著名学者钱钟书说过："一切快乐的享受都是属于精神的。""精神的炼金术能使肉体痛苦都变成快乐的资料。"心理学家马斯洛提出人的需要有五个层次，即生理需要、安全需要、归属需要、自尊需要和自我实现的需要。层次越高，需求的精神成分越多。一个人越是迷恋于物质享受和感官刺激，就越是趋向需要的低级层次；越是指向精神成分，指向物质和精神的创造，就越是走向高尚和伟大。金钱的追逐必然带来身心的疲惫，物质的享受势将导致身体本能的蜕变。

一个人如此，一个企业也是如此。有了这样的精神，有了这样的企业文化，迢迢千里甘与苦，眼光和力量就会永远追踪着远方的目标，就一定会留下一串坚实执着的足迹。辛苦和磨难，培养的是一个人、一个企业敢于在人们难以想象的地方，创造出一片崭新天空，需要有毅力和决心。正如蒙古族谚语所言："驰骋，马能走尽草原；拼搏，人能到达志愿。"生命是一个永远向上的过程，每一个日子，无论是苦是甜，是累是难，都是一层坚硬的台阶。明白了这一些，你的精神就会时时召唤和激励着你，向着人生和企业理念最高层的台阶不懈地努力、努力！

记得拿破仑曾这样说过：世界上只有两种力量——利剑和精神，从长远说，精神总能征服利剑。因为，精神永远比困难和艰险坚硬千百倍，它是使武器锋利和发光的真正的钢！

这，就是精神的力量和价值！

# 家是小生日 国是大生日

至今，孩子的出生证成了我们永久的珍藏。因此，每年国庆来临时，对我们家来说，都是一个欢乐团聚的日子。

晨光熹微中，鲜艳的五星红旗升起来了，共和国迎来了辉煌灿烂的六十华诞。

六十年风雨沧桑，三十年改革开放，伟大的祖国如今已是经济发展，政治稳定，社会进步，民族团结，国运昌盛，万象蓬勃！在这个特别喜庆的日子里，我们每个华夏儿女，炎黄子孙，都感到无比的自豪，无比的骄傲！

十七年前，自己的孩子出生于国庆节当天。让人难忘的是，当时孩子在医院出生的时间是 10 月 1 日零时零分，连接生的医生都禁不住称奇。至今，孩子的出生证成了我们永久的珍藏。因此，每年国庆来临时，对我们家来说，都是一个欢乐团聚的日子。

但今年孩子的家庭生日聚会安排不了。孩子的妈妈因为组织参加国庆天安门群众联欢，从 10 月 1 日一大早到晚上都没有回家。为此，我们全家并没有丝毫遗憾，反而比以往任何一年都倍感幸福。家是小生日，国是大生日。能让小家的幸福与国家的荣耀相连在一起，这是一个小家无上的荣光！

问孩子今年的生日如何过？孩子当时一脸喜气地回答："我早就想好了。上午在家看国庆阅兵，下午去看电影《建国大业》，晚上再吃生日蛋糕。"

"好！的确很有意义。"我和他妈妈异口同声地称道。

这时候，随着一家人喜乐陶陶的时光，电视里响起了成龙演唱的那首脍炙人口的《国家》——

国是我的国　家是我的家

我爱我的国　我爱我的家

一心装满国　一手撑起家

家是最小国　国是千万家

在世界的国　在天地的家

有了强的国　才有富的家

国的家住在心里　家的国以和蓄立

国是荣誉的毅力　家是幸福的洋溢

……

# 看山，读山，品山

> 山，给人以力量，予人以胆量，赋人以容量，成人以气量。胸怀虽硬但与世无争，面容虽冷但无私无畏，任花花世界五颜六色，任飞禽走兽冬来暑往，一颗平稳的心冷热自知，大智若愚。

"山，快马加鞭未下鞍。惊回首，离天三尺三。山，刺破青天锷未残，天欲坠，赖以拄其间。"这是伟人对山的观感。

山在人的眼里，始终充满着神秘和向往。经万世风雨洗礼，任千年沧桑变幻，山无言，以自身的高度和不变的容颜立于世间，巍峨顶天，铁骨铮铮，让懦者望而生叹，唤勇者向之登攀。

山，给人以力量，予人以胆量，赋人以容量，成人以气量。胸怀虽硬但与世无争，面容虽冷但无私无畏，任花花世界五颜六色，任飞禽走兽冬来暑往，一颗平稳的心冷热自知，大智若愚。

说到山，古今贤达名篇如云。或远读其苍茫，或近赏其清幽，或精读其豪放，或细读其深沉。"不登高山，不知其平地"，是一种发现；"山外有山，天外有天"，是一种眼光；"高山仰止，景行行止"，是一种境界；"重于泰山，轻于鸿毛"，是一种思想；"咬定青山不放松"，是一种坚守；"砥柱触天立中流"，是一种精神；"五千仞岳上摩天"，是一种豪壮；"夕阳山外山"，是一种欣赏……

看山，横看成岭侧成峰，远近高低各不同。山与平地，不仅仅区别在自身的高度。其骨子血脉里便与平地有着不同的温度和力量。

当沉重的历史，把大地平原踩陷成深谷，古老的传说堆积起座座

突兀的山峰。山，以一种不屈的信念和意志的强壮，从平庸中挺起了坚硬的脊梁。这种信念决定了山从此独守孤独，因为它天生不会依附和平躺。那身边泉水的叮咚和小鸟的鸣唱，是多么动听和舒畅，但这从来不是山品性中的模样。低缓的山泉，是多么柔美和清亮，但这从来不是山生命里硬硬的肝肠。狂放的水瀑，是多么激昂和奔放，但这也从来不是山所接受的态度和向往。任日月如梭寒来暑往，任天地万物变换无常，任春华秋实灿烂芬芳，山始终默默无语，以一种站立不动的形象，阅尽人世间喜怒哀乐酸甜忧伤。

就这样，以或巍峨或险峻或陡峭或奇秀的形态，与世间对峙着，宛如被隔断的恋人一般苍凉。连成片时，以山脉的形象映进人们的视野。独成峰时，用挺拔的姿势在人们的眼前闪亮。一个又一个世纪，心里心外的思念，在岩石上面早已长成了青苔。锋利的外表，也随日月风雨磨砺得精瘦而悠长。虽然再也不是过去模样的山冈，但心里始终没有改变一丝的纯洁，一丝的坚强。当年燕子撒下的粒粒种子，如今衍生得森林如海遍野茫茫。总在头顶盘旋的老鹰，从生到老始终没有缝好平地相隔的一座座山梁。

红灯笼似的太阳一晃一晃，又被大山严严实实地遮住其光芒。玄色的雾霾总想淹没了大山，但大山的心里哈哈一笑：外部世界怎会知道自己的理想。大山的梦里整夜充满着地平线的新生，可眼前辽远的旷野总在面前不停地痉挛，无边无沿的世界里，看不懂的是人世间总在描绘着山前山后那固定不下来的版图的圆满。

读山，总有种种荒诞和神奇的故事，随着山水从闭塞中流出。一切和谐的与不和谐的，被这混沌的水溶解得像水一样浅显。山里的故事，传了一代又一代。穿红裙的山妖变成了姑娘，吸引得壮实硬朗的汉子进了山。凶残的火蛇，把迷路的小孩哺养得胖乎乎的，孩子的未来成了山民们争论不止的话题。一根兽骨能治愈百病，成了精的人参化成娃娃跳舞，山神庙里的塑像有了新的化身……种种传奇从山里到山外，成了人类文化写也写不完的锦囊。

春来了，秋去了。溪水干了，洪水涨了。山，还是那样，用它桀骜的秉性，熔冶泥水峡谷。雷雨的轰击，闪电的抽打，不安和躁动，渴望和痛苦，都无法勾勒出大山那坚定、永恒的威武和爽朗。

品山，海到尽处天是岸，山登绝顶人为峰。做人也是一样，是否应该选择山一样的姿势，站立，站立！正直，正直！自强，自强！如此，为人做人才会令人仰望，才会敬佩你有山一样不屈的脊梁……

看山，读山，品山，意味深长。

# 看海，看海！

看海，看海，心静气爽。在这里，怎么还
会有想不开的烦恼？怎么还会一味地叹息
那些看似耀眼的名利地位、进退走留、人
前人后、台下台上？

面向大海，人的心灵立刻面向了无限辽阔。

浩瀚无垠，雄浑豪迈，沧海横流，英雄气爽。

这是天与地间的交融与汇合？这是远古与未来的沉淀与对话？这
是大自然生生不息的经典与歌唱？

激情与昂扬，宽广而浩荡，久远而深邃，苍凉而迷茫。

大海——这就是历史长河的归宿吧？抑或是千江万河的胸腔？或
者是远方游子奔腾而来的家园？还是天地宇宙一隅的包容万象？

看海，看海，或许每个人都会有不同的惆怅。

潮落潮涨，日月更替，始终不改那追逐彼岸的目标与理想。

一颗颗流浪疲惫的心，越过千重山万重岗，纷纷汇聚到了这里。
从此，一滴滴水，一颗颗心，紧紧地拥抱而茁壮，形成一个整体，一
个心脏，同呼吸共命运，一个声音浩浩荡荡，再也不分开，一个面孔
一个形象，共同拥有了一个不灭的向往。

就这样，千年如斯，始终向前，涛声响亮！

或许，这里包容了历史太多的沉思，太多的艰辛，太多的酸楚，
太多的苍凉，以至于让本身无色无味的水，在这里升华了自己浓度的
分量？！

看海，看海！浮躁的心不由得经受着一次又一次无声的激荡。

当生命被辽阔的海洋震撼，所有深藏在生命深处的回忆，顿时化作了对海的赞叹与敬仰。

层层波浪层层年轮，无尽的深度矗立着不屈的脊梁。

千万年的包容，千万年的慈祥，纳百川、容江河，召唤着涓涓细流从崇山峻岭中万里奔驰而来，在你的怀抱里洗净了满身汗碱，从此汗碱的结晶让你变成了咸的海洋？！

无际的浩瀚连着无际的人心。天地之间，如同一面镜子的目光，在人类面前把什么是纯净的界限，细化端详。

看海，看海，心静气爽。在这里，怎么还会有想不开的烦恼？怎么还会一味地叹息那些看似耀眼的名利地位、进退走留、人前人后、台下台上？

大海告诉你，人生面对的世界，成败无所谓辉煌。不论拥有什么，都是你人生一种对自我价值的开创。如同风暴过后，大海仍不失真容，挥一挥手，没有带走丝毫刚强，还是那般前仆后继，那般一浪高过一浪。

看海，就会明白：人的心灵不是万物宝匣的盛装。更多的时候，需要释怀，放下妄想。淡泊从容，让一切无谓的角逐随风流淌。

如此，站在海的面前，大海已进心中，人世间微不足道的喜怒哀乐已被眼前这份纯净的蔚蓝淘洗一光。得到了真正的海的安抚，你就有了海一样的胸怀，海一样的力量，海一样的追求，海一样的宽广。从此，人生换成另一种姿态，重新成长！

看海，看海。

山永远不倒，海永远不涸，心也永远永远敞亮。

# 大西北黄土黄

> 巍巍秦岭地分南北，万仞千峰间，大自然的鬼斧神工，赋予了这片土地恢宏博大的气势。沟壑纵横、峁梁相间的黄土高坡，承载着大西北儿女久远的梦想和追求，也刻画着中华文明悠远的龙脉和不屈的秉性。

多少次从西北回来，从那片神话与梦想覆盖的厚土上走来，脑子里总也挥之不去那一幅金黄色的画卷，时时在内心深处传达着亢奋与敬意。

一望无垠的黄色平原，连绵不绝的黄土黄坡，千沟万壑，连绵起伏，似乎绿色之梦早已随久远的岁月脱落，光溜溜只有与苍穹对峙的黄色主调。沉重的历史把平原踩陷出一道道皱折，火辣辣的太阳总也不让这里的黄土有一刻滋润的日子。一堵堵土墙，拱状的窑洞，苍茫、恢宏而又深藏着凄然、悲壮。猛抬头，眼前蹿出几棵孤独的钻天白杨，坡上走来三两个秦人，清俊、刚毅而又略显沉郁，一段广漠、寂寥、雄浑、嘶哑且不时高亢激昂的秦腔旋律，悠然荡漾在空旷的地平线上，"声传秦川八百里"，久久不衰，余音绕梁；扎着白羊肚毛巾穿着无袖羊皮褂的西北汉子，把那安塞腰鼓敲得震山一般，鼓声如雷，彩绸似虹，那绝妙的表演，奔放的情绪，强烈的气氛，浩大的阵容，如同凝聚起九万里黄土坡上骤然升起的阳刚气势，从手脚间挥发出摄人心魄的强悍力量，让初来乍到的外乡人也忍不住有了要爬上高坡亮个长长的嗓子的激情。

这就是黄土地的主题歌吧？它是不是用黄河的涛声精制而成，才饱含了秦砖汉瓦的韵味、金戈铁马的精神，积淀得今天如此精彩的人文禀赋与厚重情怀，烘托着华夏民族在世界历史版图上的绝代风华与东方光耀！

真的汉子，豪情万丈。黄尘飞扬中仰天长啸，青铜般的音符掷地有声，迎着从不周山吹下来凛冽的西北风，弥漫着一片比岁月还要悲凉的裹着血泪的心灵歌声，天人合一，古意苍然，令人不由得肃然起敬。

这是野性的怒吼，还是生命的吟诵？这是历史的延续，还是文化的升腾？！在那满地刮风、黄河漂浪的神秘西部，这样一群普普通通的人，无怨无悔地把生命与那片脚下的黄土合在了一起。一代一代地孕育，一代一代地传承，黄土地人的勤劳与质朴，黄土地人的多情与豪放，生活的沉淀，情感的积累，就生生不息地衍生出了他们心灵的歌——信天游！

这是盛开在黄坡黄水间的一朵奇葩。黄土地上的信天游，总是那么高亢嘹亮，那么豪放激昂，一声入耳，荡气回肠，令人精神为之一振，为世人感叹和称赞。黄土地人的苦难，记载在信天游里。黄土地人的悲欢，浸泡在信天游中。黄土地人的情爱，抒发在信天游里。黄土地人的豪情，放歌在信天游里。黄土地人的梦想，飞扬在信天游里！让人时时感受黄土地人的炽热情感，陶醉于黄土地人的豪放和情爱！

你听——

羊肚子手巾呀三道道蓝，咱们见个面容易呀拉话话难！
一个在那山上呀一个在那沟，咱们拉不上那话话呀就招一招手！
看得见那村村呀看不见那人，我泪蛋蛋抛在沙浩浩林！
……

信天游迷人而动听，西北汉子的安塞腰鼓更能带给人力量的奔腾，生命的升华。浩浩荡荡的腰鼓队伍，恢宏壮观，龙腾虎跃。安塞腰鼓，敲出了黄土地人的喜庆欢歌，敲出了黄土地人的激情豪迈！敲出了黄土地人的生活梦想，敲出了黄土地人的宏伟蓝图！

真的好神奇！黄土高坡上唱不完的信天游，西北汉子停不住的安塞腰鼓，都是这片神奇土地上特色的精神食粮。黄土坡西北风，呼啸着的是强者的声音。只有脊梁矗立、不畏艰难的硬汉才能直面那里风的凛冽、土的贫瘠，才能够领略大西北的风骨与神韵。

"乐游原上清秋节，咸阳古道音尘绝。""三十里的黄沙二十里的水，五十里的山路我走无悔，半个月跑了一个十六回，把那哥哥跑成了罗圈腿。"巍巍秦岭地分南北，万仞千峰间，大自然的鬼斧神工，赋予了这片土地恢宏博大的气势。沟壑纵横、峁梁相间的黄土高坡，承载着大西北儿女久远的梦想和追求，也刻画着中华文明悠远的龙脉和不屈的秉性。今天的黄土地，冰河化春水，荒漠变绿洲。西北高原的黄土地啊，滋养我们的黄河因流经你的胸膛而变得浑黄，西北汉子因你的支撑而顶天立地。你不仅养育了一代又一代的华夏子孙，同时也造就了西北人不屈不挠的意志和令人叹服的真情。从人文初祖轩辕黄帝陵到革命圣地延安，从势如奔马声如雷鸣的壶口瀑布到黄土气息浓郁、让人如痴如醉的安塞腰鼓，无不镌刻着源远流长的中华文化和炎黄子孙亘古不变的精神风貌。

我们应该为之自豪：因为这片土地已经把黄土的黄，刻成了我们中华民族特有的印记！

哦，大西北，黄土黄，关中大地的神采！三秦儿女的风情！

# 致敬红色井冈山

啊，井冈山，向您致敬！以一个共产党人的名义宣誓：先烈们，请您放心，祖国——永——远——平——安！

胸怀后来者千百倍的敬仰，穿上那一身人民熟悉的军装。虔诚仰望，走上井冈山——

群峰绵延五百里，如军旅列队般森然。

瀑布咆哮三千尺，似千军万马般酣战。

遍山翠竹，那一定是红军刀枪的再现。

雨雾朦胧，那肯定是挥散不去的硝烟。

啊，井冈山，战斗的山，革命的山！

懦夫绝不敢叩响这里的山门。因为这里的一切都在熔炉中精炼。虽然说，这里是山野荒芜的边缘，这里是苦与累、生与死的前沿，但这里却始终是勇士与热血的圣坛。这里能扛起泰山般的责任，这里能吞没野心点燃的火焰，这里能收尽人世间的一切苦难，这里有神州大地幸福欢乐的不竭源泉。

啊，井冈山，战斗的山，革命的山！

担重任在双肩，托赤心与肝胆，钢铁的信念与豪情一同灌注在眉宇间。从此，山峦镶入了力量，力量激越着鼓点，井冈深处的呐喊，震撼着邪恶的嘴脸。即使浸血的旗帜，只飘着最后一缕悲壮的经纬，你也要让她始终永恒辉煌地拓展；即使饮血的刺刀，行将告别渐渐冷却的双手，你也要让她一如站成不倒的旗杆；即使炮火包围了你的整个躯体，你也要让最后一滴血奏响一段英雄的礼赞；即使阵地上所有的血都停止了流动，凝固的也是一道敌寇不可逾越的天堑！

啊，井冈山，战斗的山，革命的山！

拥有正义和理想的这里，献身始终巍峨如天。在这战争与和平的接壤处，不仅镌刻着战与和的分界线，也吟唱着人世间最丰富最美好的情感。只不过这情感全都化成了枪膛和炮弹，化作了天地间震耳欲聋的雷电。

啊，井冈山，战斗的山，革命的山！

忆往昔——

红米饭养育了英雄胆，南瓜汤摧毁了三座山，红缨枪戳穿了白日青天。那八角楼的油灯下，伟人用毛笔写出了中国出路的不朽诗篇："星星之火，可以燎原"，"枪杆子里面出政权！"挑粮小道上的足印啊，从这里一直绵延到二万五千里征战。失败、胜利，再失败，再胜利，不屈的意志一直延伸到共和国国庆隆隆驶过的凯旋兵团！

啊，井冈山，战斗的山，革命的山！

再回首——

烈士的英魂，如今已是松柏参天。那些不屈的血肉，始终站立在民族崛起的山巅。脊梁顶天立地，头颅化作峰峦。赤胆衷肠，颅腔肌腱，无不凝聚进铁锤刀镰，一刻也没有停止铮铮誓言。蓝天的热泪化作了凝重的雨雾，群峰之上无名烈士亮出了慰藉的笑脸。

啊，井冈山，战斗的山，革命的山！

此时此刻，先烈们在这里已经安眠，井冈山的胸前勋章已灿烂缀满。春天，那葩卉争艳的杜鹃，一定是你们夙愿实现的笑靥。夏天，那满目清凉的瀑布，一定是你们庆功豪饮的把盏。秋天，那杉黄枫红的颜色，一定是你们理想画卷的实现。冬天，那银峰起舞的情景，一定是你们铸山成剑的伟岸！

啊，井冈山，战斗的山，革命的山！

再次点燃起荆棘之火吧，在这天与地、山与水间镶入力量的宣言。挟风雷以行，备足毕生的热血，踏着革命者的脚步，走向一个和平和谐的春天！

啊，井冈山，向您致敬！

以一个共产党人的名义宣誓：

先烈们，请您放心，祖国——

永——远——平——安！

# 南疆今日友谊关

请友谊关做证，把两国人民和平友好的心声，凝结成闪耀着新时代光芒的丰碑，世世代代珍爱维护。古隘边关，我知道这一定是你心中最美的夙愿！

中国漫长的边境线曲折蜿蜒，漫长的边境线上矗立着一座座古隘雄关。位于中国南疆的友谊关，就是我国九大名关之一。

走进友谊关，站在中国和越南的边境线上，一种莫名的心绪随即漫延而来。广西凭祥市素有"中国南大门"之称，坐落在中越边境上的友谊关，历来被视为军事要塞，也是中越交通的主要通道。友谊关始建于两汉时期，初名雍鸡关，后改名鸡陵关（亦名界首关、大南关），明初叶改为镇夷关，明中叶改为镇南关。1953 年更名为睦南关，1965年又改为友谊关，时任外交部部长的陈毅元帅亲笔题写了关名至今。

历史不朽，雄关巍峨。

久久凝视着雄关斑驳的城墙和砖石，仿佛是面对着一本尘封的史书和饱经风霜的老者。历史在这里显得太沉重了，史书和老者默默地面对着时代的后来者。我知道，雄关的心一定是热的。那里面记载着多少猎猎作响的战旗，以及滚滚升腾的烽烟，在那震撼山川的呐喊声里，保家卫国的勇士以鲜血和忠诚，在这里筑就了一座不朽的丰碑。

忆往昔，1885 年的中法战争镇南关大捷和 1907 年孙中山领导的镇南关起义，均发生于此。一座大清国万人坟，赫然躺在青山绿林之间。今日的边关，笑声已替代了烈火中的呐喊，鲜花已经盛开在硝烟的山冈。边关的钟声里，你能否依稀听见她在执着地诉说着昔日的苦难和沉思，指点着后人对未来的憧憬和眺望……

边关无语。但无语的边关告诉人们，灾难来自边关，抗争来自边关，觉醒来自边关，号角来自边关。昨日的苦难距离今天并不遥远。

友谊关的古城墙建于两汉和明代，选择这里立关，是古代军事家战略眼光的重重聚焦。只见关楼左侧是左弼山城墙，右侧是右辅山城墙，左右两侧犹如巨蟒分联两山之麓，气势如虹。雄关在两山之间拔地而起，山与雄关相连，关与两山相交，"一夫当关，万夫莫开"，堪称古隘锁钥。

在雄关右侧的金鸡山上，山顶筑有三座炮台，分别命名为镇北、镇中、镇南炮台。其中的镇北炮台上有完整的古城堡，这里至今保存着当年孙中山先生在镇南关起义时亲自点响的古炮。位于雄关左侧的左弼山古炮台，又名镇关炮台，是友谊关的重要组成部分，为晚清时期中法战争后广西提督苏元春率部守边时所建，是扼守中越关口铁路的咽喉。

细雨薄雾，群山时现。友谊关这时候显得异常冷清，走在关里的城墙之上，俯视关里关外，景色难以区分彼此。突然，被一阵朗朗笑声打断思绪，眼见一队刚从越南境内走来的游客，正在木棉树下兴高采烈地簇拥着照相留念。

是啊，边关的今天，已是连接中越两国政治、经济、文化交流的重要通道。

位于边境线上的广西凭祥市，西南两面均与越南接壤，距越南首都河内一百七十公里，是一个只有十一万人口的小城市。这里，壮、汉、苗、京、侗、傣等十七个民族和睦一家。如今，这里的中越边境跨国游、中越边境探秘游、边贸购物考察游、南国边关风情游、红色经典旅游、生态休闲旅游等开展得红红火火。随着中国—东盟自由贸易区的正式成立及建设进程加快，凭祥迎来了千载难逢的发展机遇。

在边境线上，导游带我们走进了一个边境自由贸易市场。这里是清一色的越南商贩，从白发苍苍的老年妇女，到刚会说话的幼童，人人都说着一口流利的汉语。初来乍到，还真以为是国内的某一处农贸市场。走进其中，来自越南的水果、木料、烟酒和工艺品，琳琅满目。国内的游客无不面带笑容反复地讨价还价，尽情选购着心仪的异国特产。

更让人想不到的是，那来自对方的一万元越币，只需要五元人民币就可兑换。人民币在这里，俨然成了双方交换的不二货币。

因处于边境线，人们在界碑前不停地照相留影，那正反两面鲜红的"中国"字样和"VIETNAM"字样，成了人们照片里最为醒目的画面。

界碑前，两国军人正在礼貌地会晤。中方的中校和越方的大校通过翻译热情地交谈着，身前身后两国的商人和游客川流不息，络绎不绝。这情景，仿佛是自家亲人正在唠着家常一般，背后"友谊关"的城楼字匾，闪烁着明亮的光芒。

据说，每年的正月初十，一年一度的越南同登庙会如同中国春节一样隆重而热闹。庙会当天，中国游客不用办理出入境通行证，只需持身份证和花费十五元人民币，就可以从凭祥市边境互市点到越南同登逛庙会，每年都会有十多万中国游客参加越南庙会首日的活动。

山水相连，唇齿相依。共同的民俗文化赋予了凭祥浓郁的异国情调。

在凭祥市区，你随处可见一座座国际大酒店、大酒楼的建筑，当地有名的越南小吃——屈头蛋、四角粽、越南米线，从早到晚，食客如云。

尤为值得一说的是，边境上的红木市场，据说是全国和亚洲最大的红木家具交易市场。我们在凭祥浦寨的国际贸易城看到，这里距凭祥市十多公里，与越南谅山省文朗新清自由贸易区相连，地域开阔，交通便捷，是中越边境上设施最完善、规模最大、管理最规范的边民互市点，有着"中越国际商贸城"之称。据介绍，自 1992 年浦寨边民互市点正式开发建设以来，已开发土地达二百多亩，建起了两条汽车通道，一千多套商业铺面，以及饮食、宾馆、商场、展厅等一系列配套设施，集贸易、旅游、购物、娱乐为一体的具有东南亚特色的国际贸易中心，进出贸易区人流量日均超过五千人次，高峰时达上万人次，日成交额达二三百万元。

抱着留念的心理，在贸易中心里选购了一个三屉红酸枝小柜，但价钱确实不便宜。都道是物以稀为贵，可这里最贵的上亿元的一套红木家具，也确实成了人们过过眼瘾的稀罕物。

走出贸易市场，走在友谊关下，在中越"零公里"处的界碑下，中越游客自由地在这里游览观光。和平时代的边关，正在见证着睦邻友好的两国人民的幸福生活。

就在这里留影吧，衷心期望今日之边关，永远和平安祥，造福两国人民。

请友谊关做证，把两国人民和平友好的心声，凝结成闪耀着新时代光芒的丰碑，世世代代珍爱维护。

古隘边关，我知道这一定是你心中最美的夙愿！

# 仙风道骨在崂山

一座山，千百年来，一直被人登临而朝拜，总有它的道理存在。潮起潮落的海水拍打，日月星辰的岁月更迭，花草树木的精气滋养，日子和人心的一起累积，才形成了这个道理。

蒲松龄在《聊斋志异》中那篇脍炙人口的《崂山道士》，让崂山天下闻名。其实，崂山本身就是一座文化名山，历有"神窟仙宅""洞天福地"之美誉，备受帝王将相、文人墨客之推崇，深为隐者高士、名道高僧所垂青。

崂山，古代又曾称牢山、劳山、鳌山等，史书各有解释，说法不一。崂山古为东夷地，春秋时属齐国。秦统一中国后，置琅琊郡，汉设不其县，隋开皇十六年（公元 596 年）置即墨县，崂山皆属之。传说秦始皇曾登崂山以望蓬莱，徐福由此出海寻求仙药；汉武帝驾临不其祀神人；东汉大学问家逢蒙、郑玄以及南北朝的明僧绍先后于崂山建书院，著书授徒，开创村学之风；唐代大诗人李白留下了"我昔东海上，劳山餐紫霞"的千古名句。宋、元之后，文人墨客更是纷至沓来，并留下了文采斐然的诗文墨宝。近代改良思想家康有为，伟大的民主革命先行者孙中山，现代著名学者蔡元培、闻一多、沈从文、梁实秋、郁达夫等，都慕名游览过崂山，留下了大量的诗文、游记、专著，或传诵于世、或镌刻于石，不仅丰富了崂山的文化内涵，而且使崂山盛名远播。

崂山是山东半岛的主要山脉，最高峰崂顶海拔一千一百三十三米，是中国海岸线第一高峰，当地有一句古语说："泰山虽云高，不如东海崂。"山上奇石怪洞，清泉流瀑，峰回路转。 海拔而立，山海相连，雄山险峡，水秀云奇，山光海色，正是崂山风景的特色。主峰"巨峰旭照"被列为崂山十二景之冠，为国内观日出最早佳境之一。清代乾隆年间即墨知县尤淑孝有诗赞曰："振衣直上最高峰，如发扶桑一线通。只有仙灵营窟宅，更无人迹惹天风。群山岳岳凭临外，大海茫茫隐现中。持较岱宗应特绝，碧天咫尺彩云红。"

在全国的名山中，唯有崂山是在海边拔地崛起的。绕崂山的海岸线长达八十七公里，沿海大小岛屿十八个，构成了崂山的海上奇观。当你漫步在崂山的青石板小路上，一边是碧海连天，惊涛拍岸；另一边是青松怪石，郁郁葱葱，你会感到心胸开阔，气舒神爽。因此，古时有人称崂山为"神仙之宅，灵异之府"。传说秦始皇、汉武帝都曾来此求仙，这些活动，给崂山涂上一层神秘的色彩。

崂山的山有多高，水就有多高，名泉胜水是崂山一大特色。巨峰顶上的"天乙泉"、太清宫的"神水泉"、上清宫的"圣水洋"等都是崂山名泉。崂山的特产矿泉水，有人誉之"积年之疾，一饮而愈"。在崂山十二景中，最为秀丽多姿的当数"九水明漪"。清代即墨文人黄襗有诗赞曰："怪石嶙峋路可封，一川九曲出盘龙。溪边疑有胡麻饭，身在桃源第几重。"北九水景区还有十八潭，统称为九水十八潭。一水有"至柔潭"，二水有"居卑潭""未封潭""未始潭"，三水有"无隅潭""无极潭"，四水有"自取潭""俱化潭""中虚潭"，五水有"有间潭""得鱼潭"，六水有"得意潭""无几潭""不滞潭"，七水有"餐霞潭""饮露潭"，八水有"清心潭"，九水有"洗耳潭""潮音瀑"等重要景点。

传说崂山原来叫鳌山。若问起这鳌山的来历，里头还有段美妙的故事呢!

听说在老早以前，茫茫的东海滩上，一没山，二没岭，方圆百里是一马平川的草地。在这一眼望不到边的草原上，坐落着大大小小四十八个村疃。这东海滩上住着的人，有的靠打鱼捞虾谋生，有的靠开荒种粮糊口，尽管干的营生不一样，可是家家户户都过着不愁吃、不愁穿、无忧无虑的安定生活。谁知这一年，大祸从天降，东海里冒出个有十万年道行的大鳌鱼。你道这鳌鱼有多大？尾巴一翘，东海里就竖起个高高的"海岛"；身子一浮，东海里就现出老大一片"陆地"；四个爪子一趴，东海里就掀起万顷波浪；咧开大嘴喝一口水，东海边就落一次大潮！

靠海边有个王家疃，疃里有对胆大艺高的兄妹。哥哥名叫大智，时年二十出头；妹妹名叫大勇，刚刚十八周岁。他们在四十八疃乡亲的帮助下，打死了大鳌鱼。不知过了多少年、多少代，大鳌鱼的遗骨，变化成了南北长三十里、东西宽三十里的一座山。因为这山是大鳌鱼化成的，人们便叫它是"鳌山"，山南头叫"鳌山头"。

因为这鳌山山势陡险，攀登特别费力，后来人们把它叫成了"劳山"。文人在攀登之后，写诗作文留念时，又在"劳"字边上加了"山"字旁，才成了今天的"崂山"。

据清代学者顾炎武考究崂山名字的由来，认为是秦始皇当年慕名而登崂山，因山路险峻，必得万人开道，千人拥挽，百官扈从，劳民伤财，所以"齐人苦之，而名曰劳山"。加了山字旁的崂则由此衍化而来。认为正是如此苦之、劳之，人们才将这座三面环海的大山赋予了那样世俗的信仰，祈望从古至今不变的福祉。这样来自民间的宗教信仰，与后来渐渐形成的道教，自下而上，互为表里，让崂山有了生命，有了魂灵，有了精神，而不止于香火。

　　一座山，千百年来，一直被人登临而朝拜，总有它的道理存在。潮起潮落的海水拍打，日月星辰的岁月更迭，花草树木的精气滋养，日子和人心的一起累积，才形成了这个道理。

　　中国有道教名山一百多处，在国家重点风景名胜区中，以道教文化著称的有十多个，诸如青城山、龙虎山、武当山、茅山、崂山等。崂山自春秋时期就云集一批长期从事养生修身的方士之流，过去最盛时，有"九宫八观七十二庵"，全山有上千名道士。过去原有的道观大多已遭毁坏，如今位于南麓老君峰下的太清宫是保存下来的规模最大的古建筑。太清宫又名下清宫，始建于西汉武帝建元元年（公元前140年），前临太清湾，背依七峰，为崂山道教祖庭，是崂山最大的道观，也是全真道天下第二道场。道教的"返璞归真"内涵与崂山自然生态互为诠释，浑然天成。道教以"玉清、上清、太清"为三清，"太清"

乃太上清净之界，也就是"神仙"的天堂。太清宫的全部建筑由"三官殿""三皇殿""三清殿"组成，风格清淡简朴。三官殿这组建筑最大，前后三进院落。殿内塑有天、地、水三官以及真武、雷神等神像。院内有紫薇、银杏、牡丹、耐冬等花木。特别是正殿前院的两棵干茎粗大的耐冬（山茶花），一棵开红花，一棵开白花，每逢冬尽春临之际，拳头的花朵开满枝头，红的火红，白的雪白，花期持续三个月。寒冬季节，满树绿叶滴翠，红花娇艳，犹如落下一层绛雪。据说这两棵耐冬，是明永乐年间道士张三丰从海岛上移植于此。三皇殿院子里有两株古柏，汉代所植。蒲松龄写《聊斋志异》，多次以崂山为背景，写出了白牡丹与红山茶变成美丽女子，与一书生相恋的动人故事。

道教是中国土生土长的宗教，深深扎根于中华传统文化的沃土之中，广泛吸收了诸子百家的精华思想内容。道教起源于上古鬼神崇拜，发端于黄帝和老子，创教于张道陵，至今约有一千九百年的历史。它追求自然和谐、国家太平、社会安定、家庭和睦，相信修道积德者能够幸福快乐、长生久视，充分反映了中国人的宗教意识、性格心理和精神生活，是中华民族的精神家园。而崂山这里冬无严寒、夏无酷暑，又以其拔海而起的灵秀，山海相连的气韵，天人合一的仙境，成为道教信众的家园，也最终成了道家企求修炼成仙的圣地，奠定了全真道天下第二道场的地位。

哦，崂山，大美灵气的崂山！

# 寻古田横岛

惨烈的场面，让人心跳不止。历史的悲壮，令人深思不已。站在这个海中孤岛上，面对呼啸的海风和跳跃的海浪，仿佛听到了当年五百壮士的呐喊和呻吟。历史与现实，景象交替闪回。

在胶东半岛东南端的地图上，位于黄海边的即墨境内，有一个三面环海、与韩国和日本隔海相对的"海中绿洲"，这里就是我的故乡——古代齐国所辖地的田横岛。这是一座美丽而又神奇的历史名岛，它的得名缘于一桩惊天动地、壮美凄绝的千古传奇。据《史记·田儋列传》记载，刘邦称帝后，遣使诏齐王田横降，田横不从，于赴洛阳途中自刎，岛上五百壮士闻此噩耗，集体挥刀殉节，世人惊叹田横五百义士之忠烈，遂命此岛为"田横岛"。

出于这样壮烈的传奇，使我从小就在家乡老人们口口相传的故事中萌生了追寻探究的念头。几十年过去了，因少小离家长年在外工作，一直没实现这一心中的夙愿。近期，趁着休假探亲的机会，我终于踏上了田横岛寻古的旅程。

出即墨往东，顺柏油公路一直驶近山前，就是如今的田横镇。过去人民公社的时候，这里叫洼里公社，后来称洼里乡，再后来就称田横镇，现如今已改成田横旅游开发区了。时光变迁，折射的是时代的巨大变化。

田横岛位于镇东部海域的横门湾中，总面积一点四六平方公里，海岸线长八公里，距青岛码头仅六十八公里。田横岛旅游区如今已修建了六处码头，可供客货轮、登陆艇停泊。这里不仅以其特有的历史文化与人文精神称称于世，其优越的地理位置、宜人的气候特征、旖旎的海岛风貌、丰富的海产资源，使之不负盛名。岛上空气清新，苍松滴翠，温暖湿润的海洋性气候，造就了冬暖夏凉的人间胜境。岛上南北两坡风格迥异，南坡岬湾相间，礁奇水秀，是垂钓的绝好去处。北岸湾深、港静，是游泳、帆船、摩托艇等海上运动项目的极佳场地；田横岛周围的海域是富饶的海上牧场，盛产鲍鱼、扇贝、海带等海产品，为岛内千余口渔民的渔牧生活提供了丰厚的物质基础。

在海边一个叫山东头的村庄，我们坐上客轮不到半个小时就靠上了岛子，导游将我们引领到坐落于岛内最高峰田横顶上的五百义士墓前。只见墓周长三十米，高约二点五米，是田横岛最著名的历史史迹，也是青岛市级重点文物保护单位。始建于 1982 年的田横碑亭，立于墓冢北侧，亭内梁柱上饰有田横五百士从义举至壮烈殉节等六幅彩绘，生动地再现了田横兵败、自刎及五百义士慨然殉节这一感天地、泣鬼神的悲怆故事。

游走于田横岛上，但见现存着很多古齐鲁文化传统和古渔家民俗的景观，如义士墓、悬羊击鼓林、妈祖庙、老仙洞、田横殿等，已发展成为重要的民俗旅游景点，也是田横岛富于地方特色、民俗风情的历史写照。每一处景观都有着一个久远的故事。

岛子不大，很快就能转一圈。游览于岛上，上午的海风冷飕飕的，海风夹着大雾从空旷的海面上一团一团地涌来，伴随着导游姑娘的解说，让人在如烟如梦中不知不觉走进了传说中的古战场……

战马嘶鸣，剑戟飞舞。秦末汉初，齐国某地正进行着一场惨烈的厮杀。田横军迫于敌众我寡，且战且退，一直向东海方向转移。当他们沿着一条山岭退到海边，已是天黑时分，人困马乏，弹尽粮绝，几乎到了难以为继的地步，而汉军却紧追不舍，情势十分危急。这时，一场大雾突然从天而降，将田横军包裹在一片密林里。田横见状大喜，问："此乃何地？"答曰："羊栏岛。""好，吾等有救了！"田横命令士兵捉羊若干，拴好前蹄，吊在树上，后蹄下悬挂战鼓，羊挣扎时后蹄乱蹬下面的鼓面，一时间，浓雾中传出一阵阵密集而激越的战鼓声。汉军不明虚实，以为林中有埋伏，不敢贸然前行。如此，田横军赢得了宝贵的渡海时机。这一"悬羊击鼓"的故事，在现如今的家乡还不时传讲得活灵活现。

故事至此并没有结束。前有大海，后有追兵，置身绝境唯一的出路就是尽快渡海，占据海岛。眼前情势人生地不熟，更无法寻找可供五百人使用的船只。怎么办？派出探路的一个个士兵，垂头丧气地回报说前方无路，田横认为士兵侦探不力，一气之下，即令斩杀。有一个士兵在探完后感到无路可走，只得回来虚报说发现海上有一座桥。田横一听正合己意，遂令全军急速前往。明知前方无路，五百将士义无反顾走向海中。此时，奇迹出现了，虽然脚在海里，人却并没下沉，而且越往深水走越脚下硬实。原来，无以计数的螃蟹一层层堆集起来，在海边与海岛间搭成了一座神奇的浮桥，田横大军就这样踏着螃蟹渡过海峡到达了海岛，将追兵远远甩在了身后。"现在，我们这里的螃蟹背上还留着马蹄形的坑印，所以叫马蹄蟹。"导游说到这里，引得大家中午去吃马蹄蟹的念头一下子强烈了起来。

"后来，田横军的归宿如何？"游客中的有心人，这时候还没忘向导游追踪故事的结局。

导游告诉大家，公元前202年的一个夏日，田横应汉王刘邦的传旨，告别居住数月的海岛和乡亲们，前往汉都洛阳。临行之时，岛上全体军民倾巢而出，大家一直送到海边，都知道此去被迫无奈，见了刘邦结果如何谁也无法预料，无不泪流满面。但田横主意已决，毅然与二客随汉使登上了西去的征程。

田横昼夜兼程，距洛阳还有三十里时，田横以"人臣见天子当沐浴"为由暂停下来。他想到自己当年与刘邦一样都是南面称孤，而今要以亡辱的身份面北事王，岂不是奇耻大辱，何况自己当年还斩杀过汉将郦生，现在汉王想见自己不过是想看看自己现如今是个什么模样而已。既如此，不如将自己头颅砍下拿去吧。遂自刎，令随客呈递汉王。刘邦一见此景，也为之泪如雨下，称田氏为贤明之主，要求以王者厚葬，同时下令召还海中的五百义士。此时距田横出发已一月有余，岛上军民望眼欲穿，正当人们焦急万分的时候，噩耗传来，整个岛子顿时陷入了巨大的悲愤之中。五百将士在田横"身无心寸齐难霸，死有头颅汉不王"精神感召下，纷纷举剑自刎……

惨烈的场面，让人心跳不止。历史的悲壮，令人深思不已。站在这个海中孤岛上，面对呼啸的海风和跳跃的海浪，仿佛听到了当年五百壮士的呐喊和呻吟。历史与现实，景象交替闪回。

下岛来到码头，但见眼前游人如织。田横岛的特色饮食——"田横五宝宴"的大字招牌召唤着我们走进了渔家饭店。听店主介绍，田横五宝即是"田横蛤蜊、马蹄蟹、土鸡、鲈鱼、海紫菜"，这些都是在纯自然的环境下生长成的特产，营养和经济价值很高，但产量很低，因此也就物以稀为贵了。很快，餐桌上便摆满了"田横五宝"：盐水马蹄蟹、辣炒田横蛤蜊、松菇炖小公鸡、木柴大锅鲈鱼、山鸡蛋紫菜羹，佐一坛"壮士酒"（田横老酒）；饭是自制的咸鸭蛋、咸鲅鱼和玉米饼子、地瓜面包子。真正的山珍海味、家乡特产啊！

看到家乡今天发生的巨大变化，远方游子的心醉了……

# 元宝石前忆曹公

一个娴熟匠技、精工辞采的艺术大师，要把情、景、境、意有机地综合完善在自己的作品之中，仍须有一个得之艰辛、出之缓慢的创作过程。曹公在这部文学巨著里，每一重要情节的取景、抒意、吟理，付出了不寻常的努力。

正是瑞雪纷飞的时节，周末，怀着对曹雪芹这位伟大作家的怀念，来到京郊西山脚下正白旗村 39 号旗下老屋，以了结向往已久的心愿。

在故居门口，首先映入眼帘的，是门上方悬挂的那块由溥杰题书的"曹雪芹纪念馆"的棕色匾额。进得院门，绕过影壁，是一排一条脊的十二间房屋，由东而西依次分为五个展室。第一展室是曹雪芹的住室。第二展室门上方挂着溥杰书写的匾额——抗风轩，即曹公写作那部"字字看来皆是血"的《红楼梦》的书斋。其他三个展室，依次陈列着曹雪芹生活创作环境的模型、有关曹雪芹身世的文物。

一个娴熟匠技、精工辞采的艺术大师，要把情、景、境、意有机地综合完善在自己的作品之中，仍须有一个得之艰辛、出之缓慢的创作过程。曹公在这部文学巨著里，每一重要情节的取景、抒意、吟理，付出了不寻常的努力。

出故居，沿溪边小径前行，到达山涧的最深处，忽见涧边岩石缝里冒出一股清澈的泉水。离泉水数尺的地方有一巨石，白牌上醒目地写着"元宝石"三字，细一看，嘿！果然浑如元宝之形。曹公当年经常到这里观之思之，借用元宝特征，加上丰富想象后，才对书中那位"天下无能第一，古今不肖无双"的男主人公的典型性格进行了烘托比兴的传奇创作，并命名为贾（假）宝玉。显然，曹公把这块自然之石人格化，设下伏笔，让它走入红尘，历尽人间悲欢离合，尽抒对社会现实的不平之气。

说到宝玉，自然想到黛玉。过去，香山一带曾出产一种天然黑石，妇女经常到这里的河滩上拣拾以描眉。这种黑石不染衣服、不脏手，用此描眉一擦便掉，受人喜爱。此石虽黑，但本质洁净。曹公苦心借用黑石特性，对那位"心较比干多一窍，病如西子胜三分"的女主人公的典型性格进行了寄喻的渲染，并以黛玉的名字反映了她的清洁和高尚。在樱桃沟的河滩上，我试图找一块黛玉石，结果寻了一路也没碰到。

和元宝石并列的另一处奇观就是"石上柏"。但见一块高达两三丈的青石，浑体一根草不长，可在顶部竟然挺立着一棵苍劲的古柏。古柏一部分根须外露，一部分扎进石内，把整块青石硬撑开一条细缝。树生石中。曹公说宝玉和黛玉的关系是木石前盟，竟是有感于此处木石奇缘而发的。而曹公在书中对贾宝玉和薛宝钗的关系为什么又说是金玉良缘呢？原来，作者同样在这里设下了伏笔。因为贾、薛的关系是一种违心的包办关系，它束缚了对婚姻自由的愿望。金玉良缘中的"金"和"玉"，在生活中是很受人们束缚的，而贾、林之间的"木石前盟"关系中的"木"和"石"，在自然中却是普普通通，自由自在的。曹公在这里咏情寓意，其意在唤起人们的觉醒，来砸碎封建社会强加在人们身上的婚姻枷锁，争取婚姻自主的权利……

走出樱桃沟，回首远眺，群峰连绵，云雾缥缈。我感到有一种情感在摇撼着我的心扉，曹公辞世已有二百余年了，他留给我们的那部用了整整十年心血铸就的巨著，为什么还有如此大的魅力流传于世？我忽然觉得对曹公《红楼梦》卷首的那首诗，有了更进一步的理解——

满纸荒唐言，一把辛酸泪！

都云作者痴，谁解其中味？

# 敬礼！悬崖之松

拥有崇高，你从不引以为荣；拥有险峻，你从不据此自傲。你把寂寞、孤独、苦难全部化成了生命的养分，让容颜脱俗骇世，与众不同。你最先感受阳光，也最早嚼噍寒霜；你身上的累累伤疤，是岁月艰难的足迹；那扭曲的枝干，是你生命中顽强的记录。

走进山中，你是否意识到山里的世界很精彩？

伫立于惊叹号般的悬崖前，人与自然的比例是如此分明——人，显得如此渺小；天，显得如此高远；山，显得如此险峻。

仰望悬崖，如同仰望远古的使者。苍老的岩石上，长满了岁月延伸的青苔。白昼短暂的阳光润染着草叶上晶莹的露珠，透示着大山处处洁净无瑕。盘旋的老鹰不停地迂回博击，那锋利的双翼似乎在努力缝合这大山的一道又一道深谷。汹涌的雾霭固执地涂染着山巅的伟岸，却不知因此为山巅增添了许多神秘和神奇。崖边的山泉不知疲倦地唱着一支古老的山歌，把山里的故事传得很远很远，召唤着一拨又一拨痴情的游客千里而至……

"你看，那松，那悬崖上长出的松树——"一声清亮的惊呼，把人们的视线锁定了你那奇迹般的画面——

你默默挺立于崖头，裸露的根茎透示着信念中最坚硬的一股已深深嵌入峭壁之中。铜铸般的虬枝，突进苍穹，挥发着理想的风帆。你那拥抱蓝天的渴望，已与山野凝成了生命的雕像，任雷雨的洗礼、闪电的轰鸣、骤风的抽打、霜雪的进攻，仍掩不住你传统的坚定和威武的永恒。

因为立志高远，便注定你此生孤独，也注定寂寞与苦难与你同行。即使在诗意疯长的季节，也没有花枝摇曳的梦境，没有蜜蜂弹奏的心曲。因为那些无法企及凌云处的生命，在你面前远远谈不上真正的英雄。

我看见了，只有山鹰在你的头顶盘旋，那是不是你放出的带翅的灵魂？我看见了，只有白云在你的枝梢飘曳，那是不是你逸出的梦幻中的身影？

你本属于大地，而今你却不曾拥有泥土。你是岩缝中崛起的精灵，你是风雨中生存的倩影。有一点水分，你已经知足。有一丝阳光，便绽放笑容。清风中，你引吭歌吟；寒霜里，你傲然峥嵘。

拥有崇高，你从不引以为荣；拥有险峻，你从不据此自傲。你把寂寞、孤独、苦难全部化成了生命的养分，让容颜脱俗骇世，与众不同。

你最先感受阳光，也最早嚼嚼寒霜；你身上的累累伤疤，是岁月艰难的足迹；那扭曲的枝干，是你生命中顽强的记录。

这一切的一切，在人们的眼里，仿佛都是命运。你面临幽暗的深谷，背靠阴冷的崖壁，看似进退无路，却时时萌发着向上的朝气，用铁似的树枝向蓝天拓展生命的通途。

因为艰难，你那渴望蓝天的热泪一次一次化成暴雨，你脚下的山体为之感动而骤然脱落，可没有倾斜的，是你对生命永恒的希冀。没有打湿的，是你对生活不变的信奉。

你以紧连大地的顽强和坚韧，为不屈的生命重新造型，悬崖上依然是你冷峻的苍绿。

历经沧桑的悬崖之松啊，你若有灵，心中定藏着数也数不清的故事。

多少年过去了，你注视着一代又一代人向你走来，又目送着他们心满意足地离去。在你那深邃的目光下，无数生灵留下了匆匆的足迹，人世间的大喜大悲、是是非非、恩恩怨怨，何曾有一丝一缕值得你去品味？

以你为镜，我们不知，你那双目睹了千百度春风夏雨秋霜冬雪的眼睛，又该怎样看待今天这些在你面前忙忙碌碌追求生活幸福的人们……

# 桥的赞歌

蓝天白云阅读着你的辛苦，似阅读着一首劳动者心血和汗水的诗行；
江海湖泊阅读着你的辛苦，似阅读着一节拼搏者毅力和意志的篇章；
车水马龙阅读着你的辛苦，似阅读着一墩奉献者忘我和无私的雕像。

或石或泥、或铁或木……你把这些自然之物凝聚于一体，让团结的心生出无穷的力，在原本险峻的峡谷和辽阔的江河上伸出了长长的手臂，以始终谦逊的躬者姿态，屹立于世。从此，世界无论多大，就再也没有了彼岸。

你一定听多了那两岸不息的呼唤，或是看久了两岸那心中相煎的缠绵，才毅然肩负起强者的使命，把这自然界中的分类号召在一起，躬身于大地，俯首于江河，以一颗温柔的心，甘愿让自己的脊梁成为通途。从此，那自远古吟唱至今的等待之歌，便再也没有了下文。

因为有了你的存在，人们的脚下不再崎岖。天堑变成坦途，峡谷夷为平地，大江在脚下温顺，湍流在眼前叹服……

因为有了你的存在，人们的心里不再抑郁。闭塞的山寨响起了时髦的音乐，小脚的奶奶看到了模特的倩影，农娃子骑上了三菱摩托，幺妹子也走进了新兴的企业……

也因为有了你啊，山里更绿了，村里更富了，城镇变得日新月异，人们的笑声里也仿佛增添了无穷的甜蜜。

是的，大地山川因你而更加盎然多姿，人们的视野也从此更为辽阔而舒适。

　　和船相比，你似乎有些呆板，从诞生的那一刻屹立于世，便再也没有丝毫改变。年复一年，日复一日，任车流人海在身上疾驰而过，你那谦逊含羞的性格，似乎怎么也承受不了人们一句平凡的道谢。从来没有什么埋怨，也从来没有出现不堪，只有无悔的谦恭和不屈的意志在默默地昭示着一切：那南来北往的致富路上的车鸣，就是自己永远健康的脉搏；那从他乡平安归来的泪眼，就是自己心中最大的温暖；那月光下恋人沙沙慢行的脚步，就是自己劳累一天最惬意的打鼾……

　　是啊，无论风雨多么凄凉，无论浪涛多么凶险，无论背负多么沉重，也无论岁月轮回变换，没有改变的永远是自己那颗从不愿别人等待的心。

当听到人们"要致富先修路"的议论时，你便成了致富路上的重要基点。随着强国富民政策的深入实施，你也把自己新时代的矫健身影，从闹市不断延伸到了边陲、延伸到了荒漠，也从此把幸福的笑脸和丰收的喜悦，在内地和边陲间紧紧地辉映在了一起。

如今，你在人们的视野里越来越亮丽了。那现代化的高昂身躯，横贯于波涛之上，凌驾于崇山之间，盛开在都市乡野，流淌在神州图版，你已经成为新时代共和国生命的血脉。

特区因你而欢歌，西部因你而富庶，长江因你而骄傲，黄河因你而威赫。每天每时每刻，每时每分每秒，你用不知疲倦的嗓音，吟唱着改革开放的时代强音，讲述着城市和乡村春天的故事。

蓝天白云阅读着你的辛苦，似阅读着一首劳动者心血和汗水的诗行；江海湖泊阅读着你的辛苦，似阅读着一节拼搏者毅力和意志的篇章；车水马龙阅读着你的辛苦，似阅读着一尊奉献者忘我和无私的雕像。

细细阅读着无语的你，无论身处何地，都有着无穷丰富的内涵和伟岸崇高的内容。

在心鼓重重地擂响之际，眼帘中层层叠叠的湿润感叹不已：是啊，有了你的存在，人们就再也没有过不去的沟沟壑壑！有了你的存在，人生就再也不怕那浪涛万千！

因为，你这弓着的脊梁挺在哪里都是砥柱中梁。

第四辑

# 心香一角

# 好好活着

人这一生总是会让命运作弄，一次又一次，周而复始，人不是为了认命而活着，而是为了坚持，为了信仰，为了梦想而更好地活着。

人生只有一次，谁不想好好地活着？

可是，有一句古语说得好："生也容易，活也容易，生活很不容易。"是的，人要活出个样子来，的确是不容易。仔细想想，有多少甜蜜能够享受，有多少波折需要经受，有多少委屈必须忍受，又有多少苦难必须承受？

活着很累，是不少人对生活的感叹。有些事你不想做，但不得不做，你的主观情感必须服从于客观，就像早上起来你很累，但你不得不准时去上班。有些人你不得不去交往，因为那是社交的必要而不是你深交的需要……

活着之累，不只累在身上，更是累在心里。累啊！为什么会那么累？为了活得好一些，人们不得不甘受苦与累。累，是为了好好地活着，结果也就越活越累，越累越要活。就这样，也是不知不觉地就不觉得累了。

活着很累，但再没有什么比活着还要崇高。生命的价值，人生的意义，其实都因为活着而有所附丽。活着，一切皆有可能；不活着，一切都不可能。活着的伟大之处，还在于能够把不可能变为可能。这，大概就是人们宁可选择艰难地活着的原因吧！

活着到底有没有意思？恐怕大家都曾有过这样的困惑。活着的意思是很难用"有"或者"没"来回答的。然而，不管有没有意思，谁都不想轻易放弃，只要能够活下去，绝大多数的人都甘受苦与累，选择好好地活着是对生命的至高尊重。

让活着有意思起来，人生也就有了意义。可是，事实上有多少人能够让自己的人生过得有意思，又有多少人能够明白活着的意义？不少人还不是至死都不明白活着到底是为了什么？

活着有无奈，有痛苦，有失意，甚至是绝望！可我们为什么还要选择活着呢？那是因为，我们给不了自己生命，我们只能善待生命，因而只能好好地活着。有的人，因为过得累而觉得活着没意思，便选择了自尽。其实，他真是太急了，又太蠢了，生命本来就不长，到时候，谁不想死都不行呢！何必急着结束自己的生命。

每个人的心底里都是敬畏生命的，甚至有人由于太爱生命，又太爱自己而癫狂。人啊！过了这一生，再没下一世，活着就是对今生最好的交代。

人生，越简单就越快乐。快乐，就是简单地活着！活着，就是敬畏生命，品味人生！

人的一生，难免会有遗憾。总想如愿以偿，却有那么多的大失所望；总想全心投入，而得到的却是有所保留。羡慕的不能拥有，牵挂的不能相守，想放弃却不甘放手，想忘记却习惯回首。其实没有遗憾的人生，都不叫完整的人生。

谁没流过泪，谁没受过伤，风雨波折是成长，眼泪擦干后依然坚强。因为活着不仅是一种经历，一种感悟，更是懂得的一种意义。总有些伤痛，可以安慰别人却安慰不了自己；总有些纠结，不是跟事过不去，而是跟心过不去。

事不关己，关己则乱；旁观者清，当局者迷。明知道自欺欺人，却不愿意剖析自己。明知道没有结果，却不愿意面对现实。有些事看得太清，反而伤神；有些人读得太懂，竟然伤心。只要脚还站在地上，就别把自己看得太轻；只要你还活在世上，就别把自己看得太重。很多东西，任你多么努力终归还是失去；很多感情，任你如何珍惜却重复着相同的别离。

缘分，聚散如云；人心，冷暖难觅；感情，动心伤情。其实没有什么过不去的坎，过不去的只是自己的心在作怪。回忆再美也只是曾经，再也回不去，该继续的还得继续。人不能因为感情而失去自己，更不能为了失去而没了感情。有些风景再美丽，不属于自己的不必太刻意；有些剧情再入胜，自己不是主角不必太入戏。缘分的失去是别离，也是选择的再继续；感情的失去是放弃，也是放下的一种智慧。

有缘千里来相会，无缘对面不相逢。感情无须奢望，真心就好；缘分无须强求，知心就好。有人能懂，有心能依，有情能惜，这一生足矣。生命中，有太多的事情身不由己，有太多的无奈心不得已。言不由衷，也许是迫不得已；心口不一，也许是情非得已。看不透的伪装，正如猜不透的人心。弄不明的感情，正如读不懂的心灵。与其多心，不如少根筋；与其红了眼眶，不如笑着原谅。人生一世，糊涂难得，难得糊涂。活得太清楚，才是最大的不明白。

人知足就会快乐，心简单就会幸福。因为活着，就是最大的幸福。看似容易，其实不简单。守着一生平凡，却不甘平淡；总想活得无可替代，却有那么多的有所期待。缘分变幻，总是看不到真情实感；世态炎凉，总是读不懂人情冷暖。每个没心没肺的现在，其实都有掏心掏肺的曾经；每个有声有色地爱过，其实就是有滋有味地痛过。

好好地活着，别在乎太多；认真地活着，别奢求更多。人只能活一次，千万别活得太累。一辈子很长，也很短，生命总是不停地说着再见；相遇，总是伴着相离、牵手。

如果你觉得委屈了，别解释，懂你的人，不需要你解释；不懂你的人，你不需要解释。如果你觉得委屈了，别哭泣，因为眼泪流下，滑落到嘴角时是咸的。如果你觉得委屈了，买点一直想吃却没吃的零食，找个清凉的小亭，吃到自己满足。如果你觉得委屈了，不要用酒精麻痹自己，喝酒只是让你暂无意识，间接缩短你的生命而已。如果你觉得委屈了，别跟自己过不去，傍晚的时候散散步，看看天，轻拂的风可以冲淡烦恼。如果你觉得委屈了，看个开心点的电影，看看他们是怎样面对生活的，感叹之中，一切化作烟云。

知道了吗？如果你觉得委屈了，别怪别人，没有谁故意跟谁过不去。有时，他也只是不小心或者不了解你而已。如果你觉得委屈了，那就放声大笑，笑一笑十年少，十年之后，谁还记得当年的委屈呢？如果你觉得委屈了，跟你最贴心的朋友诉说一下，别闷在心里，压抑久了，会生病的。如果你觉得委屈了，不要到处哭喊着博取同情，别人的同情太廉价，能珍惜你的只有你自己。如果你觉得委屈了，实在忍不住了，只给自己放一滴眼泪的假，擦干眼泪的时候，忘记委屈。如果你觉得委屈了，试着写写日记，用文字记录下点点滴滴。如果你觉得委屈了，自己蹲下来，抱一抱自己。如果你觉得委屈了，告诉自己，要开心……

是的，活着，就是活着，别无所求，仅此而已！只因为它是我们人生的终极目标。而好好活着，也许就是对幸福的一种追求和感受。而亲情、友情、爱情可以是幸福的主题；快乐、悲伤、忧愁可以是幸福的颜色；得到与失去的共存，相聚与别离的交织，又将进一步点缀斑斓的人生，使我们活着的历程变得丰富而真实。可以说，幸福是活着的理由，而活着则是幸福的源泉，两者相依相存，不可分割。

或许某一天，当我们懂得了"活着就是最大的幸福"时，才能够好好活着。唯有经历过，才会深刻！愿所有仍在寻寻觅觅的旅客，早日找到自己人生的答案。

人生就像一场旅行，不必在乎目的地，在乎的是沿途的风景，以及看风景的心情。消极心态，是一种严重的心灵疾病，它会排斥财富、成功、快乐和健康！世界上没有不好的人，只有不好的心态！什么样的心态，就有什么样的思维和行为，就有什么样的环境和世界，就有什么样的未来和人生！

凡事都在于自己的心态，谁都有苦恼，现实生活就像是一堆散乱的音符，每个人都有自己的五线谱。在情感的变奏和命运的交响中，生存状态能否成为一支优美的乐曲，而不是节奏杂乱不成曲调的噪音，完全取决于我们的心态。

在这个世界大舞台上，我们各自扮演着不同的角色，上演着平凡的戏剧，只有珍惜眼前的挚爱亲情，珍惜并不惊心动魄的感情，那便是一种积极而正确的心态。很多人似乎都在羡慕别人的生活，似乎只能看到别人的长处，唯独忘却了自己的幸福，忘却了自己身边人的优点，看到的都是别人光鲜的一面，总是郁郁寡欢，羡慕这个，妒忌那个，一天到晚抱怨自己的命不好，一天到晚唠叨自己晚上做了不好的梦，不时地抱怨。如果怀着这样的心态，我们会发现任何事都不对，好像这些事都故意和我们作对似的，没有一头是顺心的。其实，与其羡慕他人，不如改变自己的心态。要知道是自己的心态出了问题，生活是自己的，任何人或事都没有给你添加烦恼，只不过是自己和自己过不去罢了。

幸福是没有框架的，也没有确切的定义，它在每一个人的眼里都有不同的定义。只有珍惜了眼前的幸福，才能期待明天的幸福，那才是现实的警语。也许有很多人没有在意，我们的生命一直都在被使用着，生命中也充满着意义和价值，但生命同样需要我们去维护和保养。

人生不是靠心情活着，而是靠心态活着，改变态度、享受过程、活在当下、学会感恩、福由心造、学会弯曲。不能改变环境就适应环境。

人生不是靠心情活着，而是靠心态活着，改变自己的脚，去适应整个世界，不能改变事情就改变对事情的态度。心若改变，态度就会改变；态度改变，习惯就会改变；习惯改变，人生就会改变。

人生不是靠心情活着，而是靠心态活着，至少我们还活着，活着就是一种幸运，快乐才是一种幸福。

人生一世，草木一秋。冬去春来，总有些人在你的生命中来来去去。来了又去，去了还来，只是有的去了就再也没有来。就如我们常说的再见，再见了，期待着下一次的再次见面，而有的再见了，从此就再也没有相见。我时常会想起，那些曾经和至亲至爱的兄弟朋友一起度过的时光，更会想起他们。只是有些人终究只能像个过客，陪你走过一段难忘的岁月后，就悄悄地走了，带着你对他无尽的思念与牵挂。

细细想来，人生真像一部没有结局的荒诞戏剧。有些人你记得住名字却早已忘了容颜；有些人你记得其容颜，却记不起名字；有些人你记得起名字也记得起容颜，可惜他已记不起你。说来很可笑，但却很真实，也很现实。所以我努力去记住我所能记得的人，用笔在纸上写下他们的名字，写下我一时还能记起且无数次默默思念的名字。一遍一遍地看着，却发现，与我相识时日不多的这屈指可数的朋友，如今他们也不见得还记得我。

再深的情感，随着时间推移渐渐地就淡了。彼此相互遗忘着，这没有错，我们都没有错。然而，这都无关紧要，重要的是我们都还好好地活着，幸福快乐地活着，这就够了。

有的人说，我孑然一身，孤苦伶仃活着有什么意思？我认为，人活着和自己有多少金钱，多少房子，多少亲人，多少朋友无关。金钱可以没有，朋友可以很少，但要有活着的勇气，寻找活着的乐趣。活着是为了自己，而不是活给别人看，倘若某些人活着是为了给别人看，那活着还有什么意义。

活着就要坦然，选择活着就要学着让自己更好地活着。生命是神圣的，将生命与生活融合在一起，那才叫快活。不能因为别人不喜欢你，讥讽了你，更不能因为自己没权没势，你就觉得没尊严没面子。尊严面子是什么？那仅仅是别人看你的态度，不能代表自己。面子永远存在的，不然我们要里子干吗？

人这一生总有很多的残缺，人不是为了追求完美而活着，是为了弥补残缺而更好地活着。为了自己，为了亲人，也为了很多很多关心自己的人。

人这一生总会遇到很多的不如意，人不是为了逃避而活着，而是为了好好地面对而活着。

人这一生总是会让命运作弄，一次又一次，周而复始，人不是为了认命而活着，而是为了坚持，为了信仰，为了梦想而更好地活着。即便曾经一度心灰意冷，而待乌云散去，风雨平息，一切又是新的开始。即便生活再艰难，人生再无奈，为了自己，为了亲人，为了很多很多关心自己的人，好为了自己的信仰，为了人生的希望，为了自己的梦想，都应该去活出个样儿来。

好好活着，才能创造精彩的人生。

# 懂得放下

> 但凭清心向明月，有所行、有所止、有所为、有所戒，就一定能清净自守、清廉有为。学会了放下，也是一种释然。懂得放下，人的一生才不会有遗憾。放下只是一个动作，拥有却是一种永恒。

柳宗元在《蝜蝂传》中曾经写过这样一个寓言故事：一种叫蝜蝂的"善负小虫"，极喜爬高，但凡所遇之物，尽占不舍，结果越背越多、越背越重，贪恋的欲望驱使着它又停不下、歇不住脚，直至摔死或累得一命呜呼。

人的一生生就像一场长途旅行，名利好比背包里的物品，携行过多、过杂、过重，不仅会影响前行的速度，甚至会束缚手脚，使人裹足不前。巴尔扎克说过："贪心好比一个套结，把人的心越套越紧，结果把理智闭塞了。" 现实生活中，为权所累、为利所昧、为名所缚、为情所困、为诱所惑……深陷"蝜蝂困境"之徒不知凡几。权之威、色之炫、钱之能、音之魅、味之爽、犬马之逸，时时纷扰人心；公与私、义与利、情与法、得与舍、弃与守、诚与伪，常常令人两难。然而，荣耻须臾时，功罪一念间。放不下，则痛苦；放下了，则释然。亦如小草，无论肥沃或贫瘠，荣也其土、枯也其土；无论风摧还是雨残，时时不离、刻刻坚守，根不移、志不改。郑板桥清白做人，故能"乌纱掷去不做官，囊中羞涩两袖寒"；包拯清廉为官，故可"清心为治本，直道是身谋"。处世行事，有时并不如我们想象的复杂，不必庸人自扰；纵然有烦恼，淡然一笑之。唯有"放下"，方能释然。

南昌起义失败后，贺龙回到家乡，叔叔埋怨他："你过去在国民党部队当军长，是有前程的。如今当个共产党，脱下皮靴穿草鞋，天天提心吊胆，你亏不亏？到底图什么？"贺龙坦然地说："只要革命能成功，人民过上好日子，我个人吃点亏算什么！"1955年我军首次授衔时，毛主席说："论功、论历、论才、论德，粟裕可以领元帅衔。"而粟裕却主动请辞元帅，毛主席感慨，难得粟裕！壮哉粟裕！竟三次辞帅……因为始终把党的事业放在心中最高位置，那些优秀共产党人在名利面前才能始终做到淡泊和从容。

古语说："纵有粮仓万担，不过日食三餐；纵有广厦三千，不过夜寐一床。"以这种态度对待名利，可谓参透人生。一个人如果虚荣心太强，把名利看得过重，反而会弄巧成拙，竹篮打水一场空。西晋时曾率军灭吴的大将军杜预，生怕后人不知道他的功劳，生前请人为自己刻了两座载有他文功武绩的功名碑，然后将一座碑立于岘山之巅，另一座碑沉于汉水之底。他想的是，哪怕将来发生天塌地陷，沧海桑田，高山与江底互换位置，总会有一座碑石存留于世，为自己扬名。没想到适得其反，此举却成了他道德上的污点，沦为后人的谈资笑料。

想留好名声，争取个人合理利益本无可厚非，但一定得德才配位、得之有道，否则即便得到了也很难心安理得，总有一天会被本不属于自己的这些东西所压垮，终至一无所获。作为党员干部，理应在名利面前多一分清醒。要正确看待自己，对个人能力和成绩有一个客观公正的评价，当自我感觉过于良好时要试着给自己"缩缩水"，多想想自己的不足，多看看与别人的差距，多一分谦虚和谨慎。要相信组织、依靠组织，相信只要踏实干好本职工作，组织一定会给出公正评价，从而牢固树立靠素质立身、靠实绩进步的思想，以平常心对待利益得失，以进取心对待本职工作，用出色成绩和过硬表现赢得组织信任、群众认可。

"高飞之鸟，死于网食；深潭之鱼，死于香饵。"赖昌星造"红楼"，多少干部下水；倪发科嗜珠宝，多少商人雅贿；万庆良事发前几天还在会所山吃海喝，韩先聪被查当日还有两场饭局。别人当真就那么看重您的魄力？个别老板"我一个电话，他马上就到"是什么意思？如此交往，还有一丁点尊严吗？

素心于万物，随缘赏浮云。奢求得不到的，不如珍惜现在所拥有的。不悲过去，不贪未来，心系当下，由此安详。华屋千间，只卧一床；稻菽万担，仅食一碗。人生在世，吃、穿、住、用、行够用就行，专门租房放贿金、藏巨款于鱼塘暗道、坐拥百十套华屋、现钞多得烧坏点钞机，又能怎样？不过是"换换手"的戏法，一个"保管员"而已。

人的心复杂了，世界就复杂了。唯有恪守"见素抱朴、少私寡欲"，方能放下；唯有奉行"大道至简、返璞归真"，方能自安。但凭清心向明月，有所行、有所止、有所为、有所戒，就一定能清净自守、清廉有为。学会了放下，也是一种释然。懂得放下，人的一生才不会有遗憾。放下只是一个动作，拥有却是一种永恒。正是：

心头有事三界窄
心若无事一床宽

# 看透得失

> 人，因无而有，因有而失，因失而痛，因痛而苦。人总是
> 从无到有就欢欣，从有到无则悲苦。其实，"有"有何欢？
> 一切拥有都以失去为代价；"无"又何苦？人生本来一场空。
> 有无之间的更替便是人生，得失之后的心态决定苦乐。

得了，高兴；失了，难受。人就是如此，心情看似简单，实则尤为复杂。

贫穷时渴望财富，孤寂时渴望爱情，年老时渴望青春年少，死亡前又留恋生命。痛苦伴随欢乐，健康与疾病并行。如同有朝阳的升起，就有夕阳的落下；有天上的月圆，人间就注定有月缺。聚散离合，患得患失，全是一念之间。

有得必有失：生就男儿身，便失去了女儿态；得到了成熟，就失去了天真；选择了某种职业的艰辛，却体会不到另一种职业的责任；拥有了喧嚣的城镇，就丧失了寂静的山村；有了安全的港湾，就没有求索的漂泊；想要小溪的清澈，就看不到大海的磅礴……

失去也意味着一种得到：磨炼换来成长，辛勤带来收获，泪水领略人生百味，挫折引领成功之路，遗憾又不失为另一种美丽……仗义疏财，得到人心；肝胆相照，得到知心；淡泊名利，得到安心；清心寡欲，得到舒心。

世人总以为天下什么都可以得到：得江山，得财富，得佳偶。却不知失远远大于得：三百六十行，能择几行？满天飞鸟，能逮几只？天下美景，能览几处？

总有人长嘘，得不偿失；总有人短叹，失之交臂。人生在世，顶天立地，秉承天地之精华，本身是一种莫大的得。人的一生，坎坎坷坷，不如意事常八九，本身也是一种无奈的失。

年轻的时候，不懂得得；中年的时候，舍不得失；只有到了暮年，才知道有些东西，当你完全拥有时，顿觉索然无味；有些东西，当你永远失去时，方知珍贵无比。

人生苦短，要来的阻挡不了，要去的挽留不住。在这得失之间，只要你耕耘过，播种过，浇灌过，收获多少不是成败的唯一标准，重要的是藏在细枝末节里那种使你痛、使你恨、使你爱，使你终生难忘的一次次痛心疾首、刻骨铭心的经历。

眼前的一切都是我们过去所为结下的果。得到了是你该得到的，用不着得意。失去了是你该失去的，用不着懊恼。得失是缘，何不淡定斯然。有人不放弃拥有，因为害怕失去现在，结果失去了未来；有人放弃了拥有，因为害怕失去未来，结果也失去了现在每一次搬动取舍的砝码都会倾斜一次得失的天平。最后会发现，真正使天平平衡的不是心的力量而是心的重量。所以对待过去，不要过多追悔，失去的都是永远；对待现在，不要过分吝啬，付出才是一种最好的拥有；对于未来，不要过量奢望，属于你的，都在你将要走过的路上。

一句解围的话令受窘的人感激不尽；一句鼓励的话令沮丧的人为之一震；一句提醒的话令疑惑的人顿然开朗；一句激励的话令自卑的人动之以情；一句安慰的话令痛苦的人心境宽恕；一句温暖的话令相爱的人锦上添花。有时一句话可以救活一个企业，有时一句话可以令人窒息！好话一句三冬暖，孬话一句三冬寒。花红叶落，岁月迁流，得失不过生存的使然，再美好的东西，都有失去的一天。再深的记忆，也有淡忘的一天。再爱的人，也有远走的一天。再美的梦，也有苏醒的一天。该放弃的决不挽留。该珍惜的决不放手。人生中，许多的成败与得失，我们都无法预料。很多人都习惯了抱怨眼前的不如意，或追悔早已逝去的过去，却失去了最如意得到，也最应该享受的当下时光。往昔不可追，来日又扑朔迷离，我们有什么理由不去善待正握在手中的寸寸光阴。

人生的旅行只有一次，名利得失要舍得放弃，才不会错过最美的风景。挣多挣少够花就好，钱多钱少快乐就好。很多人终其一生都是碌碌无为，争名逐利，在名利场的大染缸里浸淫，在社会的大旋涡怪圈里不能自拔，鸡鸣狗盗，欺蒙拐骗，明争暗斗，状如行尸走肉，醉生梦死。

岁月轮回春多少，得失淡淡笑一笑。春夏秋冬，循环往复，周而复始，无始无终。海枯为陆，石烂化土，沧海变成桑田，高山蚀为平地，一刻也没有停歇。小溪淙淙，江河滔滔，云翻雨覆，海纳百川，三十年河东，四十年河西，都在不断地变换中。地质、地貌、气候、土壤、水文，这一切我们认为无有生命的无机世界，却是承载着一切生命轮回的自然母亲。

春去了春又回，花谢了花又开，人生也是如此的轮回。在历史轮回的长河中，人生不过是短暂的一瞬，就像是花开花谢，日升月落。世界上没有永恒的东西，所谓的永恒，其实只是一个相对的概念，虚幻的希冀。在轮回面前，人生其实没有高贵贱之分，无论周期长短，无论幸福痛苦，其实都只是一种接受。

在时间面前，任何事物都变得不堪一击，无论是盟誓三生海枯石烂的爱情，还是血染荣冠万世封侯的功名。绝世尘寰，你我不过是沧海一粟。岁月是一个轮回，生命是一个接力。生命是一个渐行渐远的过程，朝霞与落日，只是一个转身，然而，它却留下了满天的余晖和人们心中荡漾的暖意。正如枯树代表的不是死亡，而是生命的延续，因为有一种精神的萌芽叫作希望。蓓蕾消逝了，鲜花却争奇斗艳；种子消逝了，秋后却果实累累；积雪消逝了，江河却奔腾不息。消逝不是死亡，它是另一种的新生；消逝不是毁灭，它是另一种的存在，消逝不是腐朽，它是另一种的传承。

我们眼前的一切，都在不断变化，没有必要执着哪个属于你，哪个属于我，其实谁的也不是，一切都不是永恒不变的实体；更没必要在意，谁是谁的主，谁是谁的客，谁也不能长住虚空，谁也不能把眼前的一切据为己有，我们都是天地间的匆匆过客。

人生来是一无所有，而我们却常常忘记这一点，错把偶然得来的东西当成自己所有，本末倒置，模糊了自己的眼睛，混淆了自己的思维。于是，失去时不免悲伤，不免悔恨。其实对于失去的东西，我们是否真正拥有过？也许那是上苍的恩赐，在拥有时就该做好失去的准备。拥有与失去，这只是时间的游戏，不以物喜，不以己悲，在时间面前，淡定才是人生的心态。

每个人的生命在滚滚东去的历史长河中，显得那么渺小，微不足道，我们是平凡的生命，没有超越时空，包容宇宙。超越生死的洒脱和高洁，很多时候也无法改变我们的人生，但我们可以让我们精神的殿堂更加诗意，更具魅力。

知世如梦，一无所求。人生固然一梦，固然是匆匆过客，但一生中也只有一次这样做梦的机会，何不好好把握，岂能混混沌沌地度过。我们的双手会枯萎，我们的肉体会消亡，然而我们所创造的真善美将与时间同在，永存不朽。我们享受的是生命的过程，在这个过程中，感受生命带来的喜怒哀乐、爱恨情仇、成败得失、荣辱沉浮等，经历它，体味它，希望我们能从中体悟出人生的真谛。

倘如此，我们就会明白，人生一世，草木一秋，重要的不是曾经拥有，而是如何把活着的道理弄明白。即活着的时候好好做人，踏踏实实做事，快快乐乐生活。生命不是永恒的，但人的精神却能永存。活着的时候只要尽其一生去努力、去充实、去完善自我，使我们的思想得到升华，道德得到丰盈，当死亡来临时，我们就能坦然而笑，从容归去，我们的生命只有经历和创造了本应有的灿烂辉煌，无愧于上苍的恩赐，就可以无恨无悔地归还给最为宽厚的大地。

人生在世，都会有生老病死的那天，人在大千世界中不过是一粒微尘，只是一种循环。但是，不要因此就放弃对生活的热情，对生命的追求。人活着就要有尊严地活好每一天，对得起每一个日出日落，对得起春夏秋冬、花开花谢的每一个轮回。然而，要想自己有尊严，就要学会尊重别人的尊严，当你轻视了别人的尊严时，自己的尊严也就遗失殆尽。

燕子归去又归来，笑问人间谁是客。历史兴亡，人世沧桑，时光的流沙卷走多少盛世繁华，岁月的轮回更替了多少英雄豪侠，潮起潮落，淹没了多少故事，月圆月缺，遥远了多少传奇。轻抚岁月的瑶琴，弹奏生命的乐章，让我们踏着骄阳，迈过江河，迎着星光，向着宇宙苍穹的尽头出发，无怨无悔地追求着自己的人生辉煌。让远处温暖灿烂的阳光照亮我们的心灵，活一种豁达，活一种洒脱，活一种从容，活一种坦然。

人生就是这样，得失无常，祸福互倚。凡是路过的，都算风景；凡能记住的，皆为幸福。等走远了再回首，人们就会发现：挫败让人坚强，伤痛使人清醒；再美好的东西，人们也无法拥有太久，得到的也只是暂时；失去的曾经，也不必太留恋，只有从过去中转身，幸福才会在明天迎接自己。所谓看破放下是要去除自己的狭隘心、是非心、得失心、执着心、嫉妒心、嗔恨心、分别心、贪心、我心。万物皆为我所用，但非我所属。我们要抛弃的是一切烦恼妄想。淡泊明心放下贪嗔痴，不绝望于人生的苦，也不执着于人生的乐。一切唯心造，享受自由自在的人生，就在于心灵的豁达、包容、宽容、从容。把握好得失的平衡是人生的关键。"得"是人之所欲，"失"是人之所忌。可是，人生如天平，得到越多，失去必然也多。知天命者苦中作乐，迷惑之人乐中寻苦。不为得到而在失去理智的追逐中失去该珍惜的，不为失去而在痛苦的堕落中错过该得到的。懂得自己真正的需要，不随波逐流才是正道。

人，因无而有，因有而失，因失而痛，因痛而苦。人总是从无到有就欢欣，从有到无则悲苦。其实，"有"有何欢？一切拥有都以失去为代价；"无"又何苦？人生本来一场空。有无之间的更替便是人生，得失之后的心态决定苦乐。缘来不拒，境去不留，看淡了得失，才有闲心品尝幸福。正所谓：

> 拿得起，放得下，人生得失很正常；
> 站得高，望得远，是非恩怨莫挂怀；
> 想得开，看得透，生活困惑自然开。

# 有无遗憾

人，因无而有，因有而失，因失而痛，因痛而苦。人总是从无到有就欢欣，从有到无则悲苦。其实，"有"有何欢？一切拥有都以失去为代价；"无"又何苦？人生本来一场空。有无之间的更替便是人生，得失之后的心态决定苦乐。

追求和向往圆满，是人的本性。

有道是"人生不如意者常八九"。客观的现实，有时候往往很无情，很残酷，总是会为圆满的追求和向往打上一些折扣，设置一些障碍，增加一些困境，让人"劳其筋骨，伤其心志"，大大小小的遗憾时不时地会出现在人生的奋进旅途之上。

朱德总司令曾经说过一句话："活到老，学到老，还有三分学不到。"说的是，学习方面总是存在着遗憾。邓小平同志在香港回归前瞑目辞世，未能亲眼见证香港回归祖国，不能不说是他和全党、全国人民的遗憾。至于普通人的遗憾，实际上人人都有，更是数不胜数的了。于是，人们便从一个个遗憾中深得启迪：希望越大，失望越大。实际上，这样的启迪也不准确。人要是失去了希望，还有什么追求，生命还有什么价值？因此，作为普通人，也不必事事追求完全满意，奋斗的过程虽说充满了遗憾，但奋斗的路上也会遇到无数美丽的风景，让身心愉悦，让情感丰富，让智慧卓越，让生命充实。

"人有悲欢离合，月有阴晴圆缺，此事古难全。"所谓"圆满"，实际上总是暂时的，奋斗的过程充满崎岖和汗水，但一旦实现了，也决不能就此罢休，止步不前。而不圆满和遗憾，却是无处不在的，绝对的。人在事业上总会有些追求，有些自己的远大目标，这样才有动力，有奔头，有干头，有盼头。

在事业上有不断追求圆满的精神，而在个人得失上则应学会心理上自我调节和均衡。圆满，说到底不过是一种心理感受。有的人，花天酒地却牢骚满腹；有的人，穷困潦倒却乐在其中。对同一事情的同一结果，不同人的心理感受却大相径庭。这就告诉人们，圆满和遗憾，在很大程度上是可以自我设计和自我调整的。设计和调整得好，纵有遗憾也会感到圆满；设计和调整得不好，纵是圆满，也会感到遗憾。

在这个问题上，契诃夫是看得很透彻的。他认为："为了不断地感到幸福，那就需要：（一）关于满足现状。（二）很高兴地看到'事情原本可能更糟糕呢'！这是不难的。"他举例说：要是火柴在你的衣袋里燃烧起来，那你应当高兴，而且感谢上苍：多亏你的衣袋不是火药库。要是有穷亲戚上别墅来找你，你不要脸色发白，而要喜洋洋地叫道："挺好，幸亏来的不是警察！"这就是心理调整之妙。

把遗憾化为圆满，说说容易，做到不易。要时刻明知，人人都有不足，如同有缺口的杯子，只要你不从口处去看，杯子就是完整的。所以，多欣赏别人的优点，少一分指责，少一点埋怨，要知道自身也有不足，与其眼睛盯着别人的优点羡慕、嫉妒，不如把目光收回，低下头来认真学习，与其把时间浪费在怎样不让别人比自己强上，不如暗自努力，让自己尽快地成为强的人。

人很多时候都是注意别人太多，看自己太少，才会患得患失，心有遗憾。其实，仔细想想，别人如何，跟我们一点都没关系，我们又何必因为他人的动态而影响自己的情绪呢？专注别人不如专注自己，看好别人不如看好自己。希望别人的成就带给自己幸福感，不如给他人带去幸福感。

学会收回目光，才是真正的眼光。自身的品位决定了自己的环境、身边的朋友。当你埋怨自身运气不如他人，或是遇不到好的朋友时，应当静下心来与自己对话，好好地审视一下自己，先问问自己要什么，再问问自己有什么。事不想不通，人不问不明，时常观心自省，才不会迷失自己。

人经常独处，独处的时候，仔细认真地捋清自己，才会知道自己的方向。学会摒弃让自己裹足不前的思想和观点；清理一些让自己产生负面情绪的人和回忆，有所舍弃，才有所更新；有所吐故，才有所纳新；有所绝交，才有所至交。遇事不必慌乱，看人不必果断。心静，才可听到万物的声音；心清，才可看到人的本质。你要对某人某事做出定论时，不妨等一等再说，事物总会充满未知的变数，你所看到的、听到的，未必就是真的。假若听到背后言，不妨听听，若自己有错，尽快改正；若自己没错，大可一笑而过。

人的痛苦源于计较，计较得越多，心越累；在意的越多，心越伤。清醒，是一种理智；糊涂，是一种智慧。当你回头看曾经让你气愤的事，实际上却发现不值一提；当你回忆往昔的痛苦不堪，原来一切都风轻云淡。人不怕别人对自己造成伤害，就怕自己对自己不放过。看不开，苦的是自己；想不开，伤的是自己。心如一叶轻舟，除了自己，无人能渡。不是所有人都能成为朋友，不是所有的心都真诚。有些人，不值得掏心掏肺；有些事，不值得付出真心。遇到怀疑你的，你的真诚就是谎言，所以要学会沉默；遇到对你心怀恶意的，你的善良就是软弱，所以要学会远离；遇到轻视你的，你的分量再重也会轻如鸿毛，所以不必浪费时间。爱你的不需要解释，因为懂得；不爱你的不必解释，因为不值得。

有些人，看淡是缘，珍惜是仇；有些事，糊涂是爱，捋清是恨。

缘来缘去都随缘，来了走了都随意。嘲笑别人的时候，想想自己有什么资格；刻薄他人的时候，想想自己有什么本事。不懂得尊重别人，只会遭来轻视；妄自尊大的人，其实是一种自卑的表现。眼睛总看别人，势必会少看路；心术总折磨他人，势必忘记自己。当你得意时，已经失去原有的资本；当你炫耀时，已经失去了他人的敬畏。目空一切，只会意外摔跤；自鸣得意，只会令人生厌。心有一面镜子，照他人之前先照自己；人有一份自知，责别人之前问问己心。

眼长前面，耳长两边，原来是希望人心向上；人有一张嘴，却又有两只手，原来做比说重要。内秀的人用心不用嘴，肤浅的人用嘴不用心。一个人真正的强大不在外表，而在内心。一个内心越强大的人，外表往往越平和。一个内心越脆弱的人，反倒越喜欢把外表装扮得很强大，这种装出来的所谓强大，不仅让别人不舒服，也让自己很难受。

一个人要想达到真正的强大，先从追求外表的平和开始吧。人见多了，方知缘分可贵；事做多了，方知学习可贵。挫折多了，方知心态可贵；成功多了，方知勇气可贵。矛盾多了，方知胸怀可贵；委屈多了，方知修炼可贵。恭维多了，方知真诚可贵；名利多了，方知淡定可贵。应酬多了，方知宁静可贵；岁数大了，方知童年可贵。

这个世界，没有什么不能舍去，没有什么不能放弃，离开谁，都能继续工作，继续生活，继续自己的人生选择，谁都不是谁的一切、谁的所有。人生路上，来来往往，擦肩的很多，告别的不少，能陪你一时的很多，伴你一世的很少。分别后，不要愁思痛苦，做好自己，充实自己，人生处处都有春暖花开！

生活中鸡毛蒜皮般的小遗憾，不过是旅途上的花花草草，只看一眼就会忘记。有时候，装装糊涂，打打马虎眼就会过去。而面对生活的重大挫折和致命打击，那就不是轻易能化为圆满的。在所有的遗憾中，最大最常见的遗憾莫过于久处逆境了。当逆境到来的时候，"圆满"仿佛已远远地离我们而去。其实，落花无意，它也许仍近在咫尺，甚至就在我们身边。对逆境，我们也就像对待遗憾一样，不能"心有千千结"，始终解不开，迫切需要的是进行更彻底的心理调整。俗话说："天无绝人之路"，实际上，逆境也并非死路一条。《尚书》里讲："有忍，其乃有济（即成功）；有容，德乃大。""忍"和"容"，不仅是化遗憾为圆满的修身之道，也是通向品德成熟和事业成功的必由之路。既然人不可能事事圆满，不留遗憾，纵留一点遗憾又有什么关系呢？相信你只要学会"容忍"和心理调整的修炼功夫，遗憾就会转化为向上的动力、成功的前奏。正是：

　　心存清白真快乐，事留余地自逍遥。

# 为啥多疑

人生沉沉浮浮，若能淡然处之，生活会展现优雅的笑容。活得淡泊，方能平和，心态平和，方能致远。

从前，有个人丢了一把斧子。从此，这个人总是怀疑这是邻居家的孩子偷的。为此，他就暗暗地注意那个孩子。他看那个孩子走路的姿势，像是偷了斧子的样子；他观察那个孩子的神色，也像是偷了斧子的样子；他听那个孩子说话的语气，更像是偷了斧子的样子。总之，在他的眼睛里，那个孩子的一举一动都像是偷斧子的。不久，他在刨土坑的时候，找到了那把斧子。原来是他自己遗忘在土坑里了。从此以后，他再看邻居家那个孩子，一举一动丝毫也不像偷过斧子的样子了。

这就是那个古代典故《疑人偷斧》的故事。故事的寓意是告诉人们遇到问题时要调查研究再做判断，绝不能毫无根据地瞎猜疑。疑神疑鬼地瞎猜疑，往往会产生错觉。判断一个人也是如此，切忌以自己主观想象，作为衡量别人的标准，主观意识太强，经常会造成识人的错误与偏差。

在我们的身边，类似的情况比比皆是，并不鲜见。有的老人看到子女背着自己说点事，就怀疑是在说自己的坏话；看到邻居在一起闲唠，就怀疑肯定是在琢磨自己爱人和别的男人打了招呼，就怀疑是不是有不正当的联络；有的偶然得了一点头疼脑热的小疾，就怀疑是不是得上了不治之症，紧张得心虚气短，吃不香睡不好，甚至精神恍惚，憔悴不安，影响了身心健康。诸如此类，无不是"世间本无事，庸人自相扰"，病根往往都从心中生起，自己吓自己而已。

多疑，源于自己的心理不健康、不敞亮。多疑的人，往往心胸狭隘，爱斤斤计较，患得患失。与人相处，眼里坏人总是比好人多，无论什么人，都看不上眼，总有不尽如人意的地方，总能横挑鼻子竖挑眼，哪怕是芝麻粒大的不足，也总能在自己的眼放大出西瓜般的毛病。所以，知心者少，朋友圈子窄，说得上话的人十分罕见。与此同时，多疑的人思想飘忽不定，心无主见，不仅容易受人挑拨，还容易走向偏颇，生成极端，怀疑一切。

由于心理不健康，往往事多事怪，脾气不小，态度蛮横，不爱讲理，爱钻牛角尖儿，自己给自己制造麻烦，找气受。事后，却又往往生闷气，影响身心健康。我国古代名医华佗留有一句名言："多疑也是病。"实际上，多疑本身就是一种心理不健康的疾病，是正常人身体健康的"隐形杀手"，无论青年、中年还是老年人，都应自觉地加以摒弃和治疗。

纠正多疑的毛病，说到底还应从加强思想修养入手，使自己心胸开阔起来。由于与人接触少，说不上话，看不上眼，很可能导致自我封闭，与人隔离，因此就很可能会闷在一隅，胡思乱想，"疑心生暗鬼"。解决这样的毛病，还是要心态多些平淡，多些平和，多去与人沟通，多些换位思考，能够做到从别人的视角想问题、分析问题、出主意想办法，正所谓"要想公道，打个颠倒"。尤为重要的是，要多想别人的长处，多想别人的好处，多想别人的优点，让心态阳光起来。黑暗的地方之所以黑暗，就是因为长期缺少阳光的照耀。阳光一旦进来了，世界一下子就会亮堂起来。

　　遇事不能钻进死胡同，不撞南墙不回头。往往是，有些人多疑的毛病出就出在走不出自己的固执世界，任别人好话说了千千万，也不动心头一根毛。遇事看得开，想得开，说得开，少钻牛角尖，就会仁爱宽容，就会心态端正，就会有情有理。胸襟宽阔，眼界宽阔，情理宽阔，有了这样的心态，就会性格开朗，入情入理，有人情味儿，就会思想豁达，乐观向上，多疑的毛病也就会不再滋生。

　　改正多疑的毛病，自己要善于给自己"开天窗""吃心药"，增强心理的阳光照射。对自己一时纠缠不清，剪不断理还乱的事儿，不管是外边的，还是家里的，遇有疑虑别闷在心里，应及时向家里人和有关人敞开心扉，"打开天窗说亮话"，多去主动沟通交流，多去主动倾诉解说，将心中的疑虑大胆暴露出来，及时寻求化解之策，让心里的"石头"尽快落地，让心理负担放下来，心就会宽敞明亮，就会轻松愉快。这样，不仅会自己变得阳光起来，在外人和家里人之间也能够架起交流的桥梁，让疑虑离自己越来越远。

　　说一千道一万，疑虑的病根在自己身上。只有不断地战胜自我，才能消除心理多疑。走出狭隘的"死胡同"，就会心胸坦荡开朗；战胜自己偏激的"小短板"，就会赢得朋友，受人敬重，还能增添友谊，加深感情；校正自己孤僻的"阴暗面"，就会天地广阔，风轻云淡，世界一片光明。

　　走过岁月的冷暖，感知生命的浮华，红尘如梦无纤尘，岁月自在无忧身，烦恼皆是由心生，何必再去怨他人。人生本无事，想得开疑虑就少，想得淡烦恼就无。同一个问题，看到光明的一面则喜，看到灰暗的一面则疑。人生的苦乐，不在于碰到多少事情，而在于心里装着多少事情。简单一些，豁达一点，积极一点，心里的阴霾也就少了，心净才能身无染，无染才能心舒畅。人生的旅途，走走停停，变换的只是风景，不变的才是永恒。生命，每个人只有一次，或长或短；生活，每个人都在继续，或悲或欢；人生，每个人都在旅途，或起或伏。人无完人，事无完美，人生浮华，尘世如梦，不须计较，计较会烦；岁月流逝，红尘冷暖，不必在意，在意会累。走过路过经历过，看开看淡看落幕，坐看云起云落，静看花开花谢，流失的是岁月，苍老的是容颜，漂泊的是脚步，成熟的是心灵；瞬间的是悸动，永远的是心境，不解释的是从容，不完美的是人生。多些经历，多些成长。很多人事，经历了心就坚强；很多沟坎，跨过了心就敞亮；很多烦忧，释怀了，心就轻松。学会释重，学会摒弃，挥一挥衣袖，让一切云淡风轻。人生逆境时，切记忍耐；人生顺境时，切记收敛；人生得意时，切记看淡；人生失意时，切记随缘；心情不好时，当需涵养；心情愉悦时，当需沉潜。

　　人生短暂，岁月带着年华走，欢喜悲伤皆浮华，做最真实的自己，不虚伪，不做作。过自己最向往的生活，不摧眉，不折腰。感恩有助于自己的人，不忘义，不忘情。面对生活的不顺与挫折，不叹息，不惆怅，不疑虑，以平和的心态珍惜每一天。不与别人盲目攀比，自己就会悠然自得；不把完美定得太高，自己就会欢乐常在；不刻意追求圆满，自己就会远离疑虑；不时时苛求自己，自己就会活得自在；不每每吹毛求疵，自己就会轻轻松松。人生，总有许多沟坎需要跨越；岁月，总有许多遗憾需要弥补；生命，总有许多疑虑需要领悟。坚持未必是胜利，放弃未必是认输；与其华丽撞墙，不如优雅转身，给自己一个迂回的空间。学会思索，学会等待，学会调整。人生，有很多时候，需要的不仅仅是执着，更是回眸一笑的洒脱。人生的一切，不是算来的，而是感来的；不是求来的，而是修来的。求只是向望结果，修才是培植根本，感恩是得道多助，多求是一厢情愿。

世间百态都有规律，尝遍离别之苦，身为过客，何必伤怀疑虑。世界很大，人心很杂，哪能没有烦心事，想得浅一点，看得淡一点，守好心，走好路，珍惜最真的情感，感受最近的幸福，享受最美的心情，任时光流转，岁月变迁。不抱怨，不言苦，不疑虑，不认输，压抑了，换个环境深呼吸；困惑了，换个角度静思考；失败了，蓄满信心重新来。要面对自己。豁达人生，宽阔心怀，原谅错误，坦然生活，修得胸中雅量，蓄得一生幸福，不为难自己，不勉强他人，不和世界对立。不争自然平安，无欲当然清闲，心宽可享安乐。淡化一切烦恼。心有一切有，心空一切空；心迷一切迷，心悟一切悟；心邪一切邪，心正一切正；心乱一切乱，心安一切安。

人生有多少计较，就有多少烦恼；世间有多少包容，就有多少欢乐。静，是一种休息，更是一种修养。所有的烦恼，都来自于喧嚣，所有的伤痛，都来自于躁动。肉体奔波太久会劳累，灵魂游离太久会成伤。淡淡地行走在陌上，有清风从发间滑过，那些或喜或悲的过往，早已从指尖滑落，得失之间，也许没有我想要的永远，但对美好的期许，却依然有增未减。人生，总是在经历中丰盈。恬淡，是一个人内心的积淀，它是流水潺潺的心情，白云悠悠的洒脱，也是行走于世上最美的姿态。生命中的阳光，有时真的不需要太多，赏心只需两三缕。人生最美不是生如夏花之绚烂，而是于似水流年中，收获一份懂得。想要把世界看得全面一点，请让窗子开大一点，让你的心变得宽广。想要欢乐，请关上灰暗的窗户，让你的心正对光明。想要幸福，请保持与尘世繁杂的距离，让你的心变得简单。顺其自然，是一种心灵的洒脱；不计得失，是一种人生的豁达。

人生沉沉浮浮，若能淡然处之，生活会展现优雅的笑容。活得淡泊，方能平和，心态平和，方能致远。

　　人，都喜欢和不计较的人在一起相处，不计较的人刚开始时，看似失去，但长久下来却是获得。世界是一个大舞台，每个人都是一本书。面对生活的不顺与挫折，不叹息，不惆怅，以平和的心态珍惜每一天。捡拾一路暖香，盈握那些闪亮，来装点夜的寒凉。不辜负流淌于心中的美好，让光阴的青藤，长满爱的颜色，靠近阳光，于季节辗转中从容，于花开花落间微笑，冷暖交织的岁月，学会善待和珍惜，不怨人生的无常，让生活温馨向上，平静地走进岁月的冷暖。

　　遇见黑暗，熬过去才能品味光明，误食黑暗这颗毒药，你只能去找与它不匹配的光明……它才是良药！

# 透视寂寞

让清风明月投进心底，采一片平静留给自己，明白光辉与繁华毕竟暂时，平淡与寂寞才是恒久。于是，心灵趋于平和，顺境和逆境没有了高低，人生也就可承受得起非凡之重。

寂寞味苦，大多不为人乐见。假如从另一种视角透视，人生仿佛又离不了它。喜也罢，恨也罢，如同风来雨去，是人总也摆脱不了它。既如此，换一种心态，也许会是另一番感受。

走过生活的起起落落，阅尽身边的熙熙攘攘，花开花落，云卷云舒，往昔不再更改，流逝不再复返，清风有情，明月可鉴，繁华落尽，到头来无不成为烟雨。回首装满记忆的旅程，岁月的花瓣轻轻拂过心头，时光如同流动的风景，苦与乐无不扮演着人生的过客。风动已经变白的发梢，心境幽幽地一丝颤动，本不该依旧在往事中逗留？！

就把这一簇簇油然升起的寂寞打进背囊吧。生活的载重就应用寂寞充实，也许从此心灵就少了那片不毛的荒漠。

朝看旭日东升，夜观满天星斗，夏日泛舟荷莲，冬月踏雪寻梅。走出来了，你一定会看到另一个崭新的世界，另一番不同的心境。

有人说，寂寞是一种积蓄，时时在积攒着人生成功的基石。有人说，寂寞是一首老歌，天天在吟唱着生活向上向前的缠绵情结。其实，寂寞就是灯火阑珊处那不经意的一瞟，是词穷语罢后那透彻的一丝感悟，是窗前霜结雨飘的一抹印迹，是生命中摔打磨砺的一阵伤痛。

犹如隔山望海的乡愁，恰似酒干语醋的心酸，寂寞召之不来，也

挥之不去。它不受时间的约束，常常会在万籁俱寂的时候悄悄地潜入，轻轻地敲打你的思绪，与你的记忆进行细诉。寂寞也留恋不住，储存不起，不会受空间的桎梏，无论是在繁华的街头，还是在朋友聚会的时候，都会在瞬间笼罩而来与你拥抱。

寂寞是茶，寂寞是酒，存在与否，人心自知。看似风光无限一顺百顺，其实内心甘苦无人能知。浓的时候无处可说，淡的时候不必去讲，因为本身就不是那种撕心裂肺的悲伤，也不是那串汹涌而来的眼泪，那是你人生中的一种平淡，一种坚守，一种冷静，一种境界，一种理性，一种心灵深处积蓄的过滤，一种思想厚度透彻的酝酿。

既如此，就让清风明月投进心底，采一片平静留给自己，明白光辉与繁华毕竟暂时，平淡与寂寞才是恒久。

于是，心灵趋于平和，顺境和逆境没有了高低，人生也就可承受得起非凡之重。

透视寂寞，寂寞也是一种养成，一种成熟，一种享受，一种力量。

# 警惕自己

心正行端即可除邪驱魔。时常躬身自省，自警自励，虽说有上不去的天，但没有过不去的坎。人的一生说白了，就应该结有道之朋，断无义之友，饮清静之茶，戒色花之酒，开方便之门，闭是非之口。

人，是这个星球上最最聪明的物种。从原始社会到现代社会，人通过不断进化，让这个世界充满了文明和繁荣。在创造奇迹的同时，人自身的劣性也随着聪明劲儿花样翻新地演变着。每个人都有一面镜子，在端详自己容貌的同时，大多数人并不会去照自身身上的诟病，往往更多地去照别人的不足和毛病。

史载，一次宋真宗祭祀结束到达河中后，长安的一些人奏表欲请真宗亲临当地。真宗犹豫不决，传召司谏种放参与决断。种放遂从"孝道""民心""国防"三方面剖析其中不便。真宗听后惊讶地说，身边大臣没有一人谈及这些。种放回答道，皇上身边的大臣们只想着通过侍从护驾、推行盛典、书写赞词来为自己邀取好的名声，皇上应当"自瘝于清衷也"。真宗听从进谏，便否决了奏表。

清衷，本意为纯洁的内心。古时候，一位举子进京赶考，进考场前发现地上有一枚铜钱，便急忙用脚踩住，见四下无人，迅速将钱塞入囊中。这一幕，恰巧被站在远处的主考官看到。虽然这位考生文章写得很好，可主考官却断然将他除了名。为教育这位举子，主考官特意作诗一首，贴在墙上：

一枚铜钱尚动心，

要他为官定害民。

贪心从此须悔改，

未做文章先做人。

人们常说，一个人最大的敌人就是自己。为官者由于手中掌握着一定权力，很多谀辞、诱惑便会朝夕相闻，无处不在。要想不头晕、不发飘、不迷航，不为名利所累、不为虚荣所惑、不为谄媚所束，就得找准定盘星、压舱石，坚守初心。为人为官，情通此理，客观的现实决定了周围环境既有浮躁也有平淡，怕就怕内心方向迷失；人是感情动物，七情六欲天然存在，怕就怕守不住底线，筑不牢堤坝，让炽烈的诱惑把内心自律击溃。

"利欲炽燃即是火坑，贪爱沉溺便为苦海；一念清净烈焰成池，一念惊觉船登彼岸。"曾几何时，一些人一旦手里有权有势，便会喜欢前呼后拥，不习惯轻车简从；喜欢威风排场，不习惯清简朴素；喜欢阿谀奉承，不习惯犯颜直谏……这些人在年轻权微之时想必也谨小慎微、内心纯净，但随着时间的推移和位置的变化，逐渐走向蜕变与堕落，原因就在于背离了初心。

《朱子语类》有言："若事事贪，要这个，又要那个，未必便说到邪僻不好底物事，只是眼前底事，才多欲，便将本心都纷杂了。"个中道理值得深思。人有权有势最易被其诱惑的是路边风景、身边利益，最让人掉以轻心的是看似不起眼的欲求。正所谓"最有油水的地方往往最易滑倒"。这往往使人自乱其心，偏离了本有的正道。"一乃心力，其克有勋"，初心不改方能行稳致远。初心就好似一面无形盾牌，能有效抵御病邪，增强免疫力，使自己在大是大非跟前、利益诱惑面前、公私抉择之时，坚定信念、明晰方向、修身笃志。

人的欲望与生俱来。生命开始之际，欲望则随之诞生。仅从生命科学角度而言，人类延绵生息不绝，实际上源于欲望驱动。欲望是生命的动力，生命停止，欲望则消失。同时，人的欲望的满足又是生命消耗的过程。所以，从某种意义上说，有效地节制欲望是构建和升华生命，延伸和拓展生命长度和丰富生命的必由之路。

面对诱惑，有的人神安气定，不为所动；有的却心旌摇荡，不能自持，以致被种种欲望俘虏。其主要原因，无非是私欲过重。对此，不能消极避世，无所作为，而要心存敬畏，用恒心去排除私心杂念，孜孜以求地追求真善美的东西。历史上许多仁人志士深谙"静以修身"的道理并身体力行，做到宠辱不惊，去留无意。

清代文人袁枚所撰《子不语》中有一则故事，一位名叫阿龙的奴仆被鬼缠身，昏迷不醒，有人便给了个方子："取县官堂上之笔，在病者心上书一'正'字，颈上书一'刀'字，两手书两'火'字，便可救也。"此法一施，果然病除。这虽是个志怪故事，却说出一个道理：心正行端即可除邪驱魔。时常躬身自省，自警自励，虽说有上不去的天，但没有过不去的坎。人的一生说白了，就应该结有道之朋，断无义之友，饮清静之茶，戒色花之酒，开方便之门，闭是非之口。正是：

凡事莫当前，看戏何如听戏好；

为人须顾后，上台终有下台时。

# 感谢对手

人生，因竞争而精彩！人生，当倍加珍惜面临的对手！为了生命的精彩和人生的价值，我们不仅不应该厌恶对手、憎恨对手，而且应以感恩的心，去欢迎对手、感谢对手！

有这样一个故事，让人回味无穷。

说的是一位科学家，在南部非洲从奥兰治河的东、西两岸各捉了十只羚羊，分别把它们送到对岸。结果，一年不到，送到东岸的十只羚羊只剩下了三只，另外七只全被狼吃掉了。而送到西岸的羚羊，由十只繁殖出了三只，总数达到十三只，一只也没有被狼吃掉。科学家百思不得其解，后来经过考察发现，东岸的羚羊之所以强健，居然是因为它们的附近生活着羊的天敌——狼！东岸羚羊因有对手而强健，西岸羚羊因无对手而弱小。可见，对手的作用不可替代。

对手，也许曾击碎了我们无比绚丽的梦想，也许曾经伤害了我们的声誉和尊严，但他们也会是我们无形的激励和成功的喜悦。

韩信很小的时候就失去了父母，主要靠钓鱼换取钱财维持生活，屡遭周围人的歧视。一次，有一个屠夫对韩信说，你虽然长得又高又大，但你有本事用你的剑来刺我吗？如果不敢，就从我的胯下钻过去。韩信无奈，只能忍受胯下之辱。多年后，韩信衣锦还乡，却将侮辱他的人请来重用，原因便是屠夫让他明白：只有强大，才不会被凌辱。

是的，大海如果失去了巨浪的翻滚，也就失去了雄浑；人生如果失去了对手，也就失去了前进的动力。可口可乐是全球最大的饮料厂商，当记者采访负责人时，他们说："其实，我们取得今天的成就，很大程度上要感谢百事可乐，他们是我们强劲的对手，我们如果要战胜他们，就要把每一个环节做得更认真，更细致，所以我们的产品质量才会提高，为大家喜爱。"百事可乐公司也表示，很希望这种良性竞争继续下去，鞭策大家将产品质量日益提高下去。

对手就是这样让我们时刻充满旺盛的斗志，不断挖掘自身的潜力，不断超越。法国科学家普鲁斯特和贝索勒为了探讨定比定律进行了长达九年的辩论。普鲁斯特最终发现了定律，却向人们宣告贝索勒有一半的功劳。他说："如果不是贝索勒的质疑，我不会如此深入地研究定比定律。所以，可以说是我们共同发现了定比定律。"

感谢对手，他们让我们经历失败，不再自负；感谢对手，他们让我们努力拼搏，不再怯懦；感谢对手，他们让我们时时自省，不再迷茫；感谢对手，他们永远是我们通往成功路上的追赶者。

人生，因竞争而精彩！

人生，当倍加珍惜面临的对手！为了生命的精彩和人生的价值，我们不仅不应该厌恶对手、憎恨对手，而且应以感恩的心，去欢迎对手、感谢对手！

# 好好说话

活一辈子，说一辈子。懂说话难，说实话更难，要想听到真话，更是难上加难。话，绝不是说说而已！正是：人美在心，话美在真。百人百态，各凭能耐。

人的说话，是正常人的基本功能。

对常人而言，说话似乎是挺容易的事，以致让人想不出有什么复杂的。情理是如此，道理却不是这样。仔细想来，说话还真不是一件简单的事儿。

人们都说，语言是一门艺术，说话是一种技巧，艺术需要技巧去表现。对于不同的人，对其说话有不同的要求。同样一句话，出于市侩小民之口，人们大抵不会与其斤斤计较，若是出于一个有地位、有身份的人口里，那就不是计较不计较的问题了，而是关系到他自身的形象和声誉，人们会对他的印象大打折扣。

我们常说，到什么山唱什么歌，对什么人说什么话，这是指说话的对象，但有些话对有些人可以说，而对有些人又是不可以说的，这就要看说话人的身份了。说话要看准场合。三两知己，推杯把盏，大可不必太拘束。面对一些熟悉的人，在那么一个茶前酒后的余暇里，尽可把心门打开，天南地北地聊个海阔天空。在这样一个轻松的环境里，对着本可以无所不谈的朋友，要是还那么扭扭捏捏，虚虚假假的话，那就不太随俗了。相反，要是在那么一个严肃或不熟悉的环境里，假如你还不解人情，依然故我地嘻嘻哈哈，高谈阔论，那就有些太欠教养。什么场合该说什么话，什么场合不该说什么话，这不是世故，而是避免使自己成为让人耻笑或讨厌的人。其重要性，可不是随意而谈那么简单的事情。

说话还得要区分对象。怎么说话，说什么话好？有人说："对人说人话，对鬼说鬼话。"这指的大概就是说话的对象吧！有的人诚实守信，向来说一不二，对这种人当然马虎不得，没有的话决不能胡说。可有的人，从来就喜欢搬弄是非，颠倒黑白，混淆视听，对这种喜欢说鬼话的人最好保持沉默，尽量不说。若不得已，也只得对其微微一笑而已。对一个说惯了鬼话的人，是听不得人话的。在他听来，人话反而成为鬼话，那又何必徒费口舌呢？说话确是要看对象的，要不，不是对牛弹琴就是落入圈套。人心叵测，运蹇之时，惹不起还能躲得起，正所谓："善恶不同途，冰炭不同炉。"

说话还得注重效果。有人做过调查，不知是否正确。调查发现，人们所说的话百分之九十七是废话，只有百分之三才是有用之话。看来，人们真是在废话上面花费了太多的精力与时间，这有什么意思呢？没用的话不要说得太多，说得太多也没有用。言多必失，有的人就不能跟他说得太多，说多了，既浪费精力又自损形象，何必呢？"脚长沾露水，嘴长惹是非"，就是这个道理。

言多必失。有的人滔滔不绝，口若悬河，但他的话就是让人生厌，人们多半会认为他是江湖骗子，这样的话说得越多越糟糕。同时，我们也会发现有这么一些人，他不急于说话，说的话也不多，但他字字珠玑，句句在理，一言九鼎，掷地有声。可见，说话有没有效果不在于说多说少，而在于有没有用。最有吸引力的话一定是闪烁着思想的火花的，人们愿意听的话，是不必靠提高音量去强调的。然而，最有分量的话不一定是最响亮的话，正如人们所说的：鼓要敲在点上，笛要吹在眼上。

说出去的话是泼出去的水。话没有说出去之前，你是话的主人；话说出去了，主人就不是你了。说话其实是一件不简单的事。有的人说话，就是那么具有吸引力，有理有据，铿锵有力。也有的人说话与其位高权重的身份极不相称，满嘴跑火车，满山刮大风。会说话与否，主要还在于是否胸有文墨，腹有诗书气自华。一个没知识、没涵养、没水平的人，嘴里肯定说不出什么唐词诗句；而一个有知识、有见识、有胆识的人所说的话，则会让人"胜读十年书"，心服口服。因此，可以不多说话，也可以保持沉默，但轮到自己非说不可时，不鸣则已，一鸣惊人，这大概是说话的最高水平吧！

话不投机半句多。一个人与另一个人是否有话可说要看投缘不投缘，投缘的话就有说不完的话，不投缘的话则实在无话可说。有话可说的时候总有说不完的话题，感到时间过得很快；无话可说的时候还真不知时间该怎么过，真有度日如年的感觉。

当你欣喜若狂的时候，你用欢呼来表达；当你悲痛欲绝的时候，你用眼泪来表达；当你怒发冲冠的时候，你用仰天长啸来表达；当你静置沉思的时候，你用闲庭信步来表达。表达，维系着人与人之间的语言；表达，传递着我们和世界之间的各种信息；表达，成了我们向自己和世界证明的一种重要方式。我们每天都在面对表达，犹如我们每天都在呼吸空气。在婴儿落地的第一声啼哭中，我们体会到了人类与生俱来的天然的表达欲望。从黄口蒙童那水汪汪的大眼睛里，我们阅读到了一种纯真的交流，一种如山泉一般清澈的表达。从年轻恋人那温柔的脉脉眼波里，我们品味到了无与伦比的甜蜜，那是人生中最含蓄、最动人的表达。从年迈双亲那沟壑纵横的憔悴面庞上，我们感受到了岁月的沧桑，那是世界是最成熟、最深厚的表达。

然而，并不是每一个人的表达都能让人欣喜，并不是每一个表达都能让人回应，并不是每一种表达都恰如其分，也并不是每一种表达都能从容不迫。我们看到，那些认识或不认识的，熟悉或不熟悉的面孔中，有的羞涩、矜持、犹豫、退缩，有的放任、狂热、盲目、粗暴。因此，对有的人来说，需要鼓励他们丰富自己的表达，对有的人来讲，却应当敦请他们节制自己的表达。可以说，人的一生中，你向世界表达了一个什么样的你，世界便认识了一个什么样的你。

活一辈子，说一辈子。懂说话难，说实话更难，要想听到真话，更是难上加难。话，绝不是说说而已！正是：

人美在心，话美在真。

百人百态，各凭能耐。

# 勇敢表现

不要封闭自己，快乐就在你的身边，勇敢地表现自己的才华，不要害怕失败，不要害怕丢脸，只要开心地表现自己，想说就大胆去说，想去做自己喜欢的事情就随着心向前迈进，不要刻意在乎别人的看法，只要自己开心就好。

有次读书，看到一位哲学大师曾经说过这样一句话，至今记忆清晰："生命本身是一张空白的画布，随便你在上面怎么画；你可以将痛苦画上去，也可以将完美的幸福画上去。"细细品味，觉得人的一生，有些痛苦其实并非必然的结果，幸福亦非遥不可及，全看你用什么态度去涂画自己生活和工作这块平凡的"画布"。

人是要工作的，不论工作岗位如何，都不要把工作视为生活之外的烦人事项，而要把工作融入我们的生活，融入我们的心中。那么，我们自然而然就会心甘情愿地付出，也才会用最热情的心去感受这个生活的必需。

美国有线电视新闻网著名的脱口秀主持人拉里·金，出生于纽约的布鲁克林区，十岁时父亲因心脏病去世，从此靠着公众救济，金才长大成人。从小便向往广播生涯的他，从学校毕业后先是到迈阿密一家电台当管理员，后经过一番努力才坐上主播台。

他曾经写了一本有关沟通秘诀的书，书名叫《如何随时随地和任何人聊天》。书里提到他第一次担任电台主播时的经历。他说，那天如果有人碰巧听到他主持节目时，一定会认为："这个节目完蛋了。"

那天是星期一，上午八点三十分他走进了电台，心情紧张得不得了，于是不断地喝咖啡和开水来润嗓子。

上节目前，老板特地前来为他加油打气，还为他取了个艺名："叫拉里·金好了，既好念又好记。"从那一天开始，他得到了一个新的工作、新的节目与新的名字。

节目开始时，他先播放了一段音乐，就在音乐播完，准备开口说话时，喉咙却像是被人割断似的，居然一点声音也发不出来。结果，他连播了三段音乐，之后仍然一句话也说不出来。这时，他才沮丧地发现："原来，我还不具备做专业主播的能力，或许我根本就没胆量主持节目。"

这时，老板突然走了进来，对着满脸丧气的拉里·金说："你要记得，这是个沟通的事业！"

听到老板这么提醒，他再次努力地靠近麦克风，并尽全力地开始他的第一次广播："早安！这是我第一天上电台，我一直希望能上电台……我已经练习了一个星期……十五分钟前他们给了我一个新的名字，刚刚我已经播放了主题音乐……但是，现在的我却口干舌燥，非常紧张。"

拉里·金结结巴巴地一长串说了出来，只见老板不断地开门提示他："这是项沟通的事业啊！"

终于能开口说话的他，似乎信心也唤回来了。这天，他终于实现了梦想，也成功地完成了梦想！

那就是他广播生涯的开始，从此以后，他不再紧张了。因为第一次广播经验告诉他，只要能说出心里的话，人们就会感到你的真诚。

身为著名主播，拉里·金的经验是："谈话时必须注入感情，表现你的热情，让人们能够真正地分享你的真实感受。"

对拉里·金来说，广播不只是一项沟通的事业，更是充实他精彩人生的第一要素，所以，他在书中一直告诉人们："投入你的感情，表现你对生活的热情，然后，你就会得到你想要的回报。"

这不仅是拉里·金在奋斗的道路上体悟出来的成功秘诀，也是每个希望成功经营自己的有心人最为有用的成功指引。

处处都有欢乐，处处都是自己的舞台，不要封闭自己，快乐就在你的身边，勇敢地表现自己的才华，不要害怕失败，不要害怕丢脸，只要开心地表现自己，想说就大胆去说，想去做自己喜欢的事情就随着心向前迈进，不要刻意在乎别人的看法，只要自己开心就好。这就是金告诉我们的表现精髓。

一个人在生活和工作中，不管遇到多大的困难和烦恼，也应微笑面对，冷静地想办法，什么事情都有解决的路径。不要遇到什么事情都伤心难过，伤心难过那只是对自己的一种惩罚。微笑地面对每一天，每一天的生活都是那么丰富多彩。开心也好，不开心也罢，时间依旧不会停止，为什么不能微笑着面对每一天？！

和朋友一起的时候，有时候会尽情地表现自己，把自己的开心和快乐带给自己身边的每一个朋友。实际上，在自己人生的舞台上大胆地表现自己，想说就说想跳就跳，开开心心地度过每一天，每一天就会随着自己的心情而变得多姿多彩。

情感是会传染的。看着你开心快乐，别人的心也会随之而动，你的一言一举传递进别人的脑海，别人就会因你的心情，跟着不同的节奏，让快乐不断舞动。你的笑你的自信，就会让人跟着你的歌曲和舞蹈走出悲伤，开心炫动。

精彩人生，会炫动自信舞台。不断表现自我无限魅力，在陪伴别人的同时也是在陪伴自己。无时无刻都要保持自己最自信的一面，每个人都喜欢和自信开心的人在一起，那样才能使自己心情更加阳光。微笑是自信的一面旗帜，每天笑一笑，所有一切都是那么明亮开朗。真诚地对待每个人，自信地挑战全新的事物，微笑着迎接新一天的到来。

开心快乐是自己的，不管是谁都不可能剥夺。所以，在自己的人生大舞台上，就应微笑自信地表现自我才华。只要你敢就大胆地表现自己的才能，相信你一定能够打动每一个人，只要你自信地面对所有，大胆地表现自我，相信成功一定属于你。

我们身边或多或少有这些人的存在，他们性格的原因也最容易让我们忽视，他们也非常想表现自己，让我们去关注他，只是自己没主动，所以我们更应该多去了解他们，多去关心他们，和他们做朋友，帮助他们走出自身的阴影。另一方面，如果你是这样的人，也很希望放开自己，走出来全面了解这个世界，学着去表达去交朋友，口才是可以锻炼的，没有人会平白无故地讨厌你，记住微笑是沟通最好的润滑剂。主动地去和对方沟通，学会自信，当然这一过程是非常痛苦的，但对我们以后的生活和成长，是必须大胆迈出的一步。要记住，只要是人都会有缺点，都过得不容易，放心大胆地去表现自己，错了也没关系，说不定你表现的错误在别人眼里连三秒钟都没停住，打个转身早就忘了。

大胆地表现自我，从被动中走出来，美好的世界正等着你去拓展，你的风采别人也正等着欣赏。正是：

行船趁顺风，打铁趁火爆。

多下及时雨，少放马后炮。

# 善良真好

心存大爱，则无可阻之道；心存美好，则无可恼之事；心存善良，则无可恨之人。一个心存大爱，美好，善良，超脱世俗观念的人，一定是世上最幸福的人！

记得法国著名作家罗曼·罗兰曾经说过："灵魂最美的音乐是善良。"善良是人生的一种美丽，是一种看得见、摸得着的纯真，它需要用心来感受。

善良是把自己的能量无私奉献给大地，滋润万物生长；善良是初夏的雨，灌溉人们的心田，让希望的苗圃里绿意盎然；善良是秋季的风，无私地帮着老去的树叶返回自己的故乡；善良是冬季的雪被，执着地守护着麦苗，用自己的躯体保护着它们不被寒风侵蚀。善良是人生的雨露甘霖，善良是洞穿黑暗的阳光，善良是心与心的亲和与信赖，善良是爱与爱的共振与交融。善良让世界充满仁爱，善良让岁月溢满温馨。善良，有时是风雨中悄然为你撑开的一把伞；善良，有时是黑暗中为你倏然点亮的一盏灯。更多的时候，善良是危难时毫不犹豫地向你伸出的一双帮扶的手，是在你走投无路时向你坦然敞开的进家的门。

善良是一种智慧，善良是一种远见。因为善良，你会得到灵魂的回馈；善良是一种胸怀，是一种豁达，因为善良，你会包容周围的一切；善良是一种自信，是一种气质，因为善良，你会让自己永远美丽；善良是一种文化，是一种传承，因为善良，你会让自己变得深邃；善良是一种精神，一种财富，因为善良，你能够彰显出人生最美的内涵！

　　善良与正直、爱心、悲悯为伍，与邪恶、阴毒、冷漠为敌。柔软时的善良，可以融化冷傲的冰川；坚硬时的善良，可以穿透顽固的岩石。在恶毒者的眼中，善良是用来猎获的枪弹，善良是用来掩饰凶残的装潢，善良是用来欺骗别人的麻药；面对善良，他们狂笑不已。在富有爱心人的眼中，善良却是人性中的至纯至美，一切伪善、冷酷、麻木在它面前都会退避三舍，任何顽固的丑恶都只能在阴暗角落里咬牙切齿。

　　善良，它是酷热中一股清凉的风，它是严寒里一团温暖的火，它是青黄不接季节别人悄然送来的一担粮食，它是久旱不雨之际从天而降的甘霖，它是你负重上坡时后面伸出的推手，它是你快坠落悬崖时伸过来的一条缆绳，它是你穷困潦倒时没有署名的一张汇款，它是你富甲一方时的一句忠言，它是你失意时几句真诚的安慰，它是你得意时一串逆耳的话语……甚至，它只是一个真诚的淡淡的微笑。

　　我心中的善良，就像雪山脚下的涓涓细流，每一滴都是圣洁纯净的雪水的聚合体。高山之中能够汇集成溪的善良之水，一路欢歌，荡涤着沿途的污浊、腐朽、风尘，理直气壮地汇入人生的江河大海。

　　善良也是一种精神力量，是一种快乐，一种乐观，一种从容的理解。善良使人的心灵仁爱，使人的视野宽广。善良会教给人奉献、理解、宽容、纯洁。懂得善良的人，是高贵而成熟的，在人们的眼里，永远直立着仰望的高度。

　　善良是友谊的桥梁。善良的人都有一颗理解别人的心，能让人通过平等的沟通打开彼此误会的心灵，拉近彼此的心的距离，消除了隔阂，扫清了障碍，增进了感情。善良才有幸福，善良才能和平愉快地彼此相处，善良才能摆脱没完没了的恶斗与自我消耗，善良才能实现健康的起码是正常的局面，善良才能天下太平。

一颗善心，胜似一座庙宇。善良绝不是一件可有可无的华丽的衣裳，而是人人灵魂之盒中必须镶嵌的一颗钻石，在人生的每一个时刻，都能熠熠生辉。雨果说得好："善良是历史中稀有的珍珠，善良的人几乎优于伟大的人。"美国作家马克·吐温称，善良是一种世界通用的语言，它可以使盲人"看到"、使聋子"听到"。善良的心，像真金一样闪光，像甘露一样纯洁、晶莹。善良的心胸是博大、宽宏的，能包容宇宙万物，造福人类苍生。行善而不求回报的人，经常能够得到意料之外的回馈。善良之人经常造福于他人，实质上也是造福于自己。"帮助别人，就是帮助自己。"这句话绝不只是简单的说教，而是做人的根本。

让善良与生命同在，生命中有了善良，人生才能经常充满喜悦；生命中有了善良，人生才能幸福常在；生命中有了善良，灵魂才能不断地升华。善良是生命中的黄金，善良是人性中最为宝贵的生命之光。能够体察别人的痛苦，自己就会生发良知。知道自己有痛苦，就会领会别人的善心；看到别人和自己有痛苦，更能滋生出朴实的一片慈悲心！

这是人性中蕴藏着的一种最柔软但最有力量的情愫。清澈的水来自雪山之巅，人的善良来自干净的心底。

感恩是一种善行，我们要感恩一切善待自己的人，感恩世间万物，并且要知恩图报。感恩是一种生活态度，是一种品德，更是一种智慧。一个人只有心怀感恩，心存善良，才会懂得珍惜，懂得尊重，懂得付出，才会感受到人生的美好。常怀感恩之情，必得善念之恩泽，心境自然安宁。宽恕别人，就是善待自己，是一种福分。

每一个人的心底，都有一颗善良的种子。善良是灵魂的微笑，善良是对生命的感恩，善良是一种至善至美的心灵境界，善良可以驱赶寒冷，横扫阴霾，人生路上用一颗善良的心来对待生命的际遇，生活就会处处明媚。赠人玫瑰，手留余香，每一份感动如花瓣，绚丽生命的春夏秋冬。与人和善，于己宽容，每一份善良如雨露，浸润着生命的最美，岁月流逝，即使有一天容颜不再，生命也会因为善良而年轻美丽，永不凋零。

善待他人就是善待自己，要想得到别人的爱，首先要学会爱别人，一个善良的人一定是温暖的人，乐于助人的人，懂得珍惜和感恩的人，不会因为小事而斤斤计较，也不会因为得失而过喜过悲，做事肯为他人考虑，小到帮助一个人，大到心里装着芸芸众生，每一次伸出双手都带着暖意，每一次回眸都留下浅浅的笑靥。善良是人生舞台最动人的旋律，如湛蓝的天空，干净通透，如开在红尘岁月中的兰花，散发着宁静与淡泊，诠释着生命的云淡风轻。

做一个善良的人，善良就会成为心湖绽放的柔媚花朵，它如雪花一样晶莹纯洁，是人生的底色；它如太阳一般温暖明媚，是爱与爱传递的桥梁；它如山间泉水一样清彻透明，荡涤生命的尘埃；它如琴音一样拨动心弦，在心湖上奏出最动听的音乐。善良是一盏心灯，照亮人们前行的脚步，装点生命的诗行，善良是人生最美的风景。一个人的美，是由内而外的，心灵美才是真正的美，女人可以不漂亮，但一定不能不善良，善良的女人格外美丽，如花中之莲，纯洁而高雅，她们有一颗清澈见底的心，将温暖藏在唇边，将美好根植在清清浅浅的岁月中。善良的女人并不需要满腹诗华，但懂得相夫教子，修身养性，温暖和善，举手投足间散发着淡淡清香，如春天的细雨，润物细无声地将善良播种，温暖自己，更芬芳他人。

善良是人生最宝贵的财富。种善因，得善果，种下善良，收获感动，种下美好，收获幸福。善良的心，可以把岁月装点成诗，将生命装点成画，生活中有了善良，就像生命中溢满了阳光，定会百花争艳，绿树成荫，蝶飞花舞，芳香四溢。你给我一个拥抱，我还你一个笑脸；你给我一滴水，我倾其一片海洋。播种善良，传递温暖，让心中有爱让生命无悔。

善良，是心间绽放的花。它远离喧嚣的岸，收敛着剔透的花瓣、幽婉的芬芳，伫立成一茎明澈的纯真，摇曳为一抹恬然的淡泊。它舒展着娉婷的笑靥，仿佛一首云淡风轻的小诗，又如一曲蓝天碧水的梵音。它是一朵佛前的青莲，任由红尘万丈，我自纤尘不染，诸邪不侵，只静看清水一脉脉地划过如烟岁月。

心怀善良，便萦绕满怀馨香，延己及人。它能洞穿黑暗，直抵灵魂。砸破狭隘的锁，开启心与心的信赖与共鸣，既善待自己，也善待他人，用善意的微笑和言语来温暖彼此。不要妄自捣毁稚嫩的希望，不再断然冻结真挚的情谊，少些倔强与仇恨，多份宽容和体谅，自然会坐拥点点滴滴真善美的记忆，消融悲伤、化解懊恼，让生活一寸一寸地灿烂开来。

心怀善良，便生出随喜之心，豁然开朗。或许会失去不少实惠的利益，或许会让一些不甘和委屈压在心里。谁也不是超脱凡事的圣人，这世上有太多太多的欲望，纠缠着我们。如果没有善良的初衷发轫，一双双赤脚只能在邪念的泥沼中无法自拔。是善良给了人们纯情的眼眸与金贵的救赎，从容地将一切阴霾与不幸摒弃，禅意地播种阳光和雨露，淡定地收获快乐的果实和幸福的花丛。

心怀善良，便拥有不老音容，芳龄永驻。水流不争先，滋润根本，何妨零落成尘。悄然做真诚好人，细行实在好事，欢度平凡的好日子，以善良之心对待所经历的一切，不怨天尤人、不自暴自弃；以善良之心对待身边的人，不妒忌怨恨，不嘲笑排挤……善良可以让坎坷变成前行的垫脚石，也能使疏离结为兄弟。把善良栽种在心里，即便时间在我们额上犁满辙痕，也会获得生命的繁荣与蓬勃，宛若永恒的春光、不落的星辰。你不必斤斤计较，不必处心积虑，而是时时享受风清日朗，刻刻健步柳暗花明，衾影无惭屋漏无愧，宠辱不惊衰荣不扰。如此明净心路，定将行得海阔天空，赢得不老芳华。

善良是灵魂的返璞归真，是人性的虔诚皈依。哪怕只是一句真诚的问候，哪怕只有一个体恤的眼神，都会使我们在百转人生中获得绵长的感动与温情的停留。而泛滥的邪恶与麻木，注定会冲垮道德的堤防，伤人的同时淹没自己。

善良的人，一般都严于律己，宽以待人。善良的人，其实会更懂得忍辱负重，更懂得理解宽容，更懂得珍惜和在乎，更懂得爱和付出。他们遇事总是积极地思考，什么都愿意往好处着想。和善良之人在一起，谁都会，少一缕阴霾，多一缕阳光；少一份埋怨，多一份轻松；少一份嫉妒，多一份理解；少一份烦忧，多一份快乐；少一份寒冷，多一份温暖；和善良之人在一起，谁都会渐渐被感化，然后，开始忘却红尘中的尔虞我诈，远离俗世的名利纷争，绝缘人间的勾心斗角，轻握一份懂得，怀揣一份爱，悠然漫步于红尘；和善良之人在一起，哪怕在浅白的岁月里，也一定也能欣赏到生命的精彩，哪怕在凉薄的季节，一定也能感受到真实的温暖，哪怕在荒芜的地方，一定也能领略到春暖花开。

"海纳百川，有容乃大；壁立千仞，无欲则刚。""良言入耳三冬暖，恶语伤人六月寒。"多行不义必自毙，善与恶，只在人的一念之间。得道多助，路自宽行。

常居幽兰之室不闻其香，身在福中不知福，这是世上很多人的弱点和悲哀，我们应该懂得和明白，生命中，有些人只是路过，所以，

切莫太留恋；有些东西只是浮云，所以无需太在意；有些梦只是幻想，所以，不必太奢望。

让我们一起做个善良之人，让善良之花处处开放，让我们一起站在善良的视角去解读身边的每一个人，对待每一件事，欣赏每一处风景。让我们一起用善良的法宝去破译生命自然的密码，让我们用善良的钥匙去打开那些坚固紧锁的心门，让我们怀一颗善良的心去做成人之美之事，让我们用善良的言行去温暖世界，改变世界，美化世界。

己所不欲，勿施于人。善待别人，就是善待自己。既然我们被选择来到这个人间，我们就要懂得乐善好施，"勿以恶小而为之，勿以善小而不为。"

常言道：人生最重要的不是得不到和已失去，而是珍惜所拥有的。当我们懂得了珍惜，拥有了善良，那么，我们就能给自己的心灵寻到一份安暖，找到一方晴空，我们的人生四季一定是时时有欢歌，处处有乐舞。

山外青山楼外楼，世上任何生命都不是尽善尽美的，人可以羡慕，但不应嫉妒、仇恨。善良是一个人最起码的品德，我们不能让善良沉睡，不能让善良在桎梏中枯萎，我们要让善良和爱永远并存。既然我们有了生命，有了思想，有了追求，那就应该心存善良和大爱，用真心和真情，去进行一场美丽的生命之旅。

心存大爱，则无可阻之道；心存美好，则无可恼之事；心存善良，则无可恨之人。一个心存大爱，美好，善良，超脱世俗观念的人，一定是世上最幸福的人！

别做亏心事，莫做负心人。"做人无德不足以立身，从政无德不足以建功"。那些感动中国的最美教师、最美司机、最美护士等人物的涌现，其实都源自于他们本性的善良和心中的大爱。

不是吗？人世间，每一个善念都是一泓清泉，每一个善举都是一缕春风，善良之处，便是春天。善良之人，永远会与快乐相伴，与幸福相随，必能得到生命最深情的馈赠。

"善的源泉是在内心，如果你挖掘，它将汩汩地涌出。"这一生，我们要让善良成为一个不可动摇的信念，我们要努力让善良之花次第开放，处处开遍。

向善是一种文明，也是一种光明。善良之举，需要人人拥有；善良之歌，需要人人唱和。让我们一起轻掬季风，淡挽流云，抚一弦清音，让幸福在平凡、平淡中盛开如兰，让善良之歌在人间的原野里辗转悠长。让我们一起心存善良和大爱，微笑着，走过季节的轮回。

善良，真好！

# 幸福滋味

幸福不是给别人看的，与别人怎样说无关，重要的是自己心中充满快乐的阳光。幸福始终掌握在自己手中，而不是在别人眼中。幸福就是一种感觉，这种感觉应该是愉快的，使人心情舒畅，甜蜜而快乐！

想给幸福下一个简单的定义，想了再想，这个定义太难了。其实，幸福就是一种内心的感觉，一种情感的满足，一种氛围的萦绕，一种愿望的体验……

许多事情，大抵如此，当你拥有的时候不知道它的弥足珍贵，而当你失去了却又怀念不已。花有重开日，人无再少年。为人者一世，颇为短暂，能迎来今日，当万分知足。过日子也是一样，当以平常心生情味，珍惜幸福，莫负今朝。

人生最大的快乐不在于占有什么，而在于追求什么样的过程。在我们的人生旅途中，总会有得失相伴，悲喜相依。而我们也终是在磕磕绊绊里独自成长，终是在风风雨雨里学会历练。四时有更替，季节有轮回，严冬过后暖春必到。常怀乐观之心，总能发现光明所在。正如耐得住繁华见真淳，守得住云开见月明。幸福就在路上，只要我们有耐心，早晚有一天，我们也会处处发现，时时品尝。

弥尔顿说："心灵建造了天国，也建造了地狱。"人之一生，背负的东西太多太多。荣华富贵，功名利禄，都是我们想要的，我们若一个也放不下，日久天长，追求的东西多了，我们早晚会被压得喘不过气来。轻装前行，探索心灵，或许在旅途中我们就能轻轻松松地找寻到我们真正想要守护的东西。有的时候，我们身后拥有的东西多了，我们的思想也自然会跟着变得复杂。天堂和地狱的距离，有时仅是一念，洒脱的人自然放得开，踌躇的人总是被物欲烦着心。删繁就简，潇潇洒洒地活出自己的灿烂人生，在独一无二的人生轨迹里，我用诗意，用文字点缀着每一个平凡而真实的日子，心中觉得已然足够，繁华过后，淡然自来，平凡的日子也是美好的。

乐观处世、张弛有度，生活自然充满情趣，有滋也有味。生活在这个世界上，你要为衣、食、住、行去奔忙，你要和各种各样的人打交道，你要应付各种各样的事情。挫折常有，苦难常在，面对充满变数的人生，我们唯一能做的，便是改变我们自己的心态，心有阳光，自然乐观有活力，心是温暖的，又何惧千里冰封与万里雪飘？

泰戈尔曾说："世界之路并没有铺满鲜花，每一步都有荆棘，但是你必须走过那条荆棘路，愉快，微笑！"我们的人生，又何尝不需要这样的人生态度？一路上披荆斩棘，磕磕绊绊，无风无雨不人生人人都是知道的，跨过沿途的千沟万壑，也终会迎来前方的康庄大道。心中有希望，也自然会义无反顾地走下去，即使前方山高路险，也要相信苦尽甜会来，相信雨后天自晴，到那时幸福也会不期而遇。

说得实际些，幸福就在路上，藏在每一个平凡的日子里。可惜人在年轻的时候，总是太执着，追求了目标，却又忽视了过程中的曼妙风景，在时间的流逝里颇为无奈和烦忧。其实，天下本无事，庸人自扰之。过分地追求结果的完美，只会使得过程变得空洞而乏味，而结果也未必能如你所愿。人生自是有风有云得失无常，而能够迎来今日，我们是多么幸福。昨天已经过去，明天又尚未到来，只有今天是最为真实的。"水去日日流，花落知多少。万事立业在今日，莫待明朝悔今朝！"古语流传千古，是教训也是警醒。

若为草木，当欣欣以向荣；若为溪水，当涓涓而始流。人生在世，不如意者十之八九，内心常怀乐观，一切不愉之事也自然会迎刃而解。在内心修篱种菊，总比刻意避开车马喧嚣要更为宁静。结果无望，也不叹息，心有阳光，山河明媚，这一程山水，风景无穷，乐享过程，自得心安。

人生犹似一盘无解玲珑棋，与其苦苦思索无解的结局，倒不如好好享受这"下棋"过程的快乐。虽深知人生如棋，一着不慎，全盘皆输。是的，人生如棋局，总是充满着变数，人生这局棋，有着太多的未知性，我们只能尽量地走好每一小步，在扑朔迷离中，找寻着希望和生机。或许前一秒你还处于山重水复疑无路的状态，转而后一秒自然而然就迎来柳暗花明又一村的境界，这便是人生棋局的魅力。话语里，本无多大玄机，只觉得，踏踏实实地经营人生，便已经是快乐无限了，不忧昨日，也不期明日，只是安静地充实着今日，潇洒地过着最为真实的自己，已然幸福满满。

古希腊诗人荷马曾说过："过去的事已经过去，过去的事无法弥补。"泰戈尔在《飞鸟集》中这样写道："只管走过去，不要逗留着去采了花朵来保存，因为一路上，花朵也会继续开放的。"的确，昨日的阳光不再美，昨日的风雨不再大，昨日的光景也移不到今日的画册，不念过去，不畏将来，自己的人生终是自己做主，纵是风雨兼程也要潇潇洒洒走一回。

每一天，凡来尘往，只道寻常。情未老，梦如旧，纵然生活很平凡，也要内心淡雅。柴米油盐酱醋茶的日子也会过得如琴棋书画诗酒花般典雅，只要你内心宁静安然，就连手中的锅碗瓢盆也能够碰撞出诗意的格调。每个人的生活都是五味杂陈的组合，正如咸有咸的妙，淡有淡的美。五味杂陈里，丰盈的终是自己最为纯粹的灵魂，丰盈的终是自己那颗热爱生命、热爱生活的心。以真心换来的幸福感受，也是最为牢固的，就像患难之中才能见真情，用真心换来的幸福体验恰如涓涓流水，无声无息里滋润着柔婉的心灵。

"若生命是一朵花就应该自然地绽放，散发一缕芬芳于人间；若生命是一棵草就应该自然地生长，不因是一棵草而自悲自叹；若生命是一只蝶，何不翩翩起舞？"梁晓声笔下的生命皆有一份怡然自得、超然洒脱的情致。芸芸众生，大部分人既不是翻江倒海的蛟龙，也不是独霸一方的雄狮，我们在平常的日子里颠簸，我们在小路丛林里避险，平凡得好似海中的一滴水，俗气得好似林中的一片叶。而生命却不因平凡而卑微，人生百态，各有各的容颜，各有各的价值，纵使平凡，也应灿烂绽放。正如兰生幽谷，不以无人赏识而自伤。

不得不说时光总是太匆匆，伫立于回忆的门槛，只能遥望，而我们却再也回不到最初的原点。没有什么过不去，只是再也回不去。季节留不住的，是那飞花细雨的优柔；岁月逃不掉的，是那难以忘却的扑朔与迷离。生活这一首绵长深远的诗歌，有过婉转，也有过曲折。人生的步履，有深有浅，岁月的痕迹，有过成功也有过失败。经年后，再回首，一切都是美好如昔。

海子说："面朝大海，春暖花开。"而我觉得不负今朝，自会幸福美好。不埋怨岁月苍老，不执迷爱恨情仇，也不贪恋功名利禄，任我两袖一挥，也能有清风明月，任我洒脱一笑，也能有无限山河。

归去来兮，尘埃落定，日子这般美好，而人最是安然。择一处净土，辟一方诗意，修身或是修心，写文或是听曲，也都是不错的选择。只愿岁月静好，时光如旧，只愿珍惜幸福美好，莫负今朝。

生活之美，藏匿于每一个平凡的日子。珍惜幸福，莫负今朝，你我他都需要用心对待。

心态决定命运，简单照就幸福。太多放不下，自然成负担。理想越丰满，现实越骨感。人生得意不由天，生活快乐在于己。计较的心如同口袋，宽容的心犹如漏斗。复杂的心爱计较，简单的心易快乐。生命是平等的，值得爱护；人心是互敬的，值得珍惜。烦恼由心生，快乐随心定。快乐不在别人嘴里，而在自己的心里；幸福不在别人眼里，而在自己的感觉里。活着，不求问心无愧，只求无愧于心。曾经付出的辛劳，无所谓苦与累，只要给过真心，真爱过人，无所谓来去。只要有所珍惜，缘，无非一个交集；分，无非一分在意。相爱的心不老，缘于付出；相伴的手不弃，缘于给予。爱不是索取，而是无悔去给；情不是单向，更是相互付出。感谢遇见，让生命有了别样的色彩；感恩拥有，丰盈了孤寂的心。学会感恩，人生何怨，知道理解，生活充满阳光。

人生在于现实，生活在于多变。最好的时光，是彼此都在，却可以不见面；最好的感情，是双方都懂，却不用说出来。陪伴不一定时时刻刻，只要心里有；感情不一定非要表白，只要感觉到。语言不是全部，用心感受；誓言不是永远，以心相守。两心靠近是情缘，更是吸引；两情相悦是喜欢，更是眷恋。合适的鞋，只有脚知道；合适的人，只有心知道。一份好的感情，是两心相依的温暖；一份美的缘分，是相濡以沫的陪伴。想起来是不自觉的微笑，念起来是暖暖的味道，不曾邀约，自有一份心安，不说誓言，永远不会再见。眷恋，因懂得而生；相伴，因思念而聚。习惯着彼此的语言，重复万遍也不觉厌倦；等待着彼此的晚安，只因为心里那份惦念。走千条路，只一条适合；遇万般人，得一人足够。心不在高，爱无所求，面对自己的人生，就应该去追求自己的生活。

生活就是一种简单，心静了事就平和了，若形成压力，总要逃离，若造就牵绊，总会失去。在意，却不刻意；珍惜，却不痴迷。若有若无的联系，是一份随意；或深或浅的交集，是一份默契。可肆意畅谈，也可默然相对；可紧密相连，也可疏于不见。心若相知，无言也默契；情若相眷，不语也怜惜。很多时候，都想找个可以倾诉的人，有些话憋在心里会崩溃，需要出口，有些事扛在肩上是压力，需要分担。找一个畅所欲言的伴，让精神舒缓；守一份不离不弃的情，让心灵靠岸。所有的苦乐有人懂，一切的努力有人知。一杯热茶，暖的是身；一句懂得，暖的是心。最真的拥有，是我在；最美的感情，是我懂。有一种陪伴虽不见身影，却很真诚；有一种守候虽悄然无声，却很深情。心灵深处，是默默的支撑；灵魂之间，是静静的聆听。

缘分来之不易，不是所有的人都能相遇；感情不言离弃，不是所有的心都能相吸。时间不会为谁而停留，肯陪你一起走的人才最长久；眼泪不是为谁都能流，能为你时刻牵挂的心才最情重。情有多宽，需要两心呵护；爱有多远，需要以心沟通。真情流露，才能感动于无声；风雨兼程，才能温暖于生命。感情，别奢求太多，疲惫时有个肩膀，委屈时有句体谅，足够，能始终陪伴你、解读你，就是心里有你，能一直心疼你、包容你，其实就是珍惜你。时常惦记你，才是心里有你的人；一直陪着你，才是最爱你的人。伪装不出的担心，是真诚；掩饰不住的思念，是感情。不要把暖暖的关心，变成冷冷的寒心；不要把一直的给予，放下置之不理。交人，要交真心；知情，要知感恩。有情有义的，才够朋友；不离不弃的，才算爱人。

用了心的人，才会在心上；认了真的情，才会真心疼。每个人的心，都难免有寂寞，并非喜欢安静，是没有人能分担内心的脆弱，谁都害怕孤独，若有人能懂谁愿意寂寞。坚强不代表所有伤都能扛，而是假装着不难过；沉默不代表心里没感觉，而是现实你别无选择。不敢让自己太过在乎，是怕别人根本不在乎；不敢让自己不顾一切，是因为没人会把你当成全世界。生命中可以有一个人，远远地守着，轻轻地念着，深深地疼着，无不是一种简单的相守，一种幸福的感受。纯粹的感情，不添加任何的利益，只与心灵取暖；信念的支撑，不沾染任何的俗事，只与精神相连。守候不为拥有，只为懂得；思念不为容颜，只为感觉。心心相印，是无声的默契；惺惺相惜，是无言的相约。人生何求太多，只要有一个人暖暖地住在心底，生命才活得更有意义。

缘分万千，时光太短，多少守望，物是人非。世态炎凉，人生太长，多少缘分，人走茶凉。一些舍不得，只能放在心底；一些禁不住，只能假装忘记。诸多的放下，到底是无所谓还是输不起；诸多的随缘，究竟是不值得还是撕心裂肺。不要总和自己的心过不去，最起码活得像自己。真正痛了，才知道心有多累；真正懂了，才明白放下也是一种美。对你好的人，不在乎回报，只在乎你知道不知道，疼爱你的心，不奢望你感激，只希望你能珍惜。随叫随到的，你总觉得不重要，偶尔理睬的，你却兴奋得不得了。再执着的人，也受不了漠然无视；再痴情的心，也经不起冷言冷语。没有理由的爱，最是难能可贵；不求回馈的情，更是不可多得。做人，要有良心；对情，要还十分。懂情重情，才得真情；知恩感恩，快乐一生。

爱过的人，总会牵挂；动过的情，总是一刹；听过的歌，真情难舍。爱过的人，真心难忘。说放弃很容易，一个转身就再无交集。能坚持才是勇气，一句在一起才是情意。等到失去了，一切都追悔莫及。只剩回忆时，所有都不能再继续。时光不能倒流，感情不会重来。从不会表明心声，只是远远地欣赏；从不求任何回应，只是无怨地随行。彼岸的守望，是此岸的感动；千里的陪同，是心中的丰盈。最深沉的爱，总是风雨兼程；最浓厚的情，总是冷暖与共。感情不是人生的全部，却是心灵最好的归宿。再黑的夜有人陪，也不觉困苦；再冷的冬有人想，也不会孤独。心灵的伙伴，是温暖的源泉；贴心的情感，是生命的春天。四季交替，有人惦念冷暖；心情多变，有人呵护包容。人的一生有所寻求的，不外乎有人疼，有人懂，眼中有笑，心中有暖。

幸福其实并不高远，它就是偎依在妈妈温暖怀抱里的温馨，就是依靠在恋人宽阔肩膀上的甜蜜，就是抚摸儿女细嫩皮肤的慈爱，就是注视父母沧桑面庞的敬意。

幸福是一个谜，你让一千个人来回答，就会有一千种答案。生活中，我们总能在不经意之间感受到幸福的到来。就像，你一见钟情的偶遇伴侣；就像，你孩子叫出的第一声"爸爸"；就像，你在单位里获得升职加薪；就像，你发表的第一篇文章；就像，你见到久别重逢的老友……

仔细想一想，原来生活中竟有如此多的幸福。那为什么又有如此多的人在哀叹得不到幸福呢？这也许是因为生活中不是缺少幸福，而是缺少发现幸福的眼睛。

想明白了，其实幸福就是当我看不到你时，可以这么安慰自己，能这样静静思考，就已经很好了。幸福就是我无时无刻不牵挂着你，即使你不在我身边。幸福就是每当我想起你时，春天的感觉便洋溢在空气里。幸福就是不管外面的风浪多大，你都会知道家里总有一杯热腾腾的清茶等着你。幸福就是当相爱的人都变老的时候，还相看两不厌。幸福就是可以一直都在一起，合起来的日子是一生一世，从人间到天堂。幸福不是给别人看的，与别人怎样说无关，重要的是自己心中充满快乐的阳光。幸福始终掌握在自己手中，而不是在别人眼中。幸福就是一种感觉，这种感觉应该是愉快的，使人心情舒畅，甜蜜而快乐！

　　要知道，幸福的家庭平淡者居多，并没有什么惊天动地，也并没有什么惊心动魄。其实，也并不是全然没有，只是这惊天动地、惊心动魄，在一家人的共同努力下被击退了，被打败了。留下了一种从带笑的眼角眉梢扩散开去的感觉，留下了一种手牵手战胜困难的体味，更留下了一种幸福的欣赏。

　　那么，幸福又是怎样的滋味呢？是酸后的甜？其实是酸酸甜甜；是辣后的香？其实是香辣可口。其实就像待品的茶，轻抿一口，一点一滴由舌尖送入喉咙，再由喉咙向下滑，看似落在胃里，却又似在心里转悠。其实，就是不喝，只看看，只闻闻，滋味也是动人心扉的。

　　幸福啊幸福，你是这个星球上的人们一生的追求。虽然，有时会空泛或不切实际，但却是所有人的向往，是人类精神的归宿，也是人类心灵的家园。

# 岁月畅想

你若盛开，清风自来。你若付出，必有收获。生活茶，品过才知甘苦；人生路，走过才知深浅，明天的一切都有待于我们的铺陈。毋庸置疑，唯有今天的耕耘，才能换来明天的馈赠。

诗人郭小川说过："生活真像这杯浓酒，不经三番五次的提炼呵，就不会这样可口！"

岁月告诉人：风起的时候看落叶；下雨的时候闻雨香；春浓的时候看花开；飘雪的季节化心灵——心事澄明，光明磊落。

岁月告诉人：总有风起的早晨，总有绚丽的黄昏。逝去的已是曾经，那是回不去的风景。繁华落尽，一切都是过眼云烟！把握自己，活在当下，开心过好每一天。幸福不是你能左右多少，而是时刻伴你左右。你笑，全世界都跟着笑；你哭，全世界就你一人哭。人在江湖，身不由己，言不由衷，却不能随波逐流！

岁月告诉人：人生就是一个哭着走来，笑着离去的过程。漫漫人生路，透着沧桑，含着沉香。似那梨花，风吹雨打，洗尽铅华，清韵犹存；似那画卷，经年以后，褪尽色彩，依旧斑斓；似那高山流水，蜿蜒缠绵，时而波涛澎湃，时而溪水潺潺，沟沟坎坎，深深浅浅。

岁月告诉人：生命中的遇见，都是一种注定。其中，有些人是用来成长的，有些人是用来鞭策的，有些人是用来陪伴的，有些人是用来同甘共苦的，有些人是用来忘记的，有些人是用来刻骨铭心的。不管你多么优秀，总有人会不屑一顾；不管你多么平庸，总有一人视你为手中之宝。等你牙齿掉光，老眼昏花，腰驼背弯，你依然是他／她眼中的宝。

岁月告诉人：人生就是一个饱经沧桑历经磨砺的过程。春夏秋冬，风水轮流。揪不住的时光，衔不住的岁月。一涯路程，不言苦痛，不问沧桑，取一份随意，肩一种责任，选一种担当。不辱使命。一如跋涉——多一点耐心；一如探索——多一点勇敢；一如考试——多一点儿智慧。

岁月告诉人：应懂得尊重，上贤下孝，尊老携幼。子不教，父之过；老不尊，子女嫌。祖祖辈辈的光荣传统当弘扬。

岁月告诉人：没有人天生富贵贫穷，三十年河东，三十年河西。没有人愿乞求怜悯和同情，没有人在遗憾这个世界未曾给予什么，只需给点儿指点和时间以及温暖，奇迹随时可以发生！

岁月告诉人：有一颗宽容的心，你会健康一辈子；有一颗包容的心，你会快乐一辈子；有一颗善良的心，你会无悔一辈子；有一颗同情心，你会平安一辈子；有一颗童年的心，你会年轻一辈子。

岁月告诉人：青春不在，年华向晚，不恋尘世浮华，不问红尘纷扰。要深知有些话不便轻与人言，雄辩不绝者银，韬光养晦者金；有些事不可贸然疾行，常在人前遭忌妒，木秀于林风必摧；有些不平，不可愤而宣泄，万象丛生成世态，隐忍决绝能制人；有些微利，不可随意伸手，得是一种短暂，失是一种境界。有些平凡不可丢而弃之，淡可久远，静可永恒。以心相交，成其久远。

岁月告诉人：青春不在，年华向晚，看淡看开想通一切，清静之中见真境，淡泊之中识本然，逆境之中求生存。千江有水千江月，万里无云万里天。

岁月告诉人：富贵荣华，身外之物；平安健康，才是根本。忘记不该记住的，珍惜身边拥有的。闲煮岁月，细品时光，于卑微中，活出健康，活出精彩。好心情才会有好风景，好眼光才会有好发现，勤思考才会有真主见。美丽是健康带来的，伟大是平凡积累的，幸福是心情带来的，好名是奉献带来的。

岁月告诉人们：我们都已走过了昨天。如果，我们都希望有这样一个如果，能够让一切重新来过，回到最初，抛弃悲伤，丢掉包袱，去完成心中蕴藏已久的梦想，带上年少时不羁的血性，独自一人乘坐火车去遥远陌生的地方遇见另一个自己。如果还有如果，一切是否还会走到现在的地步，三十七度的体温，身上的每一个疤痕都是昨天的一个一个故事。

谁年轻的时候没有迷茫过，最终我们也没有缺胳膊少腿，就算带来了满身的伤痕，那又能怎样，就算是无理取闹，也要跟自己说句你是对的。这就是我们大致相似却又不相同的昨天。昨天，那场没有看完的电影，没有听完的歌曲，没有写完的日志，没有来一场说走就走的旅行……这些，都已风尘仆仆地定格在了我们的昨天。今天，还在依旧鲜活地闪亮登场。人生没有如果，也无法重来，人生就是每天都在上映着没有彩排的现场直播。努力投入到今天的角色中，全情博一个无悔的我们的明天。哪怕明天，知道会有悲伤，也要积极面对。有时候坚强，是我们根本别无选择的选择。

明天，明天近在咫尺，也远在天涯。因为人生充满了变数。所以，于世人而言，明天永远是谜，是未知。时光从来都不会为任何人停留，不管今天你是春风得意，还是怀才不遇；不管今天你是一帆风顺，还是举步维艰；不管今天你是逍遥自在，还是身受束缚；不管今天你是富甲一方，还是一无所有，明天，已在路上，正向我们走来。

颓废者，会让幸福悄然远走；堕落者，会让美好戛然止步。成败不过一步之遥，同样的际遇，不一样的面对和处置，最后会有不一样的明天和结局。千里之行始于足下，明天是平淡还是出彩，是成功还是失败，都取决于你今天的选择和行动。你若盛开，清风自来。你若付出，必有收获。生活茶，品过才知甘苦；人生路，走过才知深浅，明天的一切都有待于我们的铺陈。毋庸置疑，唯有今天的耕耘，才能换来明天的馈赠。

诚如此，今天幸福不代表明天美好，今天失意不代表明天失败，人一定要经得起生活的考验，努力做事，从容做人，宠辱不惊。"海纳百川，有容乃大，壁立千仞，无欲则刚。"面对生活，不言弃，走过今天的崎岖，也许就能迎来明天的顺利；走过今天的风雨，也许就能迎来明天的晴朗；走过今天的挫败，也许就能迎来明天的辉煌。

人生里喜忧参半，生命中得失并存。纵然风沙肆虐，白杨依然选择挺立；纵然瞬间一现，昙花依然选择绽放。"虚心竹有低头叶，傲骨梅无仰面花"，为了明天，别在享福中丢了追求，别在落难时丢了自尊，别在迷茫中丢了自信。

明天是一片待垦的荒原，努力者会让它生机勃勃、美丽如画。明天，是没有尽头的时间隧道，若要明天会更好，今天的我们就必须全力以赴。哪怕自己只是尘埃里的一朵小花，也请选择做最美的绽放。不管身在何处，我们，都要把最美的诗篇写在今天留在明天，把潇洒的身影印在世界拉长在地平线。

这就是我想说给昨天的、今天的和明天的我自己的话，而且我也希望我的朋友们可以和我一起分享。然后我们一起铆足了劲儿，珍藏昨天、珍惜今天、珍重明天！我们风雨兼程、我们寒暑无休，我们且行且坚定，且努力且珍惜！

# 赏静品雅

# 酒里日月

中国古人将酒的作用归纳为三类：酒以治病，酒以养老，酒以成礼。几千年来，酒的作用远不限于此三条，起码还包括：酒以成欢，酒以忘忧，酒以壮胆。

中国历史上关于酒的传说、故事、佳话，数不胜数，它可让凡夫心情松弛，让诗人胸中澎湃。诗人杜甫在《饮中八仙》中曾这样感叹李白与酒："李白斗酒诗百篇，长安市上酒家眠。天子呼来不上船，自称臣是酒中仙。"现代人虽然不再有饮酒作诗之雅，但是，酒带来的滚烫的兴致却并不见少，一杯酒入腹，大家微醺着聊尽天下事，释放着万丈豪情，可谓快哉。而不擅饮酒者，也不会寂寞，在宴席上看憨态可掬的饮者说着似醉非醉的酒话，也可欢笑一番，旁观着杯中物的神奇魔力。

中国酒文化博大精深，几乎渗透了千家万户。酒是人类生活中的主要饮料之一。中国制酒源远流长，品种繁多，名酒荟萃，享誉中外。黄酒是世界上最古老的酒类之一，早在商周时代，中国人独创酒曲复式发酵法，开始大量酿制黄酒。约一千年前的宋代，中国人发明了蒸馏法，从此，白酒成为中国人饮用的主要酒类。酒渗透于整个中华五千年的文明史中，从文学艺术创作、文化娱乐到饮食烹饪、养生保健等，酒在中国人生活中都占有重要的位置。东汉许慎《说文解字》云："古者少康初作箕帚、秫酒。少康，杜康也。"宋人张表臣在《珊瑚钩诗话》中说："中古之时，未知曲蘖，杜康肇造，爰作酒醴，可为酒后，秫酒名也。"杜康，作为中国的酒祖，历代受人敬仰。杜康酒，作为历史名酒，历代文人骚客畅饮着它，写下了汗牛充栋的锦绣文章、不朽诗篇。酒与中国文化密切相关，它的发明者，共推仪狄、杜康。晋人江统说："酒之所兴，肇自上皇，或云仪狄，一曰杜康。"仪狄，大禹时代人；杜康，据说就是夏代国王少康。而杜康之名又盛于仪狄，故仪狄之名则彰而不显。拨开尘封于酒史中的重重迷雾，最早的酒产生于以洛阳为中心的河洛地区，则是不争的事实。根据古人的记载，酒的发明也相当偶然。有一次，杜康把剩饭放在空桑之中，日子久了，饭自然发酵，散发出一种芬芳的气味，并流出一种液体，杜康取而饮之，感觉其味甘美。杜康受此启发，发明了酒。所谓空桑，即树心被朽空的桑树。据古代文献记载，洛阳伊水流域有一个地名叫空桑涧，可能与空桑有关。杜康酿的酒称秫酒，即酿酒的原料以黑秫为主。黑秫是高粱的一种，它野生于洛阳山区，上古先民把它培育成一种重要的农作物。杜康善于酿酒，其酿制工艺颇为讲究。《杜康纪闻》记载的"五齐六法"据说就是杜康酿酒的秘方。它要求造酒用的黑秫要成熟，投曲要及时，浸煮要清洁，要取用山泉之水，酿酒器物要优良，火候要适当。民间传唱的一首酒歌据称是杜康所传，歌词称："三更装糟糟儿香，日出烧酒酒儿旺，午后投料味儿浓，日落拌粮酒味长。"这就是说，在酿酒过程中，对何时投料，何时开火，都非常讲究。酒在河洛地区产生后，就融入博大精深的河洛文化中。周公在洛阳发布禁酒令，即《酒诰》，但并未完全禁止饮酒，而是把酒与周礼紧密相连，故周代的五礼均离不开酒。现存的《诗经》据说是孔子删定的，但孔子删定之前的"诗"其实就是在洛阳收集保存的官方文献。在这些诗篇中，与酒有关的占了大部分篇幅。杜康故里即杜康酿酒的旧址在何处？这也是人们感兴趣的话题。

　　杜康故里，称杜康村，共有两处，均在洛阳。一处在洛阳老城西。民国时期李健人写的《洛阳古今谈》称，杜康村，在洛阳城西，又称杜村，即杜康故宅。一处在汝阳县，此处杜康村的最早记载见于明万历《直隶汝州全志》一书，该书称："杜康村，（伊阳）城北五十里，杜康造酒处。"这里有杜康庙、杜康墓等遗迹。由此可见，杜康酒是中国酒宗，洛阳是中国酒文化的故乡。

　　唐宋时期的酒文化是酒与文人墨客的大结缘。唐朝诗词的繁荣，对酒文化起到了很直接的促进作用，出现了一个辉煌的"酒章文化"盛世。酒与诗词、酒与音乐、酒与书法、酒与美术、酒与绘画等，相融相兴，沸沸扬扬。唐代是中国酒文化的高度发达时期，唐代酒文化底蕴深厚，多姿多彩，辉煌璀璨。"酒催诗兴"是唐朝文化最凝练最高度的体现，酒催发了诗人的诗兴，从而内化在其诗作里，酒也就从物质层面上升到精神层面，酒文化在唐诗中酝酿充分，品醇味久。唐朝酒肆日益增多，酒令战风行，酒文化融入了中国人的日常生活中。唐人崇尚"美酒盛以贵器"。其酒道，饮酒大多在饭（食）后，正所谓"食讫命酒""食毕行酒""烹鸡设食，食毕，赍酒欲饮"。当时的饮酒之道，是在食毕进行，饱食徐饮、欢饮，既不易醉，又能借酒获得更多的欢聚尽兴的乐趣。明清两代可以说是中国历代行酒道的又一个高峰，饮酒特别讲究"陈"之字，以陈作酒之姓，"酒以陈者为上，愈陈愈妙"。此外，酒道推向了一个修身养性的境界，酒令五花八门，所有世上的事物、人物、花草鱼虫、诗词歌赋、戏曲小说、时令风俗无不入令，且雅令很多，把中国的酒文化从高雅的殿堂推向了通俗的民间，从名人雅士的所为普及为里巷市井的爱好。把普通的饮酒提升到讲酒品、崇饮器、行酒令、懂饮道的高尚境地。

　　中国是卓立世界的文明古国，是酒的故乡。中华民族五千年历史长河中，酒和酒类文化一直占据着重要地位。酒是一种特殊的食品，是属于物质的，但又同时融于人们的精神生活之中。酒文化作为一种特殊的文化形式，在传统的中国文化中有其独特的地位。在几千年的文明史中，酒几乎渗透到社会生活中的各个领域。首先，中国是一个以农立国的国家，因此一切政治、经济活动都以农业发展为立足点。而中国的酒，绝大多数是以粮食酿造的，酒紧紧依附于农业，成为农业经济的一部分。粮食生产的丰歉是酒业兴衰的晴雨表，各朝代统治者根据粮食的收成情况，通过发布酒禁或开禁，来调节酒的生产，从而确保民食。在一些地区，酒业的繁荣对当地社会生活水平的提高起到了积极作用。酒与社会经济活动是密切相关的。汉武帝时期实行国家对酒的专卖政策，从酿酒业收取的专卖费或酒的专税就成为国家财政收入的主要来源之一。酒税收入在历史上还与军费、战争有关，直接关系到国家的生死存亡。在有的朝代，酒税（或酒的专卖收入）还与徭役及其他税赋形式有关。酒的厚利往往又成为国家、商贾富豪及民众争夺的肥肉。不同酒政的更换交替，反映了各阶层力量的对比变化。酒的赐晡令的发布，往往又与朝代变化、帝王更替，及一些重大的皇室活动有关。酒作为一种特殊的商品，给人民的生活增添了丰富的色彩。中国古人将酒的作用归纳为三类：酒以治病，酒以养老，酒以成礼。几千年来，酒的作用远不限于此三条，起码还包括：酒以成欢，酒以忘忧，酒以壮胆。

酒，在人类文化的历史长河中，已不仅仅是一种客观的物质存在，而是一种文化象征，即酒神精神的象征。在中国，酒神精神以道家哲学为源头。庄周主张物我合一、天人合一、齐一生死。庄周高唱绝对自由之歌，倡导"乘物而游""游乎四海之外""无何有之乡"。庄子宁愿做自由地在烂泥塘里摇头摆尾的乌龟，而不做受人束缚的昂首阔步的千里马。追求绝对自由、忘却生死利禄及荣辱，是中国酒神精神的精髓所在。因醉酒而获得艺术的自由状态，是古老中国的艺术家解脱束缚获得艺术创造力的重要途径。"志气旷达、以宇宙为狭"的魏晋名士、第一"醉鬼"刘伶在《酒德颂》中有言："有大人先生，以天地为一朝，万期为须臾。日月有扃牖，八荒为庭衢。""幕天席地，纵意所如。""兀然而醉，豁尔而醒。静听不闻雷霆之声，孰视不睹泰山之形。不觉寒暑之切肌，利欲之感情。俯观万物，扰扰焉如江汉之载浮萍。"这种"至人"境界就是中国酒神精神的典型体现。

"醉里从为客，诗成觉有神。"（杜甫《独酌成诗》）"俯仰各有态，得酒诗自成。"（苏轼《和陶渊明〈饮酒〉》）"一杯未尽诗已成，涌诗向天天亦惊。"（杨万里《重九后二月登万花川谷月下传觞》）。南宋政治诗人张元年说："雨后飞花知底数，醉来赢得自由身。"酒醉而成传世诗作，这样的例子在中国诗史中俯拾皆是。不仅为诗如是，在绘画和中国文化特有的艺术书法中，酒神的精灵更是活泼万端。画家中，郑板桥的字画不能轻易得到，于是求者拿狗肉与美酒款待，在郑板桥的醉意中求字画者即可如愿。郑板桥也知道求画者的把戏，但他耐不住美酒狗肉的诱惑，只好写诗自嘲："看月不妨人去尽，对月只恨酒来迟。笑他缣素求书辈，又要先生烂醉时。""吴带当风"的画圣吴道子，作画前必酣饮大醉方可动笔，醉后为画，挥毫立就。"元四家"中的黄公望也是"酒不醉，不能画"。"书圣"王羲之醉时挥毫而作《兰亭集序》，"遒媚劲健，绝代所无"，而至酒醒时"更书数十本，终不能及之"。李白写醉僧怀素："吾师醉后倚胡床，须臾扫尽数千张。飘飞骤雨惊飒飒，落花飞雪何茫茫。"怀素酒醉泼墨，方留其神鬼皆惊的《自叙帖》。草圣张旭"每大醉，呼叫狂走，乃下笔"，于是有其"挥毫落纸如云烟"的《古诗四帖》。酒由医家药物变成筵宴饮品，由来已久，周天子对大臣有"九锡"之礼，其中之一是酒，用黑黍和芳草酿造而成。古代朝廷正式宴会，只用按法定规格酿造的法酒，亦称"官酒"，以后衍变为各地的官酿酒沿袭下来。从唐人诗"法酒调神气""官酒重于锡"，可知这种酒须掺和某些安神益气的药材，是一种糖分多酒精含量低的滋补酒。

古代多豪饮之士，《孔丛子》载谚云："尧舜千钟，孔子百觚；子路嗑嗑，尚饮十榰。"陈师道诗赠张耒，谓："张侯便然腹如鼓，雷为饥声酒为雨。"张耒《明道杂志》说："晁无咎与余酒量正敌，每相遇，两人对饮，辄尽一斗，才微醺耳。"就因为他们喝的是低度酒的缘故。传至唐代，始见"烧酒"，白居易有"烧酒初开琥珀香"的诗句。但其为红色，与后来所见到的白酒迥异。明代李时珍的《本草纲目》中载："烧酒，非古法也，自元始创其法。"元代人称它为"汗酒"或"阿剌古酒"。因其为蒸气凝成的露滴汇积而成，清代有称其为"气酒"的。"烧酒"起初以浓酒和糟一起蒸煮提纯，后来也以糯米、粳米、秫、黍、大麦等做原料。至近代，则以高粱所酿为正宗。据清代梁章钜的《浪迹续谈》卷四记载，曾有外国人得到高粱烧酒，称为"中国至宝"，遗憾的是不知道如何服食。而近古代的烧酒家族中，沛酒、潞酒、汾酒最为文人豪士所钟爱。

我国古人对饮酒制定了许多规则。西周设"酒人"一职，执掌酿酒及祭祀大事。封建时代国立大学校长称为国子监祭酒，由博学硕儒充任，为烦琐至极的礼仪提供咨询。《诗·宾之初筵》描述了古代筵宴的程序和详细的规则，如酒过三巡易醉，就不要再喝；宾客醉了应向主人辞别，否则有失酒德；饮酒之所以有豪放之美，是因为它切合完美的礼仪。传统饮食文化讲究礼仪，正是我们民族的美德。

酒在中国饮食文化中有着特殊的地位。饮酒，使饮食文化的社会功能更加广泛。宋代苏东坡"应呼钓诗钩"句，直说酒像钓鱼钩一样，喝了酒可以把诗句钓上来。他的《蜜酒歌》则以诗的语言，表述了复杂的酿造工艺。中国传统酒文化更强调的是饮酒时的"酒趣"。饮酒乃"学问之事"，它有一套相应的礼仪规范。

酒如万花筒，折射人间百态。一方水土养一方人，一方人喝一方酒，无论是北方人之豪爽，还是南方人之恬淡，酒的确能使人返璞归真。但唯其略有酒意、神清心明却五体通泰之际，方独有一种醉看世人、醉品人生、醉中乾坤的风景，这才能称得上为饮酒之佳境。

# 茶中人生

茶中有道，以茶行道。品茶是一种修养，一种境界，一种愉悦，通过对茶汤的"甘、香、滑、重"的鉴赏，融会贯通对天地万物的认知，方会慢慢细细地品味出人生的百般滋味。

中国的文字属于象形文字，从"茶"字中很容易看出，茶是由草、木、人三部分组成，由此可见，人与茶共生在自然界中的天然关系是何等密切。

中国的茶文化博大精深，"千里不同风，万里不同俗"。茶有好多品种，有红茶、绿茶、黄茶、白茶、黑茶、青茶等九大类型。每一种类里又包含许多，有碧螺春、龙井、毛峰、铁观音、云雾、祁红等十大名茶。如果按茶叶的形状分，更是千姿百态了，有花朵形的、茅形的、针形的、扁形的、螺旋形的……构成了一个各种形态美的茶叶王国，足以与人生纷繁的大千世界比拟了。

茶叶虽小，可它的形成颇为复杂，它须在阳光照耀下开花，在细雨濡湿中滋润，在云雾萦绕里成长，在慢火烈焰上烘焙，经过许多步骤的磨砺，才形成了可供品尝的茶叶。然后根据各种茶的性能，选择茶具及水冲泡时的温度。泡的过程也有讲究，一般泡茶只注入七分满的水，让茶叶在杯子里上上下下沉浮着，一缕细微的清香便缓缓地从杯子中溢出来，里面的茶叶随着沸水翻腾着，然后渐渐地沉淀下去，一杯有着独特香味的好茶才算沏好了。

茶不同，茶韵和茶味就不同。茶中加上敏锐芳香的茉莉香片，那虽然隔了一季的花香，闻来却依旧生动如初。喝一杯淡雅的碧螺春，听名字就让人想起眉清目秀、风姿绰约行走在阡陌的秀丽村姑，气质的清芬却常常在举手投足间似有若无地飘散出来。而云雾茶那种矜持的冷劲，在沸水注入后升腾起的依然是漠漠的云雾，有几分超然向外的禅意。毛尖最言情了，温柔缠绵，风韵十足，散发着高贵成熟的女人气息，有一种女人生来柔骨而就，媚而不俗，甜而不腻的感觉。普洱茶色如红酒，犹如柔情似水的女人，千般情丝在杯中起起落落，萦绕不绝。铁观音品来悠长醇厚，底气十足，虽然往日的红袖脂香都已是明日黄花，但沉淀下来的却是几分落寞的清明，品来绵长悠久……

泡茶的过程是美妙的过程。水的如瀑倾泻，茶的随性曼舞，知音一般的和谐与激荡。茶只有在这时才一展美姿，将多时裹藏的自身点点打开。茶的舞不是痛苦的舞，那或许叫情不自禁，或许叫形骸放浪。雨舒云卷，风披雾腾，茶将自己变成了真正的茶。而水也随着茶一并舒展，一道释放，因美妙而改变了自身，成就一杯清雅而又浓烈的醉。其实，茶叶早就超越了原始的解渴作用，已经是人们生命里一道独特的风景。

古之茶经，常与禅相通，相通在于禅理，故有"禅茶"之说。不知哪位大师所讲："茶意即禅意，舍禅意即无茶意，亦即不知茶味。"怎样从小小的茶壶中去感悟人生的挫折，如何从清淡的茶水里去品味人生哲理？也许，只有自己用心慢慢地体会了！

第一杯茶水是苦涩的，第二杯是香醇的，第三杯是清醇的，第四杯是淡淡的，再往后面就无味了。人生就像茶一样，虽然开始会经历很多的痛苦，但是当接受这些痛苦并让其成为生命中的财富，就会进入第二杯的境界。当经过了第二杯后，在这个世界中经历痛苦后的你就会变得清醇豁达，不仅仅接受生活给予的痛苦和快乐，更是在痛苦和快乐中酝酿以至于超脱。当继续经历接受人生的一切时，这时会带着一颗感恩的心，让自己的感悟进入淡季，这时候会知道人在这个世界从来都不曾拥有什么，空空地来，最终也要空空地走，过去经历的一切都要还原到最初的状态，水本是水，草本身是草，叶子本身也是平平常常的叶子，就如同人生真正的意义不是你承载了什么，而是放下了什么，才能最终回归到原始的本质。

泡茶品茶是美的享受，通过选茶、辨水、选具、涤器、投茶、沏茶等技巧，泡出一壶上品的茶汤。红茶之汤色泽红艳明亮，香气馥郁，滋味浓醇甘甜；绿茶之汤翠绿娇嫩，清澈见底，充满生命活力，望物生津，淡淡幽香；乌龙茶之汤明黄光亮，晶莹剔透，沉香留齿，回味无穷。

品茗可令人心静神定，忘了世上宠辱得失、酸甜苦辣，头脑没有杂念。闻香而后慢慢品尝，小口呷茶，各种微妙感觉，自然涌上心头，这是茶与心灵结合的一种感悟，使人返璞归真。此时此境真有种"放怀天地外，得意云水间"的感受。

品茶如品人，茶品如人品，仔细想来，以茶喻人很是恰切。以茶论友：有一种"凤凰茶"，泡好了，刚喝一口，香气四溢，甚是舒心，再饮，淡然无味，如同喝白开水。细辨起来，那不是原汤原汁的凤凰茶，是加香的茶叶泡出来的。有的朋友，刚一认识，甚是热情，有求于你时拍马溜须，达到目的之后，时过境迁，过桥拆板，没有情义，那种热情是伪装出来的。真正的凤凰茶，一喝进口，感觉有些苦，但再品，苦中带甘，再回味，甘美无比，齿颊留香，耐人寻味。有的朋友，开始接触，觉得性情古板，时间久了，感觉其很有个性和思想，再交往，发现他人品高尚，可以成为推心置腹的好友。以茶思索人、理解人，很有一番情趣。

人生的幸福如茶，当生活中、工作中或事业中取得了收获和成绩时，就如一杯刚冲好的浓酽的茶，翻滚着、蒸腾着，是那么的耀眼、那么的诱人，远远地就能感受到他那份热情和不平凡，让人羡慕、让人垂涎；但这一切总归会要归于平淡，如一杯绿茶，冲了三遍，慢慢地变得不再浓酽，最后变成了一杯白开水；亦如乾陵前武则天的无字碑，默默地矗立在那里，是那么的无言，但你能说她没有辉煌灿烂的过去吗？没有永远激动人心的幸福，只有永远平凡而平淡的岁月。无中生有，由无极而至有极，回归自然，效法自然，太极茶道就是这种理念和精神在发挥着神奇的流派凝聚力量。

人生的苦难如茶，当人生遇到苦难和困苦时，就如品一杯刚冲的酽茶，那苦苦的、涩涩的感觉，让我们蹙眉、咂舌。但我们也不会因其苦而放下杯，一样会细细地品下去。往事悠悠，终成旧梦，再回首，往日的痛苦，已变成了今日的财富。没有永远刺痛人心的苦难，只有永远浸透在岁月里的平淡。

人生之境如茶，茶品人生，心性自明。第一道茶苦如生命，第二道茶香如爱情，第三道茶淡如清风。一杯清茶，三昧一生，人生如茶，或浓烈或清淡，都须细细地品味。人生在世，总想争个高低之分，成败得失，殊不知高与低，成与败，都是人生的滋味。功名利禄来来往往，炎凉荣辱浮浮沉沉，深入细致地品茶，就像品味漫漫人生一般，最终会领悟到那一份淡泊，那一份宁静。

茶是一种情调、一种沉默、一种忧伤、一种落寞。也可以说是记忆的收藏。在任何一个季节里饮茶，每个人都宛若一片茶叶，或早或晚要融入这变化纷纭的大千世界。在融会的过程中，社会不会刻意地留心每一个人，就像饮茶时很少有人在意杯中每一片茶叶一样。茶叶不会因融入清水不为人在意而无奈，照样只留清香在人间。人生在世，

331 / 第五辑 赏静品雅

求淡雅之美，淡名，淡利，无争，无夺。一切自然，一切脱俗，一切入幽美邈远的意境去。方为一盏无味而至味的茶，淡雅，吾之所求。淡雅，吾之所愿！

现实中，人心若能如茶，便清和静雅，了无杂念，只需一杯清水便昭示一段人生。但对于人生之言，四季变更、悲欢离合、为了什么金钱、权力、名誉、地位，搞得人心浮躁、欲望膨胀、性情变异，其实，静下来端一杯茶边饮边冷静思考，才会真正的明白人生如茶，"返璞归真""顺其自然"的深奥，才会真正懂得一切不过是一个过程，生命的起点和终点都充满了平淡，充满了自然。在沉沉浮浮中，选择了清淡和超然，你就会拥有一种简单而优雅的生活态度。擎一盏清茶，任幽香冲去了浮尘，沉淀了思绪，心情，幽静才可长远。

有多少人喝茶，就会有多少种心境、心情、心得。一个人的茶是非茶之茶，一人独品，一缕幽香，一个意境，是茶非茶，容易醉人；两个人的茶是真茶之茶，两人两杯茶，相对而坐，两两相望，无声胜有声；茶话会的茶，是一种茶饮料，朋友们聊聊人生的酸甜苦辣，常常会让人哭，让人笑，让人糊涂，让人清醒。所以，茶是一样的好茶，然心境、意境、愿景不同，茶也会生出不同的意味！其实，茶是一样的，不一样的在人啊！

夜已深，闻着淡淡地茶香，漫漫长夜有一份静养之心，此时没有一点矫饰和浮躁，忘却了一切得失和荣辱，只有一份恬淡的心境。人们渴望心静、心安、心清的状态，好像似水中捞月，祈盼远离尘嚣，回归自然的愿景，恰如海市蜃楼。蓦然回首，方才意识到，真正值得我们为之追求与向往的东西其实很简单。茶可清心，淡淡的一丝香甜，柔柔的一缕心音，暖暖的一份真情，那份幽香，那份清醇，那份淡雅，都在默默地品味之中，都在那蓦然回首中感悟着人生的真谛。

茶中有道，以茶行道。品茶是一种修养，一种境界，一种愉悦，通过对茶汤的"甘、香、滑、重"的鉴赏，融会贯通对天地万物的认知，方会慢慢细细地品味出人生的百般滋味。

啊，茶禅一味，味中人生。

# 石内灵气

石头源于自然，奇石浑然天成。这是赏石区别于其他艺术品的特征。赏石是人与自然、人与艺术对话交流的一个窗口。赏石独树一帜的风采，天工神作的品性，已得到了社会各界人士的广泛关注。

精美的石头会唱歌。

这句歌词，恐怕如今已经妇幼皆知了。从雪山高原到大江大河，从平原草地到黄土高坡，从国内市场到国际玩家，人们如今对待石头的感情，无不充满着一种特殊的好奇与向往。玩石、赏石，成了人们现代生活中的闲情逸致。

从历史的长河中可以看出，现如今的赏石风气之盛，恐怕到了前所未有的地步。

石头源于自然，奇石浑然天成。这是赏石区别于其他艺术品的特征。赏石是人与自然、人与艺术对话交流的一个窗口。赏石独树一帜的风采，天工神作的品性，已得到了社会各界人士的广泛关注。

中国传统的赏石文化活动，可能源于战国时代《尚书·禹贡》篇上的记载，至今已有两千余年。据相关数据显示，现今赏石收藏人士已远远超过一千万人。

古典赏石主要是指唐宋以来文人雅士热衷的、多陈列于案头供观赏把玩的雅石。其石种多为灵璧石、太湖石、英石，也有昆石、黄蜡石、绿松石、孔雀石、菊花石等。奇石种类丰富多样，按奇石上的直观内容可分：人物、动物、器皿、静物、建筑物、山水风光、花鸟虫鱼、化石、矿物晶体（单晶、双晶、晶族）、宝石、玉石、纪念石、整体造型石、形神兼备的双馨石、寓理禅石、线条石、国画石、浮雕石、人体保健石、梅花石、牡丹石等一切可供观赏的石种。古典赏石常常还带有古代文人雅士的铭刻，审美取向也基本遵循宋代米芾提出的"瘦、漏、透、皱"。而当代赏石已发展到不计石种，审美取向更为全面，并且已形成了"形、质、色、纹、韵"的鉴赏标准，这是时代发展的一个很大进步。

目前拍卖赏石还仅仅局限在古典赏石范围，较少涉及当代赏石。但随着当代赏石艺术品标准的被人认识，"瘦、漏、透、皱、形、质、色、纹、韵"等广义的概念，也会随着拍卖赏石活动的多次举行而渐渐地深入到人们的脑海。

中国是东方赏石文化的发祥地。在以自然奇石（而非石制品）为现货对象的活动方面，中国历史上有文字记载的，至少可追溯到三千多年前的春秋时代。据《阁子》载："宋之愚人，得燕石于梧台之东，归而藏之，以为大宝，周客闻而现焉。"其实，远在此前的商、周时代（公元前廿世纪前后），作为赏石文化的先导和前奏——赏玉活动就已十分普及。据史料载：周武王伐封时曾"得旧宝石万四千，佩玉亿有万八"。而《山海经》和《轩辕黄帝传》则进一步指出：黄帝乃我国之"首用玉者"。由于玉产量太少而十分珍贵，故以"美石"代之，自在情理之中。因此，中国赏石文化最初实为赏玉文化的衍生与发展。《说文》云："玉，石之美者"，这就把玉也归为石之一类了。于是奇石、怪石后来也常跻身宝玉之列而成了颇具地方特色的上贡物品。《尚书·禹贡》曾载：当时各地贡品中偶有青州"铅松怪石"和徐州"泗滨浮磬"。显然，这些三千多年前的"怪石"和江边"浮磬"都是作为赏玩之物被列为贡品的。很可能这就是早期的石玩，即以天然奇石（而非宝玉或石雕、石刻制品）为观赏对象的可移动玩物。

　　随着社会经济的进步，园圃（早期园林）的出现，赏石文化首先在造园实践中得到了较大的发展。从秦汉时代古籍、诗文所描述的情景得知，秦始皇建阿房宫和其他一些行官，以及汉代"上林苑"中，点缀的景石颇多。即使在战乱不止的东汉及三国、魏晋南北朝时代，一些达官贵人的深宅大院和宫观寺院都很注意置石造景、寄情物外。东汉巨富、大将军梁冀的"梁园"和东晋顾辟疆的私人宅苑中都曾大量收罗奇峰怪石。南朝建康同泰寺前的三块景石，还被赐以三品职衔，俗称"三品石"。南齐（公元五世纪后叶）文惠太子在建康造"玄圃"，其"楼、观、塔、宇，多聚异石，妙极山水"（《南齐·文惠太子列传》）。1986 年 4 月，考古学家在山东临朐发现北齐天保元年（公元550 年）魏威烈将军长史崔芬（字德茂，清河东武人）的墓葬，墓中壁画多幅都有奇峰怪石。其一为描绘古墓主人的生活场面，内以庭中两块相对而立的景石为衬托，其石瘦峭、鼓皱有致，并配以树木，表现了很高的造园、缀石技巧。这幅壁画，比著名的唐朝武则天章怀太子墓中壁画和阎立本名作《职贡图》中所绘树石、假山、盆景图，又提早了一百多年。可见，中国赏石文化早在公元二世纪中叶的东汉便开始在上层社会流行；到南朝（五六世纪），已达相当水平。

　　公元六世纪后期开始的隋唐时代，是中国历史上继秦汉之后又一个社会经济文化比较繁荣昌盛的时期，也是中国赏石文化艺术昌盛发展的时期。众多的文人墨客积极参与搜求、赏玩天然奇石，除以形体较大而奇特者用于造园、点缀之外，又将"小而奇巧者"作为案头清供，复以诗记之，以文颂之，从而使天然奇石的欣赏更具有浓厚的人文色彩。这是隋唐赏石文化的一大特色，也开创了中国赏石文化的一个新时代。曾在唐文宗李昂、武宗李炎（九世纪初、中叶）手下担任

宰相的牛僧孺和李德裕，都是当时颇有影响的文人墨客和藏石家。李德裕建"平泉山庄"，其中的怪石与奇花异树在当时就极负盛名，号称各地奇石"靡不毕致"，而奇石品种之多，仅有名号者既达数十余种。李德裕"平泉山庄"和诗人王建的"十二池亭"在造园艺术和景石、点缀方面，都达到了很高水平。大诗人白居易不仅有许多赏石诗文，他的《太湖石记》更是反映唐代赏石盛况及文化水准的代表作之一。白居易在文中最早介绍了古代赏石品级的分等情况。他首先记述了好友、宰相牛僧孺（封号"奇章郡公"）因"嗜石"而"争奇聘怪"，以及"奇章公"家太湖石多不胜数而牛氏对石则"待之如宾友，亲之如贤哲，重之如宝玉，爱之如儿孙"的情形，接着称赞了牛僧孺藏石常具"三山五岳、百洞千整……尽缩其中；百仞一拳，千里一瞬，坐而得之"的妙趣；最后还介绍说："石有大小，其数四等，以甲、乙、丙、丁品之，每品有上、中、下，各刻于石阴。曰：'牛氏石甲之上，乙之中，丙之下'。"在白居易眼里，牛僧孺实为唐代第一藏石、赏石大家。

宋代（十世纪中叶至十三世纪末）是中国古代赏石文化的鼎盛时代，北宋徽宗皇帝举"花石纲"，成为全国最大的藏石家。由于皇帝的倡导，达官贵族、绅商士子争相效尤。于是朝野上下，搜求奇石以供赏玩，一度成为宋代社会的一种时尚。这一时期不仅出现了如米芾（字元漳）、苏轼（号东坡）等赏石大家，司马光、欧阳修、王安石、苏舜钦等文坛、政界名流都成了当时颇有影响的收藏、品评、欣赏奇石的积极参与者。宋代赏石文化的最大特点是出现了许多赏石专著，如杜绍（字季阳）的《云林石谱》、范成大的《太湖石志》、常懋的《宣和石谱》、渔阳公的《渔阳石谱》等。其中仅《云林石谱》便记载石品有一百一十六种之多，并各具生产之地、采取之法，又详其形状、色泽而品评优劣，对后世影响最大。又据南宋赵希鹄的《洞天清录集·怪石辨》载："怪石小而起峰，多有岩岫耸秀、嵌之状，可登几案观玩。"足见当时以"怪石"作为文房清供之风已相当普遍了。

以书画两绝而闻名于世的北宋米芾是十一世纪中叶中国最有名的藏石、赏石大家。他不仅因爱石成癖，对石下拜而被人称为"米癫"，而且在相石方面，还创立了一套理论原则，即长期为后世所沿用的"瘦、透、漏、皱"四字诀。其实当时癖石者甚众，米芾只是其中之一罢了，"爱石而癖"绝非米氏所独钟者。据文献载："米尝守涟水，地接灵璧，蓄石甚富，一一加以美名，入室终日不出。"当时有位监察使叫杨杰的，"知米好石废事，往正其癖"。但正当他老先生振振有词地教训米芾时，"米径前以手于左袖中取一石，其状嵌空玲珑，峰峦洞穴皆具，色极清润。米举石宛转翻复以示杨曰：'如此石安得不爱？！'杨殊不顾，乃纳之左袖。又出一石，叠峰层峦，奇巧更胜，杨亦不顾，又纳之左袖。最后又出一石，尽天画神镂之巧；又顾杨曰：'如此石安得不爱?!'杨忽曰：'非独公爱，我亦爱也！'即就米手攫得径登车去。"这个故事十分生动有趣，也在一定程度上反映了米家奇石多小巧玲珑、富于山水画意的天然特色，和当时上层社会爱石、藏石的浓厚风气。

明清两朝（十四世纪中叶以后）是中国古代赏石文化从恢复到大发展的全盛时期。在这数百年间，中国古典园林从实践到理论都已逐渐发展到成熟阶段。明代时期，著名造园大师计成（字无否）的开山专著《园冶》、王象晋的《群芳谱》、李渔的《闲情偶记》、文震亨的《长物志》等相继问世。他们对园林堆山叠石的原则都有相当精辟的论述。"一峰则太华千寻，一勺则江湖万里"（《长物志》）之说，至今仍是"小中见大"的典范。明代曹昭的《新增格古要论·异石论》，张应文的《清秘藏·论异石》，尤其是万历年间林有麟图文并茂、长达四卷的专著《素园石谱》等，更是明代赏石理论与实践高度而全面的概括。林有麟不仅在《素园石谱》中绘图详细介绍了他"目所到即图之"，且"小巧足供娱玩"的奇石一百一十二品；还进一步提出"石尤近于禅""芜尔不言，一洗人间肉飞丝雨境界"，从而把赏石意境从以自然景观缩影和直观形象美为主的高度，提升到了具有人生哲理、内涵更为丰富的哲学高度。这是中国古代赏石理论的一次飞跃。

清朝时期，沈心的《价怪石录》，陈元龙的《格致镜原》，胡朴安的《奇石记》，梁九图的《谈石》，宋荦的《怪石赞》，高兆的《观石录》，毛奇龄的《后现石录》，成性的《选石记》，王琢的《石友赞》，诸九鼎的《石谱》和谷应泰的《博物要览》等数十种赏石专著或专论，共同把中国传统赏石文化推向了一个新的高峰。长篇小说《石头记》（即《红楼梦》）的出现，北京圆明园、颐和园的建造，从一定意义上说，都是赏石文化在当时社会生活与造园中的实践。

赏石文化是人类石文化现象中的一个重要分支，其基本内容是以天然石（而非石制品）为主要观赏对象，以及为观赏天然奇石而总结出来的一套理论、原则与方法。包括赏玉文化、园林景观奇石等多个方面，其历史要比石器文化晚得多。即使如此，中国先秦时期就已有相关记载，而黄帝更被认为是早期赏石文化发起人。另外，由于东、西方民族在历史和文化背景方面的显著差异，东方赏石文化与西方赏石文化是分别经历了各不相同的发展道路而形成的，其内容和特色在许多方面也截然不同。

赏石作为自然景观的缩影也被提升到了蕴涵人生哲理的境界，成为文人们寄情山水的对象。著名文学家苏轼就曾作诗"我持此石归，袖中有东海，试观烟云三峰外，都在灵仙一掌间"，表达了对袖中藏石的珍爱。

大书画家赵孟頫（十三世纪末、十四世纪初）是当时赏石名家之一，曾与道士张秋泉真人交往频繁，对张所藏"水岱研山"一石十分倾倒。面对"千岩万壑来几上，中有绝涧横天河"的一拳奇石，他感叹"人间奇物不易得，一见大呼争摩挲。米公平生好奇者，大书深刻无差讹。"这一时期，在赏石理论上无大建树。

采石、赏石是一种休闲活动方式，郊游登山、顺便采捡奇石，既可宽松心情，享受大自然景物之乐趣，又可锻炼身体。捡回的石头经过清洗整理，色、形、意、趣会将你带入一个新的天地。石尤通灵，石我相看两不厌，物我交融情由景生，奇石自然也就成了你的挚爱伙伴，故瑰集奇石已逐渐成为现代人休闲的一种生活方式，给你带来无限的生活乐趣。

捡石、赏玩奇石其修身养性之功效，胜于琴棋书画、种花养鸟之类。从捡石、养石、赏石一系列过程，对人的耐性、毅力及心境的联想，都在知与不知中充实着、陶冶着。图案石上的山川河流、花鸟虫鱼，无不显其灵性。造型石千奇百怪，世有石有，可待人们没发现之前，沉睡千年，也不卑不亢，即便供奉厅堂后，也不言自重。奇石不仅有烈日的曝晒，风雨的肆虐，还有急流的冲刷，物质泥土的腐蚀，尽然在弯曲坎坷的河流中冲撞，却练就了钢铁般的身骨。沉睡使其柔美；坎坷使其坚强；在亿万年的酸碱侵蚀中，冲刷使其美丽精神，肆虐使其丰润典雅。想奇石，念其人，人生若如石，学石，做石，定会还你一个真正的自我，完美的人生。

赏石文化，其实是一种发现的艺术，也是一种心境艺术。闲时常到郊外溪涧去采石，或到市场上选购几块奇石，经过一番清理与思索，再配制紫檀或黄杨木、红木座架，或直接置于艺盘中，就可成为一件件素雅别致又富创意的艺术品。每一枚奇石里都包含了一种世界、一种春秋，它是掌中山河，案上乾坤，令人百看不厌，爱不释手。饭后茶余，细细品味，可领略到无穷情趣。

如今，正值国泰民安太平盛世，赏石藏石之风日盛，越来越显现出其迷人的巨大魅力。

石头走进人们的生活，象征着时代的变迁，生活的美满。

# 木色看花

中国的家具明清时期最为盛行，不仅制作精湛，而且价值不菲。因此，也就成了今天不少人热衷收藏的东西。但遗留至今的明清家具毕竟不多，大众收藏可望而不可即。

世界上的木头有千万种，说到底，它最大的用处是用来制造家具。中国的家具明清时期最为盛行，不仅制作精湛，而且价值不菲。因此，也就成了今天不少人热衷收藏的东西。但遗留至今的明清家具毕竟不多，大众收藏可望而不可即。说到木头，据说最具收藏价值有以下五种。

## 沉香

沉香，是瑞香料物种在受到自然界的伤害如雷击、风折、虫蛀或受到人为破坏后，在自我修复过程中分泌出的油脂受到真菌感染，所凝结成的分泌物，当累积到一定程度时，将此部分取下，便为可使用的沉香。

决定沉香等级的最重要标准，为其树脂的含量。沉香树脂极为沉重，虽然原木的比重只为零点四，但当树脂的含量超出百分之二十五时，任何形态的沉香（片、块、粉末）均会沉于水。沉香的名称，正是来自于其沉于水的特质。

据说，沉香形成通常需数十年的时间，树脂含量高者更需要数百年时间，故自古以来沉香的供给远远赶不上需求。自古以来，沉香便有"一片万钱"的说法，而如今更有"一克万钱"的评判。

如今，印度及不少东南亚国家从业者尝试人工培植沉香树脂。由于上等沉香取得极为困难，且价格日益昂贵，故不少业者以假沉香或品质低劣者鱼目混珠，一些人为此上了不少当，枉花了昂贵的钱财。

沉香由于形成条件极为苛刻，其产量极低。近年来由于人们对珍贵沉香趋之若鹜，使得沉香供给几近枯竭，也因此让沉香一直处于极其稀缺的状态。

如果有心，你可以在不少大中城市经营古董的门店里看见沉香，往往价格惊人，至于真假，一般人看不出名堂，对于收藏者来说，还是小心为上。

## 海南黄花梨

中国有个海南，海南出一种黄花梨，学名降香黄檀，为当地所独有。这种树木需历经数百年才能成为家具用材，其纹理瑰丽似锦、质感温润如玉，又具有降血压的药用价值，也是明式家具的最佳用材。近年来，海南黄花梨的价格走势一直稳定上升，成为收藏界追逐的宠儿。

黄花梨是我国传统家具所使用的名贵木材，上海亦称为"老花梨"，广州称为"降香"，心材色泽由浅黄至黄色，纹理美观有香味。其在植物学上的学名称为"降香黄檀"，我国海南岛的这种树材，当地人称"海南檀"。据《广州植物志》记载："海南岛物产……为森林植物，喜生于山谷阴湿之地，木材颇佳，边材色淡，质略疏楹，心材色红褐，坚硬，纹理精致美丽，适于雕刻和家具之用……本植物海南原称花梨木，但此名与广东木材商所称为花梨木的另一种植物混淆，故新拟此名（即海南檀）以别之。"黄花梨木因其纹理美观，色泽艳丽，是明清以来制作家具的良材。传世的古典家具中，多有以黄花梨木制成的家具，这些家具，以其造型端庄大方、线条委婉流畅成为流芳百世的经典之作。

现在的海南花梨都是"斤"来作为交易的计量单位，随着供求关系的进一步失衡，可能会成为下一个与沉香一样用"克"来计量的木材。

闲暇去逛家具市场时，往往会发现不少标注海南黄花梨的家具，价格几十万上百万甚至到千万，人们在羡慕之余，鲜有出手购置的。作为欣赏作品，不过是观赏一番罢了。至于收藏，那可不是普通人所力所能及的。有心人为此往往掏几百或数千元买上一串或几串手串，也不过是简单地慰藉一下那颗不平静的心而已。

## 檀香紫檀

紫檀，学名檀香紫檀，产于印度安德拉邦，俗称"小叶紫檀"，也是市场传统概念中唯一的"紫檀"。古代别名：紫真檀、赤檀、紫檀香，是中国历史上最名贵的木材，自汉代以来就被尊为"木中之王"。

檀香紫檀几乎归集了名贵木材的所有优点于一身，木质油性好密度高，木性稳定，被称为"最好脾气的木头"，带有淡淡的檀香味。由于这种树材生长期极其漫长，且往往"十檀九空"，出材率因此极低，在民间素有"百年寸檀、寸檀寸金"的说法。

"千年孕一木，一木等千年"，紫檀就是这样，千年方可成材，集日月之精华，不仅被认为是平衡阴阳、驱污避邪之佳品，在中医药学中，更是活血排毒、镇心安神、调节气血、洁面养颜、消炎止痛的名贵药材。在国内外自然界中，如今尚存活的这种千年树材，已经极其罕见。用一句"沙里淘金"的话来比喻，也不为过。对于收藏者来说，要收藏这种树材的家具，几乎只能去国内外一些大的博物馆里，才能见到真容。而作为学习鉴赏，日常多去博物馆转转，也是长见识、增学问的必备功课。

# 老山檀香

檀香，素有"香料之王""绿色黄金"的美誉。它取自檀香科乔木檀香树的木质心材（或其树脂），愈近树心与根部的材质愈好。常制成木粉、木条、木块等或提炼成檀香精油。用檀香制香历来被奉为珍品，不过，檀香单独熏烧，气味不佳；但若能与其他香料巧妙搭配起来，则可"引芳香之物上至极高之分"。

佛家对檀香更是推崇备至，以至佛寺也常被尊称为"檀林""旃檀之林"。从用途来看，檀香馨香四溢，芳香独特，是一种任何人工合成的香精、香水都无法与之媲美的纯天然名贵香料。檀香木属植物科中檀香科。檀香主产于印度东部、泰国、印尼、马来西亚、澳大利亚、斐济等湿热地区。其中又以产自印度的老山檀为上乘之品。印度檀香木的特点是其色白偏黄，油质大，散发的香味恒久。

由于生长环境要求苛刻，味道浓郁可人，老山檀香饱受商家推捧，价位一直居高不下。由于老山檀难有大料，出材率很低，老山檀在市场上几乎没有大件的踪影，小料的价格也是一路飞涨。品质稍好的檀香木的市价早已经在每克千元或万元以上。

对于收藏者来说，这样的树材几乎难见其踪影。正是如此，才导致其价格飞涨。作为名贵木材，收藏者能知其名，有个大概了解，就算是相当不易了。

# 大红酸枝

　　大红酸枝，学名交趾黄檀，俗称老红木，产于中南半岛，与黄花梨、小叶紫檀并称御用的"三大贡木"。继黄花梨、小叶紫檀退出主流市场后，交趾黄檀如今已成高端红木家具的主流用材。

　　大红酸枝色泽红而不艳，愈久愈润，深受国人喜爱，红木一词便是因此而来。过去几年，几乎随处可见人们手腕上的红木手串，如今时兴一过也渐趋平静了。

　　由于过度砍伐，且经砍伐后的天然林很难重新生长以及缓慢的生长速度，大红酸枝在几个出产国都已成为珍稀树种，价格也扶摇直上。有些国家为此还制定了法律，加强了管控，市场上的树材越来越少了。

　　近年来，由于红木原材料稀缺，树种珍贵，导致木材价格一路攀升，甚至有消费者戏言红木为"疯狂的木头"。因此，红木家具行业频曝"千万紫檀造假""价值百万元的红木家具挥泪甩卖"等信息，夸大的巨额利润空间不仅让消费者迷惑，更让很多人瞄准红木家具开始投资。随之而来的是，红木产品质量参差不齐的现状也更加突出，最常见的莫过于在销售时鱼目混珠、混淆概念，比如将缅甸花梨、老挝花梨谎称为越南黄花梨。有的家具制造商还掩人耳目，在橱柜或床角，用别的木材冒充红木，眼力见儿不高的顾客往往吃哑巴亏。

　　作为普通消费者，往往有一个认识误区，认为买红木家具买的是木头，红木家具之所以贵也是因为木头。一些商家正是看中了消费者的这个心理，利用红木行业在制作工艺上、法律约束上没有明确规定，趁机开店钻空子。可是，由于不懂工艺流程，不懂红木家具历史文化，不懂制作原理，只是用资金找工人，简单粗糙地仿制，只要达到赚钱目的就行。对于消费者来说，吃亏上当就是普遍的事情了。

　　其实，红木家具也分南北地区，由于气候不一，一味地跟风购置，结果北方的一些人家里的红木家具往往开裂的不少。再加上维修不及时，最后忍痛割爱的情况也不鲜见。现在，人们的生活条件好了，追求品质生活的欲望强烈，住房宽敞了，适当地购置一点红木家具提升生活品位未尝不可，但任何事都需有个科学规划，讲究些因地制宜才行。否则，花钱买个不如意，也是窝心的事儿。

　　你说是不是这个理儿？

# 文房四宝：说笔

产毛笔的地区，唐代至宋代，以安徽宣州最出名，所产紫毫（老紫兔毫）笔，为无上佳品，其价如金。明清时期，为浙江湖州善琏镇所产的选料严格、制作精良的湖笔所取代，并且相沿至今。

笔为文房四宝之首，按照象形字义解读，有竹有毛才是笔。其实，有竹有毛的笔应称为毛笔才是。

毛笔在我国有悠久的历史，传说是秦始皇派去筑长城的那员大将蒙恬，取中山兔毫制成的。这个传说虽不可靠，但也有一定的依据。从 1954 年在长沙左公山出土的战国时期的毛笔来看，它的确是用兔毛制成的。不过这种笔与现在的不一样，它的笔头是用兔毛包扎在竹管外面，再裹以麻丝，涂上漆汁制成的；笔锋坚挺，宜于书写。这是我国现存最早的毛笔了。传统的毛笔不但是古人必备的文房用具，而且在表达中华书法、绘画的特殊韵味上具有与众不同的魅力。不过由于毛笔易损，不好保存，故留传至今的古笔实属凤毛麟角。

毛笔的制造历史非常久远，早在战国时，毛笔的使用已相当发达。中国的书法和绘画，都是与毛笔的使用分不开的。古笔的品种较多，从笔毫的原料上来分，就曾有兔毛、白羊毛、青羊毛、黄羊毛、羊须、马毛、鹿毛、麝毛、獾毛、狸毛、貂鼠毛、鼠须、鼠尾、虎毛、狼尾、狐毛、獭毛、猩猩毛、鹅毛、鸭毛、鸡毛、雉毛、猪毛、胎发、人须、茅草等。从性能上分，则有硬毫、软毫、兼毫。从笔管的质地来分，又有水竹、鸡毛竹、斑竹、棕竹、紫檀木、鸡翅木、檀香木、楠木、花梨木、沉香木、雕漆、绿沉漆、螺钿、象牙、犀角、牛角、麟角、玳瑁、玉、水晶、琉璃、金、银、瓷等，不少属珍贵的材料。从笔的用途来分，有山水笔、花卉笔、叶筋笔、人物笔、衣纹笔、设骨笔、彩色笔等。

最早的毛笔，大约可追溯到两千多年之前。毛笔之源一般人都以为是秦代的蒙恬，但考殷墟出土之甲骨片上所残留之朱书与墨迹，系用毛笔所写。由此可知毛笔起于殷商之前，而蒙恬实为毛笔之改良者。

春秋战国时对笔的叫法各地不一，有"笔""聿""拂"等多种名称。直到秦实行"书同文，车同轨"，才将笔的各种名称统一称作"笔"。到了汉代，笔已比较考究，路扈是当时的制笔高手。汉代制笔头的原料除了兔毛之外，还有羊毛、鹿毛、狸毛、狼毛等，硬毫软毫并用。同时，笔管的质地和装饰也丰富起来。据正史书籍记载，我国著名的宣笔就发明于汉代。

西周以上虽然迄今尚未见有毛笔的实物，但从史前的彩陶花纹、商代的甲骨文等上可觅到些许用笔的迹象。东周的竹木简、缣帛上已广泛使用毛笔来书写。湖北省随州市擂鼓墩曾侯乙墓发现了春秋时期的毛笔，是目前发现最早的笔。其后，湖南省长沙市左家公山出土的战国笔，湖北省云梦县睡虎地、甘肃省天水市放马滩出土的秦笔，及长沙马王堆、湖北省江陵县凤凰山、甘肃省武威市、敦煌市悬泉置和马圈湾、内蒙古自治区古居延地区的汉笔，武威的西晋笔等都是上古时代遗存的不可多得的宝贵资料。

元代以后，以湖州为中心的制笔业日益兴隆。我国的毛笔进入了第二个重要发展时期——湖笔时期。尤以羊毫笔最享盛名，为士林所爱，并得朝廷赞赏，此时的湖笔与宣笔已同享盛名，乃至超过了宣笔，成为全国毛笔的代表，誉满海内外。被称为"毛颖之技甲天下"的湖笔，发源于浙江省湖州市善琏镇。古时，善琏隶属湖州府，故这里出产的毛笔称为湖笔，善琏也被誉为"笔都"。当时湖笔与徽墨、端砚、宣纸一起被称为"文房四宝"，并出现了冯应科、张进中、吴升、姚恺、陆震、杨鼎、沈秀荣、潘又新等制笔名师。

明末清初，善琏湖笔逐渐外传，善琏人在各地开设了一批著名的笔店，如北京的古月轩、贺连清，上海的周虎臣、杨振华、李鼎和，苏州的贝松泉、陆益堂等。明清时期是中国制笔业发展的鼎盛期，供皇室的御用笔和官府用笔，制作精致华丽自不待言，就连民间使用的毛笔，也十分注重装饰和美观。当时用作笔管的质材有竹、玉、雕漆、象牙、瓷、珐琅等，在笔管的装饰上，也尽一切修饰之能事，达到了前所未有的丰富。

毛笔本身由竹竿、兔毫并有笔套等组成。湖北荆州凤凰山汉墓曾出土几乎一整套文房四宝，其中除了以简代纸外，笔、墨、砚均全，笔也是竹管兽毛所制，并有一个中间开口的笔套。这是西汉文帝时的产物。有人说，西周时期即已用笔。毛笔的笔杆一般用竹管制，讲究些的用斑竹管制，也有用犀牛角、象牙或金银制的，那就是工艺美术品了。笔头所用兽毫分为柔（软）健（硬）两类，柔毫主要是山羊毛所制；健毫则用兔脊毛和黄鼠狼尾毛等制成，柔毫和健毫杂在一起称为兼毫。笔头制作是中间一簇长毫称为锋，即笔尖；四周包着稍短的毫称为副毫。好的毛笔具有尖、齐、圆、健四大优点。尖，指笔锋如针；齐，指笔毫齐崭；圆，指笔头吸水饱圆；健，指富有弹性，毛笔的型号有多种，写多大的字就用与之相适应的笔，用大笔写小字，用小笔写大字，都无法取得良好效果。产毛笔的地区，唐代至宋代，以安徽宣州最出名，所产紫毫（老紫兔毫）笔，为无上佳品，其价如金。明清时期，为浙江湖州善琏镇所产的选料严格、制作精良的湖笔所取代，并且相沿至今。随着书画艺术的发展，制笔工艺也随之发展。笔工们根据使用者的需要，曾试用过各种禽兽毫毛做原料，如鹿毛、獾毛、猪毛、鸡毛、兔毛、羊毛、黄鼠狼毛等，结果发现兔毫、黄鼠狼毫、羊毫性能最好，以后就被广泛使用，成为制笔三大原料。

按照不同的原料和性能，可把毛笔分为硬毫、软毫、兼毫三种。硬毫笔包括老兔颈毛制成的紫毫与黄鼠狼尾毛制成的狼毫两种，笔毫均为棕色，笔性硬健，弹力强，蓄水少，画出的线条苍劲爽利。山水画中树木的立干、出枝、勾叶、点叶，山石的勾勒、皴擦、点擢，屋宇、人物、舟、桥、水波、瀑布等细线，都需靠弹性强的硬毫才能得以表现。软毫笔，用羊毫制成，笔性软，蓄水性强。山水画的渲染多用它。米点山水与泼墨山水也常用羊毫，能收到笔酣墨饱、水墨淋漓的效果。兼毫笔由硬毫与软毫配制而成，有紫狼毫、紫羊毫、鸡狼毫等品种，硬度在狼毫与羊毫之间，可根据个人的习惯与需要选用。

此外，根据笔锋的长短，毛笔又有长锋、中锋、短锋之别，性能各异。长锋容易画出婀娜多姿的线条，短锋容易使线条凝重厚实，中锋则兼而有之，画山水以用中锋为宜。根据笔锋的大小不同，毛笔又分为小、中、大等型号。画山水各种型号都要准备一点，一般"小山水"（小狼毫）、"大山水"（大狼毫）各备一支，"小白云""大白云"羊毫笔各备一支，再有一支更大的羊毫"斗笔"就可以了。新笔锋多尖锐，只适宜画细线，皴、擦、点擢用旧笔效果好。有的画家喜用秃笔，点线别有苍劲朴拙之趣。好的毛笔，都具有圆、齐、尖、健四个特点，使用起来运转自如。

如今，随着时代更新变化，笔在日常中的运用也渐渐鲜见。尤其是毛笔的运用，在当今如果不是书法行业专用，恐怕没有多少人会写毛笔字了。特别是随着电脑的办公的普及，更让笔成了稀罕的东西。

有的人已到了提笔忘字的地步，可见，科技的发达必然带来一些新的冲击，传统的东西如不倍加珍惜，也可能会落个如今国人对待算盘一样的境遇。

　　笔，是中国传统文化的缩影，身为华夏儿女，祖宗的文化传承是不应淡忘的。

# 文房四宝：看墨

> 墨，不再仅仅是写字作画的颜料。它不仅是历史长河里记录时代史料不可或缺的文房用品，也是中国历史文化中的重要见证物，并正愈来愈受到人们的珍爱。

有一句成语人人皆知，那就是"近朱者赤，近墨者黑"。黑墨，用来做文房用品，最早要追溯到商代。那时候，古人在兽骨和陶片上书写文字，但据查证，那时候人们用的是一种矿物质。还有的记载说是古人取烟火留下的烟墨。各种说法至今也无从准确考证。

从现在的战国帛书上的墨色看，那时制墨的水平已较为成熟。不过那时的墨还没有用模型制成锭，只做成小圆块。因此，必须用研石压着研。秦汉时，与墨一起都有附有研石。到了东汉，墨的形状从小圆块改变成墨锭，就可直接拿着研了。东汉时期，官府设有专管笔、墨、纸的人员，也出现了较大的制墨作坊。汉代纸料发明后，用石墨作书已感不适，一种以漆烟和松煤为之的丸状墨产生了，这是日后用墨之滥觞。三国时韦诞制出的佳墨"一点如漆"，于是被称为墨的发明人。到了晋代，以胶和墨，质量又有提高。西晋陆机《平复帖卷》墨汁晶莹，书法朴拙，综合体现了书写工具改革的成果。

墨可分为天然和人工两大类。天然墨指的是天然的石墨和经蒸煮后鼎鬲腹下的墨胭脂，即炭墨。邢夷制墨是人工墨的开始，人工墨的出现，从它的质量、使用价值以及审美观等方面，都大大超过了天然墨，从而使天然墨渐渐遭到淘汰。从人工墨的出现，到用墨模制成各种形状，其间经历了漫长的时间。古代制墨所采用的主要原料有松烟、漆烟和桐烟。最先使用的是松烟，其次是漆烟和桐烟。墨的烟料需经过燃烧才能制成，烟料是半成品，再经过入胶、和剂、蒸杵等工序制成的墨锭才是成品。据《齐民要术》记载，制墨要用上好的醇烟，以细绢过筛，本配之好胶。醇烟的黑度浓，细筛后的墨质纯，多捣的颗粒细，所以才能做出黑亮的优质墨来。

元人陆友撰写的《墨史》一书中，记载了自古以来善制墨的一百五十余人，可见当时对墨的研究已有相当的氛围。明代是我国制墨史上最为辉煌的时期。先进的"桐油烟"与"漆油"的制墨方法被广泛应用。带有装饰形式的成套丛墨"集锦墨"的出现，受到社会普遍欢迎。

古代名墨有陕西隃麋县（千阳县）、安徽徽州的"徽墨"等。从墨的种类看，以制作原料划分，有油烟墨、松烟墨、油松墨、朱砂墨、选烟墨、特烟墨等。油烟墨质地坚实、细腻、耐磨，色泽乌黑发亮，但用胶量较重。松烟墨的特点是墨色黑，但缺少光泽，胶轻质松，入水易化。好墨具有"质细、胶轻、色黑、声清"的特征，南唐后主李煜将李廷珪墨、龙尾石砚、澄心堂纸誉为"天下之冠"。

若从制墨名家方面划分，可分为南唐李廷、明代罗小华、清代曹素功和胡开文等。若以制墨对象的不同划分，可有普通墨，即一般人用来书写的墨，形式简朴，墨品名称与墨家字号直接用金蓝色书写；贡墨，即古代封疆大吏请墨家制造进呈皇帝或按旧制征贡的墨，都署有进贡者的名款，有的也署墨家的名款，多为墨中珍品；御墨，即皇帝用墨，唐以后设墨务官，专制御墨。清代御用墨分两类，一是内务府墨作所制，一是徽州墨家所制；自制墨，即按照制墨者意愿制造的墨；珍玩墨，即不为使用而为珍玩制作的墨，形状大多小巧玲珑，大

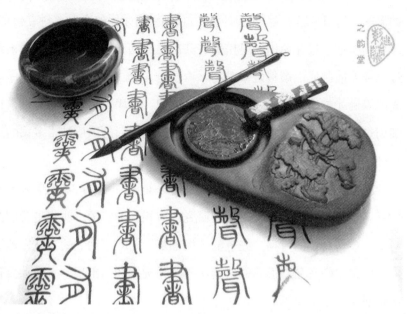

小盈寸，烟料、做工极为讲究，艺术性高，是墨中珍品；礼品墨，即作为礼物馈赠的墨，有寿礼墨、婚礼墨、学生墨等，多注重外表形式，装潢精美；药墨，即当作药物治病的墨，一般是松烟墨，有些直接署药店名款。

如今，在众多的拍卖场上，文房小品越来越吸引收藏家的视线，而"文房四宝"不仅是传统书写工具，更是具有收藏价值和升值潜力的重点藏品，因为藏墨一直被认为是文人的雅逸之举。

从鉴墨的角度讲，首先要学会识别墨质。墨质坚如玉石，表面丝丝起发理，显示浑厚气魄，是为佳品；颜色黑而带紫，掂在手上以沉重为佳；从墨的质地看墨裂纹处可看出，墨色黝黑，坚而有光，理细如犀，质温如玉。再看古墨表面的漆皮，凡年代久远，必漆皮浑厚，并呈蛇皮断纹，与古琴上的漆皮断纹极为相似，犹如古瓷开片，有纹不裂，隐蕴在漆皮之间，闪现着蓝色光彩。

从墨模方面看，由于受明清两代书画流派风格影响，其墨模雕刻显然也有时代的区分。明代的书法多遒劲，雕刻手法则需要深厚才能显示其雄健，阳文字锋芒峻厉，圭角崭然。清代书法多秀润，雕刻手法精秀润细。绘画与书法也基本一致，因之明清两代雕刻墨模的技巧成为两大不同流派。明代墨模刀法多深厚有力，清代墨模也法多柔妍精细。

从墨的气味方面识别，古墨气味馨香，无其他怪味，现代所制墨常有一种明显的异味，且用时粘笔，这是胶质的缘故。而古墨由于年代久远，胶质自然褪去，故书写流畅，墨色醇和，这也是鉴定新旧的一个重要特征。

从古墨的包装方面看，明清时的佳墨往往都有原来的包装，如漆匣、木匣、古锦套等，但作为收藏爱好者来说，也不能唯此是举，一概而论，应特别注意制伪者以仿墨配其真匣，或以仿墨配仿匣。

古墨收藏难度较大，因是古代文人书画必用品，年代长了极易损坏，存世量也有限，但价格相对稳定。墨的鉴定、鉴别需要过硬眼力，但据业内人士介绍，初学者打眼机会比比皆是，唯有多接触实物，多研究其本质特征，才能对古墨的墨质、题识、图案、墨品、风格有一个深度认识。另外，区别新墨旧墨，还应学会从色泽上细分，新墨一般带灰色，虽浓厚不朗润。旧墨表面朗泣，色泽纯黑，色感厚实。

历代文人雅士多有藏墨赏墨的雅兴。据记载，三国时期的曹操以及宋代司马光等都极爱收藏墨锭。这种鉴赏之风，至嘉靖、万历时期尤为盛行，并出现了成组、成套的丛墨，成了今日收藏界可遇不可求的珍品。

墨，不再仅仅是写字作画的颜料。它不仅是历史长河里记录时代史料不可或缺的文房用品，也是中国历史文化中的重要见证物，并正越来越受到人们的珍爱。

# 文房四宝：谈纸

纸的发明是中国在人类文化的传播和发展上所做出的一项十分宝贵的贡献，中国史上的一项重大的成绩，对中国历史也产生了重要的影响。

纸，是我国古代劳动人民发明的。它与指南针、火药和印刷术，并称为我国古代科学技术的四大发明，给中国文化的繁荣提供了物质基础，促进我国图书由"简牍"时代迅速发展到"卷轴"时代，更由"卷轴"时代迅速发展到"雕版"时代。它对世界文化的发展与交流，也同样起着积极的促进作用，极大地促进了人类文化的传播与发展。

纸在文房四宝中，较之笔、墨、砚晚出。古今中外，公认为蔡伦是造纸术的发明人。《后汉书》载："蔡伦，字敬仲，桂阳人也……自古书契多编以竹简，其用缣帛者谓之为'纸'。缣贵而简重，并不便于人。伦乃造意，用树肤、麻头及敝布、渔网以为纸。元兴元年（公元105年）奏上之。帝善其能，自是莫不从用焉，故天下咸称'蔡侯纸'。"

这是历史文献中最早的关于造纸术的记载。对蔡伦发明造纸之说，历史上也有不同看法。宋朝苏易简《文房四谱》卷四载："汉初已有幡纸代简……蔡伦锉故布及渔网、树皮，而作之弥工，如蒙恬之前已有笔之谓也。"宋人史绳祖在《学斋占笔》卷二中也说："纸笔不始于蔡伦、蒙恬……但蒙、蔡所造精工于前世则有之，谓纸笔始此二人则不可也。"古人此说不无道理。半个世纪以来出土的汉代残纸，特别是近年来在甘肃天水放马滩、敦煌马圈湾烽燧遗址和敦煌甜水井汉悬泉邮驿遗址出土的西汉纸，以现存实物证实了宋人论断。远在蔡伦发明较完善的造纸术之前的西汉时期，造纸术已具雏形是可以肯定的。

在上古时代，祖先主要靠结绳记事，以后渐渐发明了文字，开始用甲骨来作为书写材料。后来又发现和利用竹片及木片（即简牍）以及缣帛作为书写材料。但由于缣帛太昂贵，竹木太笨重，于是便导致了纸的发明。据考证，我国西汉时已开始了纸的制作。1957年陕西省博物馆在西安东郊灞桥附近的一座西汉墓中，发掘出了一批称之为"灞桥纸"的实物，其制作年代当不晚于西汉武帝时代。之后在新疆的罗布淖尔和甘肃的居延等地都发掘出了汉代的纸的残片，它们的年代大约比东汉建初至元兴年间的宦官蔡伦所造的纸要早一百五十年至二百年。但也应看到，纸的发明虽很早，但一开始并没有得到广泛应用，政府文书仍是用简牍、缣帛书写的。至献帝时，东莱人左伯又对以往的造纸方法做了改进，进一步提高了纸张质量。他造的纸洁白，细腻，柔软，匀密，色泽光亮，纸质尤佳，世称"左伯纸"，其中尤以五色花笺纸、高级书信纸为上。

魏晋南北朝时期纸被广泛流传，普遍为人们所使用，造纸技术进一步提高，造纸区域也由晋以前集中在河南洛阳一带而逐渐扩散到越、蜀、韶、扬及皖、赣等地，产量、质量与日俱增。造纸原料也多样化，纸的名目繁多。如竹帘纸，纸面有明显的纹路，其纸紧薄而匀细。剡溪有以藤皮为原料的藤纸，纸质匀细光滑，洁白如玉，不留墨。东阳有鱼卵纸，又称鱼笺，柔软光滑。江南以稻草、麦秆纤维造纸，呈黄色，质地粗糙，难以书写。北方以桑树茎皮纤维造纸，质地优良，色泽洁白，轻薄软绵，拉力强，纸纹扯断如棉丝，所以称棉纸。蔡伦造纸的原料广泛，以烂渔网造的纸叫网纸，破布造的纸叫布纸，因当时把渔网破布划为麻类纤维，所以统称麻纸。

为了延长纸的寿命，晋时已发明染纸新技术，即从黄檗中熬取汁液，浸染纸张，有的先写后染，有的先染后写。浸染的纸叫染潢纸，呈天然黄色，所以又叫黄麻纸。黄纸有灭虫防蛀的功能。

隋唐时期，著名的宣纸诞生了。在宣纸的主要产地安徽宣州有这么一个传说：蔡伦的徒弟孔丹，在皖南以造纸为业，他一直想制造一种特别理想的白纸，用来替师傅画像修谱。但经过许多次试验都不能如愿以偿。一次，他在山里偶然看到有些檀树倒在山涧旁边，因年深日久，被水侵蚀得腐烂发白。后来他用这种树皮造纸，终获成功。由此可以断定，利用树皮制造宣纸，在唐朝时候就比较盛行了。唐代写经的硬黄纸，五代和北宋时的澄心堂纸等，都是属于熟宣纸一类。嗣后宣纸一直是书写、绘画不可缺少的珍品，到明清以后，中国书画几乎全用宣纸。

同时，由于发明了雕版刷术，大大刺激了造纸业的发展，造纸区域进一步扩大，名纸迭出，如益州的黄白麻纸，杭州、婺州、衢州、越州的藤纸，均州的大模纸，蒲州的薄白纸，宣州的宣纸、硬黄纸，韶州的竹笺，临州的滑薄纸。唐代各地多以瑞香皮、栈香皮、楮皮、桑皮、藤皮、木芙蓉皮、青檀皮等韧皮纤维作为造纸原料，这种纸纸质柔韧而薄，纤维交错均匀。

唐代在前代染潢纸的基础上，又在纸上均匀涂蜡，经过研光，使纸具有光泽莹润、艳美的优点，人称硬黄纸。还有一种硬白纸，把蜡涂在原纸的正反两面，再用卵石或弧形的石块碾轧摩擦，使纸光亮、润滑、密实，纤维均匀细致，比硬黄纸稍厚，人称硬白纸。另外添加矿物质粉和加蜡而成的粉蜡纸；在粉蜡纸和色纸基础上经加工出现金、银箔片或粉的光彩的纸品，称作金花纸、银花纸或金银花纸，又称冷金纸或洒金银纸；还有色和花纹极为考究的砑花纸，它是将纸逐幅在刻有字画的纹版上进行磨压，使纸面上隐起各种花纹，又称花帘纸或纹纸，当时四川产的砑花水纹纸鱼子笺，备受文人雅士的欢迎。另外，还出现了经过简单再加工的纸，著名的有薛涛笺、谢公十色笺等染色纸、金粟山经纸，以及各种各样的印花纸、松花纸、杂色流沙纸、彩霞金粉龙纹纸等。

五代制纸业仍继续向前发展，歙州制造的澄心堂纸，直到北宋，一直被公认为是最好的纸；此纸"滑如春水，细密如蚕茧，坚韧胜蜀笺，明快比剡楮"。这种纸长者可五十尺为一幅，自首至尾匀薄如一。宋代继承了唐和五代的造纸传统，出现了很多质地不同的纸张，纸质一般轻软、薄韧，上等纸全是江南制造，也称江东纸。纸的再利用开始于南宋，以废纸为原料再造新纸，人称还魂纸或熟还魂纸，具有省料、省时、见效快的特点。

元代造纸业凋零，只在江南还勉强保持昔日的景象。到了明代，造纸业才又兴旺发达起来，主要名品是宣纸、竹纸、宣德纸、松江潭笺。清代宣纸制造工艺进一步改进，成为家喻户晓的名纸。各地造纸大都就地取材，使用各种原料，制造的纸张名目繁多，在纸的加工技术方面，如施胶、加矾、染色、涂蜡、砑光、洒金、印花等工艺，都有进一步的发展和创新。各种笺纸再次盛行起来，在质地上推崇白纸地和淡雅的色纸地，色以鲜明静穆为主。康熙、乾隆时期的粉蜡笺，如描金银图案粉蜡笺，描金云龙考蜡笺，五彩描绘砑光蜡笺，印花图绘染色花笺，三色纸上采用粉彩加蜡砑光，再用泥金或泥银画出各种图案。笺纸的制作，在清代已达到精美绝伦的程度。

另外，我国从晋代开始朝廷就从邻国接受贡纸，如南越进贡的侧理纸（或称苔纸），是以海苔为原料，加上味甘、大温、无毒的侧理制成的越南纸。朝鲜进贡的高丽纸、鸡林纸为历代统治者所喜爱。到清代则有朝鲜的丽金笺、金龄笺、镜花笺、竹青纸，越南的苔笺，日本的雪纸、奉书纸，西方的金边纸、云母纸、漏花纸，各色笺纸，回回各色花纸等。

现在世界上最早的、一般被称为"纸"的，是埃及的纸莎草。在埃及洛克索以及其他地方的神庙，经常会看到一幅表现上埃及、下埃及统一的图。图中莲花和纸莎草分别象征上埃及、下埃及。可见，纸莎草在当时的埃及社会具有非常大的影响。如今，人们可以在埃及博物馆看到纸莎草上书写的文字，它距今已四千年到五千年了。然而，除这些少量遗物外，纸莎草的原始技术已经失传。原因之一，大概是因为中国古代纸张发明以后，传播到世界各地，取代了纸莎草技术，导致它的消亡。

纸莎草的原料现在只有尼罗河上游才有。严格讲，纸莎草并不是纸，只是一种纤维的黏合物。但应当承认它在人类历史上所起过的作用。并且，它出现的时间很早，至少可以追溯到五千年前，在这一点上，即使中国的蔡伦造纸，也是不能与之相比的。

以前，我们赞扬一个人学问好，常说"学富五车"或"其书五车"。那时候没有纸，所以他肚子里的学问要五辆车才装得下，或者说等同于五车书。当时还没有纸，文字记录在竹简上，只有皇帝、贵族才有资格把文字写在帛上面，其他大量的东西还是记录在竹简、木简上面。从出土的文物看，一个简只能写几个字，而当时的车都是牛车或者马车，所以每辆车能装的简很少。这就是为什么古文都非常精炼，每个字锱铢必较，因为无论是鼎还是简，多记录一个字都是非常麻烦的。

还有一个"伏生传《尚书》"的故事。秦始皇焚书坑儒的时候并未把儒家经典全部毁掉。当时秦朝的博士是可以保留和阅读儒家经典的。有位博士，后世称伏生，专门研究《尚书》。秦亡以后，天下大乱，他把《尚书》藏于墙壁内，战乱过后，一部分内容缺失，所幸他仍然记得，只是没有机会传授。在他晚年时，汉景帝派晁错来找他回忆《尚书》。因晁错是河南人，伏生是山东人，且年事已高，传授过程中出现了许多差池。所以，现在的《尚书》有很多解释不通的地方。可见，在没有纸的时代，文化的传承是多么不易。

近年来，在陕西灞桥等地也发现了"纸"，它们存在的年代都比蔡伦发明纸要早，但学术界有不同意见。比如，有人分析认为灞桥纸算不上纸，仅仅是纤维的简单聚合。一般地讲，纸的出现是与一定的生产力水平有关的，在东汉年间，蔡伦也未必是事实上第一个造纸成功的人，他其实是当时造纸的一个代表人物。

那么，纸是怎么从中国传出去的呢？传统中国认为自己是世界的中心，中国以外的四周都属于蛮夷之地，且认为世界上其他地方应该主动到中国来接受教育，因此没有主动传播的传统。

偶然的机会出现在唐中晚期。唐玄宗天宝十年（公元751年），高仙芝率领十国挑起战乱，但十国借助当时阿拉伯阿巴斯王朝（今哈萨克斯坦江布尔）的兵力，反而导致高仙芝几乎全军覆没。阿拉伯人带着高仙芝部队的大批俘虏班师回朝，同时带走了一些造纸工匠。因为中国纸的原料很容易获得，树皮、芦苇等原料沿途就有，所以这些工匠在路上就可以造纸。

历史上，阿拉伯人很善于学习，俘虏了这批人以后，就让他们发挥长处，传授造纸技术。由此，造纸术先传到撒马尔罕（今乌兹别克斯坦），再传到巴格达，最后传到欧洲。除此之外，中国的绘画和文学等先进文化也传播到了西方。在这群俘虏中，有一个叫杜环的人，他把这个过程记录下来，写成《经行记》一文，收录于他的堂叔杜佑所编的《通典》，流传至今。《经行记》是中国较早记录阿拉伯世界情况的作品。当然，对于中国纸传播的过程，学者有不同意见，但有一点可以肯定，中国的造纸术绝不是埃及纸莎草技术的延续。杜环在阿拉伯世界生活了十九年，公元 792 年，他坐上阿拉伯人到广州的商船，回到中国。

纸的发明是中国在人类文化的传播和发展上所做出的一项十分宝贵的贡献，中国史上的一项重大的成绩，对中国历史也产生了重要的影响。特别是我国劳动人民创造的号称"纸中之王"的宣纸，从诞生时起就和我国书画艺术结合在一起，为历代书法家和画家表达艺术情趣提供了方便。同时，又由于它独领"纸寿千年"之誉，所以古代大量用宣纸所做的书画名迹和木版善本书籍，得以完好地保存下来，成为我国民族文化遗产中的珍品。

# 文房四宝：赏砚

> 砚的材料丰富多彩，除端石、歙石、洮河石、澄泥石、红丝石、砣矶石、菊花石外，还有玉砚、玉杂石砚、瓦砚、漆沙砚、铁砚、瓷砚等数十种。从唐代起，端砚、歙砚、洮河砚和澄泥砚并称为我国四大名砚。

砚，在文房四宝中处于末位。由于性质坚固，传百世而不朽，又被历代文人视为珍玩藏品之选。

古时候，砚也称"研"，意即研磨。汉朝人刘熙撰写的《释名》卷六中说："砚者，研也。可研墨使和濡也。"比它早一些时候的《说文解字》上也说："砚，石滑也。"清人段玉裁在《说文解字注》里进一步清楚地解说道："字之本义谓，石滑不涩。令人研磨者曰：砚。"《文房四谱》上说："从前黄帝得玉一纽，将其治成墨海，并在其上篆文曰：'帝鸿氏之砚。'"这也许就是最早的砚和它的铭吧。

据史书载，我国最早的砚是石砚。砚的材料丰富多彩，除端石、歙石、洮河石、澄泥石、红丝石、砣矶石、菊花石外，还有玉砚、玉杂石砚、瓦砚、漆沙砚、铁砚、瓷砚等数十种。从唐代起，端砚、歙砚、洮河砚和澄泥砚并称为我国四大名砚。其中，尤以端砚和歙砚为佳。端砚始于唐，盛于宋，出产于广东高要县和肇庆市一带，颜色以紫色为主，主要特点是石纹丰富，有青花、蕉叶白、鱼脑冻、火捺、金线、眼、金星点等，其中真正优秀名贵的美纹也是十分难得的。

鉴赏一方砚台，首先要看砚的石质、外形、雕工、装饰、铭文，以及品相是否有过修补等。石质，指的是砚的质量、坑口、美纹等，这其中首推的便是四大名砚了。鉴赏砚台的第二步，要摸，即用手摸一摸，感觉是否滑润，如果像小孩皮肤一样光滑细腻，就说明石质上乘。同时，如手感冰凉，摸之留有汗印，也属佳品。第三步是敲，即将砚台用手指托定，轻轻弹敲，听出声音的分类，即可辨出高低。以端砚为例，一般说木声最佳，瓦声次之，金声最差。也有一种说法，说端砚以无声为上品，因为"温润如玉，扣之无声，缩墨不腐"。但作者认为，一方好的砚台并非一概指敲之无声，而是其声温和、细微而已。选择砚和收藏砚，最好还应经过清洗这个环节，尤其是古砚。洗砚能还原砚的本来面目，更容易看清砚石是否有伤痕或修补的痕迹。紧接着，要掂一掂砚的分量，一般来说，同样大小的砚台，重比轻好。

上面说了四大名砚中的端砚，这里，有必要再补充一下另外三大名砚。歙砚产于江西婺源县与安徽歙县交界的龙尾山一带（罗纹山），始采于唐代开元年间，于南唐时期兴盛起来。一度得到欧阳修、苏东坡等名家推崇。歙砚石品很多，主要分为罗纹类、眉子、眉纹类及金星和金晕类。古代称"罗纹砚，其纹如罗丝精细，其色青莹，其理坚密。刷丝罗纹砚银色刷丝如发之密"。金星罗纹是指砚面融有谷粒的结晶物。在光线照耀下犹如天空星斗，金星久研墨而不褪，且越磨越亮，是歙砚中的佳品。眉子砚则"纹若甲痕，如人画眉，遍地成对"。

洮河砚也称洮砚，产于甘肃临潭县境内洮河，已有一千多年历史。用以刻砚之石取自甘肃喇嘛崖，其精品常卧深潭水底，获之不易。石品高雅，常呈绿色，但不翠绿，多为淡绿泛蓝，晕点片片，酷似薄云晴天。石质温润如玉，叩之却无脆声，浑朴而无火气。涩不损毫，滑不拒墨。发墨迅疾，久蓄不涸。

澄泥砚也称澄砚，属陶瓷砚的一种非石砚材，制作时以过滤的细泥为料，掺进黄丹团后用力揉搓，再放入模具成型，用竹刀雕琢，待干燥后放进窑内烧制。此砚的制作方法始于晋唐时期，兴盛于宋朝，特点是质地坚硬耐磨，易发墨且不耗墨，可与石砚媲美，颜色以鳝鱼黄、蟹壳青和玫瑰紫为主。现如今，澄砚的产地还有河南洛阳、河北钜鹿、山东青州、山西绛县、湖北鄂州、四川通州、江苏宝山等地。

另外，产于山东青州的红丝砚，在唐宋时期就被称为名砚之首，此砚以其色彩斑斓、丝纹婉转而得名。还有，产于河南南阳方城的黄石砚也闻名遐迩，宋代大书法家米芾在《砚史》一书中，罗列全国二十六种砚台，将黄石砚列为石砚之首。

一般来说，年代的长短会影响一件藏品的价值，可砚台却是非常特别的物品，它的价值并非古董一般是由年代长远来决定的。砚以用为目的，古代尤其如此，因而用料大多不太讲究，石质也是比较粗糙，尽管其收藏价值很高，很名贵，但市场价格不一定高。但到了明清以后，文人把玩砚台的日渐增多，选材要求也随之越来越高，砚台的观赏和收藏价值也大大提高，所以明清以来的砚台市场价格都比较显眼。

如今，古砚的使用和收藏都极为讲究，如使用砚时，磨墨要用清水，选墨要佳，胶质重的易伤砚，研磨时须使磨锭垂直于墨堂，缓缓旋磨，砚用后须及时清洗。收藏时应注意避光防裂，不宜放置于干燥之处。砚体不可接触尖锐硬物，古砚不宜多用，注意勿损伤四边及包浆，以免古砚失去古雅风韵。

砚，当今时代人们用得愈来愈少了，但作为名料名砚，却是人们收藏和珍存的热点。收藏值得弘扬，但更重要的是在收藏的过程中也应多学习掌握我国传统文化的精髓，有了文化在其中的传承，才能使得收藏更具意义和价值。

# 趣谈潘家园

潘家园是个旧货市场，旧得越厉害越受人喜爱。里面要什么有什么，细看看，有仿古家具、古籍字画、玛瑙玉石、陶瓷瓶罐、中外钱币、宗教用品、民族服饰、文革遗物、生产生活老物件等，奇货类别之多、之杂、之广，让人目不暇接。

北京有个潘家园，潘家园的名气大。

大到什么程度，有这样一句话可能会形象地予以概括，说外国人来北京一定要做三件事：登长城、吃烤鸭、逛潘家园。前两项说它名气大人们没有不服的，要说潘家园有能与长城和烤鸭齐名的地位，还真是让不少人想不到。这个潘家园就是北京东三环南路的潘家园旧货市场，也称古玩城。

潘家园旧货市场起源于 1992 年上半年，当时一些当地下岗居民在现址西南马路边的坡上摆起一行行小摊，把家里闲置不用的一些旧货如家具、电器等拿出来，摆以路边，不管有人买无人买，悠闲地蹲在边上，如同姜太公钓鱼——愿者上钩。慢慢地，小旧货市场有了一定的规模，大家有事无事都愿意来这里瞧上一眼，有中意的东西，一问价钱也不贵，就顺手捡个便宜买回去了。因当时这地儿还比较僻静，工商及文物监管部门很少过来，结果原来在附近一些自由市场上倒腾古玩工艺品的商贩很快看中了这里，并大批迁移过来。短短几年工夫，潘家园的摊位就成百上千了。人气旺了，名声自然就有了，从城里到城外，从近郊到远郊，从京城到外地，从国内到国外，如磁石一般，吸引着国内外慕名而来的市民和游客。美国前总结克林顿夫人、前美国国务卿希拉里曾在这里买了一把民国时期的小锡壶。泰国公主诗琳通、罗马尼亚总理、希腊总理等外国政要也都先后光顾过这里，并分别掏钱购买了自己的喜爱之物。据说，韩国首尔古玩街百分之八十的货物来自这里。日本大阪古玩城的老板每月都要来这里进货，有一次，用大卡车一次拉走了十几车货。

　　潘家园是个旧货市场，旧得越厉害越受人喜爱。里面要什么有什么，细看看，有仿古家具、古籍字画、玛瑙玉石、陶瓷瓶罐、中外钱币、宗教用品、民族服饰、文革遗物、生产生活老物件等，奇货类别之多、之杂、之广，让人目不暇接。这里的营业面积有六七个标准足球场那么大，号称全国最大的旧货、收藏品、民间工艺品市场，也是亚洲最大的旧货市场。它像个大集市，更像个"无底洞"，其"水"之深，无人能测量出来。每逢周末，这里天不亮就人头攒动，一直到傍晚。三千多个固定摊位，再加上周围古色古香的特色店铺，养活着上万从业人员。如今，这里经过不断改建，一个崭新的小城池已初具规模，仿古建筑有二百五十多间，飞檐斗拱，青砖碧瓦，雕梁画栋，店堂式经营，极具怀旧复古之神韵。

　　潘家园的传奇故事有许多许多。这里最具江湖气息的是鬼市。鬼市一说始于这里凌晨三四点钟的临时散摊，据说最早出现于清末民初。之所以大清早成市，是因为这个钟点警察管得不严，可以脱手一些来路不正、不明的物件，如盗墓者挖出来急于脱手的陪葬品等。那年月，有一些贵族沦落到变卖家产的地步，面子上又拉不下来，为躲避熟人，就会到鬼市上捧着祖上留下来的古董站街。所以，古董行都知道，早早地逛鬼市，能淘到真货和好货。潘家园每周有两天鬼市，即周六和周日，其中周六鬼市尤为火爆。凌晨三点多钟，潘家园门口人影幢幢，摊主们用三轮车装着盛满各种货物的纸箱，一位一位地蹲在路边，早起的人们赶集般地穿梭其中，嘈杂拥挤。老顾客人手一只手电筒，本意是为了把货看得更加清楚，这都是从老辈那里遗留下来的规矩了。现在，虽然市场里有了路灯，且格外地明亮，但大家仍然愿意出门时带上个手电筒，在这里方便把货物看得更加清楚明白。

天渐渐亮了之后，鬼市也就到了结束的时候，但里面的市场和店铺仍会正常营业。你如果流连其中，仔细地端详这里的买家和卖家，其实各种表情和心态也极有意思。卖家的动机都一样：赚钱，而买家绝对是一道有意思的风景，人各不同，有专心致志淘货的，有来打探自家藏宝的大概价钱的，有附庸风雅的，有看热闹的，甚至还有人就是专门来看人的。记忆最深的是，有一次遇一老者，初看起来，博学儒雅，脸上挂满长期威严才有可能养成的极度自信的慈祥，细看又有点不谙世事艰辛的傻乎乎的感觉。老者精明得很，连来这里淘的几本旧书都要求开一张发票。再看各摊位前的摊主们，他们悠闲得格外惬意，时常三五成群，扎堆闲聊，有的泡茶、下棋。他们只是商品到顾客手里的最后一道环节，在他们之前，还有很多环节。以古家具行业为例，货到顾客手里大致要经过四个环节：在农村"铲地皮"挨家挨户收东西的——就地集中收购的——修理修补的——拿到市场上出售的。最厉害的角色不做国内生意，他们把成箱的柴木家具出口到国外。货物在这条商业链上从头到尾，价格不知道要翻多少倍。听人说，前些年有人在山西一山沟里花三百元买了一对黄花梨椅子，最终卖了两百多万元。当然，是生意就会有赔有赚，卖价比进价还低的情况也是经常出现的。不过，总起来说，买的没有卖的精。尤其是稀罕东西，复制得比什么都快，其造假手段和水平连一些老专家也被蒙过无数次。如今，生手想在这里捡漏，可以说比登天还难。

尽管说，现身在潘家园里的人有各种各样，动机也千差万别，但还是形成了一些约定成俗的规矩。比如，别人已经拿在手里的东西，你不能问价，要等别人把东西放下后你再拿起才能问价；不能因为被人捡漏就恼羞成怒，要认栽。在这里逛时候长了，也渐渐明白了什么是淘货，什么是掌眼，什么是捡漏，什么是串货，什么是抓货，但这一行当里的水有多深，还真不是对古董有兴趣的人一学便会，一看便知的。

在潘家园讨生活心态一定要好，最关键的是能培养自己对真假近乎麻木的气质来。这话说起来容易，做起来不易，毕竟人是有想法和欲望的。其实，怕就怕在自认为聪明，把别人都当成生瓜蛋子，花大价钱买个假货还认为捡了大漏，其实就是一个倒霉蛋。这里的每个人都能说出无数个聊斋般的故事，这些故事掺杂着想象在潘家园生根和发芽，并枝繁叶茂，使得无数向往这里并前来淘宝的人为遇见心仪之物而痴迷不已。

潘家园是个江湖，但只是江湖的水面部分，这里的水其深、其浑、其五味杂陈，含混的回答也许反倒精确。这里鱼龙混杂，这里悲欢交错，这里欲望丛生，这里骗局连连。这里的人性以奇特的方式舒展着，这里的交易以公开的表面演绎着。在这里，不同的人们也竭力在相互沟通着，理解着，因为有了钱这一通用标准，文化偏见反倒不那么多。大家都是人，不管你穿什么，气派什么，不管你俊丑高低，也不管你前呼后拥腰缠万贯，还是操着京片儿或者外国话，金钱面前，交易进行得风生水起，丝毫不见浪涛汹涌。

有人说，潘家园里的真货比例不到百分之一，这话也许有些道理。严格地说，这百分之一的真货也需要功力深厚的专家才能掌眼，外行或看热闹的，即使货在你手里也说不出个里外门道。真真假假，虚虚实实，来这里的人都心知肚明，一个愿打一个愿挨，大家只比眼力，眼力不佳也怨不了他人。

潘家园是一个市场，类似的场合在全国各地和国外也屡见不鲜。但这里的买卖告诉我们，任何东西再旧再破也是有价的，有了类似潘家园这样的地方，任何东西不愁卖不出去，可能只是个时间问题。另外，逛这样的旧货市场，最好不要轻易出手，多看看，长长眼力，功夫练好了，捡漏的心态平和了，再把相中的东西淘到手，也就不会再找后悔药吃了。

借用一句戏言，就是"人在江湖漂，谁能不挨刀"。现在虽然说人们的腰包鼓了，手里宽绰了，但自己的钱都是一分一分用汗珠子换来的，谁也不是靠大风刮到家的，该珍惜还是要珍惜，别当家不知柴米贵，不懂装懂，把一点家底冤枉地抖搂在本不该抖落并一文不值的假货上面。

逛潘家园，还是应该常来常往，但须记住，谨慎！再谨慎！

# 收藏就是一种心情

其实收藏的真正价值不在于东西本身，喜欢就好。只要自己心情舒畅，大可不必追风赶潮、人云亦云。保持一种平和心态，寓乐于藏，就会体验到收藏一种恬淡、闲适、惜古、怀旧的心情，一种幸福、快乐、刺激、激动的感觉。

收藏是一种投资，也是一种心情。

在收藏投资中获取一定效益的同时，也在享受着收藏过程中的得与失，陶冶着你的性情，让兴趣如同阳光一样，照亮你每一个平凡的日子。

如果你抱着一个平常心去收藏，那么，你就收藏到了快乐！如果看到好的东西，就想着怎样把它收入囊中、据为己有，不考虑自己的经济实力，结果既影响了生活，又增添了烦恼。其实，爱好收藏的人都有这样的感受，一样东西，第一时间看到了，眼前一亮，非常非常地想得到它，但等到自己真的到手之后，可能刚开始时也非常喜欢，陪伴左右，随着时间的推移，大多数都可能束之高阁，或者偶尔记起。对一个器物而言，收藏者对它的喜欢程度，决定了它的自我存在价值；对一个收藏者而言，喜欢一件东西的程度，在看重器物本身的经济价值的同时，更多的是对器物本身的喜爱。或是一件超百万的重器，或是一件几百元的残件，在收藏者眼里，都是一样的，都能让拥有它的人感到痴迷。

吴昌硕的《花卉屏风》以一千六百五十万元成交，鲜于枢的《石鼓歌卷》以四千六百二十万元成交，陆俨少的《杜甫诗意册》以六千九百三十万元成交，当中国传统名家书画在短期内出现"井喷"行情之时，有人似乎突然顿悟：艺术品的收藏，实在是太赚钱了！于是乎，趋之若鹜者众。

然而，只将目光盯在收藏品的价钱上、增值上，那是很浅薄的收藏，充其量不过是一种经营行为。真正的收藏，是把人生的闲时、闲钱、闲情糅合在一点上，让心中的爱不随大俗而求大雅，于是，精神的境界通过物质的直观得以承载，物质的价值因丰厚的文化内涵而得以体现。如此，就会让物质和精神终得以从文明的切入口合二为一。

贾平凹先生说得好："我们收藏物，同时也被物收藏。"想想这句话，充满着禅的意味。是啊，我们的生命有限，生物的生命相对人类而言，要漫长得多。从这个意义上说，收藏欲首先是一种心情欲而不是物质欲，收藏的过程本质上是放飞心情的过程。不是吗？当收藏成为对历史的诠释的时候，它也同时进行着对收藏者人生性格、智慧的修补——冲动的叫你冷静，偏颇的让你全面，狭窄的让你宽容。

"天空未留痕迹，鸟儿却已飞过。"收藏作为一个过程，不求永远占有，唯求曾经拥有。书法家、篆刻家、收藏家、文物鉴赏家杨鲁安先生，六十多年前就开始收藏包括陶器、瓷器、青铜器、钱币、玺印、碑帖、书画等在内的大量珍贵文物，然而，他却认为："文物是国家的财富而非私人财产，为国家为民族保存收藏文化遗产，是一个文物收藏者的天职。"他收藏文物的原则是只买不卖，他在捐赠大量文物的同时，又在内蒙古第一个以个人名字开设了博物馆——"杨鲁安藏珍馆"。臻于这般收藏境界，除了心有所安、理有所得而外，又能是什么呢？亦难怪启功先生闻知义举，让人送去幽默而真挚的祝贺："四条腿欢迎。"

无独有偶，鲁迅先生亦曾是个收藏家。他主要收集邮票，每每从国外寄木刻图片来的外国邮票中选取一部分。有一个时期，为使收集到的邮票不致散失，还备了个小纸袋，发现信封上有新颖的邮票，就剪下来藏在袋里。鲁迅喜爱邮票，并且关心和支持集邮活动。有一次，他到南通会馆看望季天夏，得知他喜欢集邮，就专门带去十多枚日本邮票送给他，而得到鲁迅邮票最多的要算同乡许寿裳了。在收藏、交流、赠予间，鲁迅其心情的宽慰，其性情的陶冶，时时洋溢其中。

旧时的玩家为玩而玩，玩物丧志，玩却人生。有的为藏而藏，只藏不用，最后也只是聚聚散散，空留一柜一屋一楼而已。为探求渊源而积淀知识，为一件东西而去翻一部历史，为一个人而去寻觅一件东西，此乃收藏之旨也。笔者虽不能算收藏家，但多少沾过收藏的边儿，收藏于我，并未有升值之奢望，更多的是为了收藏一段与人与史有关的情与景。

收藏是一种心情。只要不是单纯的经营者，收藏之于收藏者首先便是一种精神活动，其次才是物质的。诚如斯，则物质的收藏品便能通人性、聚禀性，虽掩饰而不能改也。可不是？有人喜欢收藏石头，很是玩出了名堂。石头是什么？能泽禅师在《石经五训》中总结说："奇形怪状，无音能言，石也，沉着而有灵气，埋于土中成大地之骨干，石也；雨打风吹寒暑，坚固不移者，石也；质坚而能完成大厦高楼之基础，石也；默默伫立山中或庭院，增加生活趣味，并能抚慰人生者，石也。"难怪有人说，作为中国文化一部分的"石文化"，亦是中华民族精神的写照与见证。藏石之，玩石之，能不增添自我雅趣，充实和丰富自我精神家园？

自古有云："衣食足，知荣辱。"当衣食住行等物质需求已经达到高度满足，进一步需要的便是精神和文化领域上的满足。而今随着经济的快速发展，人们家庭收入的增加，新时代里的收藏热日渐升温，呈不可阻挡之势。于广大家庭而言，或许其收藏多少有保值增值的考虑，但其主旨定然是调剂生活方式，通过精神享受以满足自我最终的需求——心情得以释然、灵魂得到皈依。

荀子语"役物与役于物"之论非常精辟，几乎可作为收藏者的座右铭。无论如何痴迷收藏，都应适可而止，量力而行，莫让痴迷倾家荡产、拮据而生。其实收藏的真正价值不在于东西本身，喜欢就好。只要自己心情舒畅，大可不必追风赶潮、人云亦云。保持一种平和心态，寓乐于藏，就会体验到收藏一种恬淡、闲适、惜古、怀旧的心情，一种幸福、快乐、刺激、激动的感觉。

凡人家事

# 平安是福

> 平安，是父母的健康，儿女的笑脸，工作的顺利，事业的甘甜；
> 平安，是风雪中的暖屋，疲惫后的小憩，儿在远方的电话，人
> 在家中的温暖；平安，是生活里重复的衣食住行的简单。平安，
> 是手心中捧起的那张薄薄的信笺！

祝你平安，祝你平安，饱含着人世间最美好的祝愿！

有人说，平安是最美丽的笑脸。

有人说，平安是最贴心的温暖。

有人说，平安是最亲切的问候。

有人说，平安是最幸福的侣伴……

妈妈说，平安就是一家人健健康康无病无灾有吃有穿。

爸爸说，平安就是人世间万家合好日日温暖有地有田。

平安，是父母的健康，儿女的笑脸，工作的顺利，事业的甘甜；平安，是风雪中的暖屋，疲惫后的小憩，儿在远方的电话，人在家中的温暖；平安，是生活里重复的衣食住行的简单。平安，是手心中捧起的那张薄薄的信笺！

无论你是显贵还是贫寒，无论你是政要还是小贩，无论你是来自科研战线，还是来自辛勤耕耘的庄稼汉，无论你是经商事业如日中天，还是每天往来世界之间，平安永远是一生最最重要的心愿！

虽说困难时时在你眼前，也不时有忧愁与你相伴；虽说工作的业绩有浓有淡，前行的脚步有深有浅，但只要心有阳光，许诺平安，就算世界骤然生变，灾难突发令人胆寒，但你我的心却在一起，勇气就

会一直向前。就算我们有再多的艰险，就算我们有再多的坎坷，平安依旧是最美丽的语言！

其实——

平安就是一种状态，如潺潺流水，无洪波滔天，无惊涛拍岸；平安就是一种心情，如蓝天行云，无风狂雨暴，无雷鸣电闪。追求平安，是人之本能，生之依恋。如果你太轻狂，过于较真，疏于收敛，平安则会与你擦肩而过，相距甚远。

生命如一张白纸，需要岁月描绘的笔画；生命如一块水田，需要时光雨水的润软；生命如一根细细的长线，牵着过去和未来，带着平坦与变迁。

平安是福——

这四个字，没有一番人生之大起大落不能深切体验。

磕磕碰碰人生路，生老病死平常事。当鲜活如花的生命转眼即逝，不由令人生出怜惜与悲叹，更加懂得珍惜，更加懂得感恩，懂得人世间的离合悲欢，懂得生命的赐予与成长的艰难。无论抱怨，或是怀恨，或是心灰意冷，都是在损失自己的宁静与内涵。无论我们所处的是什么样的日子，无论是什么样的白天与夜晚，请记住，平安，永远是我们最诚挚的期盼！

君不见——

荡气回肠的乐章，始于无闻，终于无闻；湍急飞泻的瀑布，始于一点，终于一点；声势显赫的权势，始于落寞，终于落寞；形形色色的人生，始于平淡，终于平淡。生活平平淡淡、生活平平安安。生命的过程本来就平淡，平淡之人远离欲望，放平心愿。平淡之人宠辱不惊，去留无意，不从物喜，不从己欢。平淡之人懂得人生有三重境界：看水是水，看山是山；看水不是水，看山不是山；看水还是水，看山还是山。

　　善待生活，淡化福祸。胸襟开阔，放眼江天。

　　得失恰如风过耳，名利富贵一瞬间。身处势利纷华中，不屑争权逐利汉。看海水朝潮朝落，笑浮云常消常散。也许日子过于平淡，也许还有好多的埋怨……这就够了，虽然平淡，但我们平安，难道这不正是我们的最终夙愿？！

# 健康是金

健康是金，想开了一切都是浮云。因为最最重要的还在于益寿延年，那才是生命中唯一的关键。如果把健康比作时节，那人生的旅程处处充满着春天。

幸福是地，健康是天。

有人说，平安是人生最大的幸福，健康是人生最宝贵的财源。

是的，人人都希望健康，人人都祈求平安。岁月变迁，日月更换，而健康和平安并不是从天上掉下来的糕点，也不是靠神灵赐予的仙丹，它是生命中任何财富也无法比拟的资产。人世间的诱惑有万万千千，谁也不会用健康去盲目兑换。

健康就是阳光的灿烂。

健康就是开心的容颜。

健康就是开怀的笑声。

健康就是活力的展现。

健康是金，但金子再多也无法比肩。

健康是福，但挥霍无度也会减产。

健康是人类位居第一的名单。

健康是生活名列前茅的一员。

健康在身，生命的质量就与阳光相伴。

健康在手，前进的动力就与先锋相牵。

健康是人人追求的最美诗篇。

健康是时时印证的红色宝典。

健康是金，生命的征途金光闪闪。

健康是金，事业的巅峰风光无限。

健康不是天生，健康不能永远，健康的生命需要身心俱佳珍惜完善。如同春天的禾苗遇到了雨点，如同三九的时候阳光的温暖，始终需要阴阳和谐滋润保健。纵然益寿秘方有千万，莫忘心理平衡心情宽。大肚能容天下事，荣辱恨怨化云烟。上台终有下台时，为人须顾后；看戏何如听戏好，凡事莫当前。哈哈一笑去愁烦，祸福不会轮流转。金银再贵如粪土，宠辱再多不值钱。健健康康才是真，平平安安才是天。

人生匆匆世时短，快乐如意莫肤浅。

定能生慧，失志在贱。心正祸事少，地高水难淹。

一根线易断，万根线拉船。人世间的红尘匆匆来了匆匆去，贪恋过度总有一天会成为负担。石头虽小垒成山，羊毛虽细纺成毡。健康在于点滴养成，幸福在于水滴石穿。适量运动健身心，平和心态养心宽，求知求乐更求健，诸事看开是神仙。其实，再高的天也会落在眼里。再大的海也会装在心田，再远的行程也有归期，再黑的长夜也有时限。

行止无愧天地，春秋自有褒贬。穷而不懒，富而不贪，心存清白真快乐，事留余地自安闲。拥有健康，抛弃嫉妒，战胜自我，推贤扬善。人活一世，自应细细品味如下箴言：

不要随意发脾气，其实谁都对你不欠。

过去的事可以不忘，但一定要懂得不能留恋。

你就是个普通人，没那么多观众，别那么累和烦。

你永远没你想象的那么重要，地球离了谁照样转。

生活中有很多不公，别抱怨，因为不能立刻改变。

不要以为生活亏欠了你，其实是努力不够不能实现。

不是自己的再喜欢也没用，要懂得放弃的理念。

健康是金，想开了一切都是浮云。因为最最重要的还在于益寿延年，那才是生命中唯一的关键。如果把健康比作时节，那人生的旅程处处充满着春天——

春就是号角，春就是装扮。

到春天中去畅游，到春天中去锻炼。

生命才能长青，事业才能如蝴蝶般在希望的枝头翩翩！

# 你曾经是个女兵

无论昔日的战争，还是今日的工作，你都从她们飘溢的神采里得到了回报，感到了生活的意义。从此，你感到自己也是一个幸福的人。是的，为幸福的人们而牺牲、而工作的人，怎么会不幸福呢？！

都市一隅，各式摩天大楼鳞次栉比。你的唤作"蜜月"的摄影店似一片绿叶，恰到好处地衬在百花丛中。

你是小店的主人——一个双腿残疾的姑娘。你每天早晨起得很早，坐着轮椅，将几对早到的新婚夫妇请进屋，然后用灵巧的双手为新娘挑选合适的婚纱、耳环、项链，根据爱好、脸型、气质的不同为新娘描眉、梳头、涂口红，再施些脂粉、眼影什么的，让新娘显示出迷人的风采。

你来到摄影机前，指挥着新婚夫妇的最佳姿态，然后逗一句："笑一笑，亲一亲！""啪"的一声，你轻轻按下快门，一幅和谐、恬静的新婚画面便摄入了镜头。

你的技术是一流的。你曾坐着轮椅到几十里外的名家好手那里孜孜求教，也曾夜晚坐在桌前学习至天明。你十七岁当兵，幸运地成为一名"猫耳洞医院"的护士。在一场激烈的战斗中，伤员运不下来，你一挥手："姊妹们，跟我上！"你那时是班长，刚刚入了党。你冲在最前面，在树林荆棘里为医生、护士劈开一条通道。不想，一颗罪恶的地雷在脚下开了花，你落下了高位截瘫。后来你复员了，政府发给你抚恤金，让你安静地过日子。然而你却独出心裁，挂出了"蜜月"

摄影店的牌子，引来了一对又一对将要结婚的恋人。

还记得第一次给一个喜不自禁的新娘化妆时，你的手突然剧烈地颤抖起来，并因此而哭了整整一夜。是的，你二十六岁，正处在黄金年华中的浪漫恋爱时节，可是你却无法和她们一样，享受那份爱得迷人的温情，因为你没有未婚夫。

你给新婚夫妇拍过多少结婚照，连你自己也说不清。你把人世间那种特有的感情摄入镜头，也摄入了自己的心灵。晚上的都市静下来，你却无法入睡——白天新婚夫妇相偎相依的镜头，在你面前重演，不知不觉，几滴泪珠悄悄打湿了枕头。

那身洁白的婚纱你往新娘身上披过千次万次，你自己也披过。那是小店打烊的时候，你将窗帘拉得严严实实的，选出一身你最合适的婚纱，小心地披在身上。在穿衣镜前，你将自己打扮成一个漂亮的新娘。那时候，你发现面前镜子里的你，也和白天偎依在小伙子胸前的女孩一样美，甚至比她们还要美。你幸福地闭上了眼睛……

渐渐地，你习惯了。你学会了把精力和热情，把对爱情的向往，全部倾注在新娘身上，更加精心地打扮着她们。无论昔日的战争，还是今日的工作，你都从她们飘溢的神采里得到了回报，感到了生活的意义。从此，你感到自己也是一个幸福的人。

是的，为幸福的人们而牺牲、而工作的人，怎么会不幸福呢？！

# 七哥是个明白人

> 村里村外不论老人还是小孩，都愿意跟七哥坐在一起唠呱，夏天乘凉或冬天"猫冬"，只要听到村头水坝上有笑声，或哪一家窗户里人们嗷嗷地叫，那准是七哥在那里正发挥着呢。

七哥年过六旬，终身未婚。

因家境贫寒，七哥从小没进过学堂，至今斗大的字也不识几个。可七哥脑瓜好用，只要是在他面前说过的事，讲过的话，他一辈子也忘不了。忘不了的事只要经七哥的嘴一演绎，就会有声有色格外迷人。

村里村外不论老人还是小孩，都愿意跟七哥坐在一起唠呱，夏天乘凉或冬天"猫冬"，只要听到村头水坝上有笑声，或哪一家窗户里人们嗷嗷地叫，那准是七哥在那里正发挥着呢。

村里的人都吸烟袋锅，可七哥从不吸。虽说家里日子紧巴，但七哥就愿意吸烟卷，不论多便宜，是烟卷就成。即使买不起了，七哥也会走到谁家，就把人家家里翻过去的旧日历纸撕下来，装在兜里，坐下来的时候，仔细地仿着烟卷的模样卷上一根，美美地夹在手里，眯着眼，弓着腰，悠闲地吸起来。

七哥人缘极好，虽无儿无女，孤身一人，可街坊邻居都敬着他，见了面，都"七哥"长、"七哥"短地叫着，其实村里人称七哥，如同七哥的名字一般，反而七哥的真实名字知道的人却没几个。

七哥对大人小孩的称呼都回以嘿嘿一笑，满脸黑黝黝的皱纹，一天到晚也不见得松弛下来。走到哪里，哪里就会发出朗朗一片笑声。

七哥成了村里人的开心果，虽说人见人爱，花见花开，但严格地说，他也是村里人说话好使的长辈。

七哥常说，做人就得像镜子一样，心里有别人，活着才有味。心里光有自个，那就是个动物会喘气。

七哥说，当你把这个世界的一切连同这个世道本身都看得一钱不值时，你才会觉得自己活出点滋味。你才会天马行空般在这一辈子里洒脱地存在，心无杂念无牵无挂。

七哥说，人比人得死，货比货得扔。人活一辈子，不求与人相比，但求超越自己。

七哥最烦那些找后悔药的人。七哥说，与其用泪水悔恨昨天，不如用汗水拼搏今天。当眼泪流尽的时候，留下的应该是坚强。

七哥说，人都有命，不信不行。命里有时终须有，命里无时莫强求。有些人心高如天，而命薄如纸。有些人心术不正，一肚子坏杂碎。一旦掌权得势，当会小人毕露。有些人老实厚道，眼前看处处吃亏，实际上终生得福。有些人害人无数，坏事做尽，虽看眼前有样，但定当后遭报应。这世道，一报跟着一报，不是不报，时候不到，时候一到，马上落轿。如同树叶，来去匆匆，春天的萌芽就意味着秋天飘落，殊途而同归。

七哥说，人活一生快得很，没有人陪你走完一辈子，所以你得适应孤独，适应寂寞，适应冷漠，适应人情炎凉。没有人会帮你一辈子，好人有，但不常有，别指望天上的馅饼会砸你头上，摔倒捡个大钱包。苦日子、累日子，那是平民百姓的常态，千万别"苍蝇采蜜——装蜂（疯）"。

七哥一辈子脾气好得出奇，村里人都说没见过七哥对谁发过火。七哥说，你活在世上，只有你欠人家的，人家谁也不欠你，你有什么资格对人发火？！

七哥除了那山前山后二亩薄地，没有什么来钱的路儿。手里没钱，但七哥却从来没动过邪念。七哥说，有些事一定得自己想开了，再高贵的人也和贫贱的人一样，赤条条来赤条条去，因此有得必有失，有失必有得，舍得之间就一步之差，别自己跟自己过不去。

七哥有时候深沉得很。有一次，在众人面前一番侃侃而谈后，一后生问七哥：啥叫信心呢？七哥用眼瞅了后生半天，悠悠地说了一句话："上山砍柴的时候，你如果能感觉到灶边的暖和劲，那就是信心。"

七哥的胡子花白花白的，七哥说这都是学问催的，村里人都信。七哥阅历广，没什么不懂的事，再俗的事经他口里说出来，那也是经典一般。七哥说，地僻人烟冷，鱼多水气腥。七哥说，庙小妖气大，水浅王八多。七哥说，亲戚要好结远方，邻居要好高打墙。七哥说，世事局局如棋，一切都难预料。七哥走到哪里，都会感慨一番。遇到馋嘴的媳妇，七哥会说：聚家犹如针挑土，败家好似水淘沙。笑脏笑破不笑补，笑懒笑馋不笑苦。

在电视上每每看到那里又抓了一个大贪官，七哥都会感叹：羊粪蛋儿装枪——不是个好子儿！

现在社会上的年轻人对待婚姻有时很轻率，七哥常常念叨：莫学灯笼千只眼，要学蜡烛一颗心。

七哥看到生意场上造假制假售假害人，常常摇头：不怕虎生三张口，就怕人怀两样心。心正祸事少，地高水难淹。

七哥每每听到东家西家儿女孝顺，就会欣慰地点头：敬田得谷，敬老得福。妻贤夫祸少，子孝父心宽。

有一次，七哥听说村里一户人家四个儿子为抢老人房打得不可开交。七哥非常生气，颠颠地找上门去，把一家子人拉在炕头上唠了大半夜，最后全家和解，兄弟握手。后来，兄弟四个逢人便说七哥教他们的话：兄弟同心，其利断金。事成于和睦，力生于团结。一根线容易断，万根线能拉船。

七哥是个不讲排场的人，一辈子没穿过几件新衣裳，自小养成了勤俭持家的好习惯。有一次，邻居家一新媳妇嘴馋把招待客人的鱼干都吃完了，便在人家门口对这婆姨说了老半天：石头虽小垒成山，羊毛虽细纺成毡。滴水成河，粒米成箩。天冷不冻织女手，荒年不饿勤快人。

七哥在街上闲逛，看到后生伢子上学吊儿郎当时，准会板起面孔教训一番：补漏趁天晴，读书趁年轻。不怕学问浅，就怕志气短。好铁要经三回炉，好书要经百回读。

七哥最看不惯官场上溜须拍马得势的人，每每看到或听到，都会"哼"的一声：狗朝屁走，坏朝势走。

七哥生性耿直，天生一副热心肠。有时候看到一些人在背后嚼舌头根子，七百年谷子八百年糠，抖搂个没完没了。七哥就会上前插上几句：火烤胸前暖，风吹背后寒。脚长沾露水，嘴长惹是非。痒要自己抓，好要别人夸。

七哥是个观天识云的行家，什么气候会变，什么时候该干什么农活，他都能张口道来，让村里人佩服得直点头。

七哥观风的时候，你会从他嘴里知道：南风吹暖北风寒，东风多湿西风干。东风下雨西风晴，南风发热北风冷。早看东南，晚看西北。东风刮三天，无雨也阴天。天有骆驼云，雹子要临门。风刮一大片，雹打一条线。天热人又闷，有雨不用问。

七哥对节气也研究得在行，从他口里说出来的，如同定律一般：立秋雷响，百日无霜。早晨立了夏，中午虫虫会说话。立夏插秧日比日，小满插秧时比时。谷雨麦打苞，立夏麦龇牙，小满麦秀奇，芒种见麦茬。过了端阳节，锄地不能歇。五月六月站一站，十冬腊月少顿饭。吃了夏至面，一天短一线。大暑早，处暑迟，立秋种薯正当时。八成熟十成收，十成熟二成丢。

　　有一次，在与七哥长谈后，深为七哥的阅历所折服，便有了想写写七哥的想法。不料，七哥眼珠子一瞪：你还真把我当成棵菜，想摆到人家桌上呢？！

　　七哥是个俗人，但确实是个能人。

# 壮汉有绝伦

中国楹联是中华民族的传统瑰宝，把人名嵌在楹联之中，是文学艺术与奇巧奇妙结合，它赋予了中国古老文化一种新的生命，并不是简单的"文字游戏"。

识君一面，

胜过闻千遍。

膀大腰粗一壮汉，

满腹绝伦奇叹。

墨泼八面来风，

楹联巧嵌人名。

宾客名片过手，

瞬间笔落花生。

——《清平乐·凡人一绝》

满运鸿祖籍山东德州，后来父母定居京城，到十六岁的时候，正值"祖国山河一片红"，热血激越着他投笔从戎，当时满运鸿初中都未读完。闲着不如干着，一封家书便给家中小妹揽上了一桩很庄严的差事：找本字典。妹妹后来知道一个同学家里有一本，便硬着头皮上了门。没想到那同学出人意料地爽快："这本字典谁也不借也不能不借给解放军。"

这下子，满运鸿业余时间可有的打发了。他专门同战友调换了位置好的下铺，情愿睡在上面。最后，竟到了不论什么字一到眼里立马能想起一串串的词语。无论什么怪字奇词典故什么的，他都能联想再三，上下左右贯通衔接。

1973 年年底，满运鸿解甲归田。他潜心好学，同事之间结婚的，他练习着给人家新婚夫妇写副对联，巧妙地将男女双方的名字嵌进去。

要说真出名，还是在 1986 年，他正式分到一职工大学当干部。有一年，一百六十多本学生留言本送到他的案头，满运鸿作了一百六十副对联，无一重复，无一不嵌写着学生们各自的姓名。这一下可不得了了，一传十、十传百，有慕名来访的，有感兴趣来求教的，更有不相信来"考察"的。一次，学校来了一位老人，要满运鸿当场为他作一副楹联。满运鸿略一思忖，一副精巧通顺的对联已脱口而出。老人仔细玩味，良久不语。几天后，老人又来了，原来老人是一位专门研究中国古今楹联的学者。老人拍着满运鸿的肩说："你写的这些对联，我们好些人抱着工具书查出处，都查不到，你这么年轻，知识如此渊博，难得啊难得！"

满运鸿遇到过不少难题，但从未难住过他。一位挺孤傲的女工程师，对满运鸿提出这样一个要求，把自己的名字写到对联的最后，把自己的姓写在楹联的第一个字。本以为这下可以难倒这位楹联怪才。哪知不到一刻钟，同样格式不同内容的三份楹联已摆在女工程师的眼前。女工程师仔细一看，果然三份都是按自己要求所作的。这下，即服了，后来还非要满运鸿给自己新开的一家公司起了个字号。

再看他为一名叫刁刃的医生写道：

医刁疗顽，华佗回春晴空蔚

　　　　宝刃锋明，积德增寿泰山高

　　　　横批：勋题金匾

　　为一名叫万一的人写道：

　　　　十万昆仑堆成岭

　　　　整一宇宙装在心

　　　　横批：胸怀宽广

　　为一名叫桂兰的女士写道：

　　　　耕耘心田，玉女育桂鹤浇水

　　　　陶冶情操，婵娟植兰鹿送肥

　　　　横批：品格高洁

　　从 1986 年至今，找满运鸿索取过对联的人，连他自己也说不清有多少。他只知道人员遍布美国、日本、韩国、新加坡等国家和香港、台湾地区，从政府要员到平民百姓，从达官贵人到小小学童，无论贫富贵贱、地位高低他都视为普同一等，有求必应，且均竭尽才思，一心一意，不图丝毫报答。

　　去年，北京电视台找上门，为他拍摄了专题片。应电视台之约，他还给人家国际部写了一副这样的对联：

　　　　国伟都雄，荧屏映奏凯勋业画

　　　　际远情近，电波连炎黄同胞心

节目主持人台岚小姐还专门要了一副，他写道：

> 圣洁婕鹤落金台
>
> 明阳彩翠绚织岚
>
> 横批：天女下凡

一介平民，独拥绝技，虽说传奇，实乃功深。谈到楹联，满运鸿滔滔不绝地介绍，中国楹联是中华民族的传统瑰宝，把人名嵌在楹联之中，是文学艺术与奇巧奇妙结合，它赋予了中国古老文化一种新的生命，并不是简单的"文字游戏"，而是在充分融会贯通传统文化的基础上，对美好生活的一种真诚追求，既弘扬传统文化的精髓，又煅造出格调高且易为大众接受的一门艺术形式。

采访结束的时候，满运鸿现场一挥而就两副嵌有作者名字的对联——

麟保金鼎双麒伟

昊月朗星暹乾坤

横批：文韬武略

又一副是：

松保嶙雄护笼翠

圆月为灯亮峥嵘

横批：文武双全

感谢了，满运鸿！

# 秋来你可安好

又是这么多年过去了，你已经慢慢地从我的记忆中走出，虽然偶尔的联系让我们彼此还在牵挂，但更多的时候都是各忙各的日子。这个秋日的午后，我忽然很想给你打个电话，虽然我知道我想说的话只有一句——老同学，秋来你可安好？

每每走进记忆深处，总有一些东西萦绕心头，如同花期循环不知不觉间就会映现在眼前。

我真的不知道，该怎样表达我对你的一种关切和问候，如果不是闲来偶尔翻看电话簿，只怕在这个闲闲的秋日午后，我不会突然地就想起你来。那个时候，那个生疏了很久的同学突然鲜活起来，让我有种想直接对话的冲动，心也在那一刻，变得湿润起来，很多过往的时光，就在这一刹那影像成那么明媚的画面。

推窗而望，薄凉的空气，盈满花香，沁着潮湿的味道，此时，酒未到，心已醉。浅叹！秋风秋雨秋煞人，岁月的年轮，碾碎了昨日的情怀和希望，清浅的痕迹，徒留淡淡的忧伤，镌刻于心。薄薄的雾气似一层薄纱，笼罩着，朦胧着秋的凄迷，此时，我想轻揽明月入怀，在花瓣雨中沉醉。秋天有着自己独特的性格，金秋的夕阳，映衬着红色的土壤，黄色的果实，融洽着沁人肺腑的幽香，蕴含着幸福的笑语，迎着习习秋凉的爽风，携着一份对过往的眷恋，柔和了我笔下的文字！

秋天是收获的季节，无意让我与人生联系在一起，对于有些人的人生来说才是播种的时节。人生，就是一本泛黄的书籍，里面镌刻着滴滴记忆，爬满着悠悠情思，虽是页页书籍，可以忘了再翻，翻了再看，但人生匆匆，重复的只是岁过流痕的影子。

人生自是有情痴，此恨不关风与月。十月的金秋，被收获的笑意映红了两腮，当面对从树上被秋风吹下来的落叶，一只，又一只，轻轻的，带着一份份沉甸甸的眷恋，漫无目的在空中飘落，人的心情有时候不也像被秋风吹落的秋叶寻寻觅觅……

在这如烟似雾的季节里，我不觉为人生的一份信念徘徊，再没有了童年的幻想，没有了少年时候的期待，就像空中飘落的树叶，只想为自己人生找一个心灵的着落。 这个心愿说来容易做来难，很多人走了许多年也未曾实现，更谈不上自己的人生能用如愿以偿来描绘，人生的美，或许注定就有一份遗憾吧？

又是一年国庆节的夜晚，在这个特殊的日子里，感叹，写着自己一份人生异样的文字，是对秋的眷念，对人生的探究，对生活的寻觅！珍惜人生，热爱生活，是对祖国最好的祝福！

昨日清梦，泪染金秋，花开花落，物是人非，清风醉，花惆怅。

秋水长天，秋菊飘香，无边无际，泪雁南归，秋风缕缕，牵绊着流年。

童年的时光，挚友的牵手，我们曾经是最好的一对。回想初中时光，那种激扬文字、诗情万丈的情景，是那么荡人心肠。这种同窗友谊一直到初中毕业，直到我继续读书而你落榜。那个时候我天真地以为，不论怎样，我们都会在文学的田野里播种那份天真的希望，可直到离开老家与你失去了音讯。后来听说你去了远洋捕捞船上，不知面对大海时你那指点江山雄辩天下的男儿豪气，是否更加张扬？再后来听说你的妹妹嫁到了邻近的村庄，可就是你这五尺汉子却再也就没有了音讯，真的不知道今天的你是否还同初中时一样，那么有激情，那么有诗意，那么文采。

又是这么多年过去了，你已经慢慢地从我的记忆中走出，虽然偶尔的联系让我们彼此还在牵挂，但更多的时候都是各忙各的日子。这个秋日的午后，我忽然很想给你打个电话，虽然我知道我想说的话只有一句——

老同学，秋来你可安好？

# 家是心中圆圆的期盼

> 啊，老家，你让游子回家醉得彻夜无眠。
> 啊，老家，一辈子亲情的归宿，一代代
> 人血脉的眷恋。无论在外多久多远，过
> 年了，千万记得回家看看！

## 一

过年了，乡下的鞭炮炸得震天响。

匆匆的脚步无不追赶着老家那缕缕温暖的期盼和亲人间问长问短的团圆。

人是漂泊的船，家是温暖的湾。少小离家到天涯，再远也扯不断那根牵在身上的线。家，是平平淡淡的酱醋油盐。家，是普普通通的粗茶淡饭。家，是长途车站上徘徊不安的脚步。家，是飞机晚点时拨进的亲人来电。家，是跋涉在山坳里猛然看见的一缕炊烟。家，是搜索在地图上使劲放大的一个小点。

## 二

家是一张照片，家是一幅油画，再旧再陈也能感受到其中的温暖。夜半梦醒依旧未眠的老母，手里总是有一根穿不完的针线。风中雨中姗姗而归的老父，肩上总是有一条放不下的铁锨。

终于把日子熬到了除夕，丰盛的年夜饭，伴着一家人的笑脸，把老家的记忆吃得香甜香甜。

家，是亲人间围炉取暖彻夜长谈那最圆最圆的期盼。家，是梦里头山前河边青砖白墙招来的紫燕。家，是流着鼻涕割草放牛忘不掉的童年。家，是不用任何言语就能让心听懂的呼唤。

## 三

望一望弟弟妹妹玩过的铃铛，看一看哥哥姐姐睡过的摇篮。家，是一个貌不惊人的地方，能在窗花外听到爷爷奶奶爸爸妈妈淳朴的方言。

家，是一个遮风避雨的小窝，能在大门前看到千叮嘱万惦念蒙蒙眬眬的泪眼。

家是一条心，兄弟手足，姐妹心肠，彼此相扶，身心相牵。

家是一部书，岁月年华，喜怒哀乐，日子艰辛，苦辣酸甜。

## 四

正月里的来来往往，亲戚间的串门拜见，总把家里的亲情传递得一片一片。大人孩子的崭新衣裳，姑娘小伙的笑声蜜言，在严寒的冬月把家里的富裕和日子的甜蜜播放得更远更远。

他乡归来含笑的泪眼，离别时分难言的辛酸，把永远的眷恋和不老的亲缘在心中垒成了永恒的高山。

啊，老家，

你让游子回家醉得彻夜无眠。

啊，老家，一辈子亲情的归宿，一代代人血脉的眷恋。

无论在外多久多远，过年了，千万记得回家看看！

# 后记

　　来不及细细欣赏一路的风景，岁月已从不经意间的脚步中匆匆而过。

　　真的感觉，时间正从指缝间缓缓滑过，正从频添的白发中缕缕脱落，正从风风雨雨中的四十不惑煎熬中流失，过去的一切均已成为尘封的记忆，五十岁已经悄然而知天命，不知不觉，已走过人生百年过半旅途。弹指间，生命又刻上了一道年轮，是否圆满，甘苦自知。

　　一岁年龄一岁人。伴随着时间的变迁，沧桑了人际的淡漠，挫折、顺当、一路相伴，悲喜交加，亲人的离别、孩子的成长，成熟了年华的淡定，人生使命随着年华，多了些的是对生活的反思，不管怎样，一路风景依然，对生活依旧向往、追求不断。年龄，处世心境，不同的境遇、不同的环境、不同的阶段，有了不同的对一路走来的诠释、理解，成熟的脚步行行，也感欣慰无憾。点滴沉淀心间，最后都凝固成了文字。

　　淡淡地回首，青涩的年华到成熟的历练，除了自身的修炼，具备时光的打磨、岁月的锻造必不可少。岁月让自己明白了世事洞明随遇而安，即使面对世态炎凉，也不再愤世嫉俗、怨天尤人，拼搏着也追求着一切顺其自然。对于那些无力改变的尽可能接受、适应，虽有时心存不甘，但还是默默在心一切随缘。一路风尘，磕磕绊绊，淡定心智，懂得了什么是因，什么是果。少了激情和冲动，也去让心静，伏案写下经历感悟行行，挺好的，虽然偶尔未免有些世故，却也是人世间的繁杂，或许这也是生存的本能。混杂在浮华世间，也慢慢学会了妥协，不再争强好胜，从懵懂少年锋芒棱角分明变得圆润随和。

生命就是如此，匆匆几十载，高也好，低也罢，岁月的流逝，人间冷暖自知，人情世故中，彼此交往里，逐渐懂得了把握分寸，也多了些从容。滚滚红尘，物欲横流，身处数不胜数的令人目眩神迷的诱惑间，基本可以冷静自持，淡然面对，已不会情不自禁随俗沉浮，心也不再躁动不安，是年龄的磨盘砥砺如此吗？只是一笑而过而已。学会了包容一切，学着练就海纳百川、胸容万壑般胸襟坦荡，虽不容易，却也感觉不错，也不失个人对事物的理解，纵不能兼济天下，但却可做到独善其身。

做最好的自己，学最好的别人。面对挫折，不再推卸责任，不再为自己找借口，不再指望有人为自己遮风挡雨，只想拥有属于自己的那片蓝天。即使有冷落、背叛、委屈相伴，也只是懂得，学会在自己的世界里，没人的角落里自强。相信，风雨过后一定会有彩虹，别人的世界再好，你也只是匆匆一个过客，学会让别人看好你这片属于自己独有的风景，哪怕是一点点，也是心灵的安慰和满足。

岁月匆匆流逝，也学会了选择与放弃，在纷繁复杂的事物中，学会了去理清什么是主，什么是次，哪些是轻，哪些是重，既不自命清高，也不随波逐流，就想活出自己，善待自己走过的朝朝暮暮。豁达与感恩也是心境，坚持久了，就少了抱怨和计较，多了承受与责任，也懂得了控制自己、善待自己，会更加珍惜每一份情感，更加热爱平静清淡的生活。

　　一岁年龄一岁心。岁月如水，生活的艰辛、坎坷、欢乐与忧伤，伤怀动情处，难免泪落几行感叹世态炎凉，高兴得意时，免不了，开怀畅饮热血沸腾，尘埃落定，一切都归在不知不觉的烟消云散，对生命的理解和感悟越来越深，也有了各自对理解、感悟的归宿。光阴消磨了风华，却带来成熟的魅力；风尘暗淡容颜，却将一份智慧与淡定浸润在心灵深处。每一次经历，都是一处风景。置身凡尘，浮世的冷暖，沧桑的过往，总要有一种灵魂的释放、情绪的发泄。心有花开，岁月静好。静水流深，上善若水。生活的路，漫长而坎坷，而一份快乐的种子，源于简单悠然的心地，烦心事，就是浮落的灰尘，就随意飘洒而去吧，累了、哭了、伤了，就静下来，让心去晒晒阳光，透透空气，云淡风轻，发霉的情绪自会消失，何尝不是很好！

　　一路风景，一路心迹，感悟或深或浅，都出自心灵深处。我始终觉得，散文就是从自己内心深处那个泉眼里自然流淌出来的水花，它不是压力抽出来的水流，也不是硬赶着完成的作品，情到浓处，是水到渠成的结果。这些年，总有一种激情在驱使着自己，陆陆续续写出了这些感觉是散文的文章，大部分在报刊上发表过。衷心感谢工作生活中的各位领导、战友、同事和亲人的鼓励鞭策，才有机会让我把这些文字汇集起来，奉献给大家。

作者

2017 年 12 月于北京

图书在版编目（CIP）数据

　　一路风景／于保月著 . —— 北京：作家出版社，
2017.12

　　ISBN 978-7-5063-9816-9

　　Ⅰ . ①一… Ⅱ . ①于… Ⅲ . ①散文集－中国－当代
Ⅳ . ① I267

　　中国版本图书馆 CIP 数据核字 (2017) 第 308411 号

## 一路风景

作　　者：于保月
图片摄影：于　军
责任编辑：张　平
装帧设计：意匠文化 · 丁奔亮
出版发行：作家出版社
社　　址：北京农展馆南里 10 号　　邮　　编：100125
电话传真：86–10–65930756（出版发行部）
　　　　　 86–10–65004079（总编室）
　　　　　 86–10–65015116（邮购部）
E–mail:zuojia@zuojia.net.cn
http://www.haozuojia.com（作家在线）
印　　刷：中煤（北京）印务有限公司
成品尺寸：152×230
字　　数：300 千字
印　　张：25.75
版　　次：2018 年 1 月第 1 版
印　　次：2018 年 1 月第 1 次印刷
ISBN 978–7–5063–9816–9
定　　价：45.00 元